Reitemeier / Tewes · Wenn Tote töten

JÜRGEN REITEMEIER
WOLFRAM TEWES

Wenn Tote töten

PENDRAGON

26. Dezember 2004

Um 7:58 Uhr Ortszeit schlummerte Philipp Lang noch friedlich in seinem kleinen, aber feinen Strandbungalow im thailändischen Küstenort Khao Lak. Nichts deutete darauf hin, dass sich in diesen Sekunden etwa 500 Kilometer südwestlich das drittstärkste je gemessene Erdbeben der Geschichte ereignete. Niemand ahnte, dass dies eine Flutwelle auslöste, in deren Folge rund um den Indischen Ozean 230 000 Menschen ihr Leben verlieren würden.

Die elegante Ferienanlage direkt am Strand erwachte langsam. Ein älterer Mann auf einem knatternden Moped brachte frisches Brot zur Anlage, einige Frühaufsteher blinzelten in die Morgensonne, andere kamen bereits hungrig, aber erfrischt vom Strand zurück. Es schien ein Tag wie jeder andere zu werden, mit viel Sonne und entspannten Mitmenschen. Während zu Hause in Deutschland ein kühler und regenreicher zweiter Weihnachtstag den Menschen die Festtagsstimmung verderben würde, war hier alles so, wie es der Urlaubsprospekt versprochen hatte. Ein Paradies für den, der es sich leisten konnte.

Philipp Lang konnte es sich leisten. Geld war die kleinste Sorge des jungen Mannes. Sein Problem war persönlicher. Mit seinem despotischen Vater hatte er vor zwei Monaten, nach einem Riesenkrach, völlig gebrochen. Das Porzellan war auf immer und ewig zerschlagen, da gab es nichts mehr zu kitten. Aus, vorbei. Aber heute war immerhin der zweite Weihnachtstag und als Philipp Lang eine halbe Stunde später aufstand, beschloss er, nach dem Schwimmen seine Mutter anzurufen. Wenn dummerweise sein Vater ans Telefon gehen würde, konnte er wortlos auflegen. Er stieg in seine Badehose, warf sich ein Handtuch über die Schulter und ging gut gelaunt über den fast 100 Meter breiten Strand, bis die seichte Brandung seine Füße benetzte. Das Wasser war herrlich, ideal temperiert und glasklar wie immer. Lang genoss das frühe Bad, bemerkte aber die ungewöhnlichen kleinen Blasen auf der Wasseroberfläche. Er verschwendete jedoch keinen weiteren Gedanken daran und kraulte nach einigen Minuten gemütlich zum Strand zurück.

Während er sich von der Sonne trocknen ließ, beobachtete er zwei stattliche Marinekreuzer, die nicht weit vor der Küste hintereinander her fuhren. Dazwischen tummelten sich mehrere Fischerboote, die wohl gleich mit ihrem Fang in den Hafen zurückkehren würden. Der Strand war nun schon recht belebt. Kinder spielten in der Brandungszone, bauten Burgen im Sand, während ihre Eltern sich auf den Strandliegen rekelten. Etwas entfernt bestieg eben eine kleine Gruppe Taucher ein Motorboot, das sie bis zu dem großen Korallenriff vor der Küste bringen würde. Tauchen, dachte Lang, das würde er auch gern können und nahm sich vor, in den nächsten Tagen endlich mit einem Tauchkurs zu beginnen.

Langsam bummelte er zurück zu seinem Beach Resort, warf sich in seinem Bungalow ein dünnes Hemd über, um vor der Sonne geschützt zu sein, nahm das Handy und setzte sich auf seine Terrasse. Von hier aus hatte er einen fantastischen Blick über den Strand hinweg auf das türkisfarbene Meer. Er zündete sich eine Zigarette an, paffte ein wenig, dann wählte er die Nummer seines Elternhauses im lippischen Schieder. Als er die Stimme seiner Mutter hörte, schmunzelte er zufrieden und sagte: „Fröhliche Weihnachten!"

Seine Mutter schien reichlich verwirrt zu sein, denn sie sagte mit schlaftrunken wirkender Stimme: „Wer ist denn da? Philipp, bist du es?"

Als er dies bestätigte, wurde sie offenbar hellwach. „Wo bist du denn, mein Junge? Geht es dir gut?"

Dann, als er auch dies beantwortet hatte, fragte sie: „Weißt du eigentlich, wie spät es ist? Es ist hier fünf Uhr in der Frühe. Aber das ist ganz gut so. Ich kann sowieso nicht mehr so lange schlafen und sonst wäre vielleicht auch dein Vater ans Telefon gegangen. Und der … na ja, darüber wollen wir jetzt nicht reden. Erzähl mir lieber, was du da unten in Thailand treibst? Wann kommst du denn zurück?"

„Ich komme nicht mehr zurück. Gewöhn dich besser schon mal an den Gedanken."

Während er sprach, schweifte sein Blick über den weiten Strand. Plötzlich stutzte er. Was war das denn? Wo war das Wasser geblieben? Dort, wo eben sanfte Wellen auf den Strand gerollt kamen, war jetzt nur noch feuchter Sand. Er stand auf, um besser sehen zu können. Tatsächlich, der Strand war mehr als dreimal so breit wie sonst.

„Das Meer!", rief er hektisch ins Telefon. „Das Meer ist weg!"

„Was redest du denn da?", fragte seine Mutter und wirkte verärgert. „Bist du betrunken?"

„Nein! Das Wasser zieht sich zurück. Immer weiter. Es ist kaum noch zu sehen!"

Philipp Lang nahm das Handy vom Ohr und starrte fasziniert auf das Naturschauspiel. Hunderte von Touristen standen ebenfalls an der ehemaligen Wasserkante. Viele hielten eine Videokamera oder ihre Handys hoch und filmten.

„Wie spät ist denn bei euch?" Er erschrak, als er die Stimme seiner Mutter im Handy hörte, riss sich zusammen und antwortete: „Es ist zehn Minuten vor Zehn. Aber du glaubst nicht, was hier gerade passiert. Ist ja der Hammer! Das gibt's doch gar nicht."

„Philipp, ist alles in Ordnung bei dir?", krächzte es aus dem Handy.

„Jaja, alles okay", gab er zurück und ließ das Meer keine Sekunde aus den Augen. „Es ist einfach weg. Das Meer meine ich. Als hätte jemand den Stöpsel rausgezogen. Oder träume ich das alles nur?"

Seine Mutter dachte offenbar an ganz andere Ursachen. „Hast du irgendwas geraucht? Philipp, ich habe dir immer gesagt, du sollst so was nicht anfassen. Du weißt genau, wo …"

Wie ferngesteuert drückte er das Gespräch weg. Das Schauspiel vor seinen Augen nahm ihn derart gefangen, dass er sich unmöglich auf seine Mutter konzentrieren konnte. Die Sonne stand in seinem Rücken, blendete ihn daher nicht. Trotzdem war er unsicher, ob es sich um eine Lichtspiegelung handelte oder um eine gewaltige Regenfront, die von Westen, also vom offenen Meer her, auf ihn zukam. Am Horizont, weit entfernt, zeichnete sich eine dunkle Wand ab, die langsam, aber stetig in die Höhe wuchs. Die beiden Marinekreuzer waren gut zu sehen, auch die schienen sich dieses spektakuläre Schauspiel in Ruhe anschauen zu wollen. Einige der Fischerboote hatten bereits die Nase in Richtung Küste gedreht und kamen langsam zurück. Andere hatten noch ihre Netze draußen. Auch das kleine Schiff mit den Tauchern tuckerte munter aufs offene Meer hinaus, der dunklen Wand entgegen. Niemand schien sich Sorgen zu machen.

„Ist das eine Nebelwand oder eine riesige Welle?“, fragte eine nahe Stimme so plötzlich, dass Philipp Lang vor Schreck zusammenzuckte. Sein Bungalow-Nachbar kam nun zu ihm und zeigte auf das Phänomen am Horizont.

„Es wird immer höher“, sagte er mit besorgter Stimme. „Und es kommt schnell näher. Bin mal gespannt, was die beiden Kriegsschiffe gleich machen. Die sind am nächsten dran. Die werden ganz schön ins Schaukeln kommen.“

„Na ja“, wiegelte Lang ab. „Das sind seetüchtige Schiffe. Die werden ein bisschen wackeln und das war es. Was mich mehr irritiert, ist das Verschwinden des Wassers. Ich war oft in meinem Leben am Meer, aber so was habe ich noch nie erlebt.“

Unten am Strand wurden die Stimmen lauter. Immer mehr Kameras wurden in die Höhe gehalten.

„Es ist wirklich eine Welle“, rief der Nachbar, angesteckt von der plötzlich aufkommenden Unruhe unter den Touristen. „Und was für eine! Wahnsinn! Die muss meterhoch sein!"

Beide Männer starrten auf den Horizont, bis ihnen die Augen brannten.

„Dahinter kommt noch eine." Der Nachbar wurde immer aufgeregter. „Und gleich erwischt sie die Kriegsschiffe. Da, es geht schon los. Sehen Sie?"

Lang winkte genervt ab. Er konnte selbst sehen, dass die beiden mächtigen Schiffe ganz plötzlich ins Schaukeln kamen. Es musste eine gewaltige Kraft sein, die diese vielen Tonnen Stahl so leicht in Bewegung setzen konnte. Die Schaukelbewegungen der Schiffe nahm zu, fast schien es, als tanzten sie auf dem Wasser. Dann plötzlich …

„Das gibt's doch nicht", schrie der Nachbar mit heiserer Stimme in einer Mischung aus Erregung und Entsetzen. „Es ist gekentert. Ich fasse es nicht. Und da … jetzt auch das andere! Die gehen unter. Das kann nicht sein. Die saufen ab, Mann!"

Lang gab keine Antwort, er hätte auch nichts zu sagen gewusst. Er stand genauso schreckensstarr wie sein Nachbar – unfähig, sich zu regen. Das konnte nicht wahr sein. Zwei große, moderne Schiffe kentern einfach so vor seiner Nase und sinken. Mit wahrscheinlich mehreren hundert Menschen an Bord. Unmöglich, dieses Drama so schnell in seiner vollen Tragweite zu erfassen. Auch den vielen Schaulustigen am Strand schien es so zu gehen. Keiner rührte sich, alle starrten auf das Wasser. Vor Schreck gelähmt, wie das Kaninchen vor der Schlange.

„Was wird denn jetzt aus den Fischerbooten?“, warf der Nachbar die nahe liegende Frage auf. „Wenn die von der Welle erwischt werden, haben die doch überhaupt keine Chance.“

Nur Sekunden später wurde seine Frage beantwortet. Die Wand kam in atemberaubendem Tempo näher, wurde immer höher. Und dann rollte sie über die völlig hilflosen Fischer hinweg, riss sie mit und drückte sie unter Wasser. Jetzt erst, wo die Riesenwelle etwa einen Kilometer vom Strand entfernt aufragte, reagierten die ersten Touristen. Sie rissen ihre friedlich im Sand spielenden Kleinkinder hoch, rafften die Badesachen zusammen und machten sich, immer noch erstaunlich gelassen, auf den Weg zurück zu ihren Hotels. Andere schienen hingegen völlig ungerührt zu sein und filmten mit einer in Anbetracht der Bedrohung absolut irrationalen Ruhe einfach weiter. Die Faszination des unmittelbar erlebten Dramas war stärker als jede Vernunft. Auf seiner Terrasse wurde Lang immer unruhiger.

„Die Leute müssen doch verschwinden!“, rief er seinem Nachbarn zu. „Sind die denn völlig bescheuert? Warum bleiben die stehen?“

Als hätten sie ihn gehört, brach plötzlich auch am Strand Panik aus. Die Menschen klaubten, als gäbe es nichts wichtigeres, hektisch ihre Habseligkeiten zusammen und rannten nun ebenfalls in die erhoffte Sicherheit ihrer Hotels. Ein Mann aber blieb stehen und filmte weiter, schien sich der furchtbaren Gefahr nicht bewusst zu sein. Philipp Lang musste hilflos zusehen, wie die gigantische Wand aus Wasser, die nun nur noch wenige Hundert Meter entfernt war, immer höher wurde. Der Gedanke an die Menschen, die bereits jetzt in den Fluten umgekommen waren, bereitete ihm Übelkeit. Er konnte die Augen nicht von dem einsamen Mann am Strand lassen. Sah, wie die Welle immer näher kam, wie sie sich bei Auftreffen auf den Strand veränderte, kurz noch mal höher wurde, dann unter Höllenlärm zusammenbrach, rasend schnell alles überflutete und den Mann, der bis zuletzt seine Kamera hochhielt, mitriss wie ein Stück Treibholz.

„Scheiße! Das kommt bis hierher!", schrie der Nachbar und rannte zurück in seinen Bungalow. Auch Philipp Lang erkannte nun die tödliche Gefahr, verließ die Terrasse und lief um sein Leben. Fliehen wollte er, so schnell und so weit weg wie möglich. Innerhalb der nächsten Sekunden prallte die ungeheure Wassermasse auf den Bungalow, zerschlug ihn in kleine Stücke und riss die Einzelteile mit sich auf dem Weg hinein in den Ort.

Philipp Lang hatte eben die schmale Uferpromenade erreicht, steuerte auf den Eingang eines der Hotels zu, um sich in Sicherheit zu bringen, als die Flut auch ihn erreichte. Sie war schneller gewesen als er. War auf einmal da, plötzlich, gewaltig. Sie hob ihn an wie ein Spielzeug, wirbelte ihn herum, schleuderte ihn gegen eine Hauswand und rollte mit unverminderter Kraft ohne ihn weiter landeinwärts. Nichts konnte sie aufhalten.

Als Lang Sekunden danach aus der kurzen Ohnmacht erwachte, hing er quer zwischen den massiven Edelstahlpfosten eines Gartentores. Hatte er dieses Inferno wirklich überlebt? Er versuchte, sich freizustrampeln, schrie aber vor Schmerz, als er das rechte Bein bewegen wollte. Gebrochen? Egal, dachte er. Hauptsache überlebt. Die Welle war weitergerollt, hatte wie eine gigantische Walze alles hinter und vor sich plattgemacht. Nur ihn hatte sie nicht erwischt. Er atmete trotz der Schmerzen tief und dankbar aus. Dann schaute er nach vorn … und verlor augenblicklich jede Hoffnung.

Die Welle hatte ihren Scheitelpunkt erreicht und zog sich nun wieder zurück. Zurück zu ihrem Ursprung, dahin, wo sie hergekommen war, dem Indischen Ozean. Erst langsam, als wehrte sie sich gegen den Rückzug. Dann gewann sie an Masse und an Tempo und ihr Sog wirkte sich noch fürchterlicher aus, als die Flutwelle vorher. Sie saugte alles an, was noch stand oder lag und riss es mit unwiderstehlicher Kraft mit ins Meer. Dorthin, wo sich im selben Augenblick eine zweite Welle, höher und mächtiger als die erste, anschickte, dem ohnehin fast völlig zerstörten Ort den Rest zu geben.

1

Jetzt stand Polizeirat Jupp Schulte schon 20 Minuten auf dem Bielefelder Bahnhof und wartete auf den ICE nach Düsseldorf.

Die Züge von und nach Berlin sind immer pünktlich, hatte ihm seine Tochter Ina heute Morgen beim Frühstück versichert. Mit denen fahren die Bundestagsabgeordneten, hatte sie schmunzelnd zum Besten gegeben. Gegenüber den Politikern versuchen die Bahnchefs noch einen guten Eindruck, in Bezug auf Pünktlichkeit und Zuverlässigkeit abzugeben, hatte sie weiter erklärt.

Während Schulte an die Worte seiner Tochter dachte, ertönte über ihm ein surrendes Geräusch. Er ging ein paar Schritte nach vorn, um auf der Anzeigentafel, die direkt über seinem Kopf hing, zu lesen. Dort stand ein neuer Text. „Das Eintreffen des ICE 646 verzögert sich um weitere zehn Minuten."

Hinsichtlich der Autorität der Bundestagsabgeordneten und des daraus resultierenden Einflusses auf die Pünktlichkeit der Züge, in denen die Volksvertreter möglicherweise mitfuhren, musste sich seine Tochter wohl geirrt haben, mutmaßte Schulte. Allein die Tatsache, dass die Politiker rechtzeitig in ihr Wochenende kamen, war wohl doch kein Grund für die Bahn, auf diesem Streckenabschnitt die zugesicherte Pünktlichkeit an den Tag zu legen, die ihm seine Tochter prophezeit hatte.

Um 11:30 Uhr hatte Schulte einen Termin bei Klaus

Erpentrup, seinem ehemaligen Chef. Der war vor mehr als einem Jahr die Treppe hinaufgefallen und bekleidete jetzt das Amt eines Staatssekretärs im Innenministerium.

Schulte sah auf seine Armbanduhr. Wenn dieser verdammte Zug nicht bald eintrudelte, würde er seinen Termin wohl nicht mehr halten können. Das wären schlechte Voraussetzungen für das anstehende Gespräch mit Erpentrup. Schulte wusste nicht, warum er mit ihm sprechen wollte. Als Schulte nach dem Grund der Unterredung gefragt hatte, hatte sich die Assistentin des Staatssekretärs bedeckt gehalten. Schulte hasste diese kleinen Spielchen von Erpentrup, mit denen er ihm mal wieder deutlich machen wollte, wer hier Chef an Bord war.

Ein solches Verhalten war einer der Gründe, warum Schulte Erpentrup noch nie leiden konnte, und genau darum hatte er ihm während der gesamten gemeinsamen Zeit in Detmold keinerlei Respekt entgegengebracht. Und nicht nur das. Wenn Schulte eine Möglichkeit sah, sich mit seinem alten Chef auseinanderzusetzen, dann hatte er diese wahrgenommen. Er war in der Vergangenheit keiner Fehde aus dem Weg gegangen. Jeden Fehler Erpentrups hatte Schulte gnadenlos genutzt, um ihn zu düpieren, auch vor den Kollegen. Dieses Verhalten war nicht ohne Folgen geblieben.

Die gegenseitige Abneigung galt im Übrigen für beide Männer gleichermaßen. Auch Erpentrup hatte Schulte von Anfang an nie Sympathie entgegengebracht und versucht ihn klein zu machen, wo es nur eben ging.

Die vielen Auseinandersetzungen, die die Polizisten ausgetragen hatten, sorgten erst für verhärtete Fronten und später, als Erpentrup mehr und mehr als Verlierer hervorgegangen war, wurde aus Abneigung Hass. Erpentrup hasste Schulte mittlerweile mit Inbrunst.

Schulte hatte nach der Beförderung Erpentrups für kurze Zeit gehofft, dass er ihn los war. Doch das war ein Irrtum. Im Gegenteil. Sein alter Chef hatte sich nicht einmal bemüht, sich in seinen neuen Job einzuarbeiten. Vom Anfang an schien es nach wie vor die oberste Priorität Erpentrups zu sein, Schulte fertigzumachen. Der neue Staatssekretär hatte noch nicht einmal eine Schamfrist gewahrt, bevor er Schulte aus seiner neuen, mächtigeren Position heraus vehement attackierte. Schon nach wenigen Wochen startete Erpentrup die erste Quälattacke aus Düsseldorf gegen seinen Lieblingsfeind Schulte.

Erpentrup ließ den Detmolder Polizeirat in eine, von ihm höchstpersönlich geschaffene Abteilung versetzen, die ab sofort als Abstellgleis für renitente Polizisten in nordrhein-westfälischen Polizeikreisen gehandelt wurde. Darüber hinaus hatte diese Versetzung zur Folge, dass Erpentrup weiterhin eine Art Chef von Schulte blieb und damit direkten Zugriff auf den Detmolder Polizisten hatte. Mit anderen Worten, der Kleinkrieg ging weiter. Gemeinsam in den Untergang – schätzte Schulte das Resultat ein. Und so stand er seit seiner Versetzung in die Abteilung *Think-Tank* regelmäßig auf irgendwelchen Bahnhöfen zwischen Detmold und Düsseldorf herum und ärgerte sich über die Unpünktlichkeit von Zügen.

Die knarrende Stimme: „Sehr geehrte Fahrgäste, es hat Einfahrt der ICE 646 nach Düsseldorf. Der Zug wird in Hamm geteilt. Wir weisen Sie nochmals darauf hin, dass anders als auf der Anzeigentafel ausgewiesen, nicht der vordere Zug weiter Richtung Dortmund, Essen, Düsseldorf fährt, sondern der hintere Zugteil. Wir bitten Sie, diese Änderung beim Einsteigen in den Zug zu berücksichtigen."

Schulte fluchte, nahm hastig seinen Rucksack und spurtete Richtung Ende des Zuges.

2

Es war ein kleiner Triumphmarsch für ihn. Friedrich Lang blickte mit Besitzerstolz über das Firmengelände, taxierte den Zustand der Fahrzeuge, betrachtete mit einiger Schadenfreude die abblätternden Fassaden des Bürogebäudes und der beiden Werkshallen.

„Kein Wunder, dass dieser trostlose Laden pleitegegangen ist", sagte er zu seinem Angestellten, der ihn begleitete. Als dieser beflissen nickte, fuhr er fort: „Na ja, jetzt gehört dies alles uns. Ich habe mich noch nicht entschieden, ob ich hier Geld hineinstecke oder nicht. Vielleicht mache ich den Laden auch einfach dicht. So wie es hier aussieht, ist das sicher die bessere Lösung."

Lang strich sich mit gespreizten Fingern, die er wie einen Kamm benutzte, eine dicke Strähne schlohweißen Haars nach hinten. Die Geste wirkte etwas affektiert, passte nicht zu der zwar eleganten, aber auch bulligen Erscheinung dieses Mannes. Friedrich Lang hatte sich gut gehalten, war immer noch, trotz seiner 73 Jahre, ein Hingucker. Er war das Gesicht in der Menge, mit seinem dichten weißen Haar, dem ebenso weißen gepflegten Vollbart und der stets leicht sonnengebräunten Gesichtshaut, den breiten Schultern und der teuren Kleidung. Er war nicht zu übersehen.

Nun stand er vor der Eingangstür des eingeschossigen Bürogebäudes und runzelte die Stirn.

„Machen Sie Fotos von allen Gebäudeschäden, die Sie erkennen können", wies er seinen Angestellten an. „Vielleicht können wir den Kaufpreis noch ein bisschen drücken."

In diesem Augenblick fuhr ein schwarzer BMW mit hohem Tempo auf das Firmengelände und wirbelte eine Staubwolke auf, als er direkt vor dem Bürogebäude zum Stehen kam. Die Wagentür flog auf und ein hochgewachsener Mann mit mindestens ebenso kräftiger Statur wie Friedrich Lang stieg aus. Trotz des teuren Autos wirkte sein Fahrer eher einfach. Mit hochrotem Kopf machte er ein paar schnelle Schritte auf Lang und dessen Angestellten zu, baute sich direkt vor ihnen auf und rief mit kräftiger, aber vor Wut fast überschnappender Stimme: „Du kannst es wohl gar nicht abwarten. Hast du jetzt endlich erreicht, was du schon immer wolltest? Mich fertigmachen, das war doch dein Ziel, oder? Mich zu Staub zertreten, mich so kleinzumachen, dass ich nie wieder hochkomme. So hast du dir das Ganze seit Jahren ausgemalt, du Mistkerl."

Friedrich Lang verzog den Mund zu einem spöttischen

Lächeln. „Du bist ein schlechter Verlierer, Karl-Heinz", sagte er und machte gleichzeitig seinem Angestellten mit einer Geste klar, dass er bei ihm bleiben solle. „Wir haben beide ein Spiel gespielt und du hast verloren. Du kanntest die Spielregeln so gut wie ich und hattest die gleiche Chance. Beklag dich nicht. Sei froh, dass deine Firma in gute Hände kommt. Vielleicht behalte ich sogar den Firmennamen. Arnold Autoteile. Ist zwar pleite, hört sich aber gut an. Das ist doch ein Angebot, oder?"

Karl-Heinz Arnold pumpte Luft. Er war nun noch dunkler im Gesicht als bei seiner Ankunft und sah besorgniserregend aus. Sein Hausarzt hätte, wenn er Augenzeuge gewesen wäre, ihm spätestens jetzt eine Beruhigungsspritze verpasst. Arnold blieb nichts anderes übrig, als sich mit einem ebenso lauten wie abstoßenden Fluch Luft zu verschaffen. Der Angestellte Langs wich erschrocken zurück, wäre gern ganz aus dieser beunruhigenden Szene verschwunden. Aber sein Chef machte ihm erneut mit einer energischen Handbewegung klar, dass er bleiben sollte. Friedrich Lang selbst zeigte sich wenig beeindruckt von der Wut Arnolds. Er stellte sich breitbeinig vor ihn und sagte, provozierend ruhig: „Ich an deiner Stelle wäre ganz vorsichtig, Karl-Heinz. Noch beschränkt sich deine Insolvenz auf dein Firmenvermögen. Wer weiß, welche Finanzierungslücken noch auftauchen. Vielleicht ist irgendwann auch dein schönes Häuschen an der Reihe. Und dein schickes Auto. Und der Schmuck deiner Frau. Sei froh, wenn ich dir diese Sorge abnehme. Du findest nicht jeden Tag einen Mitbewerber, der sich so kulant verhält."

„Du nennst dich kulant?“ Arnold versprühte Speicheltropfen, als er nun lospolterte: „Du hast mich doch schon 2004 betrogen, du Drecksack. Da haben meine Probleme angefangen. Deinetwegen. Und in den Jahren darauf bist du noch schlimmer geworden. Das war doch kein Wettbewerb mehr, das war Krieg!“

„Jetzt halt aber mal den Ball flach“, rief Friedrich Lang, nun auch etwas lauter. „Was redest du denn? Ich wiederhole mich, aber ich sage noch mal: Du bist einfach nur ein schlechter Verlierer.“

Er hatte den Satz kaum ausgesprochen, da holte Arnold mit einer wuchtigen Bewegung aus und donnerte ihm die rechte Faust ins Gesicht. Lang stolperte rückwärts, wurde von der Hauswand des Bürogebäudes gebremst und fiel wie ein nasser Sack zu Boden. Während Arnold sich die schmerzende Faust rieb, starrte der Angestellte erst entsetzt auf seinen bewusstlosen Chef, dann ängstlich auf Arnold. Aber dessen Furor schien mit diesem mächtigen Hieb fürs Erste ein Ventil gefunden zu haben, denn Arnold drehte sich um, setzte sich ins Auto und brauste davon.

3

Jetzt saß Schulte auf einem unbequemen Stuhl im Zimmer von Erpentrups Assistentin. Mit Annelore Bäcker verstand er sich mit jedem Besuch in Düsseldorf besser. Mittlerweile schien Erpentrup auch nicht mehr ihr Lieblingschef zu sein. Auch heute hatte Schulte den

Eindruck, es hätte sich etwas im Verhalten der Verwaltungskraft verändert. Es schien, als sei die Frau, die anfangs ihrem Chef gegenüber loyal gewesen war, nun von dieser Haltung abgerückt. Als sie Schulte mitteilte, dass Erpentrup noch ein wichtiges Gespräch mit dem Innenminister zu führen habe, hatte sie gleichzeitig etwas ihre Augen verdreht und ihm eine Tasse Kaffee und ein paar Kekse angeboten. Auch das war neu. Bisher hatte Schulte die Wartezeit immer ohne diese kleinen Aufmerksamkeiten ertragen müssen. Da stimmt was nicht, dachte Schulte. Und im nächsten Augenblick hatte er die glorreiche Idee, Frau Bäcker zu fragen, ob sie Lust habe, mit ihm, nach dem Gespräch, gemeinsam mittagzuessen.

Die Sekretärin hatte ihn strahlend angelächelt und ein „gerne" gehaucht. Dabei hatte sie Schulte zugezwinkert.

Während sie sich wieder ihren Aufgaben widmete, beschäftigte sich Schulte zum Zeitvertreib mit seinem Handy. Ich lege schon die gleichen schlechten Angewohnheiten an den Tag wie mein Enkel Linus, bemerkte er an seinem Tun. Doch dann wurde er von einem „Pling" daran gehindert, weiter über die Macht und den Einfluss von Smartphones nachzudenken. Er hatte eine Textnachricht bekommen. Sein Kollege Oliver Hartel schrieb: „Hallo Jupp, bist du im hohen Alter von 61 Jahren noch so flexibel, dass du morgen kurzfristig zu meiner Abschiedsfeier kommen kannst? Wir treffen uns um 18 Uhr in deinem alten Büro in der Kreispolizeibehörde. Herzliche Grüße, Oliver"

Schulte zog die Stirn in Falten. Was war denn da wieder an ihm vorbeigegangen. Abschlussfeier? Von welchem Abschluss redete Hartel da?

Im nächsten Moment flog eine Tür auf. Erpentrup betrat das Vorzimmer.

„Ihnen scheint es ja gut zu gehen", sagte der Staatssekretär und tat, als sei er gut gelaunt. Er machte jedoch keine Anstalten Schulte förmlich zu begrüßen. „Kommen Sie gleich mit in mein Büro. Da können wir schnell zur Sache kommen. Ich habe wenig Zeit."

Auch wenn Schulte sich über diese Unhöflichkeit seines Vorgesetzten ärgerte, ließ er es sich nicht anmerken. Er führte seine Tasse zum Mund und nahm genüsslich einen Schluck.

„Ja, Herr Erpentrup, mir geht es gut. Frau Bäcker kocht aber auch wirklich einen sehr guten Kaffee", entgegnete Schulte mit der ihm größtmöglichen Gelassenheit.

„Automatenkaffee, Schulte, Automatenkaffee. Wenn man heutzutage seine Sekretärin anweist, einen Kaffee zu kochen, hat man gleich die Gewerkschaft am Hals. Und hier in Düsseldorf sind die Wege zu diesem Verein ja bekanntlich besonders kurz." Erpentrup schnaubte. Seine Laune schien sich sekündlich zu verschlechtern.

Schulte genoss einen weiteren Schluck. „Ich muss schon sagen, für Automatenkaffee ...", er wiegte seinen Kopf, „nicht schlecht."

Erpentrup wurde ungehalten.

„Schulte, ich will nicht mit Ihnen über die Kaffeequalitäten im Ministerium diskutieren. Ich habe etwas mit Ihnen zu besprechen und nicht viel Zeit. Kommen Sie mit!“

Erpentrup erwartete wohl, dass Schulte seiner Anweisung stante pede folgte. Denn er sah sich nicht mehr zu dem Detmolder Polizisten um, sondern marschierte schnurstracks in sein Büro.

Schulte stellte bewusst umständlich seine Kaffeetasse ab. Danach bekam er von der Assistentin, Frau Bäcker, mit einer verschwörerischen Geste eine Visitenkarte in die Hand gedrückt und sie raunte ihm leise zu: „13 Uhr. Ich werde da sein.“

„Na, nun kommen Sie schon, Schulte!“, dröhnte Erpentrups Stimme durch die offenstehende Tür.

Schulte zwinkerte noch einmal verschmitzt in Richtung Frau Bäcker und verschwand aus dem Zimmer. Als er sich auf den ihm zugedachten Stuhl gesetzt hatte, kam Erpentrup ohne große Vorrede zur Sache.

„Was soll ich sagen“, begann er und knetete seine Hände. „Es besteht für Sie die Möglichkeit den Polizeidienst vorzeitig zu verlassen und dennoch Ihre vollen Pensionsansprüche in Anspruch zu nehmen. Das ist doch eine gute Nachricht, Schulte.“

Der Detmolder Polizist war sprachlos. Wollte man ihn jetzt auf diese Weise schassen? Er hatte schon von mehreren Kollegen, die etwas älter waren als er, gehört, dass man ihnen angeboten hatte, noch über das Pensionsalter hinaus weiterzuarbeiten. Und das unter lukrativen Bedingungen, denn es gab de facto zu wenig Polizisten in NRW. Das pfiffen die Spatzen von allen Dächern. Und nun bot Erpentrup ihm an, früher zu gehen und das ohne finanzielle Einbußen?! Seltsam, seltsam ... Erpentrup musste ihn wirklich hassen, der zog wahrhaftig jede Karte, um ihn loszuwerden.

„Ja, da sind Sie sprachlos, mein Lieber", unterbrach Schultes Chef ihn in seinen Gedankengängen. „Ich kümmere mich um meine Leute, Schulte, und als mir der Minister die Möglichkeit eröffnete, verdiente Kollegen für ihre geleistete Arbeit zu belohnen, indem wir ihnen ein paar Jahre ihrer Lebensarbeitszeit erlassen, da habe ich sofort an Sie gedacht."

Erpentrup grinste kumpelhaft. „Und wenn Sie hier gleich unterschreiben", Erpentrup schob Schulte einige Blätter und einen Stift hin, „haben wir das hier und heute gleich erledigt. Sie müssen dann nicht noch mal wegen irgendwelcher Formalitäten nach Düsseldorf kommen. Sie setzen Ihre Unterschrift unter den Vertrag und am 30. April ist für Sie der letzte Arbeitstag."

Erpentrup sah auf seinen Computer. „Urlaub haben Sie ja auch noch jede Menge. Also mein Lieber, eine Unterschrift und sie können sofort zu Hause bleiben. Na, ist das ein Angebot, Schulte?"

„Sie sind ja schlimmer als jeder Staubsaugerverkäufer", kam es spontan über die Lippen des total perplexen Schulte.

„Was soll das denn heißen?", entgegnete Erpentrup verärgert.

„Na ja, ich meine", rang Schulte nach Worten. „So ein vorzeitiges Dienstende, das will gut überlegt sein. Über eine solche Möglichkeit habe ich überhaupt noch nicht nachgedacht. Ich meine, okay, vorzeitig in Pension unter Zahlung der vollen Bezüge, das hört sich gut an, aber es will auch alles bedacht sein." Schulte blies die Luft aus seinen Lungen. „Ich meine, ich brauche Bedenkzeit."

Erpentrup schien enttäuscht. Dennoch schlug er einen verbindlichen Ton an.

„Okay, okay, Schulte, ich kann Sie verstehen, aber ewig kann ich mein Angebot nicht aufrechterhalten. Wenn Sie sich nicht schnell entscheiden, kommt ein anderer Kollege in den Genuss des vorzeitigen Ruhestandes. Also denken Sie darüber nach, Sie haben vier Wochen."

4

Friedrich Lang warf seinen Mantel achtlos auf das Sideboard, lockerte seine Krawatte und ließ sich ächzend in seinen Lieblingssessel fallen. Er strich sich eine Haarsträhne aus dem Gesicht, dann betastete er vorsichtig seine geschwollene rechte Wange und das blutunterlaufene Auge.

Seine Ehefrau Silvia, eine gepflegte Frau von 70 Jahren, kam aus der Küche und blickte ihn erwartungsvoll an. Als er sich nicht äußerte, fragte sie: „Wo warst du?"

Er blickte zu ihr auf, wartete eine Weile mit der Antwort und sagte dann: „Bei der Polizei."

Sofort leuchtete ihr Gesicht auf, als habe er ihr gerade eine besonders frohe Botschaft mitgeteilt.

„Du hast die Vermisstenmeldung für Lennart aufgegeben? Hast du dich überwunden? Danke, das freut mich. Endlich."

Er starrte sie verständnislos an.

„Nein! Wieso Vermisstenmeldung? Ich war bei der Polizei, weil ich Anzeige erstattet habe gegen Arnold. Meinst du, ich lasse mir das gefallen? Du siehst doch, wie ich aussehe. Den Kerl mache ich platt."

Silvia Lang schüttelte resigniert den Kopf.

„Das glaube ich jetzt nicht", sagte sie leise. „So ein lächerliches blaues Auge ist dir wichtiger als dein Sohn? Hast du jeden Sinn für Prioritäten verloren?"

Bevor ihr Mann sich zur Wehr setzen konnte, fuhr sie, nun aber deutlich lauter, fort: „Friedrich, unser Sohn Lennart ist seit Wochen verschwunden. Wir haben keine Ahnung, wo er sein könnte. Nach all den Dramen in unserer Familie ist das Grund genug, sich Sorgen zu machen. Findest du nicht? Oder lässt dich das völlig kalt?"

Wieder befühlte Friedrich Lang sein Auge, als suche er damit eine Begründung für sein Verhalten. „So ein Quatsch. Du weißt genau, wie viel Lennart mir bedeutet. Hältst du mich für ein Monstrum? Drei Söhne hatte ich. Drei prächtige Jungs. Sie sollten mein Erbe antreten, mein Lebenswerk weiterführen. Ich würde in ihnen weiterleben. Das war der Plan. Jetzt sind die beiden älteren tot und mir bleibt nur noch Lennart. Er bedeutet mir alles, das musst du mir schon glauben. Alles!"

„Und warum unternimmst du dann nichts?", schrie sie ihn an. „Besorg uns einen Privatdetektiv oder mach sonst was. Das Allermindeste ist es aber, zur Polizei zu gehen und eine Vermisstenmeldung aufzugeben. Was hindert dich denn daran?"

Er stand auf und drehte mit geballten Fäusten eine Runde um den Wohnzimmertisch.

„Ich habe dir schon 100 Mal gesagt, dass es Lennart gut geht. Wo er gerade ist, weiß ich nicht. Aber er macht eine Reise. Er bräuchte das einfach mal, hat er mir gesagt. Ein bisschen zur Ruhe kommen, den Kopf frei kriegen. Solche Phasen haben wir alle einmal. Silvia, der Junge ist erwachsen und weiß, was er tut. Er wird in den nächsten Tagen gesund und munter wieder hier auftauchen und mit frischer Kraft an die Arbeit gehen. Und jetzt komm mir nicht mit Mutterinstinkt und Vorahnungen. Ich kann es nicht mehr hören."

Nach diesen Worten ließ er sich wieder in den Sessel fallen und betastete erneut die Schwellungen in seinem Gesicht.

Seine Frau drehte sich mit dem Rücken zu ihm und sagte leise: „Ich verstehe dich nicht. Früher warst du nicht so schlimm. Schau mal in den Spiegel, du würdest dich selbst nicht mehr erkennen. Nicht nur wegen der dicken Backe und dem Matschauge. Du bist nicht mehr derselbe Mensch. Seit Philipp bei dem Tsunami in Thailand umgekommen ist, hast du dich in dein Schneckenhaus zurückgezogen und bist nur noch in Abwehrhaltung gegangen. Ich weiß nicht, was Philipp damals aus dem Haus getrieben hat, aber ich habe so eine Ahnung, dass du mehr darüber weißt als ich. Wenn du der Meinung bist, dass mich das als Mutter nichts angeht, und wenn du so wenig Vertrauen zu deiner Ehefrau hast, dann … dann …“

Sie brach ab und schlug die Hände vors Gesicht.

„Du und deine Ahnungen“, brummte ihr Mann. Sie drehte sich wieder zu ihm, starrte ihn mit roten und etwas wässrigen Augen an, sagte aber nichts.

„Ist doch wahr“, empörte sich Friedrich Lang. „Du machst mir ständig Vorwürfe für Katastrophen, die ich nicht beeinflussen konnte und die ich auch nicht herbeigeführt habe. Was konnte ich denn dafür, dass 2004 dieser schreckliche Tsunami gekommen ist? Philipp war zufällig da, als Tourist. Ich habe ihn nicht dahin geschickt. Und als mein Bruder bei seiner Bergtour auf eigene Faust losgezogen und abgestürzt ist, da war ich nicht sein Bergführer. Genauso wenig war ich dabei, als Frederiks Segelboot in ein Unwetter kam und gekentert ist. Verdammt noch mal, Silvia. Ich habe unter diesen Schlägen genauso gelitten wie du. Und ich kann es nicht auch noch ertragen, dass du mir für all das die Schuld in die Schuhe schieben willst. Das ist zu viel.“

Sie schwieg lange Zeit. Dann setzte sie sich ebenfalls in einen Sessel.

„Vielleicht tue ich dir unrecht“, sagte sie. „Aber ich will einfach, dass du meine Sorgen ernst nimmst. Ich bin doch nicht hysterisch.“

Als wolle sie damit ein Versöhnungsangebot machen, wechselte sie nun das Thema.

„Was wird denn jetzt aus diesem Arnold?“

Ihr Mann schaute sie verwundert an. Unwillkürlich strich er wieder vorsichtig über sein geschwollenes

Auge. Offenbar hatte schon der Name Arnold diesen Reflex ausgelöst.

„Der? Der liegt am Boden und kommt auch nicht mehr hoch. Und das hat er verdient, dieser Mistkerl."

„Warum bist du so hasserfüllt? Früher war Arnold ein ganz normaler Konkurrent. Beide Firmen haben gutes Geld verdient und ihr seid anständig miteinander umgegangen. Warum ist das nun anders?"

„Weil die Zeiten härter geworden sind. Aber davon verstehst du nichts. Damit musst du dich auch nicht belasten. Manchmal muss man eben zupacken, wenn man in einem so harten Wettbewerb steht. Arnold hätte, wenn er mich in die Knie gezwungen hätte, dabei nichts anders gemacht. Das Geschäft ist ein Haifischbecken – fressen oder gefressen werden. Und bevor ich mich fressen lasse, beiße ich lieber als Erster zu. Aber das gibt diesem Scheißkerl nicht das Recht, mich zu schlagen. Jetzt werde ich ihm den Rest geben. Ich will, dass er auch noch sein Privatvermögen verliert. Halbe Sachen mache ich nicht."

„Du müsstest dich mal reden hören", sagte sie. „Du würdest dich vor dir selber ekeln."

5

Was war denn das gewesen? Ein Rausschmissversuch erster Klasse? Schulte raufte sich die grauen Haare, die ihm wie immer ein bisschen wild und ungekämmt um seinen Kopf standen.

Mit so etwas hatte er nun gar nicht gerechnet. Vorzeitiger Ruhestand! Schulte hatte nach den Erörterungen Erpentrups mehr oder weniger orientierungslos das Innenministerium verlassen und lief nun ohne Ziel die Friedrichstraße entlang. Er musste zur Ruhe kommen, musste nachdenken. Was sollte das Ganze? Was hatte Erpentrup vor? Seine Gedanken schwirrten ihm durch den Kopf und jeder Versuch, sie zu ordnen, misslang auf der Stelle. Komm, lass die Angelegenheit erst mal sacken, versuchte er sich aus dem Denkdilemma zu lösen.

Er kramte in der Tasche nach der Visitenkarte, die ihm Frau Bäcker zugesteckt hatte. *Pastahaus II Mercator* in der Friedrichstraße, das war der Treffpunkt, den die Assistentin Erpentrups vorgeschlagen hatte. Nudeln, warum nicht, dachte er und ließ die kleine bunte Karte wieder in der Tasche seiner Lederjacke verschwinden. Schulte sah auf seine Armbanduhr. Sie zeigte 12:53 Uhr.

„Passt doch", murmelte er, zückte sein Handy, suchte auf Google Maps den Standort des Restaurants und machte sich auf den Weg. Als Schulte wenige Minuten später die Gaststätte betrat, saß Frau Bäcker schon an einem Tisch, der es zuließ in aller Ruhe miteinander zu reden, ohne dass die Gäste an den benachbarten Tischen jedes Wort mitbekamen.

Frau Bäcker war eine Frau zwischen 40 und 50 Jahren. Man sah ihr an, dass sie regelmäßig Sport trieb, aber auch ein bewegtes Leben stand ihr ins Gesicht geschrieben. Keine Schönheit von der Stange, dachte Schulte, aber wie es aussieht eine interessante Frau.

Als Frau Bäcker Schulte bemerkte, stand sie auf und lächelte. Obwohl sie sich heute schon gesehen und begrüßt hatten, gab sie dem Detmolder Polizisten noch einmal die Hand. Schulte nahm und drückte sie. Er wusste aus eigener Lebenserfahrung, dass der Beginn solcher Treffen meist etwas zäh verlief. Da halfen eingeübte Höflichkeitsgesten oft über die erste Sprachlosigkeit hinweg.

„Bitte, setzen Sie sich doch", bat ihn Frau Bäcker und lächelte ein wenig verlegen.

„Ich habe mir schon mal meinen Feierabendweißwein bestellt. Ein kleines Ritual, dem ich jeden Freitag fröne, seit Staatssekretär Erpentrup mein Chef ist. Heute ist zwar erst Donnerstag, fast Wochenende", lächelte sie, als müsse sie sich für das Glas Alkohol am Mittag entschuldigen.

Schulte nickte verstehend und bestellte sich ein Bier. „Ein kleines Ritual, das ich mir leiste, jedes Mal, nachdem ich Erpentrup gesehen habe. Wäre ich ihm früher in Lippe nicht ständig aus dem Wege gegangen, ich wäre zum Trinker geworden", griente Schulte verschmitzt.

Als sie die Bestellung aufgegeben hatten und Schulte sein Bier in der Hand hielt, stießen sie an.

„Auf die Hoffnung, dass uns dieser Chef nicht für immer erhalten bleibt", gab Annelore Bäcker einen kleinen Trinkspruch zum Besten.

Nachdem sie einen ordentlichen Schluck genommen hatte, schnaubte sie. „Herr Schulte, Sie machen mir das Leben schwer. Immer wenn Sie hier auflaufen, ist der

Alte schon drei Tage vorher ungenießbar und wenn nur Ihr Name fällt, ist der Tag für den Chef gelaufen."

„Na, dann hat Erpentrup ja heute Morgen zu einem richtigen Befreiungsschlag ausgeholt", sinnierte Schulte.

„Wieso?", fragte Frau Bäcker verwundert.

„Er hat mir angeboten, zum nächsten Ersten in den Ruhestand zu gehen, unter Weiterzahlung aller meiner Bezüge", berichtete Schulte.

„Oh", war das Einzige, was Frau Bäcker darauf erwiderte. Und dann, nach einer längeren Pause fragte sie: „Und, werden Sie das Angebot annehmen?"

Schulte zuckte mit den Schultern. „Weiß nicht, die ganze Geschichte kommt ein bisschen plötzlich. Eigentlich geht mir mein Job auf den Zeiger. Oft denke ich, schmeiß die Brocken hin, lieber heute als morgen. Und seit heute Morgen hätte ich die Möglichkeit. Aber was fange ich dann mit meinem Alltag an? Warten, dass mein Enkel aus der Schule kommt, um dann mit ihm Hausaufgaben zu machen und über Fußball zu reden? Nee, das ist nicht die Lösung. Außerdem möchte ich dieses Leben sowohl meinem Enkel als auch mir ersparen."

Wieder schwiegen die beiden längere Zeit. Schulte stieß einen mächtigen Seufzer aus. „Ich weiß es nicht Frau Bäcker, ich weiß es wirklich nicht", resignierte er. „Ich habe keine Ahnung, wofür ich mich entscheiden soll."

Die Nudelgerichte kamen und die beiden aßen schweigend, bis Schulte fluchte, weil er sich mit Tomatensoße bekleckert hatte.

„Mist, das passiert mir jedes Mal“, schimpfte er und verwischte die roten Flecken auf seinem Pullover.

Frau Bäcker kicherte. Dann wurde sie ernst. „Also, dann werde ich jetzt mal Entscheidungshilfe leisten. Ich hoffe, dass Sie auf das Angebot von Erpentrup nicht eingehen. Der ist ein arroganter, intriganter, blasierter Affe. Und er ist ein schlauer Misthund, ein verdammt schlauer. Der macht nichts mal eben so. Und er ist auf keinen Fall der gute Mensch von Sezuan. Der ist verkommen und berechnend. Und er hat noch nie jemandem einfach so etwas Gutes getan. Erpentrup führt was im Schilde, das sage ich Ihnen, Schulte! Überlegen Sie sich das mit dem Dienstende genau. Wenn die Möglichkeit der vorzeitigen Pensionierung besteht, so wie Erpentrup die Angelegenheit präsentiert, dann sitzt da kein Zeitdruck hinter, obwohl der Alte das so darstellt. Ich bin jetzt schon so viele Jahre im Innenministerium. Ich habe viele Minister und Staatssekretäre kommen und gehen sehen. Aber glauben Sie mir Schulte, Verwaltungsmühlen mahlen langsam. Und wenn einer auf die Tube zu drücken versucht, dann ist da ganz gewaltig was faul. Gut, dass Sie nicht gleich unterschrieben haben.“

6

„Schönes Wochenende!“, rief Maren Köster ihrer Mitarbeiterin Pauline Meier zu Klüt hinterher, als diese gerade das Büro ihrer Vorgesetzten verlassen wollte. Die jüngere Frau gab den Gruß gut gelaunt zurück und verschwand. Da auch Manuel Lindemann und Oliver Hartel sich bereits verabschiedet hatten, war Maren Köster allein auf weiter Flur. Aber auch sie würde gleich ihre Sachen zusammenräumen und trotz Rufbereitschaft ins Wochenende entschwinden. Sie wollte gerade ihren PC herunterfahren, aufstehen und die Jacke vom Haken holen, als eine ältere, sehr gepflegt wirkende Frau in der Tür stand.

„Ihr Kollege hat mich zu Ihnen geschickt", sagte die Frau schüchtern. Dann schaute sie auf das kleine Schild neben der Bürotür und wurde noch unsicherer.

„Bin ich denn hier richtig? Sie sind ja offenbar die Leiterin dieser Abteilung und ich weiß nicht, ob ich Sie mit …"

„Kein Problem", unterbrach Maren Köster die Frau freundlich. „Es ist ja sonst niemand hier. Kommen Sie herein. Womit kann ich Ihnen helfen?"

Die Frau setzte sich auf den Besucherstuhl, faltete die Hände wie zum Gebet, räusperte sich und sagte: „Ich möchte eine Vermisstenanzeige aufgeben. Ist das hier richtig?"

„Eigentlich nicht", lachte Maren Köster, der die Frau leidtat. „Aber wo Sie gerade hier sind, nehme ich die gern auf. Worum geht es?"

Die Frau stellte sich als Silvia Lang aus Schieder vor.

„Es geht um meinen Sohn Lennart. Er ist seit Anfang des Jahres wie vom Erdboden verschluckt. Ohne mir irgendwas zu sagen. Anfangs habe ich mir keine Sorgen gemacht, weil mein Mann sagte, dass Lennart einen kleinen Burn-out, oder wie man das heute nennt, habe und dringend etwas Erholung bräuchte. Er hätte mit ihm gesprochen und ihm zu einer längeren Reise geraten. Geld spielt in unserer Familie nicht so sehr eine Rolle, wenn ich das mal so sagen darf. Eigentlich war das einleuchtend. Aber sagen Sie doch mal selbst: Würde ein Sohn einfach so auf eine längere Reise gehen, ohne seiner Mutter Bescheid zu sagen?"

„Wie alt ist denn Ihr Sohn?", wollte die Polizistin wissen.

„38 Jahre. Warum, was spielt das für eine Rolle?"

Die Hauptkommissarin schmunzelte.

„Na ja, er ist immerhin kein Kind mehr. Keine Ahnung, wie andere Männer in seinem Alter das halten, aber so ungewöhnlich kommt mir das alles nicht vor."

Frau Lang drückte den Rücken durch und sagte mit leicht erhobener Stimme: „Sie glauben mir also auch nicht, oder? Genauso wenig wie mein Mann und alle anderen. Halten Sie mich auch für hysterisch? Dann ist es allerdings Zeitverschwendung, die Polizei um Hilfe zu bitten. Hätte ich mir ja denken können."

Mit diesen Worten stand sie auf und machte einen Schritt zur Tür.

„Bleiben Sie bitte sitzen!", rief Maren Köster der Frau zu. Sie atmete tief durch, als Frau Lang wieder Platz nahm. Neben ihrer Ungeduld wusste die Polizistin um ihre zweite große Schwäche. Sie besaß viele Eigenschaften, die in ihrem Beruf gut und nützlich waren: Intelligenz, Mut, Beharrlichkeit, Kampfgeist und in den letzten Jahren hatte sie sogar die Kompetenz, stundenlange Besprechungen ohne Tobsuchtsanfälle zu überstehen, gewonnen. Aber es fehlte ihr jede Begabung für diplomatisches Fingerspitzengefühl. Für Deeskalation war eine Maren Köster einfach nicht zu gebrauchen. Schon oft hatten ihr Atemübungen dabei geholfen, eine gewisse professionelle Ruhe zu bewahren. So forderte sie die Frau jetzt auf, einfach mal zu erzählen, was ihr auf dem Herzen lag.

Frau Lang beendete ihre Familiengeschichte mit den Worten: „Aber mein Mann glaubt mir nicht. Er hat nur sein Geschäft im Kopf. Vor allem seinen Privatkrieg mit diesem Arnold, seinem Konkurrenten. Jetzt hat er es endlich geschafft und hat Arnold in die Pleite getrieben. Aber das ..."

„Moment!", rief Maren Köster dazwischen und schaute verwundert auf ihren Bildschirm. „Kann es sein, dass Ihr Mann erst heute Mittag ebenfalls eine Anzeige erstattet hat? Eben gegen diesen Herrn Arnold? Wegen Körperverletzung?"

„Ja, das stimmt", winkte Frau Lang ärgerlich ab. „Als ob das irgendwie wichtig wäre. Alte Männer benehmen sich oft wie Kinder. Mein Gott, so ein Schlag ist nicht schön, aber deswegen stellt man doch keine Strafanzeige. Wenn der eigene Sohn vermisst wird, das ist etwas ganz anderes. Sind Sie auch Mutter?"

Maren Köster schüttelte energisch die prächtigen roten Locken, in die sich mittlerweile aber auch einige graue Störenfriede eingenistet hatten.

„Na ja", murmelte Frau Lang, „dann können Sie das ja nicht verstehen."

Kurz darauf saß die Hauptkommissarin wieder allein

in ihrem Büro und gab sich ihren Gedanken hin. Was für eine seltsame Familie muss das sein, fragte sie sich, tippte ein letztes Mal auf ihre Tastatur und sah zu, wie der Bildschirm sich langsam verdunkelte. Wochenende!

7

Gestern auf dem Rückweg von Düsseldorf nach Detmold, hatte Schulte nachgeforscht, welchen Grund es für die seltsame Abschiedsfeier, zu der Hartel eingeladen hatte, gab. Jetzt war er sprachlos. Erpentrup hatte Hartel doch wahrhaftig auch ein Angebot gemacht. Er hatte Hartel eine Polizeirat-Stelle in seiner alten Heimat angeboten. In Ratingen. Soweit Schulte sich erinnern konnte, hatte der Kollege dort sogar seine Kindheit und Jugend verbracht. Und genau wie bei ihm hatte Erpentrup bei Hartel unheimlichen Druck aufgebaut. Voraussetzung für den Karrieresprung war, dass Hartel bereit dazu war, die neue Stelle schon nach Ostern anzutreten. Warum nur hatte Erpentrup, genau wie bei Schulte, so einen unglaublichen Zeitdruck ins Spiel gebracht? Was führte der Kerl im Schilde?

Schulte verfluchte sich dafür, dass er sich von seiner neuen Verbündeten, Annelore Bäcker, nicht die Mobilfunknummer hatte geben lassen. In den nächsten Tagen würde er sie nicht erreichen, weil Ostern vor der Tür stand. Irgendwas hatte Erpentrup vor. Doch Schulte konnte sich beim besten Willen nicht vorstellen, was.

Der Abschied von Hartel war eine verdammt kurzfristige Kiste. Die Kollegen hatten noch schnell ein gemeinschaftliches Abschiedsgeschenk organisiert und Schulte hatte sich, ohne lange zu zögern, in diese Aktion mit reingehängt. Egal was es kosten würde, Hauptsache, er brauchte sich keine Gedanken über ein sinnvolles Präsent zu machen. Zu Hause hatte er seine Schränke durchstöbert und noch eine Flasche Whisky gefunden. Einen, der zwölf Jahre in verschiedenen Fässern gereift war und mindesten weitere 15 in der hintersten Ecke von Schultes Küchenschrank. Sollte wohl trinkbar sein, dachte er.

Als Schulte die Kreispolizeibehörde betrat, saß Volle gelangweilt in dem Glaskasten am Eingang.

Als Volle Schulte und vor allem die Flasche in Schultes Armbeuge sah, wurde er dienstlich.

„Mit der Flasche kann ich dich da nicht reinlassen, Schulte."

„Warum nicht?", fragte Schulte scheinbar verwundert.

„Der Landrat hat neulich ausdrücklich noch einmal darauf hingewiesen, dass das Trinken von Alkohol in allen Dienstgebäuden strikt untersagt ist", blies Volle sich auf. „Den Schnaps, Schulte, den könnt ihr meinetwegen da bei euch, in Lippisch-Sibirien, in eurer Kneipe trinken. Aber nicht hier, bei uns in der Kreispolizeibehörde."

„Jaja, ich weiß, Volle, der Landrat ist ein kluger Mann. Der hat schon die richtige Anordnung getroffen. Diese ständigen besoffenen Polizisten auf den Straßen, das geht gar nicht mehr."

Volle gaffte. „Betrunkene Polizisten, davon habe ich noch gar nichts gehört."

„Ich auch nicht", grinste Schulte. „Aber der Landrat vielleicht."

„Kann ich mir nicht vorstellen", gab Volle dümmlich zum Besten.

„Ja und warum erlässt der Landrat dann so eine Verordnung?", fragte Schulte mit aller Strenge, die er aufbringen konnte.

„Ja." Volle kratzte sich am Kopf. „Weiß auch nicht."

„Ja, Volle, das weißt du mal wieder nicht. Aber du hast ja den ganzen Abend Zeit, darüber nachzudenken. Und jetzt mach endlich die Tür auf, ich habe es eilig!", kam es im Befehlston von Schulte. Der Türöffner summte. Schulte drückte sie auf und winkte zum Abschied mit der Flasche Whisky.

Auf dem Weg zu seinem alten Büro spürte Schulte es wieder. Wehmut. Ja hört denn das nie auf, dachte er ärgerlich. Er wollte diese Rührseligkeit nicht. Doch je mehr er sich gegen dieses Gefühl wehrte, desto intensiver und andauernder bahnte es sich den Weg in sein Bewusstsein. Und mit jedem Schritt, mit dem er sich seinem alten Büro näherte, wurde der Druck auf seine Brust größer.

Wahrscheinlich würde er auch heute der Letzte sein, wie früher zu den Besprechungen und sonstigen Verabredungen. Schulte öffnet die Tür zu seinem alten Büro und da standen sie alle und warteten auf ihn. Maren Köster mit ernstem Gesicht, der nachdenkliche Manuel Lindemann, die immer gut gelaunte Pauline Meier zu

Klüt und Hartel. Hartel, der damals erst aus Karrieregeilheit gegen das Team gearbeitet hatte und später viel Energie dafür aufwenden musste, um dazuzugehören. Und jetzt, wo er es geschafft hatte, verließ er Detmold. Verrückte Welt, dachte Schulte.

Er begrüßte alle seine Ex-Kollegen herzlich. Während er sie der Reihe nach umarmte, drückte er sich heimlich eine winzig kleine Träne weg.

Hartel gab ihm ein Glas in die Hand. „Zur Feier des Tages trinken wir Champagner“, pries er den Inhalt des Glases an.

„Welche Feier“, entgegnete Pauline. „Ich dachte, wir würden dir fehlen.“

Hartel sah betreten aus. „Ehrlich gesagt, ist das auch so. Ich darf gar nicht daran denken, dass ich demnächst nicht mehr mit euch zusammenarbeite.“ Er wurde sentimental. „Als ich am Mittwoch von Düsseldorf nach Detmold zurückfuhr, war ich guter Dinge. Endlich Polizeirat, geschafft, hatte ich mir eingeredet. Denn schließlich war ich vor zehn Jahren nach Detmold gekommen, um meinen beruflichen Aufstieg zu forcieren.“ Hartel schüttelte den Kopf. „Mein alter Chef in Düsseldorf hatte mir Großes versprochen. Zwei, drei Jahre in der Provinz, hatte er gesagt, dann werden Sie hier bei uns Polizeirat und anschließend geht es auf der Karriereleiter nach oben, ganz nach oben. Ich habe Großes mit Ihnen vor Hartel, hatte er angekündigt. Und drei Monate später war mein Protegé weg. Er wurde Staatssekretär in Potsdam und ich saß hier in Detmold fest.“

„Na ja, Hartel, vielleicht war es ja eine Hals über Kopf Entscheidung, dass du Erpentrup am Mittwoch gleich eine Zusage gegeben hast“, überlegte Maren Köster laut.

„Das war es, Maren“, bestätigte Hartel. „Als ich dann am Mittwochabend in meiner Wohnung am Küchentisch saß, da dachte ich, was hast du nur gemacht? Wie konntest du dem Erpentrup wieder auf den Leim gehen?“ Er zuckte mit der Schulter. „Aber der Erpentrup hat so einen Druck gemacht. Das könnt ihr euch gar nicht vorstellen. So nach dem Motto: Ergreifen Sie die Chance, Hartel, ich weiß nicht, ob ich Ihnen den Job bis nächste Woche freihalten kann. Und dann lag auch schon der Vertrag auf dem Tisch und ich Blödmann habe unterschrieben.“

„Langsam wird es schwierig bei uns im Laden“, sinnierte Maren Köster. „Schulte weg, Hartel weg und ich sehe keine Chance, dass wir in nächster Zeit Ersatz bekommen. Das ist alles ein riesengroßer Mist. Im Moment geht es ja. Es ist nicht viel los, aber wenn wir einen größeren Fall reinkriegen, sehe ich schwarz.“

Am liebsten hätte Schulte gesagt, wenn alle Stricke reißen, kannst du immer noch auf mich und die anderen Kollegen zurückgreifen, die nach Heidenoldendorf abgeschoben wurden. Aber das verkniff er sich. Stattdessen sagte er. „Vielleicht solltest du zum Landrat gehen und ihn auf die Situation aufmerksam machen.“

„Man merkt, dass du in deinem Lippisch-Sibirien schon zu weit weg bist von den Detmolder Realitäten. Weißt du, was passiert, wenn du beim Landrat anrufst? In der Regel bekommst du frühestens einen Termin in sechs Wochen. Der sitzt da oben im Kreishaus in seinem Büro und die Höllenhunde im Vorzimmer lassen niemanden zu ihm durch. Da muss man schon sehr hartnäckig sein um durchzudringen. Maren Köster winkte ab. „‚Kurze Wege' war gestern."

Pauline Meier zu Klüt schaltete sich ein. „Kommt, heute Abend reden wir nicht über die Mühen des Tages. Oliver geht, ich finde das schade und alle anderen Kollegen wahrscheinlich auch. Wir sollten uns einen schönen Abend machen, den wir hoffentlich lange in guter Erinnerung behalten werden."

Schulte nickte. „Hast ja recht Meier, aber vorher muss ich euch noch was erzählen."

Es wurde wieder still im Raum.

„Ich war gestern auch in Düsseldorf. Von Erpentrup einbestellt. Der hat mir den sofortigen Ruhestand angeboten. Von jetzt auf gleich. Der 30. April wäre dann mein letzter Arbeitstag. Und Erpentrup hat bei mir genauso einen Druck aufgebaut wie bei Hartel. Was ist da los? Was will der Kerl? Ich verstehe im Moment gar nichts."

Alle starrten Schulte an.

„Du hast doch nicht etwa auch unterschrieben?", fragte Maren Köster völlig fassungslos.

„Nein, habe ich nicht", sagte Schulte. „Ich habe Erpentrup vertröstet. Das war gar nicht so einfach, das sage ich euch. Aber nun ist gut, ich wollte euch das nur kurz erzählen. Jetzt wird gefeiert."

Schulte drückte Hartel die Flasche Whisky in die Hand. „Hier Hartel, wenn wir und Lippe dir zukünftig fehlen werden. Trink, um zu vergessen! Und jetzt sag uns, wo wir hingehen, um dir die Haare vom Kopf zu fressen."

„Genau, unser Abschiedsessen", fiel es Hartel wieder ein. „Wir gehen ins *Rioja* in der Detmolder Straße, eine neue Tapas-Bar. Ich habe einen Tisch bestellt. Ach ja, und damit ihr es wisst, ihr Lipper, ein Rheinländer lässt sich nicht lumpen. Es geht alles auf mich."

8

Mai 1985

Voller Konzentration verfolgte er den Flug des Federballs. Vor Aufregung steckte er seine Zunge heraus, mit deren Spitze er Maß nahm. Sie wanderte vom linken Mundwinkel zum rechten. Flipp brachte seinen Schläger in Position. Diesmal würde er dem Ball einen Schlag verpassen, mit einer Wucht, dass er bis nach Schwalenberg fliegen würde. Bis nach Schwalenberg? Ach was, bis nach Amerika würde er fliegen.

Flipps Zunge war fast auf der rechten Seite seines Mundes angekommen. Und wieder war es wie bei den vorherigen Schlägen. Je mehr sich die Zunge dem rechten Mundwinkel näherte, umso schneller flog verrückterweise der Federball. Flipp wurde hektisch. Diesmal musste er es schaffen. Seinem kleinen Bruder Fredi war es ja auch schon gelungen den Ball zu treffen. Nicht richtig, aber immerhin.

Hastig riss Flipp den Schläger hoch. Doch da war das weiße Körbchen mit dem roten Gummipfropfen schon an ihm vorbeigeschossen und landete zwei Meter weiter hinter ihm im Gras.

Dann eben beim nächsten Mal, dachte Flipp. Er brachte den Federballschläger in Position und wartete darauf, dass sein Vater ihm einen Ball zuschlug.

Ich bin ein Kämpfer, dachte Flipp. Genau wie mein Vater es von mir verlangt. Ich gebe nicht auf, so lange nicht, bis ich den Ball nach Amerika geschlagen habe.

Doch der nächste Federball wurde von seinem Vater nicht mehr auf die Reise geschickt. Nein, der warf seinen Federballschläger achtlos hinter sich und sagte: „Mit dir hat es einfach keinen Zweck Junge, du hast die Motorik einer Bahnschranke. Lass es bleiben. So wie du mit dem Schläger herumhampelst wirst du den Ball nie treffen. Du bist einfach zu nichts zu gebrauchen."

Flipp war enttäuscht. Wie konnte er ein Kämpfer und ein guter Federballspieler werden, wenn sein Vater ihm nicht die Chance dazu gab? Dem kleinen Jungen stiegen die Tränen in die Augen.

Flipps Mutter hatte die Szene beobachtet. Sie sah den Vater wütend an und ging zu ihrem Kind.

„Ach was, Flipp", sagte sie mit ihrer liebenswürdigsten Stimme zu ihrem Sohn. „Natürlich wirst du es lernen den Federball zu treffen." Sie beugte sich zu ihm hinab und gab ihm einen Kuss auf die Wange. „Dein Vater ist manchmal zu ungeduldig. Der hat nur vergessen, wie lange er damals als kleiner Junge gebraucht hat, um halbwegs gut Federball spielen zu können. Komm, wir üben noch ein bisschen."

„Nichts werdet ihr üben!", raunzte der Vater die Mutter an. Er hatte einen roten Kopf bekommen und sein Gesicht glich der Fratze des Teufels, den Flipp gestern in einem Puppentheater gesehen hatte.

„Das ist doch vertane Zeit. Und stell mich vor dem Jungen nicht wie einen Deppen hin!", polterte der Vater weiter. „Ich konnte und kann immer noch Federball spielen", brüllte er jetzt fast. „So dämlich wie der Kerl sich anstellt, wenn er versucht einen Ball zu treffen, das gibt es und gab es bislang kein zweites Mal. Ich jedenfalls war damals tausendmal geschickter, als dieser Bengel es jemals sein wird. Flipp hat zwei linke Hände! Der Junge ist so dermaßen ungeschickt. Ach was, der Junge ist nicht ungeschickt, der ist einfach zu doof. Da ist Hopfen und Malz verloren. Und dann dieses Geschlabber mit seiner Zunge."

9

Bestens gelaunt stand Jupp Schulte vor dem Käsestand auf dem Detmolder Marktplatz und lauschte dem munteren Wortgeplänkel zwischen dem Standbetreiber und einer Kundin. Schulte kaufte so gut wie nie etwas auf dem Markt, aber er liebte es, hier zu bummeln, sich einfach treiben zu lassen, mal hier und mal dort zu schauen, gelegentlich ein bekanntes Gesicht zu treffen und einen kurzen Plausch zu halten. Er aß in der Regel ein Paar Wiener Würstchen vom Fleischerstand und ging anschließend auf zwei kleine Biere in die Braugasse. Schöner konnte man, seiner Meinung nach, einen Samstagnachmittag nicht einläuten.

Nun lauschte er dem ebenso lauten wie diffusen Stimmengewirr, das den Raum um ihn herum füllte und ihm ein Gefühl von Schwerelosigkeit vermittelte, als sei er leicht angeschickert. Heute, am Karsamstag, war besonders viel Betrieb. Die Leute deckten sich für die Ostertage ein. Plötzlich glaubte er, durch die ganze Kakofonie hindurch eine bekannte Stimme gehört zu haben. Er drehte sich um und sah einen Mann zwischen Käse- und Olivenstand verschwinden. Schulte öffnete den Mund, um ihm hinterherzurufen, aber da war dieser schon Teil der großen Masse und nicht mehr zu erkennen.

Dass Oliver Hartel, dessen Abschied Schulte erst gestern gefeiert hatte, einen Marktbummel machte, war nicht weiter erstaunlich. Aber Schulte hätte schwören können, dass die blonde Frau an seiner Seite niemand anderes gewesen war als Schultes Tochter Ina. War das möglich? Woher kannten die beiden sich überhaupt? Und war es wirklich Ina, oder hatte seine Fantasie ihm einen Streich gespielt. Unfug, schalt er sich selbst und versuchte, diese törichten Gedanken durch sinnvollere zu ersetzen. Er schaute auf die Uhr und stellte fest, dass es höchste Zeit war, zum *Café Gothland* zu gehen. Dort hatte er sich mit seiner Ex-Kollegin, Nachfolgerin im Job und auch Ex-Lebenspartnerin Maren Köster auf einen Kaffee verabredet. Mit dieser Frau fühlte er sich immer noch auf eine irritierend ambivalente Weise verbunden. Sie waren als Kollegen ein ganz anständiges Team gewesen, hatten viel zusammen geschafft. Aber im Privaten war es ein Fiasko geworden, als Paar hatten sie versagt und nach zwei Jahren das Handtuch geworfen. Es war in erster Linie seine Schuld gewesen, das wusste Schulte mittlerweile. Er war derjenige, der es zwar beglückend gefunden hatte, mit dieser begehrenswerten Frau das Bett teilen zu dürfen, der aber nicht in der Lage gewesen war, auch alle anderen Bereiche seines Lebens mit ihr zu teilen. Bis sie ihn eines Tages vor die Tür gesetzt hatte. Allerdings, das stellte sich schnell und zu beiderseitigem Erstaunen heraus, so ganz ohne den anderen konnten sie beide auch nicht. Der eine war nicht vollständig ohne den anderen. Aber es blieb platonisch, jede Form von Intimität hätte sofort wieder in den Abgrund geführt, das wussten beide und sie hielten sich daran.

Maren Köster, die stets fünf Minuten vor der Zeit am verabredeten Ort war, saß bereits an einem der Tische, wie Schulte von außen bei einem Blick durch das Fenster feststellen konnte. Es war immer noch so, dass sein Herz bei ihrem Anblick etwas schneller schlug. Maren Köster hatte ihren 50. Geburtstag nun auch schon eine Weile hinter sich. Aber sie hatte sich, ganz im Gegensatz zu Schulte, unfassbar gut gehalten, war immer sportlich geblieben, hatte viel für ihren Körper getan. Das zahlte sich nun aus.

Die beiden begrüßten sich mit einem keuschen Wangenkuss. Schulte erzählte ihr von der merkwürdigen Begegnung eben auf dem Markt. Sie lachte: „Jupp, deine Tochter ist bald Ende 30, auf die musst du nicht mehr aufpassen wie ein Schießhund. Aber im Ernst: Du musst dich getäuscht haben. Ich kann mir nicht vorstellen, dass sie und Hartel sich überhaupt kennen. Woher denn? Und außerdem passen die überhaupt nicht zusammen. Hartel und Ina ... nee, das würde wohl nicht funktionieren."

„Ich kann's mir ja auch nicht vorstellen", brummte Schulte, während er seinen noch heißen Kaffee schlürfte. „Muss mich wohl getäuscht haben."

Eine Weile sprachen sie über Belangloses. Dann wechselten sie, wie immer, wenn zwei Polizisten miteinander sprechen, ganz selbstverständlich in den Bereich ihrer Arbeit. Schulte klagte, wie so oft in den letzten Monaten darüber, keine echte Aufgabe zu haben und beneidete sie um ihren spannenden Job, der bis zu seiner Versetzung vor etwa einem Jahr seiner gewesen war. Sie war seine Nachfolgerin, was der Beziehung zu ihr neue und schwierige Reizpunkte hinzugefügt hatte.

„Hast du schon mal was von der Firma Lang ATZ aus Schieder gehört", fragte sie ihn nach einer Gesprächspause. Schulte überlegte kurz, dann sagte er: „Ich glaube schon. Die sind doch in Sachen Autoteile unterwegs, oder? Ist 'ne alteingesessene Firma. Warum?"

Sie erzählte vom denkwürdigen Auftreten der Eheleute Lang am gestrigen Tag.

„Das hatte ich noch nie", schmunzelte sie. „Der Ehemann kommt mittags, stellt eine Anzeige wegen Körperverletzung und am späten Nachmittag kommt die Ehefrau und meldet ihren Sohn als vermisst. Wieso hat der Ehemann das nicht gleich zusammen erledigt? Wäre doch ein Abwasch gewesen. Komische Leute."

„Wahrscheinlich sitzt der junge Mann irgendwo im wärmeren Teil dieser Welt gerade in einer Strandbar und lässt es sich gut gehen", meinte Schulte. „An die Sorgen einer alten Mutter denkt er vermutlich nicht. Unternehmt ihr in dieser Sache was?"

„Na ja, die übliche Routine eben. Aber wir werden daraus keinen Arbeitsschwerpunkt machen. Wir nutzen gerade die Zeit, um neue Strukturen bei uns aufzubauen. Nichts gegen deinen Führungsstil, Jupp. Du hast das all die Jahre toll gemacht, aber die Zeiten ändern sich. Denk nur mal an das große Thema Digitalisierung. Polizei 4.0, könnte man sagen. Da gibt es einiges anzupassen."

Schulte orderte sein erstes Bier an diesem Tag und sagte: „Davon kann auf unserem Gnadenhof für verhaltensgestörte Bullen keine Rede sein. Was soll da noch passieren? Wir taumeln alle, von van Leyden mal abgesehen, der Pensionierung entgegen. Bis dahin wird es wohl keinen großen Aufreger mehr geben. Schreckliche Vorstellung. Das ist mein Albtraum. Auch wenn Erpentrup mir gestern den Vorschlag, sofort in den Ruhestand zu gehen, gemacht hat, je mehr ich darüber nachdenke, desto klarer wird mir, dass das keine Option für mich ist. Was soll ich denn den ganzen Tag machen? In Fritzmeiers Hofladen an der Kasse sitzen? Oder mich schon morgens vor dem Fernseher volllaufen lassen? Nee Maren, du kennst mich. Ich brauche diese Arbeit. Ich habe doch nichts anderes."

Maren Köster wurde nachdenklich.

„Das wird mir wahrscheinlich auch so gehen, wenn es so weit ist. Ich denke, wir machen alle den gleichen Fehler und binden uns zu sehr an den Job. Die Arbeit ist gut und wichtig und bringt Struktur in unser Leben. Aber wir vergessen schnell, dass Arbeit eben nur ein Teil unseres Lebens ist und nicht das Leben an sich. Für einsame Singles wie uns ist das besonders schwer zu akzeptieren."

„Gut gesprochen, Frau Hauptkommissarin", grinste Schulte und hob sein Bierglas. „Prost!"

10

Ostern! Bedeutete ihm das eigentlich etwas? Schulte war sich da nicht so sicher. Vor zehn Jahren hätte er diese Frage mit einem klaren Nein beantwortet. Seitdem er aber die magische 60 überschritten hatte, spürte er manchmal zu seinem eigenen Erstaunen nostalgische Anwandlungen und gerade solche Tage lösten schon mal Erinnerungen an seine Kindheit aus. Nicht unbedingt an konkrete Ereignisse. Es waren eher stille, aber tiefe Empfindungen, die er mit solchen Tagen verband. Erinnerungen an milde Frühlingstage, an ganz bestimmte Gerüche und Geräusche. Nichts wirklich Bemerkenswertes, aber sie zogen wie Seifenblasen an ihm vorbei und zerplatzten auch genauso schnell.

Schulte, der die Frühlingssonne auf der Bank vor seiner Wohnung genoss, zog die Nase kraus und versuchte, diese Gedanken abzuschütteln. Das war auch dringend nötig, denn in diesem Augenblick tauchte Anton Fritzmeier, der Besitzer des Hofes, auf dem Schulte seine Wohnung hatte, auf. Der alte Landwirt, der seinen Hof schon lange nicht mehr bewirtschaftete, aber trotz seiner 82 Jahre dort einen gut gehenden Hofladen betrieb, setzte sich neben ihn auf die Bank. Die beiden so ungleichen Männer kannten sich nun bald 20 Jahre. Was anfangs eine reine geschäftliche Beziehung zwischen Mieter und Vermieter gewesen war, war im Laufe der Jahre zu einer echten Freundschaft geworden. Auch als Schultes Tochter Ina mit ihrem Säugling Linus ebenfalls auf den Hof gezogen war, blieb das so.

„Na, Jupp? Schön, so 'n Feiertag, oder?", begann Fritzmeier das Gespräch. „Wann musse denn wieder ran? Dienstag?"

„Was heißt müssen?", fragte Schulte zurück. „Ich bin ja froh, wenn ich wieder was zu tun habe."

„Warum? Chefällt et dir hier nich auffen Hof? Andere würden viel Cheld dafür cheben, hier 'n bissken Ruhe zu chenießen."

Schulte legte dem alten Mann freundschaftlich eine Hand auf die Schulter.

„Keine Sorge, Anton", lachte er. „Das hier ist der beste Platz auf Erden. Den würde ich für keine noch so schicke Strandbar in der Karibik oder sonst wo eintauschen wollen. Nein, ich bin nur immer so unruhig, wenn ich ein paar Tage nichts zu tun habe."

Fritzmeier dachte nach, dann sagte er: „Dat musse aber lernen, Jupp. Da kommsse nich drumherum.

Oppe wills oder nich, aber eines Tages isset soweit. Dann musse mit dir selbst zurechtkommen. Einfach is dat nich."

„Wie war das denn bei dir, als du damals deine Tiere verkauft und deine Felder verpachtet hast? Hat dir da nichts gefehlt?"

„Doch", sagte Fritzmeier, nachdem er ein paar Sekunden nachgedacht hatte. „Is mir auch nich leichtchefallen. War ja mein Leben, der Hof und die Viecher. Du warst ja damals schon hier. Hast mitchekriegt, wie et mir ching. Scheiße war das am Anfang. Hat seine Zeit chedauert, bis ich wieder richtig inne Spur war. Nur chut, dat Ina damals die Idee mit dem Hofladen hatte. Aber dat is alles nur Beschäftigungstherapie, oder wie dat heißt. Du komms einfach nich dran vorbei, irgendwann mit dir selbst einverstanden zu sein, wenne zufrieden leben wills. Dat nimmt dich keiner ab."

Die beiden Männer saßen daraufhin lange schweigend nebeneinander. Dann räusperte sich Schulte und fragte: „Sag mal, hast du nicht auch das Gefühl, dass Ina in letzter Zeit ein bisschen komisch geworden ist? Mal spricht sie davon, dass sie wegziehen will, dann will sie wieder nicht. Außerdem ist sie abends kaum noch zu Hause und lässt Linus allein. Normal ist das nicht."

„Jupp, du siehs Chespenster", lachte Fritzmeier. „Der Bengel ist doch heilfroh, wenner mal seine Ruhe hat. Der wird bald 13 und is auch kein kleines Kind mehr. Wird dir übrigens so als Typ immer ähnlicher, finde ich. Wird chenau so'n Querkopp wie sein Oppa.

Reden auch manchmal chenau wie du. Zum Chlück für ihn sieht er dir nich so ähnlich, wie ich erst dachte. Wird mal 'n flotter Kerl werden."

Schulte schaute ihn verdutzt von der Seite an.

„Was soll das denn heißen? Bin ich kein flotter Kerl?"

Fritzmeier grinste ihn an, ließ die Frage unbeantwortet im Raum stehen und sagte: „Mit Ina is dat, chlaube ich jedenfalls, so, dasse verliebt is. Keine Ahnung, wen se annen Haken hat, aber irgendeiner muss da sein. Spricht alles dafür. Hasse damit Probleme?"

„Quatsch!", entgegnete Schulte schärfer, als er eigentlich wollte. „Aber ich würde trotzdem gerne wissen, wer es ist. Aber mir erzählt ja keiner was in dieser Familie."

„Tja, woran dat wohl liegt? Vielleicht hätteste wirklich 'n bisschen weniger arbeiten und dafür 'n bissken mehr mit deiner Tochter reden sollen. Chetz isses vielleich 'n bissken spät. Aber von mir hörst du auch nix. Ich schweige wie ein Chrab."

Dann erhob er sich und setzte seinen Bummel über den weiträumigen Hof fort.

Auch Schulte stand auf, ging zum kleinen Nachbargebäude, in dem seine Tochter und sein Enkel wohnten, und klingelte.

Linus, ein schlanker, hellblonder Junge von zwölf Jahren öffnete ihm die Tür. Schulte schaute ihn prüfend an, um herauszufinden, ob Linus ihm wirklich äußerlich nicht ähnlich war. Ein bisschen war die Verwandtschaft schon zu erkennen, fand er, aber viel war da nicht, musste er sich ehrlich eingestehen. Dass die charakterliche Ähnlichkeit deutlich stärker war, zeigte sich gleich nach Schultes Eintritt ins Wohnzimmer. Linus hockte sich sofort wieder hinter sein Tablet und schien seinen Opa gar nicht mehr wahrzunehmen. Hier brachte sich offenbar die einsetzende Pubertät bereits in Stellung. Auch als Schulte sich mehrfach räusperte, änderte sich daran nichts.

„Sag mal, Linus", fragte er, „wo ist denn deine Mutter? Ich habe sie schon lange nicht gesehen."

„Dann musst du mal genauer hinschauen", antwortete Linus in typisch Schultescher direkter Rede. „Vor zwei Stunden war sie noch hier. Wo sie jetzt ist, weiß ich auch nicht."

Wieder biss sich sein Blick an dem Tablet fest. Schulte wusste nicht recht, wie er zum Kern seiner Neugier vordringen konnte, ohne seine Unruhe zu verraten. Dann versuchte er es mit einer Provokation: „Sie hat bestimmt einen neuen Freund, oder? Ich meine, wenn sie so oft weg ist."

Linus hob den Kopf und starrte ihn so ungläubig an, als habe Schulte ihm eben gesagt, dass sein Lieblingsverein Borussia Dortmund aus der Bundesliga abgestiegen sei. Damit war Schultes Frage eigentlich beantwortet, denn ganz offensichtlich wusste Linus auch nicht mehr als er selbst.

„Quatsch!", meinte Linus. „Das hätte ich gemerkt."

Auch mit dieser Bemerkung, die selbstbewusst und ignorant zugleich war, zeigte sich der Junge als echter Schulte, fand sein Opa. Zu seinem eigenen Erstaunen irritierte ihn dies, er fühlte sich auf beunruhigende Weise gespiegelt, irgendwie ertappt. Und Linus legte sogar noch nach: „Ich brauche keinen neuen Vater“, brummte er ganz im Stil seines Opas und wandte sich wieder seinem Tablet zu. „Die soll mir bloß nicht so einen Schnösel anschleppen, der meint, er könne hier eine dicke Lippe riskieren. Nicht mit mir.“

11

Hubertus von Fölsen überprüfte noch einmal den korrekten Sitz seiner Krawatte, bevor er an der Wohnungstür seiner Mutter klingelte. Eine gut konservierte 80-jährige Dame öffnete ihm und er gab ihr etwas steif die Hand. Keine Umarmung, kein weiterer Körperkontakt – in der Familie von Fölsen pflegte man einen eher förmlichen Umgang miteinander.

Im fast klinisch sauberen Wohnzimmer der alten Dame schlug ihm eine Welle warmer Heizungsluft entgegen, die ihm den Atem nahm.

„Ich friere ja so schnell“, begründete die Mutter den fast vollständig aufgedrehten Heizkörper, als sie sah, dass ihr Sohn in einem Reflex an den Krawattenknoten griff, um ihn etwas zu lockern. „Warte, ich hole eben Kaffee und Kuchen.“

Minuten später saß Hubertus von Fölsen auf einem riesigen, aber auch sehr weichen Sofa und versuchte vergeblich, sich bequem zu positionieren. Vor ihm auf dem Couchtisch stand ein Teller mit einem geradezu monströsen Stück *Spanische Vanilletorte* mit viel Marzipan.

„Für meinen Sohn nur das Beste“, sagte die Mutter, als sie ihm eine Tasse Kaffee einschenkte.

Hubertus von Fölsen war nie durch besonders empathische Fähigkeiten aufgefallen und das Gefühlsleben seiner Mitmenschen war für ihn oft ein fremder, unerforschter Kontinent, dem er lieber aus dem Weg ging. Aber heute bemerkte selbst er, dass die Gastlichkeit seiner Mutter aufgesetzt und bemüht wirkte. Sicher, er kannte sie ein Leben lang als eine Frau, die viel auf Konventionen hielt, die sich so gut wie nie hatte gehen lassen. Irgendetwas lag seiner Mutter auf der Seele und von Fölsen wartete gespannt darauf, was da wohl kommen mochte. Aber sie blieb bei ihrer Rolle als beflissene Gastgeberin und gab erst nach, nachdem er ein zweites, ebenso gewaltiges Stück Torte verzehrt hatte.

„Hubertus, du weißt ja, dass ich am Ostermontag immer zum Mittagessen bei meiner Schwester Silvia eingeladen werde. Heute war das natürlich auch so. Das Essen war selbstverständlich exzellent, wie immer bei Silvia und Friedrich. Die Langs verstehen zu leben, das muss man ihnen lassen. Ihrer Firma scheint es auch recht gut zu gehen. Jedenfalls hat Friedrich ganz stolz erzählt, dass er gerade einen Konkurrenten in die Insolvenz getrieben hat und dessen Betrieb nun übernimmt. Du hättest meinen lieben Schwager mal sehen sollen, Hubertus. Ein Auge blau und dick, eine Wange ebenfalls in allen Farben schillernd und geschwollen. Dieser in die Pleite gegangene Konkurrent hätte ihn geschlagen, sagte er. Ehrlich gesagt, war ich ein bisschen schadenfroh, dass dieser alte Angeber mal … na ja, du weißt schon. Er ist nach dem Essen auch schnell verschwunden. Ich war mit meiner Schwester allein und wir konnten endlich mal in Ruhe plaudern."

Von Fölsen, den die Erzählung seiner Mutter wenig interessierte, kämpfte weiter mit diversen Sofakissen, um endlich eine stabile Sitzhaltung in der ultraweichen Unendlichkeit dieser schier grenzenlosen Sofalandschaft zu finden. Der prall gefüllte Bauch nach dem Kuchengemetzel machte die Sache nicht leichter.

„Silvia ist völlig mit den Nerven am Ende", fuhr die Mutter fort. „Da reiht sich eine Katastrophe an die andere, wie eine Perlenkette."

Sie schenkte ihrem Sohn und sich eine weitere Tasse Kaffee ein.

„Erst die Sache mit Philipp, ihrem Ältesten. Du weißt sicher, dass der damals, ich glaube, es war 2004, auf eine Weltreise gegangen ist. Er war gerade in Thailand, als dieser furchtbare Tsunami kam, bei dem er umgekommen ist. Fünf Jahre später hat Wilhelm, sein Onkel, eine Bergtour gemacht und ist abgestürzt. Als wäre das nicht schon genug Unglück, kam Silvias zweitältester Sohn Frederik, der gerade die Firmenleitung übernommen hatte, bei einer Segeltour ums Leben. Kann man sich so viel Pech auf einmal vorstellen? Silvia und ich, wir haben uns nie wirklich gut verstanden. Sie war immer eine eingebildete Ziege, fand ich. Aber jetzt tut sie mir doch ein bisschen leid. So ein Drama. Ich dachte immer, das gibt es nur in Büchern. Und nun noch das Problem mit Lennart, ihrem Jüngsten. Er ..."

„Ist der auch tot?", fragte Hubertus von Fölsen.

Mittlerweile war er neugierig auf den Fortgang dieser wahrlich epischen Familientragödie geworden.

Seine Mutter schüttelte den Kopf und sagte: „Hoffentlich nicht. Lennart ist seit Anfang des Jahres nicht mehr zu Hause gewesen. Du weißt vielleicht, dass er ja noch in seinem Elternhaus wohnt. Machen ja viele junge Männer heute so. Nicht so wie du, der damals gar nicht schnell genug aus dem Haus kommen konnte. Als hättest du es bei mir nicht schön gehabt. Jedenfalls ist Lennart anscheinend spurlos verschwunden und du kannst dir denken, dass Silvia nach all dem, was passiert ist, sich nun große Sorgen macht. Merkwürdig ist auch der zeitliche Abstand zwischen diesen Katastrophen. Es waren immer so ziemlich genau fünf Jahre."

„Hat sie die Polizei schon eingeschaltet?"

„Ja, am Freitag. Aber ihr Mann, dieses Großmaul, hat ihr eine schlimme Szene deswegen gemacht. Er hält sie für völlig hysterisch, für übergeschnappt. Friedrich geht ganz sicher davon aus, dass Lennart eine längere Reise macht, um sich vom Stress zu erholen. Hubertus, du als Polizist, was sagst du dazu? Auch der Älteste hatte aus diesem Grund eine längere Reise gemacht. Und was war das Ende? Tot ist er. Also ich wäre auch zur Polizei gegangen, wenn du mich fragst."

„Na ja, viel machen kann die Polizei da aber nicht. In welcher Ecke dieser Welt sollen die Kollegen denn suchen? Das wird einer dieser Fälle, die auf irgendeinem Schreibtisch vermodern."

Seine Mutter nickte bestätigend.

„Das sieht Silvia auch so. Deshalb hat sie mich auch

gebeten, dir das alles zu erzählen. Schließlich bist du ein hochrangiger Polizeibeamter mit vielen Möglichkeiten. Kannst du da nicht was machen? Du hast doch Beziehungen."

Hubertus von Fölsen lachte kurz. Aber es war ein bitteres, trockenes Lachen.

„Mutter, die haben mich kaltgestellt. Mich und ein paar andere, die nicht ins Raster gepasst haben. Wir sitzen jetzt in einer ehemaligen Kneipe in Detmold und warten auf die Pensionierung. Manchmal komme ich mir vor wie damals Napoleon auf St. Helena. Alles, was du jemals geleistet hast, zählt nichts mehr. Abgeschoben, lahmgelegt. Ich wüsste nicht, wie ich Tante Silvia helfen könnte."

Aber seine alte Mutter war nicht die Frau, die schnell aufgab.

„Versuch es doch wenigstens. Ist jedenfalls sinnvoller, als Däumchen drehen. Da ist noch ein Stück Torte, ich hole es dir."

12

„Na, gab's dicke Eier zu Ostern?", fragte Marco van Leyden und fand sich dabei unwiderstehlich witzig. Manfred Rosemeier verdrehte genervt die Augen und ließ den jüngeren Kollegen, der den Stilbruch zum Persönlichkeitsmerkmal erhoben hatte, einfach stehen. Er ging hinter die Theke in der Gaststube der ehemaligen Kneipe *Obernkrug* im Detmolder Ortsteil Heidenoldendorf. In diese leer stehende Gaststätte hatte das Innenministerium Nordrhein-Westfalens fünf Polizeibeamte verbannt, die in irgendeiner Form nicht systemkonform gewesen waren. Nicht, um diesen Leuten eine Freude zu machen, sondern um sie loszuwerden. Es war ein Abstellgleis, eine Sackgasse, geschaffen, um von diesen missliebigen Beamten nichts mehr hören und sehen zu müssen. Schnell hatten die Fünf für diesen Ort ihrer Verbannung die spöttische Bezeichnung „Lippisch-Sibirien" gefunden.

Rosemeier wurschtelte eine Weile hinter der Theke herum. Er war der einzige im Team, der sich mit seiner neuen Rolle arrangiert hatte. Als Sohn eines Gastwirtes fühlte er sich hier in einer artgerechten Umgebung. Er hatte als erstes die Zapfanlage wieder in Schwung gebracht und betrieb in der ehemaligen Gaststube eine Art Kantine für die Kollegen.

„Kaffee ist fertig!", rief er so laut, dass selbst Schulte und Hubertus von Fölsen, die im Obergeschoss ihre Büros hatten, ihn hören konnten. Einer nach dem anderen kam in den Gastraum und ließ sich von Rosemeier eine dampfende Tasse und belegte Brötchen vorsetzen. Einige Minuten lang aßen und tranken sie wortlos. Eine Dienstbesprechung war nicht erforderlich, denn so etwas wie einen Dienst hatten sie nicht. Ihre Aufgabe bestand darin, irgendwie den Tag herum zu bekommen, was alle außer Rosemeier, äußerst unbefriedigend fanden. Während Marco van Leyden, der Jüngste im Team, etwas großmäulig von seiner sportlichen Leistung über Ostern berichtete, wirkte Hubertus von Fölsen, so etwas wie der Grandseigneur dieser Truppe, heute ungewohnt still und nachdenklich. Als van Leyden endlich eine Pause machte, räusperte von Fölsen sich und sagte: „Darf ich Ihnen", von Fölsen war der Einzige im Team, der auf dem förmlichen Sie bestand und auch alle damit ansprach, „mal kurz eine Geschichte erzählen? Ich war gestern …"

Er fasste zusammen, was seine Mutter ihm erzählt hatte, erklärte die Strukturen in der Familie Lang und beendete seinen Wortbeitrag mit der Frage: „Was meinen Sie dazu? Kann das alles Zufall gewesen sein?"

„Sachen gibt's, die gibt's gar nicht", murmelte Rosemeier hinter der Theke und setzte neuen Kaffee auf.

„Das ist schon eine sehr ungewöhnliche Verkettung von Ereignissen, finde ich", warf Adelheid Vahlhausen ein. „Das kann einfach nicht alles dem Zufall geschuldet sein."

„Vor allem dieser immer wiederkehrende gleiche zeitliche Abstand, dieser Fünfjahre-Rhythmus ist auffällig", sagte Schulte, der zwar nur mit einem Ohr zugehört hatte, diesen Aspekt aber interessant fand. „Ich dachte immer, so was gibt's nur in Kriminalromanen. Kannste mal sehen."

Hubertus von Fölsen schaute in die Runde seiner Kollegen und sagte dann: „Meine Mutter hat mich gefragt, ob ich in dieser Sache was unternehmen kann. Ich habe natürlich gleich abgelehnt. Ein interessanter Fall wäre es schon, finde ich. Aber es ist ja absolut nicht unsere Baustelle."

„Haben wir denn eine Baustelle?", fragte van Leyden.

„Unter Überlastung leiden wir hier nicht gerade. Wir warten doch nur auf den Feierabend. Bis dahin drehen wir Däumchen und trinken Kaffee."

„Den alten Lang würde ich gern mal kennenlernen", warf Adelheid Vahlhausen in die Runde. „Das scheint mir ein interessanter Charakter zu sein."

„Oh", sagte von Fölsen, „der würde Ihnen gefallen. So als Mann, meine ich. Sieht aus wie dieser alte Schauspieler, dieser … wie heißt er denn noch … Mario Adorf. War immer ein absoluter Frauenschwarm. Sie würden …"

Noch während er sprach, erkannte er offenbar, dass dies kein Thema war, welches Adelheid Vahlhausen öffentlich zu erörtern bereit war und bremste sich selbst aus.

Marco van Leyden, der einen siebten Sinn für aufkommende Peinlichkeiten zu haben schien, schaute erwartungsvoll zu Adelheid Vahlhausen. Als von ihr aber keine Replik auf von Fölsen kam, stand er enttäuscht auf und verließ den Gastraum.

„Unser Nesthäkchen scheint sich bei uns zu langweilen", kommentierte Manfred Rosemeier den Abgang. „Ich hätte nicht gedacht, dass ich am Ende meines Berufslebens noch einmal den Babysitter für so einen verwöhnten Rotzbengel spielen muss."

Dann servierte er frischen Kaffee. Der Rest der Frühstücksrunde trank schweigend. Jeder hing seinen Gedanken nach. Bis Hubertus von Fölsen sagte: „Also, ich habe mir das überlegt. Ich werde mal ein bisschen herumstöbern in dieser Geschichte. Interessiert mich dann doch. Von Ihnen kann ich wohl keinen überzeugen, sich anzuschließen, oder?"

„Mich auf keinen Fall", wimmelte Schulte ihn ab. „Ich habe gerade genug mit mir selbst zu tun. Sorry, ein anderes Mal gern."

Rosemeier äußerte sich gar nicht, aber Adelheid Vahlhausen versprach immerhin, von Fölsen zur Seite stehen zu wollen, wenn dieser bei seiner Recherche punktuelle Unterstützung brauchen würde. Hubertus von Fölsen versuchte tapfer, sich die Enttäuschung über die mangelnde Begeisterung seiner Kollegen nicht anmerken zu lassen. Als der letzte Tropfen Kaffee getrunken war, verzogen sich alle in ihre Büros. Nur Manfred Rosemeier blieb in der Gaststube und räumte fröhlich pfeifend das Geschirr in die Spülmaschine. Er verstand seine Kollegen nicht, konnte ihr Probleme mit dieser neuen Situation und ihren inneren Widerstand dagegen nicht teilen. Rosemeier nahm das Leben so, wie es kam. Wenn er nun schon einmal nach Lippisch-Sibirien verbannt worden war, dann sollte es hier so behaglich wie möglich sein. Den Spieß einfach umdrehen und das Beste aus einer Situation, die er nicht ändern konnte, machen. Auf dem Weg zu diesem Ziel war er schon ein gutes Stück vorangekommen, fand er.

13

Juli 1988

Das Zeugnis war nicht schlecht gewesen. Das fand jedenfalls Flipp. Sein Vater war da anderer Meinung. Eine Drei in Mathe, das sei eines Langs unwürdig, hatte er schwadroniert und bestimmt, dass Flipp ab sofort seine Hausaufgaben in seinem Büro zu verrichten habe. Da habe er ihn im Blick. Der Schlendrian müsse endlich ein Ende haben und die Gutmütigkeit der Mutter, das sah man ja an der schlechten Mathenote, führe doch zu nichts.

Nun saß Flipp im Vorzimmer seines Vaters und konnte sich nicht konzentrieren, weil die Sekretärin, Frau Rose, ständig hin- und herlief, telefonierte oder mit den Leuten, die zu seinem Vater wollten, ein Schwätzchen hielt.

Jetzt kam auch noch sein Onkel Wilhelm in den Raum. Flipp konnte ihn nicht leiden, weil der Bruder seines Vaters immer an ihm herummeckerte und ihn, das hatte Flipp schon mehrfach erlebt, auch bei seinem Vater schlechtmachte. Entsprechend kühl fiel auch die Begrüßung aus. Genau genommen war es auch gar keine. Sein Onkel ignorierte Flipp einfach. Der Onkel tat so, als wäre sein Neffe gar nicht anwesend. Er setzte sich wie selbstverständlich auf die Schreibtischkante und schäkerte mit der Sekretärin. Streichelte ihr die Hand und tätschelte ihr sogar den Hintern. Die schien das nett zu finden. Denn sie strahlte seinen Onkel an, als wäre er ihr Held. Das war er für sie wahrscheinlich auch. Flipp hatte gesehen, wie sie mit seinem Onkel, diesem alten Sack, herumgeknutscht hatte. Doch die sollte sich mal keine Hoffnungen machen, dachte Flipp sich. Sein Onkel hatte ständig wechselnde Freundinnen. Lange blieb er nie mit einer Frau zusammen.

„Dein Bruder ist ein richtig schmieriger Weiberheld", hatte seine Mutter neulich zu Flipps Vater gesagt. Flipp hatte es gehört, weil die Tür nicht verschlossen gewesen war und er zufällig auf dem Flur vor dem Zimmer gespielt hatte, in dem seine Eltern sich unterhielten.

Flipp musste sich eingestehen, dass das, was seine Mutter zu sagen hatte, ihn interessierte und so hatte er gelauscht. „Ach komm, Silvia, nun sei mal nicht so moralisch", hatte sein Vater gesagt. „Der Wilhelm ist eben kein Kostverächter und außerdem, wenn diese dummen Hühner auf ihn hereinfallen, dann sind sie selbst schuld."

Das Schäkern mit der Sekretärin hatte ein Ende, als Friedrich Lang ins Zimmer trat. Er sah seinen Bruder böse an.

Wilhelm Lang nahm augenblicklich eine devote Haltung an und schleimte: „Ach Friedrich, gut, dass du kommst. Ich muss dich dringend sprechen."

Der Vater brummte etwas Unverständliches, wies die Sekretärin an, Kaffee zu kochen und ging vor in sein Büro. Onkel Wilhelm wieselte seinem älteren Bruder hinterher.

Die Tür blieb einen Spalt breit offen. Und so konnte Flipp jedes Wort verstehen, das gesprochen wurde.

„Wilhelm, lass die Finger von meiner Frau Rose!", maulte der Vater Flipps Onkel an, kaum dass die beiden Männer das Chefbüro betreten hatten. „Ich will wenigstens in meinem unmittelbaren Umfeld nicht ständig mit deinen Weibergeschichten konfrontiert werden.

„Friedrich, ich muss doch sehr bitten." Der Bruder hob abwehrend die Hände.

Wenn Wilhelm Lang jetzt nicht schnellstens das Thema gewechselt bekam, würde es unangenehm für ihn werden. Seine Liebschaften waren ein ständiger Streitpunkt mit seinem älteren Bruder. Daher fragte er linkisch: „Überwachst du jetzt Flipps Hausaufgaben?"

Der Vater knurrte etwas von schlechtem Zeugnis und in Mathe müsse man dem Jungen auf die Finger sehen.

„Wenn du meine Meinung hören willst, Friedrich, dass du dich so intensiv um deinen ältesten Sohn kümmerst, ist zwar ehrenwert, aber reine Zeitverschwendung. Der wird nie ein würdiger Nachfolger von dir werden. Der Flipp ist ein Fliegenfänger, den hat deine Frau viel zu sehr verzärtelt. Nimm den Fredi, deinen Zweiten. Der ist der Geeignete. Der hat den nötigen Biss. Der will etwas."

14

Was hatte Erpentrup vor? Schulte saß in seinem Büro. Er hatte die für ihn typische Position eingenommen, wenn er an seinem Schreibtisch über kniffelige Aufgaben brütete. Auf seinem Stuhl sitzend legte er seine Füße in die zuvor herausgezogene rechte untere Schreibtischlade. Das war, so glaubte Schulte, die beste Position für ihn, um ungehindert nachdenken zu können. Er war der festen Überzeugung, dass er nur in dieser entspannten Haltung zu guten, kreativen Denkergebnissen kommen könne. Doch heute wollten sich keine Lösungsansätze einstellen. Seine Gedanken kreisten ununterbrochen um das Ruhestandsangebot. Was verdammt, wollte Erpentrup?

Klopfgeräusche störten Schulte beim Denken. Daher gab er seine kreative Position auf und setzte sich, wie der gemeine Mitteleuropäer es zu tun pflegt, gerade auf seinen Schreibtischstuhl und drehte sich zur Tür.

„Ja bitte!“, forderte er die Person, die um Zutritt gebeten hatte, auf, hereinzukommen.

Es war Adelheid Vahlhausen. Die einzige Kollegin unter den aufs Abstellgleis nach Heidenoldendorf abgeschobenen Polizisten. Sie hatte, anders als die anderen Kollegen, nicht nur eine klassische Polizeiausbildung, sondern war auch Psychologin.

Die Frau hatte Schulte im letzten Jahr sehr beeindruckt. Das Team hatte damals mehr gestritten als zusammengearbeitet und Adelheid Vahlhausen war als vermeintlich schwächstes Glied in der Gruppe öfter, insbesondere von van Leyden, unangemessen behandelt worden. Adelheid Vahlhausen hatte diese Schmähungen kurze Zeit über sich ergehen lassen. Dann hatte sie für sich und auch für das Team Verantwortung übernommen. In einer Art und Weise und einer Klarheit, wie Schulte es nie zuvor erlebt hatte. Dieses und einige andere positive Erlebnisse in der Zusammenarbeit hatten dazu geführt, dass er die Kollegin mittlerweile sehr schätzte.

„Darf ich dich kurz stören, Jupp?“, fragte sie fast schüchtern. „Ich möchte etwas mit dir besprechen.“

„Klar, kein Problem“, freute sich Schulte über die Ablenkung. „Wo setzen wir uns hin? Hier ins Büro oder in die Kneipe?“

„Lass uns bitte hierbleiben“, entgegnete die Polizistin. „Es ist eher privat.“

Schulte nickte und wies auf einen zweiten Stuhl, der in einer Ecke stand. „Ich hole mir nur noch einen Kaffee, dann können wir. Möchtest du auch einen?“

Adelheid Vahlhausen lehnte ab. „Mir reicht ein Glas Wasser.“

Kurze Zeit später saßen sie an Schultes Schreibtisch. Er nippte an seinem heißen Kaffee und Adelheid Vahlhausen knetete ihre Hände.

„Ich hatte dir ja letztes Jahr mal erzählt, dass ich mich dazu entschieden hätte, hier nach Lippe zu ziehen. Ich sagte dir damals, ich sei mein Leben lang eine überzeugte Großstadtpflanze gewesen. Keine Sekunde hätte ich mir vorstellen können, in der Provinz zu leben.“ Adelheid Vahlhausen lächelte verlegen. „Aber ich merke mehr und mehr, sie tut mir gut, diese Provinz. Das spüre ich, seelisch und körperlich. Jetzt möchte ich diesen Entschluss endlich in die Tat umsetzen.“

„Ja genau“, griente Schulte sein schiefes Lächeln.

„Ich erinnere mich noch genau daran, was du im letzten Sommer sagtest: Ich werde mir eine schöne Wohnung suchen, irgendwo auf dem Land, irgendwo im tiefsten Lippisch-Sibirien. Wo es ruhig ist, wo mich nicht jeden Tag drei Events gleichzeitig unter Stress setzen. Weg mit den High Heels, her mit den Gummistiefeln!" Schulte lachte: „Ich kann mich erinnern, das war am letzten Tag dieser vergurkten Fußball-Weltmeisterschaft, während des Endspiels hast du es mir erzählt."

Schulte war in diesem Moment begeistert von seinem Gedächtnis. „Und ich erzählte dir, dass ich einen großartigen Vermieter wüsste, auf dessen Wohnung all das zutrifft."

„Ja genau. Du sagtest aber auch, dass deine Tochter und dein Enkel ausziehen wollten. Davon war aber später keine Rede mehr."

„Stimmt, der geplante Umzug meiner Tochter ist Geschichte. Sie hat jetzt an der Technischen Hochschule Ostwestfalen Lippe eine unbefristete volle Stelle und Linus, mein Enkel, kommt von Tag zu Tag mehr in die Pubertät. Da ist an Umzug nicht mehr zu denken."

„Okay, die Wohnung ist passé, aber wenn du mal was hörst, kannst du mir ja Bescheid sagen", entgegnete Adelheid Vahlhausen etwas resigniert.

„Ja, Moment mal", entgegnete Schulte. „Die Wohnung meiner Tochter wird nicht frei, das ist richtig. Aber Anton Fritzmeier hat noch eine weitere, wirklich schöne Wohnung. In der haben vor Jahren mal eine Zeit lang zwei Migranten gewohnt. Die sind lange ausgezogen. Diese Wohnung ist auf jeden Fall frei. Und dann gibt es noch zwei weitere. Die sind im Werden. Fritzmeier lässt immer dann, wenn sein Hofladen etwas Geld abwirft, an dem Bauprojekt weiterarbeiten. Ich weiß zwar gerade nicht, wie weit die Baumaßnahmen vorangeschritten sind, aber die eine, in der Noura und Nadir gewohnt haben, die ist ja auf jeden Fall frei. Wenn du willst, spreche ich mit Fritzmeier, ob du mal vorbeikommen kannst, um dir die Örtlichkeiten anzusehen."

„Jupp, wenn du das machen würdest", freute sich Adelheid Vahlhausen. „Ich wäre dir wirklich dankbar."

„Ist doch klar", grinste Schulte. „Ich kümmere mich gleich in den nächsten Tagen darum."

Die Polizistin erhob sich und wollte gehen. Doch Schulte bat die Kollegin, sich noch einmal zu setzen.

„Adelheid, ich hätte da auch noch eine Geschichte, die ich gerne mal mit dir besprechen würde."

Nachdem Adelheid Vahlhausen wieder Platz genommen hatte, war es an Schulte, die Finger zu kneten, auf der Suche nach einem geeigneten Gesprächseinstieg.

„Wie fange ich an?", überlegte er laut. „Okay, du weißt, dass ich letzten Donnerstag in Düsseldorf war. Erpentrup hatte mich hinzitiert."

Seine Kollegin nickte ihm aufmunternd zu. „Ja?"

„Na ja, Erpentrup hat mir den vorzeitigen Ruhestand angeboten. Einfach so, ohne Abschlag und unter Fortzahlung aller Bezüge."

Adelheid Vahlhausen war blass geworden. „Jupp, du willst doch nicht auf die Offerte eingehen, oder?"

„Nein, will ich nicht. Aber es war ziemlich schwer, nein zu sagen. Du kannst dir gar nicht vorstellen, was

Erpentrup für einen Druck gemacht hat.“ Schulte schilderte die Begegnung mit seinem Chef in allen Details.

„Und dann kam der Freitag“, berichtete er weiter. „Da gehe ich zu einer kurzfristig anberaumten Abschiedsfeier. Und was muss ich erfahren? Einen Tag vor mir war mein früherer Kollege Hartel bei Erpentrup. Ihm hat Erpentrup eine besser dotierte Stelle in Ratingen angeboten. Und in dem Gespräch mit ihm ist das gleiche Szenario abgelaufen, wie ich es erlebt habe. So nach dem Motto: eine neue Stelle als Polizeirat, aber nur heute, sonst gar nicht. Kannst du dir vorstellen, was dahintersteckt?“

„Ich glaube ja, Schulte. Gib mir ein bisschen Zeit, ich kümmere mich und recherchiere.“

15

Die dünne Mappe lag schon seit heute Morgen auf dem Schreibtisch. Aber Maren Köster hatte erst jeden anderen Vorgang erledigt, der angefallen war. Doch jetzt hatte sie keine Möglichkeit mehr, dieser wahrscheinlich überflüssigen Aufgabe auszuweichen.

Diese Vermisstenmeldung nervte Maren Köster. Warum eigentlich? Es war doch ein Fall wie hundert andere, die sie in ihrem Polizistenleben auf dem Tisch hatte. Vermisstenmeldungen waren nicht ihre Aufgabe. Das war Maren Köster klar. Aber sie war diejenige, die vor Ostern die Anzeige aufgenommen hatte. Also, in Gottes Namen, dachte sie, erledige ich den Vorgang.

Und dennoch: Diese Vermisstenmeldung Lang behagte ihr nicht. Sie schnaubte und griff sich widerwillig die graue Akte.

Pauline Meier zu Klüt hatte schon alle Datenbanken, die der deutschen Polizei zur Verfügung standen, herangezogen, hatte die Daten durch jede Suchmaschine laufen lassen. Es gab keine Hinweise zu Lennart Lang. Wieder schnaubte Maren Köster. Eins war klar, die Ergebnisse, die ihre Kollegin herausgearbeitet hatte, würde sie Frau Lang nicht am Telefon mitteilen. In der ganzen Angelegenheit war viel zu viel Gefühl und die arme alte Frau stand wohl ganz alleine da und noch dazu völlig neben sich. Auf die Unterstützung ihres Mannes konnte Frau Lang nicht hoffen, der war wohl ein ziemlich grober Klotz. So wie es Maren Köster verstanden hatte, hielt er seine Frau einfach nur für hysterisch.

Okay, überlegte die Hauptkommissarin, sie würde nach Schieder fahren und sich noch mal mit der Frau unterhalten. Aber sie würde Pauline mitnehmen. Sie war im Thema und verfügte auch über die nötige Sensibilität, die in solchen Fällen gefragt war. Und zu zweit waren solche Aufgaben immer einfacher zu lösen.

Eine Stunde später standen die beiden Frauen in dem Barockgarten, der vor dem Haus wahrscheinlich vor mehreren Hundert Jahren angelegt worden war. Diese Gartenpracht beeindruckte sie sehr.

„Ich wusste gar nicht, dass in diesem Schloss eine Familie wohnt“, staunte Pauline Meier zu Klüt. „Na, wer hier wohnt, muss Geld haben.“

Maren Köster nickte. „Das ist sicher so. Und in meiner Vorstellung verhalten sich Leute, die so dermaßen reich sind, wie die Langs, auch auf eine gewisse Art und Weise. Aber in dieses Bild passt diese Frau Lang nicht. Sie ist verunsichert und zerbrechlich. Als ich mit ihr sprach, war da wenig Selbstbewusstsein. Frau Lang wirkte so traurig, unendlich traurig. Schlicht und ergreifend, diese Frau verkörperte für mich das sprichwörtliche Häufchen Elend."

Als die beiden Polizistinnen nach langem Suchen eine Klingel betätigt hatten, öffnet eine kleine rundliche Frau. Es war wohl die Haushälterin. Nachdem Maren Köster mitgeteilt hatte, dass sie Frau Lang sprechen möchten und dass sie sich telefonisch angemeldet hatten, wurden sie aufgefordert, der kleinen Frau zu folgen. In der Diele angekommen hörten sie, wie hinter einer Tür zwei Menschen miteinander stritten.

„Wenn du glaubst, ich würde mir diesen Sermon von der Polizei anhören, dann hast du dich geschnitten." Diesen Satz glaubte Pauline Meier zu Klüt verstanden zu haben. Die dicke Eichentür, hinter der gesprochen wurde, leistete aber hinsichtlich der Schalldämmung gute Dienste.

Wenig später wurde die Tür geöffnet und ein zwar alter, aber dennoch imposanter, gut aussehender und kräftiger Mann trat auf den Flur. Er sah die beiden Polizistinnen und die Haushälterin an und raufte sich die Haare. Diesen Moment nutzte die Hausdame.

„Herr Lang, hier sind zwei Frauen von der Polizei. Es geht ..."

„Ich weiß, worum es geht", donnerte der Hausherr.

„Es geht um die Hirngespinste meiner Frau. Sie ist dort im Salon." Der Mann wies mit dem Daumen über seine Schulter. „Ich habe mit der ganzen Angelegenheit nichts zu tun, das ist Sache meiner Frau."

„Herr Lang, meinen Sie nicht, dass ..."

„Was ich meine steht hier nicht zur Debatte", schnauzte er, drehte sich um und ging mit entschlossenen Schritten die Diele entlang zu einer Treppe.

Maren Köster flüsterte Pauline Meier zu Klüt zu. „Die Frau passt nicht ins Bild der reichen Leute, die hier wohnen. Aber der Herr des Hauses, der passt genau in mein Bild, das ich von dieser gesellschaftlichen Schicht habe."

Frau Lang kam den beiden Polizistinnen entgegen. Sie hatte verweinte Augen. Doch das schien sie nicht weiter zu stören. „Kommen sie doch herein. Hier, bitte setzten Sie sich."

Die Dame des Hauses führte die beiden Polizistinnen zu einer ausladenden Polstergarnitur.

„Sie haben gerade meinen Mann kennengelernt. Er war sicher ungehobelt zu Ihnen. Sie müssen das verstehen", versuchte sie ihren Ehemann zu entschuldigen. „Er war nicht immer so. Es gab auch andere Zeiten. Aber seitdem unser Sohn Philipp 2004 umgekommen ist, hat er sich völlig verändert. Manchmal glaube ich, er macht sich für den Tod Philipps verantwortlich. Dabei ist der Junge doch bei dem Tsunami damals umgekommen. Mein Mann ist in sich selbst gefangen. Er kann nicht heraus aus seinem Schneckenhaus. Und je enger es ihm in seinem Käfig wird, desto bösartiger wird er."

Maren Köster räusperte sich. „Frau Lang, wir haben alle unsere Möglichkeiten ausgeschöpft. Jedenfalls die technischer Natur.“ Die Polizistin mache eine Pause und blies dann hörbar die Luft aus ihren Lungen. „Was soll ich Ihnen sagen? Wir haben keinen Hinweis auf Ihren Sohn gefunden. Nichts, Ihr Sohn scheint nicht zu existieren. Damit will ich nicht sagen, dass er nicht verschwunden ist. Aber er taucht auch in keinem Zusammenhang mit einem Gewaltverbrechen oder einem Tötungsdelikt auf. Das heißt aus unserer Sicht, dass Ihr Sohn aller Wahrscheinlichkeit nach noch leben könnte.“

Frau Lang weinte still vor sich hin, als Maren Köster ihr dieses Ergebnis mitteilte.

Pauline Meier zu Klüt war aufgestanden und hatte sich zu der Frau aufs Sofa gesetzt. Sie legte ihren Arm um die Schulter der alten Dame und wiegte sie wie ein kleines Kind.

„Wir würden uns gerne noch einmal sein Umfeld hier ansehen und dazu einige Informationen bekommen“, erläuterte sie Frau Lang.

Die versuchte, sich erneut zu kontrollieren und wischte sich mit einem Spitzentaschentuch über die Augen, um ihre Tränen zu trocknen.

„Wenn ich Ihnen irgendwie helfen kann“, schniefte die alte Frau. Ich mache alles, was hilft, meinen Sohn zu finden.“

„Frau Lang, wann haben Sie Ihren Sohn Lennart denn zum letzten Mal gesehen?“, stellte Pauline Meier zu Klüt ihre erste Frage.

Frau Lange überlegte kurz. „Das war am Freitag, den

achten Februar. Wir haben an dem Morgen zusammen gefrühstückt. Das haben wir eigentlich jeden Morgen getan, wenn Lennart zu Hause war." Wieder kullerten Tränen über die Wangen von Frau Lang. „Mein Mann war schon aus dem Haus. Der hat einfach nicht die Ruhe, sich morgens hinzusetzen, eine Tasse Kaffee zu trinken und etwas zu essen. Der steht auf, erledigt seine Morgentoilette, zieht sich an und verschwindet ins Büro." Wieder tupfte sich Frau Lang die Augen. „Lennart und ich, wir waren da anders. Wir besprachen jeden Morgen das, was am Tage so zu erledigen ist, redeten ein bisschen darüber, was in der Zeitung stand und erst dann ging jeder seiner Wege."

„Hört sich sehr gemütlich an", bemerkte Maren Köster.

„Ja, das war immer richtig harmonisch mit Lennart. Diese eine Stunde jeden Morgen mit ihm, die fehlt mir so. Es war doch der Jüngste, mein Hätschelhans, wie alle immer sagten und der Einzige, der mir noch geblieben ist."

„Der Einzige, der Ihnen noch geblieben ist?", fragte Maren Köster nach.

„Ja der Einzige", schniefte die Mutter. „Philipp ist in Thailand bei dem Tsunami damals umgekommen und zehn Jahre später ist mein Sohn Frederick bei einem Segeltörn tödlich verunglückt."

„Wie schrecklich." Maren Köster war sichtlich erschüttert.

„Und wie war es nun an jenem Morgen?", kam Pauline Meier zu Klüt wieder auf den eigentlichen Vermisstenfall zu sprechen. „Worüber haben Sie bei Ihrem letzten gemeinsamen Frühstück mit Ihrem Sohn gesprochen?"

Frau Lang dachte nach. „Lennart war sichtlich genervt. Herr Arnold, ein Mitbewerber unseres Unternehmens, hatte ihn gebeten, sich mit ihm zu treffen. Dieses Treffen musste stattfinden, ohne dass mein Mann etwas davon erfuhr. Die beiden, Arnold und Friedrich, sind seit Jahren erbitterte Feinde. Wenn mein Mann von dem Treffen erfahren hätte, er hätte getobt. Er hätte es unterbunden. Das machte die Sache für Lennart auch nicht gerade einfach. Er hinterging seinen Vater nur ungern. Und gerade in dieser Angelegenheit war es Lennart besonders unangenehm. Aber ich habe ihm zugeraten. Es muss doch wenigstens noch einen in unserer Familie geben, der nicht sämtliches Porzellan zerschlägt, das in seine Reichweite kommt. Geh dahin, Lennart, habe ich ihm geraten. Rede mit dem Mann. Wer weiß, das kann uns noch mal nützlich sein."

„Dieser Name Arnold, der kommt mir bekannt vor. Hat Ihr Mann den nicht wegen Körperverletzung angezeigt?", fragte Maren Köster nach.

„Ja, genau, Karl-Heinz Arnold", bestätigte Frau Lang. „Früher sind wir uns hin und wieder begegnet, auf Empfängen oder bei Veranstaltungen der IHK. Ein höflicher Mann. Ich kann es kaum glauben, dass er Friedrich ins Gesicht geschlagen hat. Da muss mein Mann den Arnold schon heftig beleidigt haben."

16

Irgendwie war es nicht gut, wenn man an keinem Fall arbeitete, fand Schulte. Wenn man nichts zu tun hatte, beschäftigte man sich zu sehr mit sich selbst. Vielleicht war so etwas signifikant für seinen Lebensabschnitt, der anstehende Übergang vom Arbeitsleben ins Rentnerdasein. Den Begriff Rentnerdasein konnte man auch als den letzten Lebensabschnitt vor dem Tod definieren.

Ein unangenehmer Gedanke, fand Schulte und das noch Unangenehmere daran war, man wurde diesen Gedankengang nicht wieder los. Er konnte es drehen und wenden. Irgendwann hatte sich die Tatsache, dass das Leben endlich war, in Schultes Denkstruktur eingenistet und jetzt zwang ihn dieser Gedanke dazu, sich mit dieser Frage ständig auseinanderzusetzen. Und das Schlimmste an der ganzen Angelegenheit war die Hartnäckigkeit. Man konnte nicht einfach sagen: Ich denke jetzt nicht mehr über meinen letzten Lebensabschnitt nach, sondern über Fußball. Nein, das klappte einfach nicht.

Es klopfte an seiner Bürotür. Maren Köster steckte ihren Kopf ins Zimmer.

„Hallo Jupp, hast du Hunger?“, fragte sie.

Eine gute Ablenkung, fand Schulte und so schlenderten die beiden wenige Minuten später zu ihrer Lieblingspizzeria *Fiorini.* Schulte und auch Maren waren hier bekannt. Sie aßen hier öfter zu Mittag. Es war sozusagen ihre Polizeikantine.

„Schulte, du siehst irgendwie aus, als ob du Sorgen hättest“, bemerkte Maren Köster. „Was ist los mit dir?“

Schulte wollte nicht gleich auf das Gesprächsangebot, das Maren Köster ihm machte eingehen. Doch dann ging er doch durch die Tür, die sie ihm geöffnet hatte. „Na, ja, Erpentrups Angebot beschäftigt mich schon sehr. Nicht, dass es nicht lukrativ für mich wäre, schon jetzt den Polizeidienst an den Nagel zu hängen. Das ist es nicht. Aber die Möglichkeit, jetzt schon in Pension zu gehen, die hat was mit mir gemacht. Mir ist noch mal deutlich bewusst geworden, dass es im Grunde genommen egal ist, ob ich jetzt oder in zwei Jahren gehe. Fakt ist, das Ende naht."

„Mensch, Jupp, jetzt wirst du aber fatalistisch", lachte Maren Köster. „Das Ende naht, das hört sich ja so an, als wenn Freund Hein dir schon winken würde."

„So habe ich das jetzt auch nicht gemeint", entgegnete Schulte mit schiefem Grinsen. „Sicher ist mir schon bewusster geworden, dass die erste Lebenshälfte durch ist. Aber das ist nicht so wirklich mein Problem. Sorgen bereitet mir vor allem, was ich machen soll, wenn ich pensioniert bin. Ich habe doch nichts. Soll ich bei Fritzmeier im Hofladen helfen?"

„Ich verstehe dich schon gut, Jupp", meinte Maren Köster ernsthaft. „Glaub mir, die Gedanken, die du hast, sind mir auch nicht ganz fremd. Aber ich denke, du schmorst im Moment ein bisschen zu sehr im eigenen Saft. Vielleicht solltest du dir mal eine kleine Auszeit nehmen. Mal wegfahren und was ganz anderes machen. Eine Wanderung oder eine Städtetour. So etwas verändert die Sichtweise auf das Leben durchaus."

„Maren, du meinst, ich soll Urlaub machen?", Schulte

musste lachen. „Ich weiß doch überhaupt nicht, wie das funktioniert. Wenn man irgendwohin fährt, was macht man dann den ganzen Tag?“

„Na siehst du Schulte, da stellst du dir die gleiche Frage zur Gestaltung eines Urlaubs, wie du sie dir gerade hinsichtlich der Gestaltung deines Lebens stellst“, machte Maren Köster ihn aufmerksam. „Probiere es doch einfach mal aus.“

Als sie das kleine Lokal betraten, wurden sie herzlich begrüßt. Es gab zwar eine umfangreiche Speisekarte, aber Schulte und Maren Köster hatten ihre Lieblingsgerichte. Maren Köster nahm heute einen grünen Salat mit weißen Bohnen und Zwiebeln und Schulte gönnte sich Farfalle mit Safransoße und Speck. „Großartig“, fand Schulte, als er vor dem leer gegessenen Teller saß und bestellte sich zum krönenden Abschluss einen Espresso.

Auch Maren Köster hatte es gut geschmeckt. Sie war entspannt und berichtete Schulte von ihrem Fall, wie oft in der Vergangenheit, als sie noch im gemeinsamen Team gearbeitet hatten. Sie erzählte von der Begegnung mit Frau Lang, der rüden Abfuhr, die deren Ehemann ihr beschert hatte und der Tragik, die dieser Familie widerfahren war.

„Das musst du dir mal vorstellen, Jupp. Da verliert eine Mutter zwei Kinder durch tragische Unfälle. Ist das nicht schrecklich?“, endete sie ihren Bericht.

„Und das ist ja meines Wissens noch nicht alles“, wusste jetzt Schulte zu berichten. „Diese Firma ATZ, also das Unternehmen der Langs, das wurde früher von zwei Brüdern geführt. Das war einmal dieser Friedrich Lang, dieser Grobian und dann gab es noch Wilhelm Lang. Die beiden waren, soviel ich weiß, gleichberechtigte Geschäftsführer. Und dieser Wilhelm Lang ist auch bei einem tragischen Unfall, ich glaube bei einer Bergtour, ums Leben gekommen."

Maren Köster war in den letzten zehn Sekunden blass und blasser geworden. Sie nahm einen Gesichtsausdruck an, der dazu in der Lage gewesen wäre, die Hölle einfrieren zu lassen. Enttäuscht warf sie ihre Serviette auf den Tisch.

„Schulte", zischte sie. „Woher hast du diese Informationen? Mischst du dich schon wieder in unsere Angelegenheiten ein?"

Sie spießte ihn quasi mit dem Finger auf, als sie im nächsten Moment auf ihn zeigte. „Du hast mit den Fällen, die wir in der Kreispolizeibehörde Detmold bearbeiten nichts zu schaffen! Steck deine Nase gefälligst nicht in unsere Angelegenheiten?"

Schulte wusste im ersten Moment gar nicht, wie ihm geschah. Dann hatte er begriffen. Maren glaubte, er würde hinter ihrem Rücken auch an dem Lang-Fall arbeiten.

„Hey, hey, hey, Maren, nimm das Messer aus der Stimme. Du hast keinen Grund, dich hier so aufzuführen!" Und jetzt wurde Schulte deutlich. „Erstens: Wenn wir das entscheiden, geht uns jeder Fall etwas an, weil wir eine übergeordnete Behörde sind. Und Zweitens: Mich interessiert dieser Fall nicht. Wenn es anders wäre, dann hätte ich dir das gemäß unserer Absprache mitgeteilt. So, und jetzt bekommst du noch eine Info von mir, damit du weißt, warum ich im Bilde bin."

Maren Kösters Augen sandten Blitze aus.

„Hubertus von Fölsens Mutter ist die Schwester von Frau Lang", fuhr Schulte mit Nachdruck fort. „Und der hat gestern beim Kaffee Familieninterna zum Besten gegeben. Daher weiß ich, dass die beiden Söhne nicht die einzigen Personen in der Familie waren, die ums Leben gekommen sind, sondern auch noch der Bruder von dem alten Lang. Also bitte, vermute nicht gleich hinter jeder Äußerung von mir eine Intrige gegen dich. Wenn du mit deiner Rolle als Chefin nicht klarkommst, überlege dir warum. Aber lass mich aus dem Spiel. Mich interessiert euer Laden nicht. Es ist mir völlig egal, woran ihr arbeitet und woran nicht. Sollte ich jedoch der Meinung sein, dass es etwas gibt, worum ich mich kümmern sollte, dann werde ich das tun. Egal, ob es dir gefällt oder nicht. Aber, ich mache nichts hinter deinem Rücken, das ist unsere Abmachung."

Maren Köster fühlte sich von einem Augenblick zum anderen, als hätte man ihr den Stecker gezogen, denn alle Energie war aus ihr gewichen. Sie massierte sich ihre Schläfen.

„Entschuldige, Jupp, ich habe überreagiert. Irgendwie hast du recht."

„Es kann ja sein, dass ich dir mal in die Quere komme, Maren, aber nicht absichtlich. Außerdem weißt du doch, ich bin ein fauler Sack", griente Schulte. „Ich mache nicht mehr als nötig. Da halse ich mir nicht noch Arbeit auf, die du zu erledigen hast."

Maren Köster knuffe ihn gegen den Arm. „Ich bin zwar im Dienst, aber ich brauche jetzt einen Grappa."

17

Mittagspause! Das Wort hatte früher immer etwas Magisches für ihn gehabt. Unterbrechung der Arbeit, essen gehen, durchschnaufen und dann mit frischer Kraft weitermachen. So gehörte sich das. Was bedeutet aber eine Mittagspause, wenn es weder vorher noch nachher etwas zu tun gibt? Das Einzige, was blieb, war das Mittagessen. Wenigstens das wollte Jupp Schulte sich nicht nehmen lassen. Heute würde er auf seinen Lieblingsitaliener verzichten. Schulte hatte Lust auf etwas ganz anderes. Er entschied sich für das Thai-Restaurant in der Elisabethstraße. Er warf sich die Jacke über und verließ das, was man nur mit viel gutem Willen ein Dienstgebäude nennen konnte. Seine Kollegen hatten alle abgelehnt, als er gefragt hatte, ob jemand mitkommen wolle. Draußen auf dem Weg zum Auto, das in der Nähe der Sparkasse stand, empfing ihn die milde Frühlingsluft wie ein Föhn. Die Bäume vor dem *Obernkrug* zeigten stolz ihr erstes Grün, es roch frisch und würzig. Sofort hob sich Schultes Stimmung und nach wenigen Schritten summte er ein Liedchen. Zwischen dem *Obernkrug* und der Bielefelder Straße sah Schulte einen Mann vor einer Staffelei sitzen und malen. Der Maler entsprach allen Klischees eines armen Künstlers. Zauselige lange Haare, ein struppiger Bart und eine

Kleidung, die selbst Schulte nicht mehr getragen hätte. Und das wollte, bei Schultes völlig unterentwickeltem Sinn für Eleganz, einiges heißen. Der Maler schien vollkommen auf seine Arbeit fokussiert zu sein, denn er würdigte Schulte keines Blickes durch seine runde, billige Brille. Nun war Jupp Schulte zwar kein Kunstkenner, hatte sich nie für Malerei interessiert, aber er wurde neugierig. Was mochte der Mann da wohl malen, fragte er sich. Als er direkt neben der Staffelei angekommen war, drehte Schulte sich zur Seite und schaute auf die Leinwand. Es war das Gebäude des *Obernkrugs*, das hier im Entstehen war. Schulte wäre von sich aus nie auf die Idee gekommen, dass seine ungeliebte Dienststelle jemals einen Künstler inspirieren könnte. Er warf einen Blick zurück und betrachtete das Gebäude nun aus ganz anderer Sicht. Tatsächlich musste er sich überrascht eingestehen, war der *Obernkrug* mit seinen Natursteinmauern durchaus ein pittoreskes Gebäude und der Mühe wert, gemalt zu werden.

„Darf ich mir das Bild mal genauer anschauen?", fragte Schulte den Maler.

Der brummte nur, was Schulte als Zustimmung auffasste. Das Gemälde war fast fertig. Aber schon jetzt war erkennbar, selbst für einen blutigen Laien wie Schulte, dass dieser Maler sein Handwerk verstand. Er hätte nicht sagen können, warum ihm das Bild gefiel. Aber es passte irgendwie alles. Das Haus stand fest auf seinen Grundmauern und wackelte nicht. Von Perspektive hatte Schulte keine Ahnung, aber intuitiv spürte er, dass hier nicht gepfuscht worden war. Auch die Farben stimmten weitgehend mit der Wirklichkeit überein. Schulte überraschte sich selbst bei dem Wunsch, dieses Bild irgendwann einmal zu besitzen.

„Kann man das auch kaufen?“, fragte er und wunderte sich über sich selbst.

Die Augen des Malers waren durch seine verschmierten runden Brillengläser kaum zu erkennen, als er den Kopf hob und Schulte ansah.

„Das kann ich erst sagen, wenn es fertig ist“, antwortete er mit einer Stimme, der man anhörte, dass sie nur selten benutzt wurde.

„Warum?“, fragte Schulte verblüfft. Er hatte eher freudiges Entgegenkommen erwartet.

„Weil ich meine Bilder nur dann verkaufe, wenn ich von ihnen vollkommen überzeugt bin“, murmelte der Maler und wandte sich wieder seinem Werk zu. Seine Körperhaltung drückte aus, dass er damit das Gespräch für beendet hielt.

Schulte fühlte sich plötzlich überflüssig und ging kopfschüttelnd weiter. Ein schräger Vogel, dieser Maler, fand er. Aber schräge Vögel waren in Schultes Welt schon immer gern gesehene Gäste gewesen. Irgendwie war er ja selbst einer.

18

September 1988

Warum bin ich nicht für die Schulmannschaft aufgestellt worden? Gedankenverloren kickte der Junge einen Kieselstein über den Weg. Schelpsmeiers Kalle war auch nicht besser als er. Aber den hatte der Lehrer nominiert und ihn nicht. Niedergeschlagen betrat er sein Elternhaus und pfefferte seinen Schulranzen in sein Zimmer.

Seine Mutter schien ihn gehört zu haben. Sie öffnete die Tür und lächelte ihn an. „Beeil dich, mein Lieber, wir essen gleich!“, sagte sie mit ihrer stets freundlichen Stimme. Dann sah sie ihn aufmerksam an, runzelte die Stirn und kam zu ihm ins Zimmer. Sie strich ihm über den Kopf und drückte ihn an sich. Die Mutter roch gut. Die Wärme ihres Körpers, ihre Nähe und ihre Liebenswürdigkeit sorgten für etwas Entspannung bei ihm.

„Was bedrückt dich, mein Kleiner?“

Meist ärgerte er sich, wenn seine Mutter *mein Kleiner* zu ihm sagte. Doch heute fühlte er sich genau so, klein und hilflos. Gleich würde sein Vater zum Mittagessen nach Hause kommen. Er würde ihn fragen, was es Neues gäbe. Und er würde ihm beichten müssen, dass er es nicht geschafft habe. Dass er nicht zur Schulauswahl der Fußballer seines Jahrgangs gehören würde.

„Flipp, mein Lieber“, hörte er die weiche Stimme seiner Mutter. „Wo drückt denn der Schuh?“ Der Junge schwieg.

„Nun sag schon!“, wurde er aufgefordert, ihr sein Herz auszuschütten.

„Ich bin nicht in der Schulmannschaft“, sagte Flipp leise. „Ich habe es nicht geschafft.“ Tränen rannen ihm über die Wangen.

„Aber das ist doch nicht so schlimm. Du bist ein guter Schüler. Du kannst wunderbar zeichnen, hast fast überall gute Noten. Und die eine oder andere Schwäche hat jeder Mensch. Oder ist es dir wirklich so wichtig in dieser Mannschaft zu spielen?“

„Nein, das ist es nicht. Aber Vater, er wird verärgert sein“, entgegnete Flipp ängstlich.

„Weißt du was, mein Kleiner, wir werden es ihm einfach nicht erzählen“, sagte seine Mutter und sah ihn mit verschwörerischem Gesichtsausdruck an. „Das ist unser kleines Geheimnis.“

„Hmm“, kam es aus Flipps Mund. Er war ein bisschen erleichtert, aber die Sorgen wollten sich nicht davonmachen.

„Nun komm, Mittagessen“, die Mutter legte ihm die Hand auf die Schulter und führte ihn in die Küche. Sein drei Jahre jüngerer Bruder saß schon am Tisch und spielte mit einem kleinen Matchboxauto, um sich die Zeit zu vertreiben.

„Fredi, bring das Auto in dein Zimmer! Beim Essen wird nicht gespielt!“, sagte die Mutter streng. „Und du, Flipp, lauf noch schnell in den Keller und hole eine Flasche Mineralwasser!“

„Und Cola“, rief Fredi über die Schulter, der sich sputete, um sein Spielzeugauto in sein Zimmer zu bringen.

Dabei übersah er seinen Vater, der gerade das Speisezimmer betrat.

„Hey, nicht so wild, du Rabauke", lachte der und gab seinem Sohn amüsiert einen Klaps. Der Mann sah sich nach seinem Jüngsten um. „Wo ist denn Lenni?", fragte er. „Der isst heute bei einem Freund, bei Meierkorts", entschuldigte seine Frau ihren Sohn.

„Hmm", brummelte der Vater ungnädig. „Ich mag es nicht, wenn unsere Kinder mit den Kindern unserer Angestellten verkehren und ich mag es schon gar nicht, wenn sie auch noch dort zu Mittag essen."

Die Mutter verzichtete auf eine Erwiderung.

Eine Minute später saß die Familie am Tisch und der Vater sprach das Tischgebet. Dann wurde schweigend gegessen. Erst als der Vater seine Serviette zur Seite legte und signalisierte, dass das Mittagsmahl beendet sei, durfte wieder gesprochen werden.

„Was gibt es Neues?", fragte er und leitete mit dieser Frage den alltäglichen Gesprächsaustausch in der Familie ein.

Niemand sagte etwas. Das Schweigen, das am Tisch herrschte, strengte Flipp an.

„Sind keine Klassenarbeiten geschrieben worden?", erkundigte sich der Vater. Die Jungen schüttelten unisono den Kopf.

„Gibt es sonst etwas zu berichten?", hakte er nach und sah dabei Flipp in die Augen. Der räusperte sich und rutschte auf seinem Stuhl hin und her, aber er schwieg standhaft.

„Wann wird denn bekannt gegeben, wer in den Schulfußballmannschaften mitspielt?", fragte sein Vater. „Euer Sportlehrer erzählte mir vor ein paar Tagen, dass dieses Ereignis bald anstünde."

Flipp hatte einen dicken Kloß im Hals. Er brachte keinen Ton hervor.

„Das war heute", entgegnete Fredi. „Aber in unserem Jahrgang gibt es noch keine Mannschaft. Wir müssen noch ein Jahr trainieren, hat unser Lehrer gesagt." In diesem Stil plapperte der kleine Bruder unbeschwert weiter darüber, dass er warten müsse, bis er auch in der Mannschaft spielen dürfe. Und dass er es gemein fände, dass die Großen schon eine solche Mannschaft hätten und seine Klasse bei den Spielen nicht einmal zuschauen dürfe.

Der Vater ignorierte das Schwadronieren des Kleinen. Sein Blick haftete weiter auf Flipp. Der Junge schwieg. Schließlich wurde er gefragt: „Und was ist mit dir? Spielst du in der Mannschaft?"

Flipp räusperte sich. „Ich bin nicht dabei", sagte er ganz leise.

Der Vater sah ihn böse an. „Was hast du gesagt?", knurrte er. „Ich habe dich nicht verstanden. Hör auf zu nuscheln, sondern sprich anständig, wie es sich für einen Jungen in deinem Alter gehört!"

„Ich bin nicht dabei", wiederholte Flipp seinen Satz.

Noch bevor sein alter Herr etwas erwidern konnte, ging seine Mutter dazwischen. „Friedrich, bitte, jetzt ist es gut."

„Nichts ist gut!", donnerte der Vater. „Ich habe einen Stümper zum Sohn. Jeder dahergelaufene Bengel meiner Arbeiter spielt in dieser Schulmannschaft. Nur mein eigener Sohn, der Schlappschwanz, der schafft es nicht einmal auf die Ersatzbank, Stümper, der."

„Friedrich!", die Mutter warf empört ihre Serviette neben ihrem Teller auf den Tisch.

„Du bist jetzt ruhig, Silvia! Du verzärtelst den Jungen zu sehr. Du siehst doch, was dabei herauskommt", schnauzte der Vater. Dann wandte er sich wieder an seinen Sohn. „Du bist ein Nichtsnutz, ein Taugenichts, du hast nicht ein Quäntchen Ehrgeiz. Du kannst nichts und hast kein bisschen Mumm. Du solltest dich schämen. Geh mir aus den Augen. Ich will dich nicht mehr sehen. In den nächsten zehn Tagen wirst du alleine in deinem Zimmer essen, du Versager."

19

Hubertus von Fölsen hatte sich im Haus seiner Tante und ihres Mannes noch nie wohlgefühlt. Die Langs bewohnten einen Flügel des Schlosses in Schieder. Das allein hätte Hubertus von Fölsen mit seiner Adelsattitüde eigentlich gut gefallen müssen. Sein Problem war auch nicht das exklusive Ambiente der Langschen Wohnung, es waren seine Verwandten. Wenn er ganz ehrlich zu sich war, musste er sich eingestehen, dass er weder Frau Lang, seine Tante, noch Herrn Lang, seinen angeheirateten Onkel, besonders gut leiden konnte. Da ging es ihm genauso wie seiner Mutter. Der durch und durch bürgerliche Friedrich Lang war bedeutend wohlhabender als die adelige Familie von Fölsen. Bei jeder sich bietenden Gelegenheit, mit Vorliebe bei Familienfeiern, hatte Friedrich Lang dies als lustigen Widerspruch herausgekehrt. Den Widerspruch konnten die von Fölsens nicht ausräumen – lustig fanden sie das Ganze nie.

Auch heute fing das Gespräch zwischen Friedrich Lang und seinem Neffen wieder ähnlich an.

„Na, Hubertus", schmunzelte der alte Lang und wischte sich wieder einmal eine seiner dekorativen schneeweißen Haarlocken aus der Stirn. „Musst du denn immer noch für deinen Lebensunterhalt arbeiten? Es wird Zeit, dass du dich zur Ruhe setzt und deine Memoiren schreibst. Das macht man doch so in Adelskreisen, oder täusche ich mich?"

Von Fölsen ging auf diese unterschwellige Provokation nicht ein, sondern ließ sich so lässig wie möglich in einen der großen Sessel fallen, als sei er hier zu Hause. Lang runzelte kurz die Stirn, dann fragte er: „Kommst du als Polizist oder als Verwandter?"

„Beides", antwortete von Fölsen. Als sein Onkel ihn etwas ratlos anschaute, fuhr er fort: „Ich habe von eurer Sorge um Lennart gehört. So viel zu meiner Rolle als Verwandter. In meiner Rolle als verwandter Polizist kann ich euch vielleicht helfen. Nicht hochoffiziell, dafür gibt es die reguläre Polizei. Aber ich kann eventuell mal hier und da nachfragen, ohne dies an die große Glocke zu hängen. Aber dazu müsste ich etwas mehr über Lennarts Verschwinden wissen."

Friedrich Lang setzte sich nun auch und sagte erst

einmal nichts. Es war ihm anzusehen, dass er angestrengt nachdachte. Dann räusperte er sich und fragte: „Warum willst du das machen? Was versprichst du dir davon?“

Hubertus von Fölsen war verblüfft. Er hatte eigentlich erwartet, dass sein nett gemeintes Hilfsangebot mit Begeisterung aufgenommen werden würde. Er stammelte leicht vor Überraschung, als er antwortete: „Gar nichts habe ich davon. Aber ich sehe mich in der Pflicht, euch meine Hilfe anzubieten. Wozu hat man Verwandte?“

„Ich dachte, du hättest mit der richtigen Polizeiarbeit gar nichts mehr zu tun. Ist denn diese verdammte Vermisstenmeldung meiner lieben Ehefrau sogar bis zu dir in dein Straflager durchgesickert? Jetzt wunderst du dich wahrscheinlich, wie gut ich über dich informiert bin, oder? Vergiss nicht, dass ich Beziehungen habe. Staatsanwalt Söder ist nur einer von vielen guten Freunden.“

Hubertus von Fölsen hielt es nicht für ratsam, von dem Gespräch seiner Mutter und Frau Lang zu erzählen. Genauso wenig wollte er auf die verblüffenden Insiderkenntnisse und die damit verbundene unterschwellige Drohung Langs eingehen. Interessant fand er jedoch eine Formulierung seines Onkels und hakte nach: „Wieso sprichst du von einer verdammten Vermisstenmeldung? War sie nicht in deinem Sinne?“

Friedrich Lang erhob sich, leicht ächzend, aus seinem Sessel und lief, die Hände hinter dem Rücken verschränkt, durchs riesige Wohnzimmer. Dann wandte er sich wieder seinem Neffen zu: „Nein! War sie nicht. Absolut nicht. Das war ein großer Fehler deiner Tante."

„Wieso? Das verstehe ich nicht."

„Das kannst du auch nicht verstehen. Und ich werde es dir auch nicht erklären. Nur so viel: Lennart ist nicht verschwunden. Er macht eine Reise ohne feste Anlaufpunkte. Er ist mal hier und mal dort. Wo es ihm gerade gefällt. Es ist seine Art, sich zu entspannen. Lennart war stark ins Geschäft eingebunden im letzten Jahr. Er hat vielleicht etwas zu viel gearbeitet. Ich war es, der ihm den Rat gegeben hat, eine längere Reise zu machen und sich mal richtig den Wind um die Nase wehen zu lassen. Einfach die Seele baumeln zu lassen, ohne Zeitdruck und ohne festes Ziel. Das ist das ganze Geheimnis. Noch mal zum Mitschreiben: Lennart wird nicht vermisst. Verstanden?"

Von Fölsen wusste nicht recht, was er davon halten sollte. Er kam sich deplatziert vor und überlegte gerade, wie er dezent und ohne Gesichtsverlust dieses Haus verlassen könnte, als sein Onkel nachsetzte: „Und ich werde jedem, ich betone jedem, auf die Füße treten, der jetzt anfängt zu schnüffeln. War das klar und deutlich?"

Von Fölsen stand auf und ging zur Wohnzimmertür. Da rief sein Onkel ihm hinterher: „Wenn ihr bei der Polizei was Sinnvolles machen wollt, dann kümmert euch mal um diesen Scheißkerl Arnold. Karl-Heinz Arnold von der Firma Arnold aus Hohenhausen im Kalletal. Wahrscheinlich hat der dieses Gerücht in die Welt gesetzt, dass Lennart vermisst würde. Der Kerl ist zu allem fähig. Dem solltet ihr auf die Finger schauen."

20

Es war spät geworden. Anton Fritzmeier schloss die Tür seines Hofladens und schlurfte müde über den Platz. Sein Warenlager hatte sich in den letzten Wochen schneller geleert als gedacht und Fritzmeier musste nachbestellen. Viel Papierkram. Eine Arbeit, die einem alten Landwirt nicht leicht fällt. Lümmel, Schultes rabenschwarzer Labrador-Riesenschnauzermischling, der tagsüber von Fritzmeier betreut wurde, fegte immer wieder aufgeregt über den Hof und jagte Tauben. Der alte Mann hatte fast die Treppe, die zur Tür des Haupthauses führte, erreicht, als ein Auto auf den Hofplatz fuhr und kurz vor Fritzmeier stoppte. Eine junge blonde Frau stieg aus dem alten dunkelgrünen Daimler und kam strahlend vor guter Laune auf Fritzmeier zu. Sie ertrug völlig entspannt die stürmische Begrüßung des Hundes, tätschelte ihn und ging dann weiter. Erst als sie ihm die Hand gab, erkannte Fritzmeier, wen er vor sich hatte.

„Tschuldichung", erklärte Fritzmeier seine zögerliche Begrüßung, „hab dich charnich erkannt. Dat Frollein vonne Polizei. Na, willse mich verhaften? Oder willse noch innen Hofladen? Aber sag mal: Du bist doch die Bauerntochter, die nun bei der Polizei is. Dein Namen habbich leider verchesssen. Das Alter, weisse?"

„Kann ich mir vorstellen", lachte die junge Frau. „Pauline Meier zu Klüt ist auch wirklich kein Name, den man sich gut merken kann. Vielleicht sollte ich einen Schmidt oder Müller heiraten, dann wärs einfacher. Aber ich will Sie weder verhaften noch will ich was kaufen. Ich möchte Ina besuchen."

„Zu Ina?"

Fritzmeier musste erst mal gedanklich umschalten.

„Ich chlaube, die is noch charnich zu Hause. Ihr Auto steht nich vore Tür. Aber Linus, ihr Bengel ist da. Aber ich chlaube, der macht die Tür nich auf, wenne klingels. Jupp ist auch noch nich da. Wenne wills, setzen wir uns so lange hier auffe Bank, bis Ina kommt. Is ja noch schön draußen."

Nachdem sie ausgiebig über das schöne Frühlingswetter geplaudert und die künftigen Marktchancen des Hofladens analysiert hatten, fragte Fritzmeier: „Wenn ich ma fragen darf: Kennse Ina chut?"

„Na ja", wiegelte die junge Frau ab. „Nicht ganz so gut, wie ich gern möchte. Aber ich schätze sie sehr. Wir sind befreundet, kann man sagen. Warum fragen Sie?"

„Reine Neuchier", lachte Fritzmeier. „Alte Männer wolln immer alles wissen."

„Ich habe Ina über ihren Vater kennengelernt. Ina und ich sind fast gleich alt und wir haben uns auf Anhieb gut verstanden. Seitdem besuchen wir uns ab und zu."

Fritzmeier druckste herum, bevor er fragte: „Hasse nich auch dat Chefühl, dat Ina in letzter Zeit 'n bissken komisch cheworden is? Also ich chlaube, Ina hat sich verkuckt."

„Was hat sie?"

„Sich verkuckt. Dat heißt, se hat sich verliebt. Jupp macht sich auch schon seine Gedanken. Er hat Angst, dat Ina sich 'nen Kerl schnappt und mit ihren Bengel von hier wegzieht. Ich chlaube, dat würde ihn fertigmachen."

„Gibt es denn einen Mann, der infrage kommt?"

Fritzmeier zuckte mit den Schultern.

„Keine Ahnung. Ich hatte chehofft, dat du mir dat sagen kanns."

Pauline Meier zu Klüt warf einen langen, prüfenden Blick auf den alten Mann, der neben ihr auf der Bank saß und gerade einen tiefen Seufzer ausstieß.

„Und Sie?", fragte die Polizistin. „Was ist mit Ihnen? Wäre es Ihnen egal, wenn Ina und Linus wegziehen würden? Sie könnten die Wohnung locker anderweitig vermieten. Ist doch schön hier auf dem Hof, da findet sich schnell jemand."

Fritzmeier dachte nach und strich gedankenverloren dem Hund, der sich neben die Bank gelegt hatte, über das schwarze Fell.

„Nee", sagte er dann leise. „Ich will auch, dat die beiden hierbleiben. Hab mich dran chewöhnt. Ina issen prima Mädchen und der Bengel is mitte Zeit auch 'n bissken mein Junge cheworden. Wenn's nach mir cheht, dann bleibt alles so wie es is. Aber mich fragt ja keiner."

21

Hubertus von Fölsen hatte vor wenigen Sekunden ein ebenso langes wie unerfreuliches Telefonat mit seiner Ex-Frau geführt. Nun stand er in der kleinen Küche seiner viel zu teuren Single-Wohnung im Detmolder Musikerviertel und schaute nach, ob die Spaghetti bereits gar waren. In einem kleineren Topf brodelte eine Fertigtüten-Tomatensoße, deren Geruch ihn unangenehm an Hundefutter erinnerte. Kochen war nie seine Leidenschaft gewesen und seine diesbezüglichen handwerklichen Fähigkeiten beschränkten sich auf allereinfachste Tätigkeiten. Es war Sonntagabend, alle Welt saß jetzt vor dem Fernseher und schaute sich den Tatort an. Alle Welt, aber nicht Hubertus von Fölsen. Fernsehkrimis interessierten ihn fast noch weniger als kochen. Völlig weltfremd, fand er und ließ den Fernseher ausgeschaltet. Er goss die Spaghetti ab, füllte einen Teil davon auf einen tiefen Teller und wollte gerade die Tomatensoße darüber gießen, als sein Telefon klingelte.

„Hubertus, bist du es?“, fragte eine Frauenstimme, die von Fölsen erst nicht zuordnen konnte. „Ich bin’s, deine Tante Silvia. Hast du gerade ein bisschen Zeit? Ich habe ein großes Problem.“

Er sagte kein Wort über seine Spaghetti, die nun kalt werden würden, war ganz der Sohn aus gutem Hause, als er antwortete: „Für dich habe ich immer Zeit, liebe Tante. Was gibt es denn?“

„Friedrich ist jetzt auch verschwunden! Kannst du dir das vorstellen? Du musst mir helfen!“

Von Fölsen hielt es nicht für angebracht, ihr ausgerechnet jetzt zu erklären, dass er sie noch nie hatte leiden können, dass ihr arroganter Ehemann ihn erst am Freitagabend behandelt hatte wie einen Bittsteller und dass er eigentlich nicht den geringsten Grund erkennen konnte, ihrem Problem auch nur eine einzige Sekunde seiner wertvollen Zeit zu opfern. Von den Spaghetti ganz zu schweigen. Stattdessen ließ er sich auf sie ein.

„Wieso verschwunden? Ich habe ihn doch vorgestern Abend noch gesprochen."

„Das ist es ja gerade. Er hat mir, nachdem du weg warst, üble Vorhaltungen gemacht. Hat mich geradezu beschimpft. Ich hätte ihm da etwas ganz Schlimmes eingebrockt, ich wüsste gar nicht, was ich da anrichte und so weiter. Hubertus, ich verstehe diesen Mann nicht mehr. Danach hat er sich seinen Mantel und seinen Hut geschnappt und ist aus dem Haus gegangen. Und ist bis jetzt nicht zurückgekommen."

„Er ist seit Freitagabend verschwunden?"

„Ja. Findest du das nicht auch merkwürdig? Bitte erklär mir das doch alles mal!"

Von Fölsen seufzte, wies sie nicht, wie es nahelag, auf die Möglichkeit einer heimlichen Geliebten hin, sondern antwortete nach wie vor höflich: „Das kann ich mir auch nicht erklären, liebe Tante. Aber vielleicht taucht er ja heute Abend wieder auf."

„Das sagst du doch nur, um mich zu vertrösten. Keiner glaubt mir, dass hier irgendetwas nicht stimmt. In dieser Familie passieren die schlimmsten Dinge und alle um mich herum tun so, als sei dies das Normalste der Welt. Aber ich bin doch nicht völlig bescheuert. Warum versteht mich denn keiner?"

Der Polizist schielte besorgt zu seinem Teller mit den immer kälter werdenden Spaghetti.

„Aber was kann ich denn für dich tun, Tante Silvia?

Ich bin nicht mehr im normalen Polizeidienst. Wenn dein Mann morgen im Laufe des Tages nicht zurück ist, dann musst du bei deiner örtlichen Polizeidienststelle eine Vermisstenmeldung aufgeben. Soweit ich weiß, sind das in deinem Fall die Kollegen in Blomberg. Die können sich dann gern mit mir in Verbindung setzen, wenn sie Hintergrundwissen brauchen. Mehr kann ich auch nicht machen. Tut mir leid!"

22

„Das ist ja mal eine nette Überraschung!", rief Jupp Schulte, als völlig unerwartet Pauline Meier zu Klüt sein Büro betrat. Schulte selbst empfand die Bezeichnung Büro für diesen kleinen Raum unter der Dachschräge eigentlich als unentschuldbare Beschönigung, aber da auch ihm kein besserer Name einfiel, ließ er es dabei.

„Was treibt dich in dieses Auffanglager für unheilbar renitente Nervensägen?", fragte er die junge Frau und bot ihr den einzigen freien Stuhl an.

„Machen Sie diese Dienststelle jetzt nicht schlechter als sie ist?", gab sie, die immer auch das Positive, und sei es noch so winzig, im Auge hatte, zu bedenken.

„Nein, Meier, du kannst aus einer Hand voll Mist keinen Blumenstrauß machen, und wenn du noch so schöne Worte dafür findest. Ich wäre viel lieber noch immer bei euch in der Bielefelder Straße, das kannst du mir glauben. Aber zurück zu meiner Frage: Warum bist du hier?"

„Weil ich hier was essen will“, antwortete sie. Während Schulte, als der Ranghöhere, seine jüngere Kollegin seit ihrem ersten Arbeitstag in Detmold duzte und auch ihr das Du angeboten hatte, war sie eisern beim förmlichen Sie geblieben. Anfangs war Schulte davon irritiert gewesen, aber im Laufe der gemeinsamen Zeit hatte sich das verfestigt und beide waren damit zufrieden.

„Ich habe jetzt schon mehrfach von Kollegen gehört, dass euer Kollege Rosemeier hier mittags immer wechselndes Essen anbietet. Immer was ganz Einfaches, aber alle schwärmen davon. Da habe ich mir gedacht, probierst du es doch auch mal.“

„Prächtig“, freute sich Schulte. „Dann können wir ja gleich zusammen runtergehen. Ich wollte heute auch im Café Rosemeier, so nennen wir diesen verrückten Zustand da unten, essen. Ich glaube, es gibt heute Omelette. Dazu ein schönes, frisch gezapftes Bier, was willst du mehr?“

„Unglaublich“, lachte Pauline. „Sie haben hier wirklich absolute Narrenfreiheit. Oh, Entschuldigung, das war vielleicht das falsche Wort. Tut mir leid.“

„Schon gut, Meier“, sagte Schulte und zog sich ächzend seine Schuhe an, die neben seinem Schreibtisch gestanden hatten. „Das bringt die Sache voll auf den Punkt. Ein Käfig voller Narren, wie könnte man all das hier besser beschreiben?“

Als die Schuhe endlich an den Füßen und geschnürt waren, erhob Schulte sich wieder und sagte, nicht in seiner sonst üblichen derben Tonlage, sondern vorsichtig tastend: „Ich habe von Anton Fritzmeier gehört, dass du letztens bei uns auf dem Hof warst und mit Ina sprechen wolltest. Du bist doch gut mit ihr bekannt, soweit ich weiß. Sag mal, so unter Kollegen, ist Ina mit Oliver Hartel zusammen? Ich habe die beiden vor Kurzem zusammen gesehen und mich doch sehr gewundert. Weißt du irgendwas darüber?"

Da durch das kleine Fenster im Dachgeschoss-Büro nur wenig Licht einfiel, sah Schulte nicht, dass Pauline bei diesen Worten leicht rot wurde.

„Wahrscheinlich haben sie sich zufällig auf dem Markt getroffen und sind ein Stück zusammen gebummelt", vermutete sie. „Sie kennen sich ja. Schließlich war Hartel auch bei Ihrem 60. Geburtstag vor zwei Jahren auf dem Hof. Da muss er Ina kennengelernt haben. Ich habe sie ja auch dadurch kennengelernt."

„Vor fast anderthalb Jahren, Meier. Nicht zwei Jahren", warf Schulte ein. „Mach mich nicht älter, als ich bin. Aber das stimmt natürlich, dadurch erklärt sich das vielleicht."

„Ganz bestimmt!", sagte sie. „Nichts gegen Oliver Hartel, aber der entspricht sicherlich nicht Inas Beuteschema. Außerdem hat er ja nur noch dies bisschen Resturlaub und dann ist er weg."

Schulte, der im Laufe vieler Verhöre ein feines Gehör für Unsicherheiten entwickelt hatte, horchte auf. So richtig schien Pauline ihrer Einschätzung selbst nicht zu trauen. Hatte sie das nur so gesagt, um ihn zu beruhigen? Aber er wusste auch, dass er hier nicht weiterkam und wechselte das Thema.

„Kennst du eigentlich die Kollegen hier?“, fragte er. „Falls nicht, stelle ich dich gleich vor.“

„Nicht nötig“, erwiderte sie selbstbewusst. „Ich war ja schon mal hier. Und Marco van Leyden kenne ich sogar von früher.“

„Was?“, rief Schulte völlig überrascht. Welche Verbindung konnte zwischen dieser liebenswerten, immer freundlichen, tüchtigen jungen Frau und einem Stinkstiefel wie van Leyden bestehen?

„Wir waren vor Jahren beide beim LKA in Düsseldorf. Bevor ich nach Detmold kam. Ich hatte meine Profiler-Ausbildung in den Staaten gerade hinter mir. Marco ist mir sehr schnell aufgefallen, weil er … na ja, weil er eben immer schon so war, wie er ist. Er hat damals in der internen Revision gearbeitet. Durch meine Spesenabrechnung des USA-Aufenthaltes haben wir uns kennengelernt. Wir waren nicht befreundet, Gott bewahre. Aber wir waren annähernd gleich alt und hatten beide einen schweren Stand bei den hohen Tieren im LKA. Er war nie wirklich gut darin, sich in ein System einzufügen.“

„Das kannst du laut sagen“, brummte Schulte, während er unter einem Stapel Zeitschriften sein Handy suchte.

„Er war ein echter Computer-Nerd, hat immer herumgetüftelt und war unglaublich stolz, wenn er mal wieder das Passwort eines fremden Netzwerkes geknackt hatte. Das war natürlich von vorn bis hinten illegal. Aber je schwieriger und gefährlicher das Ganze wurde, desto mehr hat es ihn gereizt. Da war er wie ein Spieler, völlig fokussiert auf sein Ziel, der nichts anderes in seiner Umgebung mehr zur Kenntnis nimmt. Das musste auf Dauer schiefgehen und prompt kam es auch so. Eines Tages hatte Marco es geschafft, in ein internes Netzwerk des LKA mit hoher Geheimhaltungsstufe einzudringen. Keine Ahnung, wie er das gemacht hat, aber anscheinend konnte er so was. Was er nicht konnte war: Seine Klappe halten. Hätte er, nachdem er dort eingedrungen und seine Eitelkeit befriedigt hatte, sich dezent zurückgezogen und nichts gesagt, wäre er vielleicht noch unbeschadet aus der Sache herausgekommen."

„Was ist passiert?", fragte Schulte, der sein Handy mittlerweile gefunden hatte.

„Er hat damit, wie es seine Art ist, angegeben. Hat Andeutungen gemacht und ist damit voll auf die Schnauze gefallen, wenn ich das mal so sagen darf. Er bekam ein Disziplinarverfahren und wurde in eine Dienststelle der normalen Polizei versetzt. Ich weiß nicht, wohin. Aber wahrscheinlich war es eine Stelle, um die sich niemand gerissen hat. Ich vermute, dass Marco bei seiner Hacker-Aktion auf irgendwas gestoßen ist, von dem seine Vorgesetzten auf keinen Fall etwas bekanntwerden lassen wollten. Sonst hätten sie ihn sicher achtkantig rausgeschmissen. Weil er aber im weitesten Sinne in ihrem Apparat blieb, konnten sie ihm besser auf die Finger schauen, als wenn er auf den freien Arbeitsmarkt gegangen wäre. Da hat er noch Glück im Unglück gehabt. Aber er hat offenbar auch in dieser anderen Dienststelle für Unruhe gesorgt, denn sonst wäre er wohl nicht hier."

„Große Klasse“, sagte Schulte. „Und wir haben den Kerl jetzt an der Backe. Mit uns kann man es ja machen.“

23

„Die schon wieder!“, stöhnte Maren Köster innerlich. Sie wollte gerade in die Mittagspause gehen, als ihr Frau Lang im Flur begegnete.

„Gut, dass ich Sie treffe, Frau Kommissarin“, rief Silvia Lang hektisch. „Es ist schon wieder etwas passiert!“

Genau das hatte Maren Köster befürchtet. Dass die Frau sie gerade einen Dienstgrad herabgestuft hatte, ließ sie unter den Tisch fallen.

Sie drehte sich um und ging zusammen mit ihrer Besucherin in ihr Büro. Die Mittagspause konnte sie für heute abschreiben.

„Mein Mann“, rief Frau Lang, stimmlich wie körpersprachlich leicht neben der Spur. „Er ist nun auch weg. Was soll denn noch alles mit unserer Familie passieren?“

„Moment“, fuhr die Polizistin dazwischen. „Alles der Reihe nach. Seit wann vermissen Sie Ihren Ehemann?“

„Seit Freitagabend. Und jetzt ist Montag. Er hat nichts gesagt, kein Wort. Er ist aus dem Haus gegangen, nur mit Mantel, ohne Gepäck, hat sich in sein Auto gesetzt und ist nicht wieder zurückgekommen. Da stimmt doch was nicht.“

Nach einigem Hin und Her schaffte es Maren Köster, der Frau die echten Fakten zu entlocken und reine Mutmaßungen herauszufiltern.

„Es tut mir leid, aber ich muss Sie das fragen", sagte sie dann sehr vorsichtig. „Ist es völlig ausgeschlossen, dass Ihr Mann eine Geliebte hat, bei der er sich nun aufhalten könnte?"

Die alte Dame sah sie entrüstet an.

„Hat er natürlich nicht. Warum auch? Er hat doch mich. Was denken Sie denn von uns?"

Die Polizistin seufzte innerlich.

„War ja nur eine Frage. Aber Sie sagten eben, er habe kurz vorher Besuch gehabt. Wer war denn dieser Besucher?"

„Ach, das war nur mein Neffe. Er hat mit Friedrich über ... na ja, Familienangelegenheiten gesprochen. Ich war ja nicht dabei, kann also nicht genau sagen, worum es ging. Ich weiß nur, dass Friedrich sich wieder mal aufgeregt hat. Das kann aber nichts mit seinem Verschwinden zu tun haben."

„Frau Lang, wenn hier tatsächlich ein Verbrechen vorliegen sollte, was Sie ja vermuten, dann gibt es nichts, was Sie als Familienangelegenheit abtun können. Dann hat alles für uns eine Relevanz. Und die Schlussfolgerungen überlassen Sie bitte auch der Polizei. Wir haben da ein bisschen mehr Erfahrung. Also bitte: Wer war der Besucher und worum ging es?"

Die Frau tat ihr leid, aber wenn sie mit ihr vorankommen wollte, musste sie nun etwas Struktur ins Gespräch bringen.

Frau Lang schluckte. „Es war mein Neffe, wie gesagt. Hubertus heißt er. Hubertus von Fölsen. Er ist der Sohn meiner Schwester und mit der hatte ich …"

„Hubertus von Fölsen ist mir bekannt."

Frau Lang beruhigte sich und berichtete: „Es ist natürlich um Lennart, unseren Sohn, gegangen. Ich hatte meinen Neffen darum gebeten, dass er mal mit meinem Mann ein vernünftiges Wort unter Männern spricht. Ich dachte, wenn Friedrich mich schon nicht ernst nimmt, dann wenigstens einen gestandenen Kriminalbeamten. Aber ich fürchte, dass Friedrich dichtgemacht hat. Wie immer, wenn es um unsere Söhne geht. Ob sie nun verstorben oder verschollen sind, mein Mann weigert sich, über sie zu sprechen. Sie können sagen was Sie wollen, aber das ist doch nicht normal, oder?"

Maren Köster sagte lieber gar nichts, sondern schrieb nur mit. Dann aber fragte sie: „Und Sie haben keinerlei Vorstellung davon, wo Ihr Mann hingefahren sein könnte? Hat er irgendwo einen Freund, einen guten Geschäftspartner, einen Verwandten? Was für ein Auto fährt er denn? Wissen Sie auch das Kennzeichen? Dann brauche ich es nicht raussuchen lassen."

24

Seit Tagen bestimmte die Familie Lang den Arbeitsalltag von Maren Köster. Es war zum Verrücktwerden. Die Schlägerei zwischen Friedrich Lang und Karl-Heinz Arnold war noch gar nicht bearbeitet worden, fiel der Polizistin gestern erst am späten Nachmittag ein. Da sie weder Zeit noch Lust gehabt hatte, Arnold in Lemgo aufzusuchen, rief sie lieber an und forderte ihn auf, am nächsten Tag in die Kreispolizeibehörde zu kommen.

„Aber diese Lappalie können wir doch telefonisch besprechen." Arnold war wenig begeistert von ihrer Aufforderung gewesen. „Ich habe den Kerl nicht angerührt. Der lügt, wenn er nur den Mund aufmacht."

Doch sie hatte sich nicht erweichen lassen und nun stand sein Besuch kurz bevor.

Maren Köster klopfte an das Büro von Lindemann. Den wollte sie gerne bei dem Verhör dabeihaben. „Manuel, kommst du? Der Arnold wir gleich zu uns hochgebracht werden. Ich würde mich gerne vorher noch kurz mit dir abstimmen."

Lindemann war ein ruhiger, sachlicher Mensch. Den brachte fast nichts aus der Ruhe. Dazu war Lindemann pfiffig und stets aufmerksam. Dem entging in Verhörsituationen nichts.

Zehn Minuten später wurde Arnold von Kommissar Volle in den Raum geführt. Der Mann war das genaue Gegenteil seines Kontrahenten. Er war zwar groß, aber schlaksig. Er trug eine Lodenjacke und auch die restliche Kleidung deutete darauf hin, dass er sich der Jagd verschrieben hatte.

Er begrüßte Maren Köster und dann Lindemann höflich mit Handschlag und sogar mit einem angedeuteten Diener. Anschließend setzte er sich auf den ihm zugewiesenen Stuhl.

Nach einem kurzen Vorgeplänkel und einigen rechtlichen Formalitäten kam Maren Köster zur Sache. „Herr Arnold, was Ihnen vorgeworfen wird, ist Ihnen ja hinreichend bekannt. Sie sollen Friedrich Lang ohne jede Vorwarnung und vor allen Dingen grundlos ins Gesicht geschlagen haben. Wollen Sie sich zu diesen Vorwürfen äußern?"

„Und ob ich das will!" Von der eben noch zur Schau getragenen höflichen Abgeklärtheit war nicht mehr viel vorhanden. Mit Erwähnung des Namens Lang bekam Arnold einen hochroten Kopf und eine Ader an seinem Hals pochte auffällig stark.

„Das, was der Friedrich Lang erzählt, ist erstunken und erlogen. Der Mann war auf meinem Firmengelände und hat sich dort aufgespielt wie Graf Kocks von der Gasanstalt. Er hat mich beleidigt und gedemütigt. So wie er es seit Jahren praktiziert."

„Herr Arnold", schaltete sich Manuel Lindemann in das Gespräch ein. „Ich würde Ihnen gerne mal eine Rückmeldung geben, wie ich Sie hier erlebe. Gestatten Sie mir das?"

Der schlaksige Mann nickte. Er wirkte wieder etwas gelassener.

„Sie kamen vor einigen Minuten ziemlich gefasst in diesen Raum. In dem Moment, wo wir den Namen Friedrich Lang erwähnten, schwoll Ihnen augenblicklich der Kamm. In dieser emotionalen Verfassung wetterten Sie dann über Lang. Aber dennoch behaupten Sie, sie seien in seiner Anwesenheit ganz ruhig geblieben und es sei zu keiner körperlichen Auseinandersetzung gekommen."

Lindemann ließ die Worte auf Arnold wirken. Der machte jetzt einen verlegenen Eindruck.

„Es stimmt aber, was ich gesagt habe. Ich habe Lang nicht angefasst“, brachte er dann trotzig, aber gleichzeitig zögerlich, so als glaube er es selbst nicht, hervor.

„Herr Arnold, Sie lügen!“, kam es wie aus der Pistole geschossen von Maren Köster.

Lindemann entgegnete in seiner ruhigen Art. „Ich glaube Ihnen auch nicht.“

Arnold fühlte sich sichtlich unwohl. Er nahm keinen Blickkontakt mehr auf und wand sich auf seinem Stuhl. Dann hob er seinen Kopf und sah die Polizisten mit festem Blick an. „Ich sage jetzt nichts mehr. Sie glauben mir ja sowieso nicht. Sie stehen auf der Seite von Friedrich Lang. Ich kann hier erzählen was ich will. Sie drehen mir sowieso jedes Wort im Munde um.“ Während er diese Vorwürfe äußerte, veränderte sich auch Arnolds Körperhaltung. Er hatte jetzt offensichtlich in den Kampfmodus umgeschaltet. „Und wenn Sie noch etwas von mir wollen, dann wenden Sie sich bitte an meinen Anwalt. Den Namen und die Adresse von ihm lasse ich Ihnen zukommen. Kann ich jetzt gehen?“

Die beiden Polizisten sahen sich an. Maren Köster versuchte noch einmal mit Arnold in Kontakt zu gehen. „Herr Arnold, das bringt doch alles nichts. Wenn Sie jetzt kooperieren, dann werden wir eine vernünftige Lösung finden. Uns ist auch klar, dass die Ereignisse auf Ihrem Firmengelände nicht so verlaufen sind, wie Herr Lang sie geschildert hat. Wir haben nichts gegen Sie, wir wollen doch lediglich die Wahrheit herausfinden.

Und das würde auch Ihnen nutzen", versuchte es die Polizistin mit aller Empathie, die sie aufbringen konnte. Doch vergeblich. Arnold hatte entschieden: Das Gespräch ist beendet! Und so verhielt er sich jetzt.

„Ich habe nichts mehr zu sagen! Kann ich jetzt gehen?", kam es von ihm wie ein Mantra.

Maren Köster und Lindemann wussten aus langjähriger Erfahrung, dass der Mann dichtgemacht hatte. Um ihn jetzt zu knacken, hätten sie ihn verhaften und einsperren müssen. Doch sie hatten keine Handhabe und daran auch kein Interesse. Und selbst wenn, sie hätten ihn anschließend stundenlang verhören und ihn weichkochen müssen, und das Alles wegen eines möglichen Schlages in das Gesicht eines ungehobelten Mannes. Außerdem hatte diese Handgreiflichkeit nicht einmal dazu geführt, dass das Opfer von einem Arzt behandelt werden musste. Im Grunde eine Bagatelle. Doch es lag nun mal eine Anzeige vor, die die Polizisten zum Handeln zwang.

Maren Köster nickte resigniert. „Wir wollten Ihnen helfen, Herr Arnold. Wenn Sie nicht wollen, gut, dann ist die Geschichte eben noch nicht beendet. Sie werden wieder von uns hören."

„Kann ich gehen?", kam es jetzt schon fast wieder wütend von Arnold.

Lindemann nickte und Maren Köster öffnete Arnold wortlos die Tür. Sie machte eine eindeutige auffordernde Handbewegung und sagte: „Bitte."

Noch im Zimmer zog Arnold sein Smartphone. Jetzt ruft der erst mal seinen Rechtsanwalt an, dachten Maten Köster und Lindemann synchron. Doch da irrten sie sich.

Noch im Gebäude der Kreispolizei fand folgendes Telefongespräch statt: „Ja Hallo, hier ist Karl-Heinz. Du Otto, entschuldige wenn ich so mit der Tür ins Haus falle. Du weißt ja, ich hatte in letzter Zeit eine Menge Stress."

Arnold lauschte, was sein Telefonpartner zu sagen hatte und antwortete dann: „Ja stimmt, da hast du recht. Na, wie auch immer, ich wollte dich fragen, ob ich ein paar Tage oder vielleicht sogar einige Wochen in deine Jagdhütte ziehen kann. Mir wächst hier gerade alles über den Kopf. Ich muss hier weg."

25

Wieder mal so ein Tag. Rosemeier hatte an einem neuen Werbekonzept getüftelt, mit dessen Hilfe er seine Dienstleistungen als Gastwirt dem lippischen Polizeiapparat andienen wollte. Van Leyden war mehr als zwei Stunden laufen. Wie von Fölsen und Adelheid Vahlhausen ihren Tag verbracht hatten, entzog sich Schultes Kenntnis. Er jedenfalls hatte mal wieder so gut wie nichts gemacht. Wo würde dieser Müßiggang nur enden? Entweder die Polizisten im *Obernkrug* würden sich irgendwann selbst zerfleischen oder die Kreativität der Menschen aus Lippisch-Sibirien würde sich mit einer Dynamik entladen, die völlig neue Möglichkeiten eröffnen würde.

So in Gedanken schloss Schulte seine Haustür auf. Kaum hatte er sie einen Spalt aufgesperrt, da schoss ihm sein Hund Lümmel voller Freude und mit einer Dynamik entgegen, die Schulte von den Beinen riss. Hätte er nicht im letzten Moment den Türrahmen zu fassen bekommen, er wäre ungebremst auf den Rücken gefallen.

„Blöder Köter!“, fluchte Schulte. Er machte sich aber im gleichen Moment klar, dass er seinen braven Hund in letzter Zeit doch sehr vernachlässigt hatte. Also entschloss er sich mal wieder einen Spaziergang zu machen, damit auch sein Haustier auf seine Kosten kam.

Nach zehn Minuten strammen Gehens stellte er fest, dass sein Hund eine gute Kondition hatte. Schließlich kümmerten sich Fritzmeier und sein Enkel Linus tagsüber um den Vierbeiner. Schulte stellte aber auch fest, dass ihm nach ein paar hundert Metern schon der Schweiß aus den Poren getreten war und er mittlerweile schwitzte, als habe er eine Wegstrecke von zehn Kilometern bewältigt.

„Mein Gott, bin ich ein schlapper Sack geworden“, stellte Schulte resigniert fest. So konnte das nicht weitergehen. Er musste sich mehr bewegen.

Als er nach einer halben Stunde wieder Fritzmeiers Hof erreicht hatte, kam ihm der alte Bauer entgegen. Er sah sich Schulte an und fragte: „Bis du in ein Regenschauer rein chekommen oder warum bisse so nass?“

Schulte winkte ab. „Lass gut sein, Anton. Ich dusche jetzt und in einer halben Stunde gibt es bei mir in der

Küche eine Flasche Bier und ein paar ordentliche Schinkenbrote mit Spiegeleiern."

„Das is endlich mal wieder ne vernünftige Ansage aus deinen Munde", kommentierte Fritzmeier die Einladung. „Ich habe schon chedacht, mit dich könnte man charnix mehr anfangen."

Eine Stunde später hatten die beiden Männer es sich schmecken lassen. Fritzmeier schnaufte behaglich. „Junge, Junge, Junge, so ein paar Spiegeleier mit einen chuten lippischen Schinken drunter, dat is schon wat feinet, chut und einfach. Ich sach et dich, Jupp, et muss nich immer Kaviar sein. Dat einfache is doch immer noch dat Beste, wenne chute Produkte has. Dat sache ich meinen Kunden in Hofladen ja auch immer."

Fritzmeier lächelte verschmitzt. „Apropos Hofladen. Wie is dat denn nu mit deine Rente? Hörse auf oder nich? Ich meine bei mich in Laden, da könnte ich noch ein bisschen Hilfe chebrauchen. Ich hätte schon wat für dich zu tun."

Schulte winkte ab. „Mach dir keine Hoffnungen Anton. Ich werde nicht vorzeitig in Pension gehen. Das kannst du dir, und das kann sich auch Erpentrup abschminken."

„Jupp überlech dich dat", hakte der alte Bauer nach. „Ich meine über Chelt brauchste ja nich nachzudenken und wenn dich wirklich wat fehlen sollte, kannse dich dat in Hofladen dazuverdienen. Chenau wie Ina dat früher chetan hat. Seit die eine volle Stelle anne Hochschule hat, fehlt die mich doch schon an allen Ecken und Enden."

Fritzmeier sah scheinbar verträumt ins Nichts. „Weiße Jupp, so einen Wacholder, dat is ja auch immer ne chanz feine Sache, so nach den Essen zun Bier."

Schulte hatte verstanden. Während er aufstand und eine schlanke, elegante Flasche und zwei Gläser auf den Tisch stellte, pries Fritzmeier weiterhin die Vorteile an, die die Arbeit im Hofladen mit sich brachte.

„Weiße Jupp, und die meisten Leute, die bei mich zun Einkaufen kommen, dat sind ja allet Frauen. Die eine oder andere von denen, die ist chanz kurant. Ich meine, da kannse ohne Stock bei chehen. Da wäre sicher auch die eine oder andere dabei, die dich chefallen würde. Ich meine du komms ja in letzter Zeit bei den Weibsleuten auch nich mehr so richtich inne Pötte."

„Anton hör auf", empörte sich Schulte und goss die Gläser voll. „Du musst mich nicht unter die Haube bringen und dass ich in naher Zukunft bei dir im Hofladen arbeite, damit brauchst du in der nächsten Zeit auch nicht zu rechnen."

„Ich wollte et für dich ja nur chut Jupp. Aber musse selber wissen." Fritzmeier nahm einen Schluck von dem Schnaps. „Ouh, dat is aber ein chuter. Mann eh! Ein Wippermann ist dat aber nich, obwohl, der cheht auch, wenn de mich frachs." Fritzmeier nippte erneut an dem Schnaps. „Junge is der chut, dat is ja, wie wenn dich ein Engelchen aufe Zunge pinkelt. Wo hasse den denn her?"

Schulte sah sich die Flasche an. Auf der stand mit der Hand geschrieben: Franken Tschin und dann, auf einem kleinen Etikett stand: Haus der edlen Brände,

Randersacker. Daneben war eine kleine Träne aufgeklebt. Die hatte der Schnapsbrenner wohl vergossen, als er diesen Schnaps verkauft hatte.

„Den muss ich zum 60. Geburtstag geschenkt bekommen haben“, erklärte Schulte. „Seit der Feier brauche ich mich über Schnaps nicht beklagen. Das Depot, was ich seitdem habe, reicht noch für ein paar Jahre.

„Ja denn“, sagte Fritzmeier „Aber den hier Jupp“, der alte Bauer zeigte mit seinem runzeligen Finger auf die Flasche, „den Franken Tschin, den trinken wir beiden chanz alleine. Komm chipp mich noch einen.“ Er schob Schulte sein Glas hin.

Während Schulte nachschenkte, fiel ihm ein, dass er ja noch ein Anliegen hatte.

„Anton, du hast doch da die Wohnung leerstehen, die, in der Noura und Nadir gewohnt haben. Willst du die nicht wieder vermieten?“

„Ja, weiß ich auch nich so recht“, überlegte Fritzmeier. „Dat Cheld könnte ich ja chanz chut chebrauchen. Aber wenn ich hier so ne Unruhe auffen Hof habe, dat is mir auch nich recht. Du, Ina und Linus, ihr reicht mich eigentlich. Wieso, hasse denn einen, der da einziehen will?“

Schulte nickt. „Ich habe eine ganz nette Kollegin, die will nach Lippe ziehen und auch nicht mitten in die Stadt. Die hat mich gefragt, ob ich nicht wüsste, wo es eine Wohnung zu mieten gibt. Da habe ich an dich gedacht.“

„Ne nette Kollegin?“, griente Fritzmeier. „Und du bis sicher, dat du an mich und nich an dich chedacht has?“

„Sag mal Anton, was soll das eigentlich?“, schimpfte Schulte. „Willst du mich verkuppeln?“

„Nein Jupp, rech dich mal nich auf. Ich meine ja nur.“ Fritzmeier überlegte kurz. „Ach weiße, sach die Frau doch, dat se sich die Wohnung einfach mal ankucken soll. Wenn du sachs, die is in Ordnung, dann kann se hier einziehen. Vielleicht hilft die ja ein bisschen in Hofladen mit. Dat wäre natürlich nich schlecht.“

26

Es war spät geworden. Während Silvia Lang normalerweise um zehn Uhr abends im Bett lag, hatte sie heute einen unruhigen Abend verbracht. Sie war allein in diesem großen Haus, eine Situation, die sie nicht kannte und die sie auch nicht mochte. Ihr Versuch, ein Buch zu lesen, scheiterte schnell an ihrer Ungeduld. Auch der Fernseher gab an diesem Dienstagabend nicht viel her und so wusste sie nicht recht, was sie machen sollte. Aber an Schlaf war auch nicht zu denken, dafür war sie viel zu aufgedreht. So lief sie den ganzen Abend über nervös hin und her, räumte hier etwas auf, versuchte vergeblich, sich mit Musik abzulenken und kochte sich einen Beruhigungstee. All das brachte nicht die erhoffte innere Ruhe. Kurz vor Mitternacht gab sie auf und ging zu Bett. Mit wenig Hoffnung auf Schlaf. Zur Sicherheit schaltete sie in der Bibliothek die Zimmerbeleuchtung ein, damit das Haus nach außen hin einen wachen und wehrhaften Eindruck machte. Die Zimmertür ließ sie weit offenstehen, sodass auch der Flur noch etwas Licht abbekam. So konnte es nicht weitergehen, beschloss sie. Um nicht schon wieder allein sein zu müssen, würde sie gleich morgen ihre Haushälterin bitten, die kommende Nacht im Gästezimmer des Hauses zu verbringen. Das Mitternachtsläuten der Kirchenglocken hörte sie noch, dann fiel sie in einen unruhigen, oberflächlichen Schlaf.

Es mochte eine halbe Stunde vergangen sein, als lautes Klirren sie aus dem Schlaf riss. Sie schüttelte sich, unsicher ob das Geräusch Bestandteil ihres Traumes war oder echt. Als sie von draußen Schrittgeräusche hörte, die sich schnell entfernten, war die tröstliche Option Traum wie eine Seifenblase geplatzt. Irgendwas war passiert, das war ihr klar. Am liebsten wäre sie nun im Bett geblieben, hätte trotz der rasenden Herzschläge die Bettdecke über den Kopf gezogen und gehofft, der Spuk möge vorüberziehen. Gleichzeitig wuchs das Verlangen zu wissen, was passiert war. Die sich entfernenden Schritte bedeuteten ja auch, dass damit die unmittelbare Gefahr vorüber war. Jedenfalls krallte sie sich an diese schwache Hoffnung und stieg vorsichtig aus dem Bett, ohne Licht zu machen. So leise wie möglich öffnete sie die Tür ihres Schlafzimmers, stieg die Treppe hinab und lugte in den schwach beleuchteten Flur. Nichts zu sehen. Nun wurde sie etwas mutiger und ging barfuß, denn an ihre Pantoffeln hatte sie nicht gedacht, einige Schritte in den Flur hinein. An der Tür der nach wie vor erleuchteten Bibliothek schaute sie voller Sorge um die Ecke. Was sie sah, ließ sie kurz erstarren.

Das Zimmer war übersät mit Glassplittern, größeren und kleineren und im Rahmen des einflügeligen Fensters war nur noch ein zackiger Rest Glas zu sehen. Ein kühler Nachtwind blies ungehindert hindurch und verbreitete eine alles durchdringende Kälte. Silvia Lang stand lange im Türrahmen, unfähig zu irgendeiner Handlung. Dann machte sie, wie ferngelenkt, einen Schritt nach vorn. Ob sie das zerstörte Fenster näher untersuchen wollte oder ob es der reflexhafte, aber natürlich vergebliche Versuch war, es schließen zu wollen, wusste sie selbst nicht. Schon nach dem ersten Schritt schrie sie vor Schmerz auf. Sie hatte völlig vergessen, dass sie barfuß war. Nun war sie endlich aus ihrer Schockstarre erwacht und konnte überlegen, was zu tun war. Sie hinkte mit ihrem blutenden Fuß zum Telefon im Obergeschoss und wählte die Nummer 110.

27

Donnerwetter! Das war mal ein Haus! Renate Burghausen staunte nicht schlecht. Sie stand in der Eingangshalle und sah, ob der Pracht überwältigt, in die Runde. „Hier lässt es sich wohnen“, kam es beeindruckt über ihre Lippen. Die kleine dicke Frau neben ihr, die gegen die riesige Renate Burghausen wie eine Zwergin wirkte, zuckte leicht resigniert mit den Schultern. Dann sagte sie etwas, das zu sagen sie sich als Hausdame dieses Gebäudes noch nie getraut hatte.

„Wenn ich nur das Geld für die Heizkosten eines Jahres hätte, dann brauchte ich nicht mehr zu arbeiten.“

Renate Burghausen nickte. „Jaja, so ist das, Schönheit hat ihren Preis und wenn es nur die Heizkosten sind. Na ja, dieses Haus ist sowieso nicht unsere Liga. Also, wo liegt denn das Zimmer, in welches das Geschoss eingeschlagen ist?“ Zwei Minuten später blickte Renate Burghausen, von der geöffneten Tür her, wiederum in die Runde. Ein zweites Mal war sie fasziniert von dem, was sie sah. Sie stand im Eingang einer Bibliothek, wie sie sie bisher nur aus dem Fernsehen kannte. Viele Bücher waren in Leder gebunden und nach billigen Paperback-Exemplaren suchte man vergebens.

„Das ist die Bibliothek von Friedrich Lang“, erklärte die kleine Frau. „Es ist immer ein ziemlicher Aufwand, hier Staub zu wischen. Und Bücher sind solche Staubfänger, sage ich Ihnen. Wenn es nach mir ginge, hätte ich die schon längst in Kisten gepackt und in den Keller gestellt. Diese Schinken liest doch sowieso keiner.“

Renate Burghausen nickte und dachte, Bibliothek als Repräsentationsobjekt, im Hause Lang wurde anscheinend jedes gängige Klischee bedient. Aber dennoch, sie fand dieses Zimmer nicht nur beeindruckend, sondern auch gemütlich. Sie zog sich auf dem Flur ihre Schutzkleidung an und betrat dann den Raum. Auf dem Fußboden, gegenüber dem zerschossenen Fenster, lagen Gipsbrocken und Holzsplitter auf dem Boden. Sauber gemacht worden war also noch nicht. Gott sei Dank! Die Prägung durch die vielen Krimis, die im Fernsehen ausgestrahlt wurden, schien sich hier zu zeigen. Jeder Zuschauer wusste heute, Tatorte durfte man nicht betreten. Der Blick von Renate Burghausen wanderte zur

Zimmerdecke. Dort war genau an der Kante, die das eingebaute Bücherregal mit der Zimmerdecke bildete, ein ziemlicher Krater. Das Geschoss muss ein ganz schönes Kaliber gewesen sein, dachte Renate Burghausen. Für das würde sie sich aber erst später Zeit nehmen. Einer ihrer Kollegen steckte den Kopf ins Zimmer.

„Ich brauche einen Laserpointer und eine hohe Stehleiter", gab die Leiterin der Spurensicherung eine klare Anweisung. Der Kollege nickte und war im nächsten Augenblick wieder verschwunden.

Renate Burghausen sah zum Fenster. Auf dem Fußboden erkannte sie einige Tropfen Blut. „War jemand, nachdem der Schuss abgegeben wurde, im Zimmer?", wandte sie sich an die Hausdame.

Die nickte. „Ja, Frau Lang ist nach dem Schuss wohl ganz panisch durchs Haus gelaufen und hat in jedes Zimmer gesehen, ob etwas passiert ist", erklärte die Frau. „Sie war so aufgeregt, dass sie nicht mal Hausschuhe angezogen hat. Als sie die Bibliothek kontrollierte, so hat sie mir erzählt, verletzte sie sich an den Glassplittern den Fuß."

Passt, dachte Renate Burghausen und ging vorsichtig zu dem zerbrochenen Fenster. Dort angekommen sah sie, dass Maren Köster und Lindemann gerade aus dem Auto stiegen. Tja, bemerkte Renate Burghausen mit gewissem Stolz. Auch in der Nachschulteschen Zeit hat die Spurensicherung die Nase vorn. Wir sind immer früher am Tatort als die Ermittler.

„Was ist mit der Leiter?", fragte Renate Burghausens Kollege von der Tür aus.

„Gib mal her“, sagte sie. „Wir wollen mal sehen, von wo der Schuss abgegeben wurde. Ich lote mit dem Laserpointer die Flugbahn der Kugel aus. Geh du mal nach unten in den Garten. Ich weise dich von hier aus ein. Vielleicht finden wir ja Fußspuren.“

Als ihr Kollege unten im Park zu sehen war, wies sie ihn an: „Drei Meter nach rechts! Stopp! Ungefähr auf zwölf Uhr drehen und dann geradeaus! Noch zwei Schritte! Da muss es irgendwo sein.“

Renate Burghausen wackelte vorsichtig mit dem Laserpointer hin und her, um es ihrem Kollegen unten im Garten leichter zu machen.

„Ja“, rief der Mann von unten. „Ich habe den roten Punkt.“

„Markiere die Stelle und sperre sie weiträumig ab. Die nehmen wir uns nachher vor. Jetzt untersuchen wir erst mal das Zimmer“, bestimmte Renate Burghausen.

Eine Stunde später klopfte Maren Köster an den Türrahmen der Bibliothek.

„Komm ruhig rein Maren, wir sind soweit durch. Hier verwischst du keine Spuren mehr und kontaminierst auch keinen Tatort. Das war eine relativ eindeutige Angelegenheit. Was sagt die Dame des Hauses?“

„Die hilft uns nicht großartig weiter“, entgegnete Maren Köster ziemlich unzufrieden. „Um etwa halb Eins ist Frau Lang von einem Schuss, verbunden mit dem Geräusch von zerberstendem Glas, wach geworden. Dann, so behauptet sie, habe sie im Park Schrittgeräusche erkannt, die sich vom Haus entfernt hätten. Ob sie das wirklich so gehört hat, oder ob sie es sich, nachdem sie in der Bibliothek in eine Glasscherbe getreten war und sich den Fuß zerschnitten hat, zurechtgelegt hat, sei dahingestellt. Ist aber auch für die Ermittlungen nicht unbedingt von Belang." Maren Köster schwieg ein paar Sekunden und fuhr dann fort: „Gesehen hat Frau Lang jedenfalls niemanden und auch sonst nichts Verdächtiges bemerkt. Was habt ihr in Erfahrung gebracht?"

Renate Burghausen hielt Maren Köster einen Asservatenbeutel hin. In dem durchsichtigen Plastiktütchen mit Zippverschluss befand sich ein Klumpen Metall. „Bei dem Geschoss handelt es sich um ein sogenanntes Flintenlaufgeschoss. Das ist ein zylindrisches Stück Blei, das mit einem Schrotgewehr verschossen wird."

„Von so einem Kaliber habe ich noch nie was gehört. Außerdem dachte ich immer, in Schrotpatronen befinden sich mehrere Kugeln, je nach Durchmesser, mit denen man auf Hasen oder so schießt."

„Ja, das ist nicht ganz falsch. Und bei diesem Flintenlaufgeschoss handelt es sich eben nicht um viele Kugeln, sondern nur um eine. Aber eben konzipiert für ein Schrotgewehr. Eingesetzt wird solche Munition nur auf kürzere Entfernungen. Bei weiter entfernten Zielen nimmt die Treffsicherheit rapide ab."

„Okay", entgegnete Maren Köster. „Aber wieso hat der Täter dieses Geschoss verwendet und kein anderes?", versuchte sich die Polizistin, Klarheit zu verschaffen.

Renate Burghausen wiegte ihren Kopf. „Willst du meine Theorie hören?"

Maren Köster nickte auffordernd und verdrehte dabei die Augen. „Dass ihr Spurensicherer immer solche Geheimniskrämer seid. Natürlich will ich deine Theorie hören. Ich bitte sogar ausdrücklich darum“, entgegnete die Polizistin ungeduldig.

„Also“, brachte sich Renate Burghausen rhetorisch in Position. „Erstens, bei dem Flintenlaufgeschoss handelt es sich um eine, sagen wir mal Kugel, bei der man nicht feststellen kann, aus welcher Waffe sie verschossen wurde. Weil eben Schrotgewehre keine Felder und Züge haben. Die sind im Lauf glatt. Mit anderen Worten, selbst wenn wir einen Verdacht hätten, wer der Schütze war, könnten wir es ihm anhand der Waffen, die er besitzt, nicht nachweisen. Zweitens, in diesem besonderen Fall, so glaube ich, wollte der Schütze lediglich ein Loch in die Decke der Bibliothek schießen. Er wollte also jemanden warnen, erschrecken, verunsichern oder sonst etwas.“

Plötzlich war ein lautes Poltern zu hören. Die beiden Polizistinnen erschraken.

„Was ist denn hier los!“, dröhnte die Stimme von Friedrich Lang durch den Flur. „Was hat denn meine Frau jetzt schon wieder angezettelt?“

28

Als der weiße Kleinbus der Spurensicherung das Schlossgelände verlassen hatte, blieben Silvia und Friedrich Lang allein mit sich und ihren Problemen zurück.

„Das kannst du doch nicht machen!“, schrie sie

ihn an. „Du kannst doch nicht einfach ohne ein Wort verschwinden und tagelang nicht mehr auftauchen. Warum hast du nicht wenigstens zwischendurch mal angerufen?"

Sie starrte ihren Ehemann völlig verständnislos an, während der eine Wanderung nach der anderen durch das geräumige Wohnzimmer machte und dabei nervös mit den Fingern schnippte. Sie gewann den Eindruck, dass er sich sehr wohl seines Fehlverhaltens bewusst war, aber niemals bereit sein würde, dies einzugestehen. Ihr Friedrich neigte, wenn er in die Enge gedrängt wurde, stets zur Vorwärtsverteidigung.

„Ich bin niemandem Rechenschaft darüber schuldig, wohin ich fahre und warum", sagte er, nachdem er seine Wanderung kurz unterbrochen hatte. „Ich bin dein Ehemann, aber nicht dein Sklave."

„Was ist das denn für ein idiotischer Vergleich?" Sie konnte es kaum fassen. „Mein Sohn ist weg, mein Mann ist weg, auf unser Haus wird geschossen ... meinst du nicht, das reicht aus, um nervös zu werden? Hast du nicht das Gefühl, mir wenigstens eine kleine Erklärung schuldig zu sein?"

Sie sah ihm an, dass er darauf keine zufriedenstellende Antwort hatte. Erneut drehte Friedrich eine Runde um den Wohnzimmertisch, strich sich dabei immer wieder eine Haarsträhne aus der Stirn. Diese affektierte Geste hatte sie zu Beginn ihrer Beziehung einfach zauberhaft und unwiderstehlich gefunden, später irritierend, dann war sie davon genervt und heute brachte diese vorhersagbare Handbewegung sie zur Raserei. Sie fand ihre

Reaktion darauf selbst überzogen, aber für sie war die Geste zum Synonym für eine gescheiterte Liebe geworden und rief bei ihr eine fast allergische Reaktion hervor.

„Nun sag endlich was!“, schrie sie nun, immer wütender werdend.

Erst nach einer weiteren Runde blieb ihr Mann stehen und schaute sie an. „Eigentlich wollte ich dir gar nichts davon erzählen. Aber nun ... sei's drum.“

Er ging zur großen Schrankwand, öffnete eine der Türen, hinter der sich eine gut gefüllte Bar zeigte, holte eine Flasche mit spanischem Brandy hervor und goss sich und ihr ein Glas ein. Silvia Lang war überrascht, denn dieser Brandy war eigentlich eher ihr Getränk. Er hatte es stets als zu süß abgelehnt. Sie vergaß vorübergehend sogar ihre Wut und fragte verblüfft: „Seit wann trinkst du denn so was?“

Er nahm die Flasche in die Hand, schaute aufs Etikett und murmelte, fast unverständlich: „Keine Ahnung. War wohl mehr ein Reflex.“

Mit dem Glas setzte er sich in einen der Sessel, trank einen kleinen Schluck und schaute sie mit finsterer Miene an.

„Wenn du glaubst, dass ich mich irgendwo herumgetrieben habe, dann irrst du dich. Ich war bei keiner Geliebten und auch nicht auf einer Wellness-Tour. Ich habe mich mit Lennart getroffen und ...“

„Was?“, ihre Stimme kippte vor Aufregung.

„Ja. Und ich soll dich grüßen, hat er gesagt. Es geht ihm gut.“

„Aber wo ist er denn?“, rief sie schrill. „Und warum hat er sich nie gemeldet?“

„Du musst jetzt einfach mal ein bisschen Vertrauen zu mir haben“, umging er ihre Frage. „Lennart ist nicht einfach so aus Lust und Laune verschwunden und hat die Familie und die Firma im Stich gelassen. Ich hatte das vorher mit ihm besprochen. Es geht ihm gut, wie gesagt.“

Silvia Lang schnappte nach Luft. Es kam alles ein bisschen plötzlich. „Und damit soll ich mich zufriedengeben? Mit diesem Almosen an Information? Moment, ich bin doch kein neugieriger Reporter, ich bin die Mutter dieses jungen Mannes. Du willst mein Vertrauen? Wo bleibt dein Vertrauen in mich? Du wirfst mir diese Nachricht hin, wie man einem Hund ein Leckerli hinwirft. Soll ich nun vor Dankbarkeit auch noch mit dem Schwanz wedeln? Kann ich nicht, will ich nicht und werde ich auch nicht.“

Für kurze Zeit sah es aus, als würde gleich das Brandyglas in der Faust ihres Mannes zersplittern, er hielt es so fest umklammert, dass die Knöchel seiner Hand weiß hervortraten. Dann bequemte er sich endlich zu einer weiteren Erklärung: „Du weißt selbst, was das Jahr 2019 für unsere Familie bedeuten kann, oder? Es sind wieder fünf Jahre herum seit Frederiks Tod und die Gefahr ist groß, dass wieder irgendwas passiert. Ich wollte auf keinen Fall, dass es Lennart trifft und deshalb habe ich ihn im Februar weggeschickt. An einen sicheren Ort. Er war erst ganz und gar nicht begeistert, wollte nicht weg. Aber ich konnte ihn überzeugen. Bitte habe

Verständnis dafür, dass ich dir nicht sage, wo er ist. Je weniger Menschen von seinem Aufenthaltsort wissen, desto geringer ist die Gefahr, dass sich jemand verplappert. Du würdest vermutlich gleich damit zur Polizei laufen, die Lennart dort aufsuchen und hierherschleppen. Im Augenblick musst du dich damit zufriedengeben, dass es ihm gut geht. Wenn das Jahr vorüber ist, lasse ich ihn zurückkommen. Aber keinen Tag vorher."

Silvia Lang stürzte nun ihren Brandy in einem Zug runter, um ihre Nerven unter Kontrolle zu bekommen. Irgendetwas tief in ihr brodelte, ballte sich zusammen und wollte mit aller Macht nach oben. Wie Magma in einem Vulkan. Eine Mischung aus Angst, Wut und Frustration darüber, wie eine Unbeteiligte in die zweite Reihe geschoben zu werden. Überlass die wichtigen Dinge den Erwachsenen! Die können das besser. Schon als Kind hatte sie dieses Beiseiteschieben gehasst, nun, als erwachsene Frau, fand sie es unerträglich.

„Morgen werde ich zur Polizei gehen und deine verdammte Vermisstenmeldung für Lennart stoppen lassen. Die Trottel von der Polizei bringen es fertig, und stöbern ihn tatsächlich dort auf. Ich darf gar nicht daran denken, was dann alles passieren kann."

„Dann kannst du deine eigene Vermisstenmeldung gleich mit stoppen!", sagte sie und war froh, ihm damit einen kleinen Schrecken versetzen zu können. „Die habe ich nämlich bereits auf den Weg gebracht. Hättest du dich zwischendurch einfach mal gemeldet, wäre es nicht so weit gekommen."

29

„Wer ruft denn jetz schon wieder an?", schimpfte Anton Fritzmeier, wuchtete seinen alten Körper aus dem Sofa und schlurfte vor sich hin brummend zum Telefon. Es war zwar der erste Anruf seit drei Tagen, aber Fritzmeier mochte das Telefon nicht. Es setzte ihn unter Druck. Einen Brief kann man von allen Seiten betrachten, ihn erst mal zur Seite legen und Stunden später, wenn einem danach ist, öffnen. Beim Telefon muss man sofort reagieren, oder das Gespräch ist weg. Das fand Fritzmeier sowieso schon aufdringlich. Und dann war es mit absoluter Sicherheit wieder so ein nerviges Callcenter, das ihm etwas verkaufen oder ihn zu einer Umfrage überreden wollte. Auf beides hatte er keine Lust. Ärgerlich riss er den Hörer hoch und rief, ohne sich vorzustellen: „Heute iss Feiertach! Der erste Mai. Dat chilt auch für euch, ihr Nervensägen."

„Das gilt auch für alte Freunde?", fragte eine freundliche Männerstimme, die ihm entfernt bekannt vorkam.

Fritzmeier grübelte, woher er die Stimme kannte, kam aber nicht drauf. Alte Freunde? Seine Unsicherheit machte ihn noch ärgerlicher.

„Wer iss denn da, verdammt noch mal? Veräppeln kann ich mich alleine."

Das Lachen am anderen Ende der Leitung trug nichts zu Fritzmeiers Beruhigung bei.

Dann schien der Anrufer aber den Ernst der Lage erkannt zu haben und sagte: „Ich hatte gehofft, du hättest mich erkannt. Aber jetzt habe ich Angst, dass du einfach auflegst und ich will dir sagen, wer ich bin."

„Und?", rief Fritzmeier, kein bisschen versöhnt, sondern in der Erwartung, in der nächsten Sekunde „veräppelt" zu werden. „Wer bisse denn?"

„Walter hier", sagte sein Gesprächspartner. „Walter aus Berlin. Kennst du mich denn nicht mehr?"

Fritzmeier war mit seinen 82 Jahren nicht mehr der Jüngste und ihn plagten diverse Wehwehchen. Aber sein Verstand war immer noch in fast jugendlicher Bestform. Es ratterte und funkte in seinem Oberstübchen und plötzlich tauchte der Name Walter in seinen Erinnerungen auf. Walter Holledau aus Berlin.

Vor etwa drei Jahren war Anton Fritzmeier aus einer Schnapsidee heraus zusammen mit Jupp Schulte nach Berlin gefahren war. Schulte hatte in allerhöchstem Auftrag eine Ermittlung durchzuführen. Fritzmeier war in einer Wohngemeinschaft untergebracht worden und hatte dort eine seltsame Gestalt kennengelernt. Walter Holledau, einen Schauspieler, der Fritzmeier in Frauenkleidern begrüßt hatte und der auch draußen häufig so herumlief. Der alte Landwirt hatte einige Zeit gebraucht, seinen Kulturschock zu überwinden. Aber dann waren die beiden so ungleichen Männer gute Freunde geworden und hatten gemeinsam Berlin unsicher gemacht. Fritzmeier war zum ersten Mal und sicher auch zum letzten Mal in seinem Leben in einer Schwulen-Bar gelandet. Kurz danach war Holledau auf dem Fritzmeierschen Hof aufgetaucht und hatte bei der Jubiläumsfeier des Hofladens als Frau die männlichen

Dorfbewohner völlig durcheinandergebracht. Fritzmeier konnte sich noch Monate vor Lachen schütteln, wenn er an die dummen Gesichter dachte, als ihnen die Wahrheit offenbart worden war.

„Waltraud", rief Fritzmeier begeistert. Als Waltraud hatte sich Holledau damals den Heidentalern präsentiert. „Wie cheht et dir denn?"

„Prächtig", antwortete Holledau. „Theoretisch wäre ich ja schon Rentner, aber du weißt ja, in unserer Branche macht man weiter, solange man uns lässt. Ich werde wohl eines fernen Tages auf der Bühne sterben. Und du? Wie geht es dir?"

„Kann nich meckern", sagte Fritzmeier und meinte das auch so. „Altes Fleisch, aber chut abchehangen. Dat hält sich. Ich bin ja auch noch immer im Cheschäft mit mein Hofladen. Du stirbs auffe Bühne – ich in Chummistiefeln."

Holledau lachte und sagte: „Schön, dass du noch so fit bist. Ich brauche dich nämlich für ein Projekt. Ich will einen Star aus dir machen."

„Wat willse machen?", fragte Fritzmeier völlig überrascht. „Wat für 'nen Star?"

„Hör zu!", sagte der Berliner. „Ich bin ja nicht nur Schauspieler, sondern habe auch immer schon Regie geführt. Am Theater, aber auch bei Dokumentarfilmen. Und jetzt habe ich einen Auftrag bekommen, nach dem sich viele die Finger lecken würden. Wie du weißt, kommt unser Bundespräsident aus deiner schönen Gegend, aus Lippe. Wir wollen einen Film machen, der zeigt, wie jemand aus der tiefsten Provinz aufsteigt zum obersten Amt im Lande. Der Film soll heißen: LIP – Leben im Paradies. Von Brakelsiek nach Berlin. Geiler Titel, oder?"

Fritzmeier fehlten die Worte. Er war zu sehr mit der vorauseilenden Frage beschäftigt, was er mit der ganzen Sache zu tun haben könnte. So sprach Holledau weiter: „Dafür brauchen wir natürlich ganz viel lippisches Ambiente und einige echte Typen. Typen wie dich und Orte wie deinen Hof. Mit anderen Worten, ich würde gern einige Teile des Filmes auf deinem Hof drehen und dich dabei ganz groß herausbringen. Wer könnte den echten Lipper besser verkörpern als du?"

„Ich?" Fritzmeier war platt. „Aber ich bin doch kein Schauspieler. Ich bin Bauer."

„Eben drum", antwortete Holledau. „Weil du echt bist. Du brauchst dich nicht verstellen, keine Angst. Ich will dich so, wie du bist. Ungeschminkt und geradeaus. Was meinst du? Das Ganze läuft am Ende des Jahres im Fernsehen, im Ersten. Millionen werden dich sehen und begeistert sein."

30

Bis zur Autobahnraststätte Teufelstal waren es noch knapp fünf Kilometer. Jetzt einen Kaffee, das wäre doch gar nicht schlecht. Kurz vor der Ausfahrt nahm Arnold den Fuß vom Gaspedal und wechselte auf die rechte Spur, lenkte dann auf den Rastplatz und ließ seinen alten Nissan Pajero auf der Suche nach einem

Parkplatz ausrollen. Doch alle Parkplätze, auch die für PKW, waren von ruhenden LKW-Fahrern blockiert.

Aus Verlegenheit quetschte sich Arnold zwischen zwei parkende Lastwagen und stieg aus. Er begutachtete die Art und Weise wie er sein Auto abgestellt hatte. Die Vorderräder standen auf dem Gehweg, aber sonst wurde von ihm nichts versperrt. Okay, vorschriftsmäßig war anders, aber auf diesem Rastplatz hielt sich sowieso keiner an die Regeln. Arnold suchte nach seinem Portemonnaie. Wahrscheinlich ist es in der Tasche seiner Jacke, dachte er und die lag im Kofferraum. Also kramte er dort nach seiner Geldbörse. Dabei fielen ihm die Gummistiefel ins Auge. Die wollte er doch auch noch entsorgen. Am besten mache ich das gleich, sonst liegen die noch tagelang im Auto herum und ich räume sie jeden Tag von rechts nach links.

Arnold steckte sein Geld ein, klemmte die Gummistiefel unter den Arm, schloss die Kofferraumklappe und schlenderte zur nächsten Mülltonne. Er klappte den Deckel auf und wollte die alten Stiefel hineinstopfen. Doch das war gar nicht so einfach. Das Behältnis war mehr als voll.

Arnold stellte einen Stiefel ab, in den anderen steckte er seinen Arm und versuchte nun den Müll soweit zusammenzupressen, dass auch seine alten Stiefel dort Platz fanden.

„Hey, was machst du?", hörte er eine Stimme mit starkem, wahrscheinlich, polnischen Akzent. Arnold sah sich um und blickte in das narbige Gesicht eines vierschrötigen Mannes.

„Ich versuche meine alten Stiefel in die Mülltonne zu stopfen. Aber die ist voll“, sagte er schon ein bisschen ärgerlich. „Ist das etwa verboten?“

„Nein, nix verboten“, entgegnete das Narbengesicht. „Du sagst Stiefel, was ist Stiefel?“

Arnold zeigte sie ihm.

„Ah Schuhe, hohe Schuhe, okay Stiefel, Stiefel nix gut?“, fragte der Mann weiter.

„Doch schon gut, aber ein bisschen zu klein für mich“, meinte Arnold und ärgerte sich darüber, dass er sich dem Mann gegenüber dafür rechtfertigte, dass er seine Stiefel wegschmeißen wollte.

„Gute Stiefel?“, fragte der noch einmal und sagte dann: „Zeig her, Stiefel!“

Ohne dass Arnold es eigentlich wirklich wollte, reichte er ihm die olivgrünen Gummistiefel.

Der Mann schlüpfte aus seinen Plastikbadeschlappen, die er trotz des schlechten Wetters trug, und zog einen der Stiefel an.

„Passt“, sagte er. „Gute Schuhe! Du geben mir?“

Arnold nickte. Warum eigentlich nicht, dachte er. Weg ist weg. Ob die Dinger nun in der Mülltonne landen oder ob zukünftig ein polnischer LKW-Fahrer mit den alten Dingern an den Füßen damit durch die Weltgeschichte fährt. Hauptsache, man würde sie nicht mehr mit ihm in Verbindung bringen können.

Der vierschrötige Kerl zog auch den zweiten Stiefel an. Er steckte seine Badelatschen in die Jackentasche und klopfte Arnold auf die Schulter. „Du guter Mann“, lachte er. „Komm, ich gebe Kaffee aus.“

31

„Haben Sie sich wenigstens gut erholt, während Ihre Frau vor Sorge fast umgekommen ist und die Polizei nach Ihnen gesucht hat, Herr Lang?“

Maren Köster hätte sich diese Frage eigentlich schenken können, aber sie konnte das Bedürfnis nach einer kleinen Boshaftigkeit nicht unterdrücken. Dieser Mann ging ihr auf die Nerven, als er nun auf dem Besucherstuhl ihres Büros saß. So selbstverständlich, als sei er der Herr dieser Polizeidienststelle. Sein Gesichtsausdruck und seine Art, mit ihr zu sprechen, waren wie eine Lunte, die bereits an Maren Kösters schnell entflammbarem Temperament zündelte. Eben hatte Friedrich Lang ihr erklärt, dass seine Ehefrau altersbedingt geistig nicht mehr auf der Höhe sei und stets überdreht hysterisch reagieren würde, wenn sie einen Zusammenhang nicht verstehe.

„Streichen Sie die Vermisstenmeldungen einfach!“, schlug er der Polizistin vor. „Ablage Papierkorb.“

Maren Köster schaute ihn, so ruhig sie konnte, an. Vor ihr saß ein für sein Alter erstaunlich gut gehaltener Mann, dem man die 70 Jahre nicht ansah. Er hatte etwas, wie man früher sagte, Verwerfliches an sich. Die Großartigkeit eines in die Jahre gekommenen Latin Lovers, der sich seiner Wirkung auf Frauen sicher ist, ein unwiderstehlicher Charmebolzen und skrupelloser Egomane. Diese höllische Mischung hätte bei Maren Köster früher durchaus eine romantische Saite zum Schwingen gebracht. Aber diese Zeiten waren endgültig vorbei. Es war nicht nur der Altersunterschied, der jede Romantik sofort verdorren ließ. Alles an diesem Mann drückte aus, dass er wenig bis gar nicht bereit war, einer Frau auf Augenhöhe zu begegnen. Sie war nun, als gereifte Persönlichkeit, nicht mehr bereit, sich so etwas bieten zu lassen.

„Was ich mit meinen Unterlagen mache", sagte sie, um eine ruhige Stimme bemüht, „das müssen Sie schon mir überlassen. Ich kann und werde auch eine Vermisstenmeldung nicht einfach so fallen lassen. In Ihrem Fall schon, weil Sie mir ja nun leibhaftig in voller männlicher Pracht gegenübersitzen und sich ausweisen können. Da machen wir jetzt fröhlich einen Haken dran. Im Falle Ihres Sohnes geht das nicht. Es sei denn, Sie sagen mir, wo er ist und wie ich ihn erreichen kann, um Ihre Angaben zu verifizieren. Wenn Sie das nicht tun, bleibt er auf der Vermisstenliste, ob Sie wollen oder nicht."

Mit leichter Befriedigung bemerkte sie, wie eine Ader an Langs Stirn nun heftig pochte. Um sein Unwohlsein noch zu steigern, legte sie nach: „Und gleichzeitig machen Sie sich verdächtig, Herr Lang. Nämlich dann, wenn Ihr Sohn nicht wieder auftauchen sollte und wir ein Gewaltverbrechen nicht mehr ausschließen können. Nur mal hypothetisch, was glauben Sie, was wird der Polizei dann wohl als erstes ins Auge fallen? Na? Natürlich der Versuch des Vaters, die Nachforschungen nach seinem Sohn zu stoppen. Das wirkt nicht gerade vertrauensbildend, Herr Lang. Denken Sie gut darüber nach. Herr Lindemann, mein Mitarbeiter, wird Sie hinausbegleiten. Guten Tag!"

32

Dienst ist Dienst und Schnaps ist Schnaps, das hatte sein erster Chef, Oberstaatsanwalt, Hans-Martin Söder fast täglich gepredigt. Trotz der damaligen ernst gemeinten erzieherischen Maßnahme des Alten, wie Söder den Oberstaatsanwalt heute noch nannte, waren die Vorträge über die Unabhängigkeit der Justiz und die damit verbundene Verantwortung bei Söder nicht auf fruchtbaren Boden gefallen. Der hatte seine eigenen Vorstellungen, was die Rolle eines Staatsanwaltes angeht, entwickelt.

Wäre Lang nicht gewesen, würde Söder als Beutelipper längst nicht über die ausgezeichneten Netzwerke in der Region verfügen, die ihm jetzt zur Verfügung standen. Mit anderen Worten, Söder hatte über Jahre von dem Kontakt zu Friedrich Lang und seinen Verbindungen in hohem Maße profitiert. Doch heute wollte Friedrich Lang etwas von ihm.

Gestern Abend hatte der alte Herr ihn angerufen. „Hans-Martin“, hatte er gesagt, „ich muss mal mit dir reden. Bei deiner Detmolder Polizei läuft einiges gewaltig schief. Das wäre mir zwar im Grunde ziemlich egal, aber leider betreffen mich die desolaten Zustände dieses Hühnerhaufens auch. Hast du morgen Mittag Zeit? Wir treffen uns um 13 Uhr in Lemgo beim Italiener.“ Dann hatte Lang aufgelegt, ohne nachgefragt zu haben, ob Söder überhaupt Zeit hatte.

Allerdings tat er das nie. Er war großzügig gegenüber seinen Leuten, keine Frage. Aber wenn es um seine eigenen Interessen ging, verlangte er absolute Loyalität von seiner Gefolgschaft. Das zog er gnadenlos durch. Seine Leute hatten in solchen Situationen zu springen. Bedingungslos! Und wenn sie es nicht taten, bekamen sie kurze Zeit später keine Gelegenheit mehr dazu.

Diesmal traf es Söder. Zum ersten Mal war er es, den Lang benutzte. Der hatte entschieden und Söder stand da. Er hatte zu gehorchen. Dass er morgen einen Gerichtstermin hatte, interessierte Friedrich Lang in keiner Weise. Jetzt musste Söder springen, wenn er seine Beine behalten wollte. Ein scheiß Gefühl, dachte er.

Als Söder in dem Lokal ankam, saß Friedrich Lang schon vor einem Glas Weißwein und spielte mit dem Handy.

„Entschuldige, Jockel", sprach Söder seinen Verbindungskameraden mit seinem „Bierspitz" an. „Ich hatte noch eine Verhandlung, die länger gedauert hat, als geplant."

„Kein Problem, Uhu, ich bin gerade erst gekommen."

Söder bestellte sich auch ein Glas Weißwein und blätterte in der Speisekarte. Als er sich entschieden hatte, kam er zum Wesentlichen. „Wo drückt der Schuh, Jockel, wie kann ich dir helfen?"

Der erzählte ihm von seiner Frau, die erst eine Vermisstenmeldung aufgegeben hatte, weil angeblich ihr Sohn Lennart verschwunden sei. Er erzählte auch von der Vermisstenmeldung, bei der es um seine Person ging. Er berichtete von der Uneinsichtigkeit, die Maren Köster an den Tag legte und von der Untätigkeit der Polizei hinsichtlich der Verhaftung von Karl-Heinz Arnold.

„Du musst dir das mal vorstellen, der Mann schlägt mir grundlos ins Gesicht. Er schießt in die Decke meiner Bibliothek und was passiert? Nichts!“ Friedrich Lang hatte sich in Rage geredet. „In welcher Bananenrepublik leben wir eigentlich, Uhu? Kann denn hier mittlerweile jeder Dahergelaufene machen was er will?“

Söder hätte sicher viele Gründe anbringen können, warum Maren Köster und ihre Kollegen sich so und nicht anders verhalten hatten. Aber was würde das ändern. Friedrich Lang war auf dem Baum und da würde Söder ihn gerade nicht herunter bugsieren können. Daher sagte er mit einem verzweifelten Unterton in der Stimme: „Ja, die Köster, wie oft bin ich mit der schon aneinander gerasselt.“ Er hob theatralisch beide Hände in die Höhe und ließ sie kraftlos wieder auf den Tisch fallen. „Aber du weißt ja, wenn du heutzutage im Öffentlichen Dienst Titten hast, dann ist eine Frau schneller Führungskraft als ich ihr den BH ausziehen kann. Wie oft habe ich mich mit dieser Emanze schon herumgeschlagen!? Bisher leider erfolglos. Nach jeder Auseinandersetzung mit der Köster bekomme ich Ärger aus Düsseldorf. Ich sage dir, die Weiber sind in NRW besser vernetzt als die Mafia. Jockel, Frauen in Führungspositionen, das ist vermintes Gebiet.“

„Soll das heißen, du willst mir nicht helfen? Du willst diesen Arnold, diesen Verbrecher laufen lassen? Nur weil ein paar Weiber dir im Wege stehen?“, wütete Friedrich Lang los.

„Langsam, langsam, Jockel, das habe ich nicht gesagt“, beschwichtigte Söder. „Ich werde die Köster gleich morgen anweisen, den Arnold zu verhaften.“

Sollte der Rechtsanwalt von dem Kerl sich doch eine goldene Nase verdienen. Wenn der seinen Mandanten wieder rausboxen würde, dann könnte er, Söder, gegenüber Friedrich Lang seine Hände in Unschuld waschen, dachte der Staatsanwalt. Und laut fügte er hinzu: „Und die Köster, die macht es auch nicht mehr lange. Da bin ich ganz dicht bei Erpentrup, dem ehemaligen Detmolder Polizeichef, jetzt Staatssekretär in Düsseldorf. Der und ich, wir werden diesen Detmolder Saustall in der nächsten Zeit so richtig ausmisten.“

33

Von Fölsen legte die Hand auf den Türgriff des Besprechungsraumes, den alle nur die Kneipe nannten und stellte sich die Situation vor, die er vorfinden würde, wenn er die Tür zum Gastraum öffnen würde. Schulte und Rosemeier hätten die Fußballzeitschrift Kicker zerlegt, prognostizierte er für sich. Die beiden würden wie so oft die neusten Nachrichten der Bundesliga studieren, dachte von Fölsen. Dabei würden sie ihren Morgenkaffee trinken und würden, solange, bis sie alles über ihre Vereine gelesen hatten, für niemanden ansprechbar sein. Der Polizist drückte die Klinke nach unten und betrat den Raum. Er hatte richtig gelegen. Schweigend saßen die Kollegen an einem Kneipentisch und waren in ihre Zeitungen vertieft. Von Fölsen räusperte sich.

„Ja, wir wissen, dass es sich nicht schickt, während der Arbeitszeit Fußballartikel zu lesen“, brummelte Rosemeier.

„Aber unser Dienst beginnt erst, wenn wir unsere Lektüre beendet haben“, beendete Schulte den Gedanken.

Von Fölsen räusperte sich erneut und antwortete dann: „Lesen Sie meinetwegen Zeitung wann und wo Sie wollen. Doch im Moment hätte ich eine Bitte.“

Schulte legte verwundert sein Fußballmagazin beiseite. Oh, eine Bitte, dachte er. Das waren ja ganz neue Töne, die sein im Allgemeinen blasierter Kollege da zum Klingen brachte.

Wieder war von Fölsens verlegenes Räuspern zu hören. Diese vornehme Zurückhaltung war sonst nicht seine Art, wunderten sich die beiden Kollegen, legten aber die Zeitungen zur Seite.

„Also?“, kam es von Schulte neugierig.

„Also“, griff von Fölsen die Aufforderung auf. „Ich habe gestern auf Arte einen Fernsehbericht über Mallorca gesehen. Genaugenommen über ein Volksfest, das jedes Jahr im Mai in Sóller gefeiert wird. Der Filmbericht begann mit einer Szene in Sóller, in der ein gewisser Capità Angelats die Bauern auf der Plaça de la Constitució zum Kampf gegen angreifende Piraten auffordert. Das ganze Fest ist eine Art Rollenspiel“, erzählte von Fölsen. „Diese Szene, die da gezeigt wurde, stellte ein Ereignis nach, dass sich so oder so ähnlich am 11.

Mai 1561 zugetragen haben soll. An jenem Tag gelang es der Überlieferung zufolge 400 unerfahrenen Bauern, unter der Führung dieses besagten Capità, den Angriff von 1.700 maurischen Piraten abzuwehren. Diesen heroischen Sieg ihrer Vorfahren nehmen die Sóllerics zum Anlass, es bei dem Dorffest ‚Es Firó' im wahrsten Sinne des Wortes krachen zu lassen. Und zwar Jahr für Jahr, jeweils am Montag nach dem zweiten Maiwochenende.

Natürlich nehmen an dem Spektakel auch jede Menge Besucher und Touristen teil. Die Böller, Knaller und Salvenschüsse, für die das Rathaus freigiebig Schwarzpulver verteilt, explodieren im Sekundentakt." Von Fölsen machte eine Kunstpause, während Rosemeier und Schulte langsam ungeduldig wurden. Wen interessierten hier Volksfeste auf Malle, auf denen die Leute wie die Irren herumballern?

„Nach der Ansprache des Capità macht sich die Bevölkerung auf zum Hafen", berichtete von Fölsen weiter. „Die weibliche Dorfjugend stürmt die Waggons der Tram."

„Okay, okay", ging Rosemeier dazwischen. „Ich habe dieses folkloristische Spektakel auch schon mal miterlebt. Aber wen interessiert das hier? Warum erzählen Sie uns das alles?"

„Nur Geduld", brummte von Fölsen. Normalerweise wäre er jetzt beleidigt gewesen. Er hätte den Bericht augenblicklich abgebrochen und wäre gegangen. Heute nicht.

Was ist dem Kerl nur so wichtig daran, uns diesen Fernsehbericht nachzuerzählen, überlegte Schulte.

„Etwas Geduld meine Herren, etwas Geduld." Wieder machte von Fölsen eine Pause. Er versuchte, den Faden wieder aufzunehmen. „Na, jedenfalls, im Hafen versuchen die Piraten in der Reportage, mit Booten an der Platja de Can Generós im Osten der Bucht von Port de Sóller anzulanden."

„Zur Sache, von Fölsen, zur Sache, solche Reiseberichte interessieren mich nun wirklich nicht", maulte Schulte. „Ich bin Lipper, fahre nicht nach Malle. Für den Ballermann bin ich zu alt."

„Ich komme gleich zum Wesentlichen", versuchte von Fölsen die Aufmerksamkeit weiter hochzuhalten. „Jedenfalls sollten die Touristen bei der Aktion ihre guten Klamotten zu Hause lassen. Denn das größte Vergnügen der Piratendarsteller, die sich Gesichter, Arme und Beine mit Schuhcreme anmalen, besteht darin, die Dorfmädchen durch intensiven Körperkontakt ebenfalls zu schwärzen. Und auch vor zuschauenden Touristen machen die Piraten nicht halt."

Von Fölsen machte eine erneute Pause. Rosemeier und Schulte verdrehten die Augen. Sie waren im Begriff die Veranstaltung zu verlassen. Doch da formulierte von Fölsen den entscheidenden Satz, der die beiden Polizisten veranlasste, sich den Bericht weiter anzuhören.

„Und dann hat es mir die Sprache verschlagen. Ein Maure versuchte meinen jüngsten Cousin, Lennart Lang, innig zu umarmen."

Schulte und Rosemeier starrten von Fölsen ratlos an. In ihren Gesichtern stand geschrieben: Wer um Himmelswillen ist Lennart Lang?

„Na, Lennart Lang, mein Cousin, den meine Tante Silvia, also Silvia Lang, als vermisst gemeldet hat."

Schulte und Rosemeiers Gesichtsausdruck veränderte sich schlagartig in: Das glaubst du doch wohl selbst nicht!

„Im ersten Augenblick war ich mir auch nicht ganz sicher", griff von Fölsen die nonverbale Kommunikation seiner Kollegen auf. „Aber im Anschluss an die Schlachten am Strand begaben sich die Volksmassen wieder nach Sóller – zu Fuß. In der Karawane, die nach Sóller zog, sah ich Lennart dann noch einmal. Da war ich mir schon ziemlich sicher, dass es sich um meinen vermissten Cousin handelte. Und dann, beim feierlichen Höhepunkt gegen 21 Uhr, bei der finalen Schlacht vor der Kirche von Sóller, in der die Piraten dann endgültig besiegt wurden und die Bauern ‚La Balanguera', die Hymne Mallorcas, anstimmten, da wurde mein ‚vermisster' Cousin, Lennart Lang, noch zweimal in dem Filmbericht gezeigt. Ausgelassen feiernd! Was sagen Sie jetzt, meine Herren?", beendete von Fölsen seinen Bericht auffordernd.

34

Maren Köster hatte schlecht geschlafen. Ihr war diese Familie Lang auf die Bettdecke gekrochen. Sie hatte das Gefühl, die ganze Nacht über kein Auge zugetan zu haben. Das stimmte natürlich nicht ganz. Sie war immer mal wieder eingeschlafen. War dann wieder wach geworden, hatte gegrübelt, war wieder eingenickt. Am Morgen, um 5:30 Uhr, entschloss sie sich, aufzustehen und zum Dienst zu fahren. Das war genau die richtige Entscheidung, um endlich in den gewünschten Tiefschlaf zu fallen. Als dann eine Stunde später der Wecker schellte, war es die Hölle gewesen. Maren Köster hatte der randalierenden Zeitmaschine den Garaus gemacht und sich gezwungen, aufzustehen. Sie war völlig übermüdet ins Badezimmer getorkelt, hatte geduscht, am Ende kalt. Als der eisige Wasserstrahl sie traf, war ihr die Luft weggeblieben. Doch die ganze Tortur hatte nichts genutzt.

Jetzt saß sie hier an ihrem Schreibtisch und war kaum in der Lage, zwei und zwei zusammenzuzählen. Immer wieder fielen ihr die Augen zu. Wie sollte sie diesen Tag nur hinter sich bringen?

Es klopfte an der Tür. Es war Volle. Er steckte sein Panzerknackergesicht ins Zimmer und nuschelte: „Post vom Staatsanwalt."

„Was will er", fragte Maren Köster resigniert. „Weiß nicht", entgegnete der Polizist. „Ich habe den Brief nicht geöffnet. Soll ich?"

„Nein", erwiderte Maren Köster ungnädig. „Gib her den Wisch!"

Volle zuckte mit den Schultern und händigte ihr den braunen DIN-A4-Umschlag aus. Dann stellte er sich mitten in Maren Kösters Büro und wartete.

Maren sah ihn an „Was willst du noch?"

„Wissen, was in dem Brief steht."

Maren Köster schwoll der Kamm. Sie stierte den

Polizisten mit einem Blick an, der dazu geeignet war, jemanden sterben zu lassen. Volle hielt ihm länger als erwartet stand. Doch nach geraumer Zeit schwächelte er doch und blinzelte mit den Augen. Schließlich sagte er verlegen: „Okay, dann gehe ich mal."

„Besser ist das, wenn du noch etwas leben willst", entgegnete Maren Köster.

„Mann oh Mann, da ist aber heute wieder mal eine Stimmung in diesem scheiß Laden", nuschelte Volle und zog die Tür hinter sich zu.

Maren Köster drehte den Brief in ihren Händen. Rein intuitiv nahm sie an, dass der Inhalt dieses Kuverts nichts Gutes für sie bedeutete. Was wollte Söder wohl? Sie verstand sich nicht gut mit dem Staatsanwalt. Doch das störte Maren Köster nicht weiter. Mehr ärgerte sie, dass er Frauen bei der Polizei nichts zutraute. Oder um es noch treffender zu formulieren, er hielt sie für die zweite Wahl. Und was Maren Köster am meisten aufregte war die Tatsache, dass er sich immer wieder in ihre Angelegenheiten einmischte.

Sie legte den Brief vor sich auf den Schreibtisch und sagte zu einer imaginären Person im Raum: „Ich wette, dass das, was sich in diesem Umschlag befindet, etwas mit der Familie Lang zu tun hat."

Alles was in den letzten beschissenen Tagen passiert ist, hatte mit der Familie Lang zu tun. Diesen Satz sagte Maren Köster nicht, sondern dachte ihn nur. Dann öffnete sie ihre Schreibtischschublade, entnahm ihr ein Schweizer Taschenmesser, das ihr Schulte vor Jahren mal geschenkt hatte und schlitzte den Briefumschlag auf. Sie zog ein einziges Blatt heraus und sah einen Haftbefehl.

Dann schrie sie wütend: „Dieser Mann hat doch ein Rad ab!" Pauline Meier zu Klüt kam hastig ins Zimmer. „Was ist los?", fragte sie besorgt. „Hat unser Polizeirat Schulte mal wieder danebengefasst?"

Maren Köster sah ihre Kollegin verdattert an. Hatte sie sich hinsichtlich Schulte in letzter Zeit so dermaßen ungnädig verhalten, dass alle Welt schon glaubte, Schulte sei die Ursache für jede ihrer Gefühlsregungen?

„Nee, diesmal ist es Söder, der mich zur Weißglut bringt", entgegnete die Polizistin verärgert. „Stell dir vor, der hat mir einen Haftbefehl geschickt. Wir sollen diesen Arnold einsperren."

Maren Köster schlug mit der flachen Hand auf die Schreibtischplatte. „Der Kerl hat doch nicht mehr alle Kerzen auf der Torte."

„Schick einen Streifenwagen los!", riet Pauline Meier zu Klüt. „Die sollen Arnold festnehmen. Und wenn wir ihn dann in Gewahrsam genommen haben, rufst du Söder an und sagst ihm, wir hätten gegenüber der letzten Vernehmung keine neuen Erkenntnisse. Er könne selbst noch mal versuchen mit dem Mann weiterzukommen. Wenn nicht, dann würdest du empfehlen, ihn wieder freizulassen."

35

Auch wenn die Geschichte, die von Fölsen vorhin erzählt hatte, bei Schulte zu Anfang überhaupt nicht auf Interesse gestoßen war, so hatte die Quintessenz des Berichtes ihn doch irgendwie angefixt. Schultes Bauch begann, die Regentschaft über sein Handeln zu übernehmen. Er ließ nur noch die Gedanken zu, die zu dem Fall gehörten. Und so zwang die Intuition Schulte, über die Familie Lang nachzudenken. Sein Hirn konnte es nicht verhindern, dass sich ihm Fragen aufdrängten, Fragen die sich ausschließlich um diese Familie drehten.

Wieso wusste Frau Lang nicht, dass ihr Sohn Lennart auf Mallorca war? Wieso war Lennart Lang so rücksichtslos in seinem Handeln? Er musste doch wissen, dass sein abruptes Verschwinden seiner Mutter Sorgen bereiten würde. Und warum legte der Vater, trotz des Verschwindens von Lennart Lang, eine solche Sorglosigkeit an den Tag, die man, ob man wollte oder nicht, als Herzenskälte bezeichnen musste, überlegte Schulte.

Oder wusste der alte Lang, dass sein Sohn sich auf der Insel aufhielt? Und wenn das so war, warum hatte er seiner Frau, obwohl sie vor Sorge fast verrückt wurde, nichts davon gesagt? War der Kerl wirklich ein solches Arschloch?, dachte Schulte. Oder hatte das Verhalten des alten Lang andere Gründe?

Schulte wusste nicht alles über den Fall. Es war schließlich auch nicht seine Baustelle. In der Kreispolizeibehörde hatte Maren Köster sich der Sache annehmen müssen. Die hatte ihm wenig erzählt. Erstens ging es Schulte nichts an. Und zweitens achtete Maren peinlich darauf, dass Schulte seinen Fuß nicht in ihren Vorgarten setzte.

Als er sich vor ein paar Tagen Maren Köster gegenüber als gut informiert in Sachen Familie Lang, präsentierte, war sie gleich aus der Haut gefahren. Nur mit Mühe hatte Schulte sie beruhigen können, indem er ihr erklärte, dass seine Kenntnisse nicht auf dem Mist seiner polizeilichen Ermittlungen gewachsen waren, sondern dass er seit ein paar Tagen jeden Morgen das Neuste über die Familie Lang von seinem Kollegen Hubertus von Fölsen erfuhr. Und auf diese Information, die sein Kollege regelmäßig zum Besten gab, so hatte er Maren Köster versichert, hätte er gerne verzichtet. Denn diese Familiensage interessiere ihn, so erklärte Schulte mit Nachdruck, in keiner Weise.

Das war jedenfalls der Stand heute Morgen gewesen, bevor Hubertus von Fölsen von der Entdeckung seines verschollen geglaubten Cousins Lennart Lang berichtet hatte.

Doch jetzt saß Schulte in seinem Büro und grübelte. Grübelte nach über das Auftauchen von Lennart Lang auf Mallorca, über die obskuren Familienverhältnisse der Familie Lang und über die Rolle des alten Patriarchen Lang, der anscheinend alle Fäden in der Hand hielt und der nichts zuließ, was er nicht wollte.

Schulte hatte den Eindruck, dass dieser Friedrich Lang die gesamte Familie beherrschte und auch tyrannisierte. Sein Gefühl sagte ihm, dass mit diesem Kerl etwas nicht stimmte.

Schulte kannte solche Momente. Er hatte sie schon oft erlebt.

Doch jetzt war die Sache sowieso entschieden. Schultes Bauch hatte entschieden, er würde nach Malle reisen. Doch zuvor musste er das mit seinem Team und vor allem mit Maren Köster klären.

Das Däumchen drehen war vorbei! Schulte schlug mit beiden Handflächen auf den Schreibtisch, so heftig, dass es knallte. Es war so klar wie das Wasser des Knochenbaches. Schulte hatte sich entschieden. Es gab keinen anderen Weg, er musste nach Mallorca. Die Entscheidung stand.

Alles in Schulte begann zu schwingen. Nach vielen Wochen der Untätigkeit verspürte er einen enormen Tatendrang. Erpentrup würde es nicht gelingen, die Truppe kaltzustellen. Wenn es keine Aufgaben aus Düsseldorf gab, dann organisierte man sie sich eben selbst. Schulte schmunzelte. Welcher deutsche Polizist kam schon in den Genuss, seine Ermittlungen auf Mallorca zu führen?

Der Erste, mit dem er sprechen müsste, war Rosemeier. Wie oft hatte der schon von dieser Insel geschwärmt. Rosemeier sollte ihm helfen. Ach Quatsch, der Kollege musste mit nach Malle.

Schulte stemmte sich aus seinem Stuhl hoch und ging in den Gastraum. Meist war sein Kollege hier anzutreffen. So auch jetzt. Er war gerade dabei, Gläser zu spülen.

Schulte wunderte sich. Wieso war Rosemeier dabei, Gläser spülen? Das Team hatte in letzter Zeit gar nicht zusammengesessen. Manchmal hatte er den Verdacht, dass Rosemeier den Gastraum abends, wenn alle Feierabend hatten, auch anderweitig nutzte.

Rosemeier trocknete seine Hände ab und hängte das Geschirrtuch an einen Haken.

„Na, Jupp, wo drückt der Schuh?“, kam sein Kollege gleich zur Sache.

„Ach ich will nicht behaupten, dass mich ein Schuh drückt. Aber ich habe den ganzen Morgen über die Geschichte, die von Fölsen uns offeriert hat, nachgedacht.“

Rosemeier nickte. „Ich auch“, grinste er. „Und zu welchem Schluss bist du gekommen, Schulte?“

„Ich fahre nach Malle. Und ich fände es gut, wenn du dabei wärst.“

Rosemeier tätschelte Schulte die Schulter, als sei dieser ein kleiner Junge. „Ich habe für mich die gleiche Entscheidung getroffen“, schmunzelte er. „Wann soll es losgehen?“

„Sobald wie möglich“, entgegnete Schulte. „Wir müssen es nur noch im Team klären. Ich schlage vor, ich gebe heute Mittag eine Pizza aus und dann sagen wir es den anderen.“

„Wir müssen aber Urlaub nehmen“, überlegte Rosemeier. „Sonst könnten wir Ärger bekommen. Ich glaube, dein Lieblingsfeind Erpentrup wartet nur darauf, dass wir einen solchen Fehler machen und unautorisiert nach Mallorca fliegen. Wenn der das spitz bekäme, dann würde der uns so was von an der Hecke lang ziehen, davon würden wir uns nur schwer erholen.“

Schulte überlegte. „Kein Problem, ich rufe Frau Bäcker an. Das ist die Assistentin von Erpentrup. Mit der bin ich so.“ Schulte kreuzte Zeige- und Mittelfinger der rechten Hand. „Die regelt das für uns.“

„Mit wem müssen wir uns sonst noch abstimmen?“, überlegte Rosemeier.

„Ich muss mit Maren Köster sprechen“, erwiderte Schulte, ohne lange zu überlegen. „Die Familie Lang ist ihr Fall. Wenn ich die Kollegin von der Bielefelder Straße nicht vor unserer Reise einweihe, redet die nie wieder ein Wort mit mir.“

Rosemeier nickte erneut. „Okay, Schulte, organisiere du uns die Urlaubsscheine und rede meinetwegen mit deiner ehemaligen Kollegin. Ich besorge die Flugtickets und sage den anderen Bescheid. Wir treffen uns um 12:30 Uhr in der Pizzeria.“

Als Schulte das kleine Restaurant an der Heidenoldendorfer Straße betrat und von der Familie Fiorini herzlich begrüßt wurde, saßen die anderen Kollegen schon an einem der Tische. Lediglich van Leyden fehlte. Der hatte es vorgezogen seine Laufschuhe zu schnüren, anstatt mit den Kollegen eine gepflegte Pizza zu essen.

Schulte gesellte sich zu seinen Leuten und wedelte mit einem Formular.

„Von wegen Urlaub“, grinste er Rosemeier an. „Wir ermitteln hochoffiziell und die Reisekosten und Spesen übernimmt das Land NRW.“ Der Polizist legte das Formular auf den Tisch und wies mit dem Finger auf die Unterschrift. „Erpentrup hat unterschrieben.“

„Ja, ist der von allen guten Geistern verlassen", wunderte sich Rosemeier.

Schulte griente breit. „Für seine Lieblinge und für solche speziellen Fälle hat Erpentrup immer unterschriebene Blankoformulare bereitliegen. Und als ich der guten Frau Bäcker von unserem Vorhaben berichtete, da hat sie uns, ohne es mit Erpentrup abzusprechen, eben kurzer Hand in die Ägide der Lieblinge mit aufgenommen."

„Mann, bei der Frau musst du wirklich ein Stein im Brett haben", staunte Rosemeier.

„Scheint so", entgegnete Schulte grinsend.

Nachdem die Polizisten zu Mittag gegessen hatten, berichtete Hubertus von Fölsen nun auch Adelheid Vahlhausen von dem Fernsehbeitrag, den er am gestrigen Abend auf Arte gesehen hatte.

„Und ich schwöre Ihnen", versicherte von Fölsen aufgeregt, was sonst überhaupt nicht seine Art war, „es war mein verschwundener Cousin Lennart Lang, der dort mehrfach in dem Bericht auftauchte."

Während die Kollegen sich die Köpfe heißredeten, beobachtete Schulte die Kunden, die sich ihre vorbestellten Pizzen abholten. Dort stand auch der zauselige Maler, den Schulte in letzter Zeit öfter in Heidenoldendorf gesehen hatte und trank genüsslich einen Espresso, während er vermutlich auf seine Pizza wartete.

36

„Millionen werden mich sehen und becheistert sein!“, schwärmte Anton Fritzmeier, als er in der Küche von Ina Schulte und ihrem Sohn Linus saß. Während Ina skeptisch dreinschaute, riss Linus begeistert die Augen auf.

„Boah!“, staunte der seit gestern dreizehnjährige Junge. Da er an seinem Geburtstag mit seinen Freunden gefeiert hatte, war Fritzmeier erst heute dazu gekommen, ihm zu gratulieren. Und er hatte ein ganz besonderes Geschenk für den Bengel.

„Ihr wisst ja, dat die Filmfritzen chetz bald kommen. Wird ’n bissken unruhig werden hier auffen Hof. Mein alter Kumpel Walter Holledau, der den Film macht, will dich auch dabeihaben, Linus. Solls auch reich und berühmt werden. Wir solln ’n bissken blöffen, hatter chesagt. Wir sollen so tun, als wenne mein Enkel wärs. Von wegen die nächste Cheneration steht schon bereit und so. Verstehsse?“

Linus verstand sofort und nickte, völlig aus dem Häuschen vor Glück.

„Krass“, jubelte er. „Muss ich dann auch Opa zu dir sagen?“

„Natürlich musse das“, lachte Fritzmeier. „Wenn schon, denn schon.“

„Na ja“, sagte Linus, und grinste boshaft, „eigentlich müsste ich ja eher Ur-Opa sagen. Würde besser passen.“

„Pass auf watte sachs. Nich zu chlauben. Ich mach ihn hier zu ’n Filmstar und wat is der Dank? Kommt der Bengel mir komisch. Hat chenau sonne chroße Klappe wie sein Oppa Jupp. Ina, da musse drauf aufpassen, sonst wird der Junge chenauso wie dein Vatter. Noch einer von der Sorte auffen Hof wär ja nich zum Aushalten."

„Ich ziehe aber keine Gummistiefel an", protestierte Linus. „Das könnt ihr euch voll abschminken. Und auf den alten Misthaufen stelle ich mich auch nicht."

„Du tus, wat der Rechissör dich sacht", erwiderte Fritzmeier kompromisslos. „Entweder machse mit, oder er sucht sich 'n anderen kleinen Rotzlöffel für die Rolle. Chibt ja chenug davon."

„Aber die sind alle längst nicht so begabt wie Linus", warf Ina Schulte dazwischen und stellte Fritzmeier eine eiskalte Flasche Bier vor die Nase. „Denk daran, Linus: Millionen werden dich sehen und begeistert sein."

Unerwartet wurde der Junge ernst. Gedankenverloren kraulte er Lümmel, den großen schwarzen Hund, der zufrieden vor seinen Füßen lag. Dann schaute er Fritzmeier an und fragte besorgt: „Und was ist, wenn ich das nicht hinkriege? Wenn ich mich blamiere? Dann sehen das auch Millionen und lachen mich aus."

„Wat soll ich denn sagen?", lachte Fritzmeier. „Du biss ja wenigstens noch 'n hübscher junger Bengel. Bei mir können se so viel Schminke draufpacken, wie se wollen, ich bleibe doch 'n alter runzliger Tatterchreis. Und schauspielern hab ich auch nich chelernt."

„Wie?", fragte Linus, nun bereits mit leichtem Entsetzen. „Wir werden geschminkt? Auch ich?"

„Denke schon", sagte Fritzmeier und nahm einen großen Schluck Bier. „Warum frags de?"

„Ich lasse mich doch nicht schminken“, rief Linus, ehrlich empört. „Ich bin doch keine Tunte.“

Nun wurde auch Fritzmeier ernst.

„Hömma zu, mein Junge. Der Mann, der diesen Film macht, der is manchmal ’ne Tunte, aber ’ne richtige. Aber diese Tunte is einer der besten Männer, die ich in mein langes Leben kennenchelernt habe. Und diese Tunte is, zusammen mit dein Oppa, mein bester Freund. Verchiss das nich! Also sei ’n bissken vorsichtig, wenne sonne Worte innen Mund nimms. Klar?“

Eine kurze Weile herrschte betretenes Schweigen. Dann strahlte Linus plötzlich wieder und fragte: „Aber mein BVB-Trikot darf ich doch anziehen, oder? Wahnsinn … die Jungs in meiner Klasse machen sich ins Hemd vor Neid.“

37

Juni 1991

Sie war das schönste Mädchen der Klasse. Quatsch, der Schule, ach was, der ganzen Welt. Mareike! Heute hatte sie ihn geküsst. Flipp hatte Flugzeuge im Bauch, als er zu Hause ankam. So glücklich war er schon lange nicht mehr. Er schwebte ins Speisezimmer. Seine Mutter bemerkte natürlich sofort, dass es ihm gut ging und selbst sein Vater nahm die Veränderung war. Doch das schien ihn nicht zu interessieren. Er nahm sich die Zeitung, um sofort in die Welt der Börsenkurse einzutauchen.

„Flipp, du bist schon seit Tagen gut gelaunt", bemerkte seine Mutter erfreut. Und als ob sie hellsehen könne, schob sie die Frage nach: „Bist du etwa verliebt?"

Flipp wurde rot bis über beide Ohren.

Die Mutter klatschte in die Hände und freute sich. „Unser Flipp hat eine Freundin. Wie heißt sie denn?"

Flipp zierte sich den Namen zu verraten. „Nun komm schon, mein Junge, sag schon, ich bekomme es ja sowieso heraus."

„Sie heißt Mareike", antwortete Flipp leise. Mareike Hansmeier."

Kaum hatte Flipp den Namen ausgesprochen, da ließ der Vater seine Zeitung sinken. „Sie heißt Hansmeier?", schoss er die Frage ab. „Ist sie die Tochter unseres Lagerarbeiters?", schob er die nächste Frage gleich nach, ohne eine Antwort abzuwarten.

„Das Mädchen schlag dir aus dem Kopf, ein Lang fängt nichts mit der Tochter einer unserer Arbeiter an!"

Flipp wollte protestieren.

„Die Angelegenheit ist erledigt!", polterte sein Vater. „Aus der Sache wird nichts. Basta!"

Am Tisch herrschte eisiges Schweigen. Die Mutter sah ihren Mann wütend an. Doch sie brachte kein Wort hervor, so empört war sie. Flipp warf seine Serviette neben den Teller und rannte aus dem Speisezimmer. Sein Vater brüllte etwas. Der konnte ihn mal. Der würde es nicht schaffen, ihm die Freundschaft zu Mareike zu verbieten. Der nicht, das schwor sich Flipp, und auch kein anderer. Heute Abend hatten sie sich verabredet, er und Mareike. Und er würde die Verabredung wahrnehmen! Er würde Mareike von zu Hause abholen und mit ihr ins Kino gehen. Niemand würde ihn daran hindern, das zu tun. Auch sein Vater nicht.

Als Flipp kurz nach sechs bei Hansmeiers schellte, wurde die Tür nicht von Mareike, sondern von ihrem Vater geöffnet.

„Guten Abend Herr Hansmeier", sagte Flipp höflich und deutete einen Diener an. „Ich wollte Mareike abholen. Wir haben uns verabredet, um gemeinsam ins Kino zu gehen."

Herr Hansmeier räusperte sich. Er tätschelte Flipp verschämt die Schulter und sagte: „Komm rein Junge."

Die beiden gingen in die Küche.

„Wo ist Mareike", fragte Flipp und wunderte sich.

„Weißt du, die Sache ist so", der Vater Mareikes wand sich wie ein Aal. „Mein Chef, also dein Vater, war heute Nachmittag bei mir im Lager." Der Mann machte eine lange Pause und Flipp war sich im nächsten Moment absolut sicher, dass ihm jetzt gleich etwas Fürchterliches mitgeteilt wurde.

„Ich meine, ich wusste natürlich schon, dass du mit meiner Tochter befreundet bist", kam es umständlich über Vater Hansmeiers Lippen. Er räusperte sich wieder. „Na ja, die Sache ist so, dein Vater war, wie gesagt, heute bei mir und hat mir von euch beiden, also von Mareike und dir, berichtet. Und hat mir gesagt, dass die Sache mit dir und Mareike ein Ende haben müsse."

„Das hat mir mein Vater auch gesagt", entgegnete Flipp. „Aber das interessiert mich nicht. Mein Vater hat mir nicht vorzuschreiben, mit wem ich befreundet bin und mit wem nicht. Ich lasse mir den Umgang mit Mareike nicht verbieten."

„Das ehrt dich Junge, du bist ein feiner Kerl." Wieder suchte der Vater seiner Freundin nach den richtigen Worten. „Es geht trotzdem nicht", brachte er umständlich und verschämt hervor. „Dein Vater hat gesagt, wenn er erfahren sollte, dass du dich mit meiner Tochter auch nur noch einmal triffst, dann würde er mir sofort fristlos kündigen."

38

Das Schicksal der Familie Lang schien seinen Kollegen Hubertus von Fölsen doch mehr in Anspruch zu nehmen, als vermutet. Seit einigen Tagen erzählte der sonst so blasierte und vor allem distanzierte Kollege fast jeden Tag von den Ereignissen der Familie Lang, die er wohl jeden Tag von seiner Mutter brühwarm geliefert bekam.

Gestern hatte er sogar allen Kollegen auf seinem Tablet einen Film gezeigt, der auf der Insel Mallorca aufgenommen worden war, weil er der festen Überzeugung war, dass dort in einer kurzen Sequenz sein weitaus jüngerer und zeitweise als vermisst gegoltener Cousin Lennart Lang zu sehen war. Dieser Lennart Lang, der angeblich verschollen war und dann wieder nicht. Eine verrückte Geschichte. Wahrscheinlich mindestens genauso verrückt wie die Familienverhältnisse dieser Familie Lang überhaupt.

„Die Reichen, die haben Probleme", brummelte Schulte vor sich hin. Dabei fühlte er sich im gleichen Augenblick an seine Mutter erinnert, die ihn zu Lebzeiten immer mit solchen und ähnlichen, aus der Luft gegriffenen Weisheiten versorgt hatte.

Was Schultes Leben anging, da musste sich in der Tat etwas ändern. Er schleppte sich morgens zur Arbeit. Hier angekommen verfiel er ins Grübeln.

„Scheiß was auf Erpentrup", sprach er laut vor sich hin und: „Ich mache jetzt mein eigenes Ding."

„Scheiß was auf Erpentrup", hörte Schulte eine Stimme mit sarkastischem Unterton hinter sich.

Als er seinen Kopf in die Richtung drehte, aus der Schulte die Stimme gehört hatte, sah er in das mit einem zynischen Grinsen ausgestattete Gesicht von Marco van Leyden.

„Der Wiedertäufer!", schnaufte Schulte „Was willst du?"

Van Leyden überhörte Schultes Frage. „Scheiß was auf Erpentrup! Hört sich gut an. Aber was meinst du damit?"

Was war in letzter Zeit nur los in diesem Laden, dachte Schulte. Von Fölsen erzählte von den Sorgen seiner Familie, van Leyden interessierte sich für Schultes Probleme. Sollte sich zukünftig wirklich ein kollegiales Klima unter diesem Haufen von abgestraften Dissidenten einstellen? Okay, dachte Schulte, wenn van Leyden es wissen will, erzähle ich es ihm.

„Du hast ja bereits mitbekommen, dass Erpentrup mir dieses überraschende Angebot gemacht hat, vorzeitig in den Ruhestand zu gehen, oder? Unter Weiterzahlung aller Bezüge."

„Ist doch gut", entgegnete van Leyden. „Wenn er mir ein ähnliches Angebot machen würde, ich würde sofort gehen."

„Hätte ich vielleicht vor zwei Monaten auch noch gesagt", entgegnete Schulte. „Aber ich habe es ja am eigenen Leib erfahren. Wenn du so ein Angebot bekommst, stehst du plötzlich vor dem Nichts. Von jetzt auf gleich stellt sich die Frage: Wie verbringe ich zukünftig meine Tage? Aber das ist im Moment nicht mein eigentliches Problem", berichtete Schulte. „Ich traue diesem Kerl nicht von Zwölf bis Mittag. Der führt was im Schilde. Einen Tag bevor er mir das Angebot machte, hat er Oliver Hartel, einen ehemaligen Kollegen aus Detmold zu sich zitiert und ihm eine Versetzung mit Karrieresprung nahegelegt. Erpentrup hat was vor, das ist glasklar. Aber soviel ich auch nachdenke, ich durchblicke seine Strategie nicht."

„Okay Schulte, ich kümmere mich drum", sagte van Leyden lapidar.

Um was will der sich kümmern?, fragte sich Schulte gerade noch. Doch van Leyden sprach schon weiter: „Okay, das mit Erpentrup habe ich begriffen. Aber dann hast du noch gesagt: Ich mache jetzt mein eigenes Ding! Was meinst du damit?"

„Ich mache Urlaub", erklärte Schulte. „Ich werde nach Mallorca reisen. So 'n bisschen Sonne auf den Bauch und Abstand zum Alltag kann nicht schaden, oder?"

Van Leyden grinste. „Der gelangweilte Held will Detektiv spielen."

„Genau", entgegnete Schulte verschmitzt. „Willst du mit?"

Was hatte er da gerade gesagt? Schulte wunderte sich augenblicklich selbst über das Angebot, das er dem Kotzbrocken van Leyden gemacht hatte.

„Nee, lass mal", grinste van Leyden. „Urlaub ohne sportliche Aktivitäten, das ist nicht so mein Ding. Wenn ich mit dir dorthin fahren würde, müsste ich doch jeden Abend durch die Kneipen ziehen. Dann habe ich nachher eine Figur wie du. Aber frag doch mal Rosemeier, der brüstet sich doch immer als absoluter Mallorca-Kenner."

„Diese Idee hatte ich auch schon", griente Schulte. „Mit Rosemeier habe ich schon gesprochen. Der ist dabei."

39

Nun musste Schulte endlich zu Maren Köster und mit ihr über die geplante Reise sprechen.

Eine Stunde später saß er bei ihr im Büro. Sie war schlecht gelaunt. „Maren, welche Laus ist dir denn über die Leber gelaufen?", fragte Schulte.

Die Polizistin erzählte ihm von dem unsinnigen Haftbefehl und dass ein Streifenwagen zu Arnold geschickt worden war, um ihn festzunehmen, aber Arnold nicht zu Hause gewesen sei. Der sei irgendwohin in Urlaub gefahren, hatte seine Frau zu berichten gewusst. Das Ziel kannte sie auch nicht. Sie würde sich nicht mehr um die andauernden Extratouren ihres Mannes kümmern. Je älter der würde, desto wundersamer und eigenbrötlerisch würde er. Wahrscheinlich sei er irgendwo auf Jagd, hatte die Frau vermutet. Seit dem ersten Mai seien ja die Böcke offen, habe sie gesagt. Da wäre er wahrscheinlich bei irgendeinem Jagdfreund, um mit dem gemeinsam dem braven Waidwerk zu frönen.

„Wahrscheinlich weiß Arnolds Frau ganz genau, wo sich ihr Mann aufhält, aber sie sagt es nicht." Maren Köster zuckte mit den Schultern. „Würde ich wahrscheinlich genauso machen. Der Haftbefehl ist doch völliger Schwachsinn. Wir haben keinerlei Beweise gegen Arnold in der Hand und der blöde Söder stellt einfach einen Haftbefehl aus. Wir machen uns doch lächerlich. Ich möchte mal wissen, was da wohl dahintersteckt." Maren Köster verdrehte die Augen. „Na, jedenfalls ist Arnold weg und wir haben ihn zur Fahndung ausgeschrieben. Wenn Söder das erfährt, wird er toben."

„Lass ihn doch", sagte Schulte lapidar. Zögerlich versuchte er, auf sein Anliegen zu sprechen zu kommen. „Du Maren, ich muss mit dir reden."

Sofort hatte er ihre Aufmerksamkeit.

„Was hast du vor?"

„Du hast mir doch gesagt, ich solle mal ausspannen. Mal eine Reise machen oder eine Städtetour. Ich habe mir deinen Rat zu Herzen genommen. Maren, ich mache Urlaub. Ich fahre nach Malle."

Maren Köster konnte es nicht glauben. Schulte und

Urlaub. Daher fragte sie sofort nach: „Und wo ist der Haken an der ganzen Sache?"

Schulte wand sich. „Na ja, ich habe dir doch erzählt das von Fölsen uns jeden Tag mit seiner Familientragödie malträtiert. Und jetzt hat er angeblich seinen Cousin Lennart in einem Fernsehbericht über ein mallorquinisches Volksfest gesehen. Na, und da haben Rosemeier und ich uns gedacht, wir können dem von Fölsen doch mal eine kleine Freude machen und nach Mallorca fahren, um zu überprüfen, ob es wirklich der Lennart war. Eine positive Rückmeldung würde von Fölsen und auch seine Mutter bestimmt sehr erleichtern."

Maren Köster schwieg einen langen Augenblick. Dann sagte sie: „Danke Schulte, danke, dass du mit mir darüber sprichst. Du sagst Urlaub so ganz privat, mit Urlaubsantrag und allem?"

Schulte griente schief, so wie er es immer tat, wenn er etwas aus der Reihe tanzte.

„Genau genommen, Maren, haben Rosemeier und ich die offizielle Genehmigung für die Aktion auf Malle von Erpentrup höchstpersönlich."

40

Juni 1991

Flipp kochte vor Wut. Warum verdammt noch mal musste er ein Sprössling der Familie Lang sein? Oder besser gefragt, warum legte sein Vater so eine beschissene Arroganz an den Tag? Dieser verdammte Familiendünkel stand seinem zufriedenen Leben an jeder Ecke im Wege. Der Freund, den du da mit nach Hause gebracht hast, passt nicht zur Familie Lang. Eine Drei ist für einen Lang eine schlechte Note also, mein Junge, setzt dich auf den Hosenboden. Dies und das ist eines Langs unwürdig. Bla Bla Bla! Und jetzt mischte sich sein Vater auch noch auf eine so widerliche Art und Weise in seine Freundschaft zu Mareike ein.

Flipp konnte und wollte es nicht mehr hören. Aber damit war jetzt Schluss. Er würde seinem Vater die Meinung sagen. Er würde sich nicht weiter von seiner Familie vorschreiben lassen, mit wem er sich abzugeben hatte und mit wem nicht und schon gar nicht von seinem Vater.

Natürlich war der alte Herr noch nicht zu Hause, als ihn Flipp dort suchte. Also würde er zu ihm ins Büro gehen. Er würde die Angelegenheit sofort klären und nicht auf die lange Bank schieben. Durch Abwarten würde seine Wut verrauchen. Die Wut, die er benötigte, um seinem Vater stolz entgegenzutreten. Außerdem würde seine Mutter ihn einlullen, wenn sie herausbekäme, dass er sich mit seinem Vater streiten wollte. Sie war immer um Frieden und Ausgleich in der Familie bemüht. Früher war Flipp oft froh darüber gewesen. Wenn sein Vater tobte, hatte sie sich schützend vor ihren ältesten gestellt. Doch das war vorbei. Flipp hatte zu oft zurückgesteckt, hatte viele Dinge nicht getan oder eben getan, nur um seine Mutter nicht zu enttäuschen und um des lieben Familienfriedens willen. Doch damit war jetzt Schluss. Flipp würde auf Konfrontation zu seinem Vater gehen.

Die Angestellten der Firma Lang hatten schon Feierabend, als Flipp das Bürogebäude erreichte. An der Pforte saß Willi. Der verrichtete hier seinen Job als Pförtner schon solange Flipp denken konnte. Wie alt war der Mann wohl? 80 Jahre? Oder älter? Der Alte hatte wenig Geld und besserte sich hier seine Rente etwas auf. Früher hatte Flipp ihn Onkel Willi genannt. Mittlerweile sparte er sich den Onkel bei der Anrede.

„N'abend Flipp", war er von dem Greis begrüßt worden.

„Guten Abend, Willi. Ich wollte zu meinem Vater."

„Ich glaube, der ist nicht oben im Büro. Nur dein Onkel. Aber genau weiß ich es nicht. Sieh besser selbst noch mal nach", lächelte der Alte gutmütig. „Manchmal kriege ich nicht mehr alles haarklein mit", sinnierte er. „Aber erzähl das nicht weiter, sonst bin ich meinen Job los."

Sein Onkel, dieses Ekelpaket. Auf den hatte Flipp nun wirklich keine Lust. Aber das war jetzt nicht so wichtig. Er hatte etwas mit seinem Vater zu klären und das duldete keinen Aufschub.

Eilig ging er die Treppe hinauf. Als er die Chefetage erreicht hatte, hörte er die brummige Stimme seines Onkels. Wahrscheinlich stieg er wieder der Sekretärin seines Vaters nach. Flipp hasste diesen schmierigen alten Schleimer, der jeder Frau nachstieg und hier im Unternehmen der Langs auf eine besonders ekelhafte Art und Weise. Hier überschritt er Grenzen, die ihm an jedem anderen Ort mindestens eine Klage wegen Nötigung eingebracht hätten. Denn hier nutzte er den Status des Chefs schamlos aus. Flipp wollte sich schon in das Büro seines Vaters schleichen. Er hatte keine Lust, seinem Onkel zu begegnen. Da vernahm er eine zweite Stimme.

„Lassen Sie das, Herr Lang!“, hörte Flipp die stolze Stimme einer jungen Frau. Diese erkannte Flipp sofort. Sie gehörte seiner Freundin Mareike. Mareike! Seine Mareike, was hatte die hier auf der Chefetage des Unternehmens Lang zu suchen?

„Komm Mädchen, nun stell dich mal nicht so an“, säuselte sein Onkel. Flipp glaubte, etwas Lüsternes in der Stimme des Alten zu hören. „Es wird dir auch gefallen und tut auch überhaupt nicht weh. Und deinem Vater wird es auch zu Gute kommen, wenn wir uns verstehen.“

„Sie sollen aufhören!“, wurde Mareike jetzt energisch.

Der Drecksack grapscht meine Freundin an, schoss es Flipp durch den Kopf. Und sprintete los. Als er um die Ecke bog, hörte er seinen Onkel aufjaulen. Im nächsten Moment sah er, wie der sich vor Schmerz krümmte und Mareike, die dabei war, sich ihre zerrissene Bluse in die Jeans zu stopfen. Tränen rannen ihr über die Wangen. Flipp war außer sich. Er stürzte auf seinen Onkel zu, riss ihn hoch und donnerte ihm die Faust ins Gesicht. Die Nase brach mit einem hässlichen Knirschen.

Als er Mareike trösten wollte, hatte sie ihn weggestoßen. Sie zitterte vor Wut oder vor Angst, das konnte Flipp nicht einschätzen.

Nachdem sich Mareike etwas beruhigt hatte, fragte er sie, weshalb sie hier im Bürotrakt ihres Vaters sei.

Sie schluchzte. „Ich wollte deinen Vater zur Rede stellen. Ich wollte ihn fragen, wieso ich nicht gut genug für dich sei und ich wollte ihn fragen, wieso er meinen Vater wie Dreck behandelt. Aber alle diese Fragen haben sich auf einen Schlag beantwortet. Ihr Langs glaubt, euch gehöre die Welt. Ihr behandelt die Menschen, die bei euch arbeiten als seien sie eure Leibeigenen, und dein Onkel der Dreckskerl glaubt wahrscheinlich immer noch, dass ihm das Recht der ersten Nacht, bei den jungen Frauen eurer Beschäftigten zustände. Jus prima noctis! Ich könnte kotzen!“, brach es aus Mareike heraus. Und jetzt war Flipp klar, dass Mareike nicht vor Angst zitterte.

Wilhelm Lang der immer noch am Boden des Flures lag, rappelte sich wimmernd auf. Er wusste nicht, was ihn mehr schmerzte, seine Weichteile oder seine gebrochene Nase.

„Das werdet ihr bereuen“, nuschelte er und versuchte mit der Hand zu verhindern, dass noch mehr Blut auf den Boden tropfte.

Flipp war außer sich. Alles was sein Körper an Adrenalin bereitstellten konnte, wurde in seine Blutbahn befördert. Die daraus resultierende Wut tobte in seiner Brust, als wolle sie diese zerreißen. Dieser alte Drecksack hatte immer noch nicht genug, schoss es ihm durch den Kopf. Der Junge stürzte sich in blindem Zorn auf seinen Onkel, riss ihn an den Haaren hoch und gab ihm eine schallende Ohrfeige. Dann zerrte er ihn, Flipp hatte seine Hand immer noch in die Haare seines Onkels gekrallt, zum Treppenhaus, um ihn mit einem Fußtritt die Treppe hinunter zu befördern. Doch dazu kam es nicht mehr. Sein Vater stand plötzlich vor ihm und herrschte ihn an: „Was ist hier los?"

„Was hier los ist!", brüllte Flipp seinen Vater an. „Dein Bruder, die alte Drecksau, hat versucht meine Freundin zu vergewaltigen."

Der alte Lang wollte etwas sagen. Doch sein Sohn schrie weiter. „Ja, du hast richtig gehört. Meine Freundin. Mareike ist meine Freundin, ob es dir passt oder nicht. Und das sage ich dir Vater, erfährt Mareikes Vater hier bei uns im Unternehmen von dir oder von der Drecksau, die du deinen Bruder nennst, auch nur die kleinste Unannehmlichkeit, dann werdet ihr euer Blaues Wunder erleben."

Flipps Vater wollte etwas sagen, doch Flipp fasste Mareike bei der Hand und zog sie hinter sich her zur Tür ohne seinen Vater weiter zu beachten.

41

„Wo geht's denn hier raus?", rief Jupp Schulte mit leichter Panik in der Stimme. Er und Manfred Rosemeier waren eben auf dem Flughafen Palma de Mallorca gelandet und hatten nach einigem Hin und Her ihre Koffer gefunden. Etwas orientierungslos versuchte Schulte nun herauszufinden, wo es zum Ausgang des riesigen Flughafengebäudes ging. Er war nie ein großer Reisender gewesen und hatte keinerlei Routine in solchen Dingen. Wenn er schon mal die Heimat verlassen hatte, was sehr selten vorkam, dann in der Regel mit dem Auto oder der Bahn. Flugreisen hatten ihn nie gereizt. Ständig fremdbestimmten Terminen ausgeliefert zu sein, von einer Schlange in die nächste zu kommen, sich in einer beklemmend engen Röhre mit viel zu vielen Menschen die trockene und schnell verbrauchte Klimaanlagenluft zu teilen, darauf warten zu müssen, dass man endlich wieder festen Boden unter den Füßen hat, das war nicht sein Ding. Reisekomfort sah für ihn anders aus. Große Flughäfen wirkten auf Schulte mit ihrer Hektik und ihrem Gewusel wie ein Ameisenhaufen mit völlig hysterischen Bewohnern. Schulte war einfach kein anpassungsfähiger Massenmensch, sondern ein knorriges Solitärgewächs. Nicht umsonst hatte er seinen Wohnsitz weit entfernt von der Hektik großer Menschenmengen auf dem Fritzmeierschen Hof gewählt.

Um die Mittagszeit herum waren er und Manfred Rosemeier vom kleinen, überschaubaren und ruhigen Flughafen Paderborn abgeflogen. Das war für Schulte noch einigermaßen akzeptabel gewesen. Rosemeier, ein alter Reisefuchs, hatte sich um die komplette Organisation gekümmert. Schulte brauchte nur mit seinem Koffer hinterherzulaufen. Auch jetzt, im ungleich größeren und deutlich hektischeren Flughafen Palma war es Rosemeier, der völlig entspannt blieb.

„Da oben steht's doch", sagte er und konnte ein Schmunzeln nicht ganz verbergen. „Auf den Schildern steht Salida und auch Exit. Beides bedeutet Ausgang. Wir müssen nur den Schildern folgen. Komm, das haben schon ganz andere Trottel geschafft."

Schulte schluckte die Frage herunter, wie das gemeint war, schaltete seinen Verstand auf Stand-by und latschte, seinen Koffer hinter sich herziehend, einfach stur mit. Es zog sich schier endlos. Immer wieder mussten sie abbiegen und sahen vor sich einen weiteren, endlos scheinenden Weg. Vorbei an Fressbuden, Souvenirshops und anderen Läden, die allesamt Dinge feilboten, die niemand brauchte. Fand Schulte jedenfalls.

„Wann hört denn das endlich mal auf?", fragte Schulte. „Was meinst du, kommen wir vor Mitternacht noch zum Ausgang?"

„Wir sind gleich da", tröstete ihn Rosemeier. „Hätte nicht gedacht, dass du so wenig belastbar bist."

Schulte brummte, sagte aber nichts mehr. Er wollte auch nicht zugeben, dass es nicht körperliche Schwäche war, die ihm den langen Weg zum Ausgang so schwer machte, sondern eine leichte Form von Klaustrophobie. Schulte fühlte sich, und das war schon immer so bei ihm gewesen, eingesperrt, wenn er nicht wenigstens durch ein Fenster ein Stück des Himmels sehen konnte.

Dann war es endlich so weit. Die beiden Polizisten rollten ihre Koffer durch eine Glastür nach draußen. Die warme Mittelmeerluft schlug ihnen, nach der klimatisierten Flughafenluft, wie eine Wand entgegen. Schulte schnappte kurz nach Luft und blinzelte, weil die Nachmittagssonne ihn blendete.

„Wir müssen rüber zum Parkhaus“, wies Rosemeier ihn an. „Unseren Leihwagen abholen.“

Schulte war alles recht, sein Vertrauen in Rosemeier war groß genug. Eine Viertelstunde später saßen sie in einem kleinen, aber blitzsauberen Opel Corsa und versuchten, den Weg nach Sóller zu finden. Rosemeier, der von Anfang an die Initiative übernommen hatte, saß am Steuer und lenkte souverän durch den erstaunlich dichten Samstagnachmittagsverkehr von Palma. Schulte, der nie zuvor auf Mallorca gewesen war, staunte über die enormen Ausmaße dieser Inselhauptstadt.

„Ja, es gibt tatsächlich Städte, die sind noch größer als Detmold“, spottete Rosemeier, als Schulte eine Bemerkung dazu gemacht hatte. „Sollte man nicht glauben.“

Endlich waren sie aus der Großstadt-Region heraus und fuhren über eine gut ausgebaute Straße ins Bergland hinein. Die Landschaft wurde mit jedem Kilometer reizvoller. In der kleinen Stadt Sóller angekommen, fuhren sie durch einen langen Tunnel und erreichten den zu Sóller gehörenden Küstenort Port de Sóller.

„Bin ja mal gespannt, wie das Hotel so ist“, sagte Rosemeier, während er in den Ort hineinfuhr. „Aber du warst ja nicht bereit, mehr Geld als unbedingt nötig auszugeben. Ihr Lipper seid schon ein kniepiges Volk. Na ja, Hauptsache es ist einigermaßen sauber. Sonst kannst du dableiben und ich suche mir was anderes.“

42

„Der sieht ja ganz normal aus“, rief Linus enttäuscht, als Walter Holledau aus einem Kleinbus mit einem Berliner Kennzeichen stieg und freudestrahlend auf Anton Fritzmeier zuging. „Den habe ich mir ganz anders vorgestellt.“

„Vielleicht macht es ihm ja Spaß, mal so und mal anders zu sein“, tröstete ihn seine Mutter Ina.

Dann kam Walter Holledau, den rechten Arm freundschaftlich um Fritzmeiers Schultern gelegt, auf Mutter und Sohn zu. „Dat isser“, sagte Fritzmeier stolz, als präsentiere er gerade ein Super-Schnäppchen.

Holledau begrüßte Ina formvollendet mit einem angedeuteten Handkuss und gab danach Linus die Hand. Lümmel, der schwarze Labrador-Riesenschnauzer-Mischling, fegte währenddessen immer wieder begeistert um Holledau herum. Dann schaute Holledau in die Runde.

„Wo ist denn Jupp?“, fragte er.

„Ach“, seufzte Fritzmeier, „der ist nach Malle cheflogen. Ancheblich wegen der Arbeit, aber dat chlaube ich ihm nich. Wahrscheinlich will er es sich mal chut chehen lassen auf Kosten des Steuerzahlers. Selbst schuld, chetz kricht er keine Filmrolle und wird nich berühmt.“

„Opa ist auch so schon berühmt“, warf Linus trotzig ein. Als er merkte, dass die Erwachsenen ihn fragend anschauten, ergänzte er: „Ist doch wahr. Er steht ständig in der Zeitung, wenn er wieder einen Fall gelöst hat. In meiner Klasse beneiden mich alle um so einen Opa.“

Holledau strahlte ihn fasziniert an und sagte dann: „Toll! Jupp ist zu beneiden. Eine zauberhafte Tochter und dann auch noch einen aufgeweckten Enkel, der stolz auf ihn ist. Schade, dass er arbeiten muss. Ich hätte schon eine Rolle für ihn gefunden."

Während der Begrüßung war ein weiterer Kleinbus vorgefahren und die restlichen Mitglieder der Film-Crew kamen auf sie zu.

„Das ist ja ein richtiges Freilichtmuseum", lachte einer der Männer. „Hier haben die Kulissenbauer aber ganze Arbeit geleistet."

„Hä?" Fritzmeier verstand den Scherz nicht. „Wieso Kulisse? Hier is alles echt. Wenne dat nich chlaubs, dann kannse ja mal mit deine feinen Halbschuhe durch den alten Misthaufen latschen. Wirst schon sehen, wie echt dat hier alles is."

„War doch nur ein Scherz, Mann", versuchte der Berliner abzuwiegeln. „Ich finde es ja ganz toll hier. So ländlich. Genau so habe ich mir die tiefste Provinz immer vorgestellt."

Fritzmeier wollte eben etwas Beleidigendes antworten, als Ina ihm besänftigend eine Hand auf den Arm legte. „So sind die Berliner nun mal", flüsterte sie ihm ins Ohr. „Sei froh, dass du da nicht wohnen musst."

Das leuchtete Fritzmeier ein. Er setzte eine bierernste Miene auf, als er sagte: „Ja, dat is hier der Arsch der Welt. Dat wird hart werden für so feine Jungs ausse Stadt. Passt bloß auf, hier chibt et auch noch wilde Tiere. Die Biester riechen dat, wenn einer ausse Stadt kommt. Chet bloss im Dunkeln nicht allein vore Tür.

Ihr habt keine Ahnung, wat für Chefahren da auf euch lauern. Lasst et euch chesagt sein."

Die Männer schauten ihn an, als habe er ihnen gerade gebeichtet, an einer hochansteckenden Krankheit zu leiden. Holledau bemerkte, wie sehr sich hier die Fronten verhärtet hatten und versuchte zu schlichten.

„Liebe Leute", sagte er beschwörend, „wir wollen doch ein gutes Ergebnis abliefern. Das schaffen wir aber nur, wenn alle an einem Strang ziehen. Hier ist niemand besser oder schlechter als der andere, nur weil der eine aus der Hauptstadt kommt und der andere aus Heidental. Ja? Seid lieb zueinander, Kinder! Vertragt euch!"

Dann wandte er sich ausschließlich Fritzmeier zu.

„Anton, ich werde dir jetzt meinen Plot erklären. Bin gespannt, was du dazu sagst."

Fritzmeier blickte ihn fragend an.

„Plott?"

Holledau winkte ab und sagte: „Oder willst du gleich das Treatment sehen?"

„Watt fürn Ding? Walter, wir beiden Hübschen chehen chetz in den Hofladen. Da habbich 'n paar schöne kalte Flaschen Bier für uns. Aber nur, wennse mit mir hochdeutsch sprichs und nich so'n verdammtes Kauderwelsch. Hasse das verstanden?"

Als Holledau nickte, fuhr Fritzmeier fort: „Deine jungen Schnösel können mit Ina übern Hof ziehen. Die kennt sich fast chenauso chut hier aus wie ich. Aber die sollen aufpassen, deine Jungs. Ina versteht nich so viel Spass wie ich. Die iss wie ihr Vatter. Kenns ja unsern Jupp, oder? Und der Kleine, der Linus, der wird chenauso. Chanz der Oppa. Da kommt noch wat auffe Menschheit zu, dat sach ich dir."

43

Die kleine Hotelanlage *Sóller Garden* war einfach und immerhin so sauber, dass Manfred Rosemeier beschloss, zu bleiben. Außerdem lag sie etwas von der Straße entfernt, ruhig und schattig unter großen Bäumen. Nur ein paar eingeschossige Gebäude. Viele Gäste gab es hier auch nicht. All das entsprach weitgehend Schultes Maßstäben. Er war zufrieden. Nachdem die beiden Polizisten ihre Zimmer bezogen und die Koffer verstaut hatten, machten sie sich zu einem Bummel durch den Ort auf. Rosemeier kaufte sich einen Strohhut, obwohl die Sonne bereits sehr tief stand und gleich untergehen würde.

„Hübsch hier", musste Schulte zugeben. Er hatte sich Mallorca ganz anders vorgestellt, kannte nur die üblichen Ballermann-Bilder und war nun angenehm überrascht, wie harmonisch sich hier die Bebauung in die pittoreske Landschaft einfügte und wie gesittet sich die Touristen verhielten.

„Das hier hat nichts mit dem Ballermann gemeinsam", klärte Rosemeier ihn auf. „Für mich ist das der schönste Teil dieser Insel. Ich war deshalb auch schon mehrfach hier."

Schulte hatte bereits auf dem Flughafen zu seiner

Freude feststellen dürfen, dass sein Reisebegleiter ein einigermaßen brauchbares Spanisch sprach. Nur Touristen-Spanisch, hatte Rosemeier abgewiegelt, aber immerhin. Für ihre Zwecke sollte das reichen.

Sie setzten sich in ein Straßencafé direkt am Hafen und Rosemeier bestellte souverän „dos Cervezas, por favor."

„Geht in Ordnung", antwortete der Kellner mit einem polnisch eingefärbten, aber grammatikalisch richtigen Deutsch. Rosemeier schüttelte kaum sichtbar den Kopf und tat so, als betrachte er seinen neuen Strohhut.

„Wie gehen wir vor?", fragte Schulte und ahnte bereits, dass er sich diese Frage selbst beantworten musste. Rosemeier, schon zu Hause nicht gerade ein Arbeitstier und eher gemütlich veranlagt, mutierte hier ganz schnell zum Touristen. Den eigentlichen Anlass für die Reise hatte er längst verdrängt. Er war ganz im Hier und Jetzt verankert. Schultes Frage riss ihn aus seiner Urlaubsseligkeit.

„Ich finde, wir sollten es einfach auf uns zukommen lassen", sagte er und trank einen großen Schluck Estrella-Bier. „Kommt Zeit, kommt Rat."

Mit anderen Worten, dachte Schulte, dich interessiert die Suche nach Lennart Lang eigentlich gar nicht. Du willst hier Urlaub machen, deinen Spaß haben und sonst nichts. Eine scharfe Antwort würgte er herunter, weil ihm klar wurde, dass seine eigene Motivation für diese Reise sich gar nicht so viel von Rosemeiers unterschied. Die Welt würde sich einfach weiterdrehen, wenn sie nun beide in aller Ruhe die Füße hochlegen und die Sonne genießen würden. Und schließlich konnte man ihren Aufenthalt auf Mallorca von zwei Seiten betrachten. Sie hatten zwar einen, wenn auch gefakten, offiziellen Ermittlungsauftrag, konnten aber ebenso gut den Urlaubsaspekt in den Vordergrund stellen. Warum nicht mal die Arbeit vergessen und sich so richtig fallenlassen? Das hatte er sich doch verdient, nach all den Jahren harter und häufig auch gefährlicher Arbeit. So oft hatte er den Kopf hingehalten für die Allgemeinheit, sich verprügeln lassen, und war zum Lohn dafür auch noch von Vorgesetzten und einer nur schlecht informierten Öffentlichkeit beschimpft worden. Jahrelang hatte Schulte seinen Urlaub verfallen lassen, weil gerade ein Verbrechen kurz vor der Aufklärung gestanden und unbedingt seine Mitarbeit erforderlich gemacht hatte. Zumindest war das immer seine Sichtweise gewesen. Wenn jemals einer Urlaub verdient hatte, dann doch wohl er.

„Du hast die Arbeit auch nicht erfunden, oder?", fragte Schulte und bemühte sich, jede Spur eines Vorwurfes aus seiner Stimme zu tilgen.

„Nee, habe ich wirklich nicht", lachte Rosemeier völlig unbefangen. „Und wenn ich den Typen mal treffe, der sie erfunden hat, dann trete ich ihm kräftig in den Arsch. So ein Trottel."

Schulte lachte mit und bestellte eine zweite Runde Bier. Da er nun um die Deutschkenntnisse des Kellners wusste, hatte er keinerlei Bedenken mehr, dies selbst zu tun. Dann hing er weiter seinen Gedanken nach und stellte fest, dass er Rosemeier um dessen Haltung beneidete. Während sein Kollege sich bedenkenlos und ohne die leisesten Gewissensbisse in den Wohlfühlmodus fallen ließ, quälte sich Schulte mit seinem verdammten Arbeitsethos herum. Aber hatte sein Problem überhaupt etwas mit Ethos zu tun? War es nicht vielmehr schlicht und einfach seine Unfähigkeit, loszulassen? Ja, musste er sich eingestehen. Die Antwort auf die Frage, warum er sich nicht einfach mal fallen ließ, hieß: weil er es nicht konnte. Weil er nichts hatte, als diese verfluchte Arbeit, die Struktur und Sinn in seine kleine Welt brachte. Schulte genierte sich ein wenig, als er sich eingestehen musste, dass es für ihn außerhalb dieser kleinen, abgeschlossenen Welt nichts gab. Aber der Tag, an dem er in dieses diffuse, gestaltlose Nichts hineingestoßen werden würde, war nicht mehr weit. Ob er wollte oder nicht – wenn er es nicht schaffte, dieses Nichts mit Sinn und Freude zu füllen, dann wäre dies sein Ende. Vielleicht konnte er ja von Rosemeier lernen, wie man es schaffte, sich mit sich selbst einverstanden zu erklären.

Rosemeier strahlte vor Glück, weil es ihm gut ging und die Sonne in diesem Augenblick nach einem dramatischen Abgang im Meer versank.

44

„Gut geschlafen?“, fragte Schulte seinen Reisegefährten beim gemeinsamen Frühstück im Hotel. Nun, da Schulte wieder in echten Ermittlungen steckte, ein Ziel vor Augen hatte, ging es ihm gleich deutlich besser. Er konnte fast körperlich spüren, dass sein Energietank wieder aufgefüllt worden war.

„Geht so", brummte Rosemeier und rührte Zucker in seinen Kaffee. „Das Zimmer war ganz okay. Aber seit sieben Uhr hat draußen ein Köter gebellt. So ein kleiner Kläffer. Ununterbrochen. Ich glaube, der kläfft den ganzen Tag durch. Hast du das nicht gehört?"

„Nein, mein Zimmer liegt auf der anderen Seite. Da war alles schön ruhig. Wie ist der Kaffee?"

„Ganz gut, könnte ein bisschen stärker sein."

Eine Zeit lang waren nur noch Kau- und Schlürfgeräusche zu hören. Der Frühstücksraum war rappelvoll, jeder Tisch war besetzt. Die meisten Gäste schienen Deutsche zu sein, soweit man dies aus dem Stimmengewirr heraushören konnte. Meistens waren es Paare. Aber an zwei Tischen saßen auch Männer allein. Schulte nervte es etwas, dass alle Gäste an ihrem Tisch vorbeimussten, um zum Frühstücksbüfett zu kommen. Es war dadurch sehr unruhig. Wohl auch ein Grund dafür, dass der gemütlichkeitsliebende Rosemeier derart einsilbig war.

Schulte hob den Kopf, dachte nach und fragte dann: „Was wissen wir eigentlich wirklich über Lennart Langs Aufenthalt hier in Port de Sóller?"

Rosemeier, der sich gerade ein erstaunlich großes Stück Toast mit Schinken zwischen die Zähne geschoben hatte, konnte ihm schon aus rein technischen Gründen nicht antworten. Wahrscheinlich hätte er auch nichts zu sagen gewusst und war ganz froh, durch den vollen Mund etwas Bedenkzeit zu bekommen. Während er verzweifelt kaute, wedelte er immer wieder mit dem Messer herum, als wenn dadurch der Kauprozess beschleunigt werden könnte. Als er den letzten Rest heruntergeschluckt und mit einem Schluck Kaffee nachgespült hatte, sagte er: „So gut wie nichts."

Schulte zog die Stirn kraus. Diese Antwort hätte er sich auch selbst geben können. Er fasste zusammen: „Wir haben nur diese winzigen kurzen Filmausschnitte aus der Mediathek von ARTE. Lang ist dort jeweils ungefähr eine Sekunde zu sehen. Können wir überhaupt sicher sein, dass er es ist? Nein, Rosemeier. Wir müssen das verifizieren. Bevor wir nicht absolut sicher sind, dass es sich dabei um diesen Lennart Lang handelt, hat das hier alles keinen Zweck. Wir machen uns zum Affen. Dann können wir auch gleich wieder nach Hause fahren."

„Warum das denn?", Rosemeier verschluckte sich vor Schreck. „Warum denn nach Hause fahren? Da wartet keiner auf uns. Also wenn du fährst, dann mache ich allein weiter."

„Weiter?", fragte Schulte lauernd. „Womit denn weiter? Wir haben doch noch gar nicht angefangen."

Da Rosemeier darauf offenbar keine Antwort fand, nahm er eine weitere Scheibe Toast aus dem Ständer und belegte sie mit dicken, betonharten Placken tiefgefrorener Butter.

„Aber heute ist Sonntag", verteidigte er sich. „Wen willst du denn an einem Sonntag erreichen?"

„Du hast doch selbst gesagt, dass hier die Geschäfte

auch sonntags geöffnet haben. Also, wo soll das Problem liegen?“

Als Antwort brummte Rosemeier nur unwillig. Man konnte ihm ansehen, dass er eigentlich ganz andere Pläne für den Tag gehabt hatte.

„Ich möchte heute gern kreuz und quer durch den Ort laufen“, versetzte Schulte Rosenmeiers Hoffnungen einen weiteren Dämpfer. „Vielleicht landen wir einen Zufallstreffer. Wer weiß das schon? So ein bisschen durch die Gegend streifen, kann jedenfalls nicht schaden, und wenn's nur für die Figur gut ist.“

„Was hoffst du, da zu finden?“, fragte Rosemeier ungläubig. „Orangen und Zitronenbäume wirst du finden, sonst nichts. Wo willst du anfangen zu suchen?“

„Keine Ahnung“, lachte Schulte. „Wie hast du gestern so schön gesagt? Wir sollten das alles einfach auf uns zukommen lassen. Manchmal muss man das Glück ein bisschen in den Hintern treten, damit es sich bewegt.“

Rosemeier verzog das Gesicht, als er feststellte, dass sein Kaffee kalt geworden war.

„Mach, was du willst. Brauchst du mich dabei? Ich trete nicht gern Leuten in den Hintern, auch nicht dem Glück.“

„Natürlich brauche ich dich“, antwortete Schulte bestimmt. „Ich spreche schließlich kein Wort Spanisch. Du bist unabkömmlich.“

Rosemeier schaute ihn prüfend an. Dann schüttelte er resigniert den Kopf und sagte: „Schulte, du kannst ganz schön nerven, weißt du das?“

„Ja", antwortete Schulte fröhlich. „Irgendwas muss man ja können."

45

Schulte zog seine ausgelatschten, aber bequemen Trekkingschuhe an. Dann ging er quer durch das Hotel zum Zimmer von Rosemeier und klopfte an die Tür.

„Wir sind nicht zum Spaß hier", sagte er grinsend, als Rosemeier ihn eintreten ließ. Verblüfft stellte Schulte fest, dass Rosemeiers Zimmer, obschon ähnlich ausgestattet wie Schultes, ganz anders wirkte. Er musste sich eingestehen, dass dies vor allem daran lag, dass Rosemeiers Koffer nicht einfach mit offenem Deckel vor dem Bett lag wie bei ihm. Dass hier keine Unterhosen oder Strümpfe auf dem Fußboden verstreut herumlagen. Sein Kollege hatte die Kleidung fein säuberlich in den Schrank geräumt und den Koffer in die vorgesehene Halterung geklemmt. Das Bett war sorgfältig gemacht und der Raum wirkte frisch gelüftet. Schulte seufzte. So eine Ordnung hatte schon was, musste er zugeben, machte auch Sinn, aber er selbst würde dazu wohl nie fähig sein.

Sie bummelten in aller Ruhe zum Hafen, schauten sich die kleinen und etwas größeren Boote an, versuchten herauszufinden, ob es irgendwelche Auffälligkeiten gab, die auf den Aufenthalt von Lennart Lang hätten verweisen können. Vielleicht wohnte er ja auf einem der Boote – möglich war alles, nichts konnten sie ausschließen. Da sie keinerlei Anhaltspunkte darüber hatten, ob Lang noch immer hier vor Ort war, blieb ihnen nichts anderes übrig, als Recherche durch Reduktion zu betreiben. Alle Orte, die irgendwie vorstellbar waren, mussten sie überprüfen und, wenn klar war, dass sie eine Niete gezogen hatten, von der Liste streichen. So, wie man eine Zwiebel schält, Schicht für Schicht ablösend, würden sie sich langsam und mühselig zum Inneren vorarbeiten. Aber auch das war, wie Schulte aus leidvoller Erfahrung wusste, nur die Theorie. In der Praxis war es durchaus möglich, dass sich auch das feste Innere als ungenießbar erwies.

Zu Hause mochte Schulte verkaufsoffene Sonntage nicht. Wenigstens einmal in der Woche sollte der Kommerz hintenanstehen, fand er. Einmal kein Gerenne in den Innenstädten, keine Kämpfe um Parkplätze. Wie wertvoll so ein freier Sonntag ist, wird man erst merken, wenn es ihn nicht mehr gibt, glaubte Schulte fest.

Doch hier in Port de Sóller war von Sonntag nichts zu spüren. Alle Läden waren geöffnet, die Restaurants in Ufernähe warteten auf Hungrige, aus Cafés und Kneipen dröhnte die allgegenwärtige Urlauber-Mucke. Doch diesmal war dies ganz im Sinne Schultes, hätte er doch sonst einen kompletten Tag verplempert.

Sie gingen in Läden, in die Schulte unter normalen Umständen niemals gekommen wäre. Boutiquen, in denen nur Handtaschen angeboten wurden oder in denen Damenunterwäsche verkauft wurde, sogar ein Nagelstudio sahen sie von innen. Schulte hatte sich eine Rolle für Rosemeier ausgedacht und an die hielten sie sich, wo sie auch hinkamen. Überall musste Rosemeier den stolzen Vater spielen und im möglichst munteren Plauderton erzählen, dass sein Sohn Lennart, ein unglaublich netter junger Mann, hier in Port de Sóller Dauergast sei. Vielleicht habe die Verkäuferin ihn schon einmal gesehen. Dann folgte stets eine Beschreibung, die auf Lennart Lang passte. Dies musste aber so beiläufig wie möglich geschehen, sie wollten schließlich nicht unangenehm auffallen. Eine echte Herausforderung an die schauspielerischen Fähigkeiten Rosemeiers, der dabei arg ins Schwitzen kam.

„Das ist ja purer Stress", beschwerte er sich, als sie am späten Nachmittag auf einer Terrasse sitzend ein Bier tranken. „Schlimmer als in meiner früheren Dienststelle. Mensch Schulte, meine Spanisch-Kenntnisse reichen für so was nicht, kapier das doch. Wir machen uns überall zur Lachnummer."

„Ich finde dein Spanisch großartig", versuchte Schulte ihn aufzumuntern. „Klappt doch alles prächtig. Du spielst deine Rolle als etwas schusseliger, sentimentaler älterer Herr wie ein Profi. Vielleicht, weil du das gar nicht spielen musst? Sorry, aber die Verkäuferinnen lieben dich. Hast du das nicht gemerkt? Die älteren hätten dich gern auf der Stelle geheiratet und die jüngeren würden sich liebend gern von dir adoptieren lassen."

„Schulte, deinen Spott kannst du dir schenken. Damit machst du alles nur noch schlimmer. Ich bin jedenfalls fix und fertig. Heute spiele ich keinen stolzen Vater mehr."

„Schau mal her", wechselte Schulte das Thema, um

seinen Kollegen wieder etwas aufzubauen und legte ihm sein Notizbuch vor. „Hier habe ich eine Liste mit allen Orten gemacht, an denen wir heute waren und wo wir Gespräche geführt haben. Die können wir nun bereits abhaken. Das ist doch schon mal was. Denn viel bleibt jetzt nicht mehr. Dieser Ort ist wirklich hübsch, aber auch sehr überschaubar."

Rosemeier schaute sich die Liste an. Dann brummte er: „Okay, ein bisschen muss ich dir recht geben. Auch wenn wir immer noch nichts Greifbares haben. Jetzt wissen wir immerhin, wo wir nicht mehr suchen müssen. Das stimmt schon."

Dann wechselte auch er schnell das Thema, um sich endlich angenehmeren Dingen zuwenden zu können. „Was meinst du, wo gehen wir heute Abend zum Essen hin? Ich hätte da schon eine Idee. Wie wäre es mit dem Restaurant *Son y Sombra*? Da war ich vor zwei Jahren schon mal. Da gibt es anständig was auf den Teller."

Schulte nickte zustimmend und bestellte beim polnischen Kellner eine neue Runde Bier. Eine Stunde später zahlten sie und gingen mit schweren Beinen zu ihrem Hotel. Schulte wollte sich eine Runde aufs Ohr legen und duschen, bevor sie zum Essen gehen würden. Er ließ sich den Zimmerschlüssel geben und schlurfte müde durch den langen Hotelflur. Als er sein Zimmer betrat und direkt zur Toilette gehen wollte, hätte er beinahe eine gravierende Veränderung übersehen. Dann aber blieb sein Blick an seinem Koffer hängen. Der lag zwar immer noch vor dem Bett wie am frühen Morgen, aber nun war er komplett ausgeräumt und der gesamte

Kofferinhalt lag auf dem Fußboden verstreut. Schulte starrte sekundenlang fassungslos auf das Durcheinander, dann ging er zum Kleiderschrank, dessen Tür weit offenstand. Seine Lederjacke, die er wegen der Wärme im Schrank gelassen hatte, war vom Bügel gerissen worden und lag auf dem Boden. Das Futter der Innentasche war nach außen gestülpt. Schulte musste sich der Erkenntnis stellen: Jemand hatte sein Zimmer durchsucht! Einem Reflex folgend, tastete er nach seinem Portemonnaie. Aber das hatte er ja tagsüber mit sich geführt und saß wohlbehütet in der hinteren Hosentasche. Bei einer schnellen Durchsicht des Zimmers stellte er fest, dass nichts gestohlen worden war. Sein Koffer dürfte auch eine herbe Enttäuschung für jeden Dieb gewesen sein. Aber konnte Schulte sicher sein, dass es sich hier um einen ganz normalen Hoteldiebstahl handelte? Hatte es vielleicht mit seiner Ermittlung zu tun?

Schulte verließ das Zimmer, lief durch das Hotel zu Rosemeier und stürmte, ohne anzuklopfen, hinein. Er konnte sich die Frage, die er stellen wollte, schenken. Denn der Anblick des vorher so ordentlichen Zimmers sagte mehr als tausend Worte. Rosemeier saß auf dem Bett, schüttelte immer wieder den Kopf und betrachtete sprachlos das Chaos vor seinen Füßen. Schulte setzte sich neben ihn und sagte matt: „Bei dir also auch. Dann sind wir nicht zufällig ausgewählt worden."

46

Schulte sprang, einer plötzlichen Eingebung folgend, auf und ging zur Tür. Er untersuchte das Türschloss gründlich, kam zurück ins Zimmer und sagte: „Das Schloss ist völlig unbeschädigt. Bei mir ist das auch so. Das bedeutet, dass der Dieb oder was immer er auch war, die Schlüssel verwendet haben muss. Wir sollten uns mal mit dem Portier unterhalten. Los, komm!"

Während Schulte, nun vollgepumpt mit Adrenalin, mit schnellen Schritten das Zimmer verließ, trottete Rosemeier, wie vor den Kopf geschlagen, hinterher. Beinahe hätte er vergessen, die Tür wieder zu verschließen. Er hatte große Mühe, mit Schulte Schritt zu halten, der schon fast an der Rezeption war, als Rosemeier noch durch die Flure trödelte.

Da Schulte wusste, dass der Mann an der Rezeption Deutsch sprach, wartete er nicht auf Rosemeier, sondern legte gleich los. Er schilderte dem völlig verdatterten Portier den Einbruch in die beiden Zimmer und schob ihm seinen Schlüssel auf die Theke.

„Den habe ich vor wenigen Minuten von Ihnen ausgehändigt bekommen, Sie erinnern sich?"

Als der Mann wortlos nickte, fuhr Schulte fort: „Irgendjemand hat ihn sich im Laufe des Tages während meiner Abwesenheit besorgt und hat damit meine Zimmertür geöffnet. Wie kann das sein?"

Mittlerweile war auch Rosemeier zu ihm gestoßen, mischte sich aber nicht ein. Schulte zeigte auf die große hölzerne Tafel an der Rückwand der Rezeption, an der alle Zimmerschlüssel hingen, die gerade nicht im Gebrauch waren, und fragte weiter: „Sind diese Schlüssel tagsüber unbewacht? Kann da jeder dran?“

„Nun ja“, antwortete der Portier, „es kommt schon mal vor, dass an der Rezeption niemand ist. Manchmal gibt es etwas im Büro zu erledigen, dann muss man sich um einen Gast kümmern und irgendwann muss auch jeder mal auf eine Toilette. Dafür gibt es diese kleine Glocke hier, damit macht ein Gast deutlich, dass er uns sprechen möchte. Dann kommen wir sofort.“

„Das heißt, zwischendurch gibt es immer wieder Phasen, an denen man sich problemlos einen dieser Schlüssel schnappen und ihn kurz darauf auch wieder zurückbringen kann. Stimmt das?“

„Ja“, sagte der Portier seelenruhig. „Wir sind hier doch kein Hochsicherheitsgefängnis. Das ist ein ruhiges kleines Hotel. Ist Ihnen etwas gestohlen worden? Das wäre dann das erste Mal, seitdem ich hier arbeite, und das sind immerhin schon fünf Jahre. Aber wenn Sie es wünschen, kann ich Ihren Schlüssel in Zukunft in den Tresor einschließen, während Sie unterwegs sind. Kein Problem.“

Schulte winkte ab, bedankte sich für die Auskünfte und zog Rosemeier mit sich hinaus auf den Platz vor dem Hoteleingang. Er schaute sich ausgiebig prüfend um, dann sagte er, als er keinen Lauscher erkennen konnte: „Also kann jeder x-Beliebige bei uns eingedrungen sein. An den Schlüssel heranzukommen, wäre überhaupt kein Problem gewesen. Bei mir ist nichts gestohlen worden. Das kann aber auch daran liegen, dass es bei mir nichts Interessantes zu stehlen gab. Wie sieht es bei dir aus? Hast du überprüft, ob was fehlt?"

Rosemeier nickte. „Alles da. Aber im Gegensatz zu dir gab es bei mir durchaus einiges von Wert. Meine Armbanduhr hatte ich im Zimmer gelassen. Die war recht teuer. Mein Handy und meinen Ehering hatte ich auf dem Nachtschränkchen liegen lassen. Na ja, und was man sonst noch so auf Reisen mitnimmt. Allein mein Eau de Toilette hat 90 Euro gekostet und das Fläschchen war noch versiegelt. Aber alles ist noch da. Nichts wurde gestohlen. Verstehst du das?"

Schulte blieb vorübergehend der Mund offenstehen, was nichts mit dem Einbruch zu tun hatte. Für ihn war es einfach unvorstellbar, dass jemand so viel Geld für etwas nach seiner Meinung so Überflüssiges wie einen Duft ausgeben konnte. Dann riss er sich zusammen und kam wieder zum Thema.

„Ich glaube auch nicht mehr, dass es um Diebstahl ging. Da hat jemand etwas anderes gesucht. Irgendetwas, dass mit unserer Ermittlung zu tun hat. Ein gutes und ein schlechtes Zeichen gleichzeitig."

„Hä?", Rosemeier verstand kein Wort.

„Schlecht ist es, weil wir offenbar schon jetzt durchschaut worden sind. Jemand weiß, warum wir hier sind. Gut ist, dass wir diesen Jemand anscheinend beunruhigen und wir ihn schon ganz früh aus der Reserve gelockt haben."

„Schulte, das ist doch Kriminalroman-Gequatsche", schimpfte Rosemeier. „Wir sind doch hier nicht bei Jerry Cotton. Ich jedenfalls kann nichts Positives daran finden, dass irgendein Drecksack meine Unterhosen durchsucht hat."

„Das spricht nicht für deine Unterhosen", Schulte konnte schon wieder grinsen. „Aber im Ernst: Es gibt noch andere interessante Fragen. Es war also kein Problem, an die Schlüssel heranzukommen, soweit alles klar. Aber ich wüsste doch gern, woher der Einbrecher unsere Zimmernummern kannte. Hast du eine Idee?"

Rosemeier schüttelte betrübt den Kopf. Dann schaute er Schulte an und sagte mit wenig Begeisterung in der Stimme: „Doch, habe ich. Als wir heute am Morgen beim Frühstück saßen, haben wir die Schlüssel mit den dicken Anhängern und den Zimmernummern darauf offen auf den Tisch gelegt. Sogar so offensichtlich wie möglich, damit die Kellnerin sehen konnte, dass wir Gäste dieses Hotels sind und keine Schnorrer. Wie du dich sicher erinnerst, war der Raum rappelvoll. Jeder, wirklich jeder im Raum ist irgendwann mal an unserem Tisch vorbeigegangen zum Büfett und konnte dabei in aller Seelenruhe einen Blick auf unsere Zimmernummern werfen. Ein Kinderspiel."

47

Erpentrup saß im Restaurant *Detmolder Hof.* Staatsanwalt Söder hatte um eine vertrauliche Unterredung gebeten. Aus den Jahren der Zusammenarbeit mit dem Staatsanwalt wusste Erpentrup, dass Söder zwar andere oft gerne warten ließ, aber dies selbst nur ungern tat.

Dieses Wissen hatte Erpentrup dazu veranlasst, mindestens pünktlich zu sein. Diesmal war er sogar zu früh dran, viel zu früh. Aber was sollte er machen? Auf die Bahn war kein Verlass. Darum hatte er die obligatorische Zugverspätung in seinem Zeitplan berücksichtigt und einen Zug gewählt, der früher fuhr. Seit er Staatssekretär war und zwischen Lippe und Düsseldorf pendelte, hatte er so seine Erfahrungen mit der Bundesbahn gemacht. Pünktlich waren die Züge nie. Doch ausgerechnet heute hatte die Bahn die Serie der Unpünktlichkeit beendet. Erpentrups Zug war auf die Minute genau in Düsseldorf abgefahren und genau zu der Zeit wie im Fahrplan angekündigt in Bielefeld angekommen. Unglaublich! Doch diese unverhoffte Tatsache hatte dazu geführt, dass Erpentrup nun hier im *Detmolder Hof* saß, sich langweilte und sich vor allem ärgerte. Seit er Staatssekretär im Innenministerium war, war ihm der Staatsanwalt aus Detmold nicht mehr weisungsbefugt. Doch die Verhältnisse hatten sich nicht geändert. Immer dann, wenn Söder etwas von ihm wollte, regte sich in Erpentrup, der kleine, dienstbeflissene Beamte. Wenn der Staatsanwalt pfiff, sprang er. Das musste sich ändern, beschloss er und bestellte sich ein Bier.

Was wollte Söder nur von ihm? Ging es um Schulte? Ging es um die Detmolder Polizei?

Erpentrup und Söder hatten sich nach Schultes letztem Auftritt, als dieser Erpentrup bei einer Veranstaltung des Innenministeriums bis auf die Knochen blamiert hatte, geschworen: Das war die letzte Unverschämtheit, die dieser ungehobelte Schulte sich geleistet hatte.

„Und die anderen, Köster, Meier zu Klüt, und wie die alle heißen, die werden gleich mit abserviert“, hatte Söder damals nachgelegt.

Erpentrup hatte sich anschließend gleich ans Werk gemacht. Hatte seine Kontakte bemüht und seine Strippen gezogen. Jetzt hatte er freie Bahn. Es war alles nur noch eine Frage der Zeit, dann wäre die gesamte Truppe der Abteilung Gewaltdelikte ausgetauscht. Hatte er geglaubt. Doch dann hatte er letzte Woche den Namen seines Nachfolgers in Detmold erfahren. Informell, aber der Tipp war sicher. Ein gewisser Polizeidirektor Riechmann sollte zukünftig den vakanten Posten bekleiden. Erpentrup wusste, dass der neue Mann früher einmal leitender Beamter in Herford war. Er selbst hatte nie Berührungspunkte mit diesem Riechmann gehabt. Er hatte den Namen des designierten Detmolder Chefs aber gleich zu Staatsanwalt Söder durchgesteckt. Die Antwort hatte nicht lange auf sich warten lassen. „Wir müssen reden!“, kam die kurze knappe Mail umgehend von Söder.

Nun saß Erpentrup hier im *Detmolder Hof* und wartete. Gerade wollte er sich ein weiteres Bier bestellen, da hastete Söder mit fliegenden Fahnen ins Lokal. Noch bevor er sich seines Mantels entledigte, kam er zu Erpentrup an den Tisch.

„Ich weiß, einen Staatssekretär lässt man nicht warten“, entschuldigte sich Söder. „Aber was soll ich machen, auch ich habe manchmal Zwänge, aus denen ich nicht herauskomme.“

Oh, eine Entschuldigung, dachte Erpentrup. Das hätte es früher auch nicht gegeben.

„Kein Problem, Herr Söder“, gab sich Erpentrup großzügig. „Nun ziehen sie erstmals ihren Mantel aus. Dann werden wir etwas Schönes essen und ein wenig plaudern.“

Doch der Staatsanwalt verfügte nicht über die Gelassenheit, die Erpentrup an den Tag legte. Kaum hatte er seinen Platz eingenommen, da redete er auch schon drauflos.

„Riechmann, als ich diesen Namen hörte, da läuteten bei mir alle Alarmglocken“, brachte Söder aufgeregt hervor. „Wissen Sie, was dieser Riechmann für einer ist? Das ist ein Sozi, ein Roter! Der ist mindestens genauso schlimm wie dieser Schulte. Den müssen sie verhindern, Erpentrup! Wenn wir unseren Plan durchziehen und die Truppe austauschen, dann aber der Kerl nach Detmold kommt, tauschen wir die Pest gegen die Cholera. So wären unsere schönen Pläne, uns eine willfährige Mannschaft zusammenzuschieben, dahin! Das können wir dann vergessen. Sie müssen diesen Mann verhindern!“

„Wie stellen Sie sich das vor, Herr Söder?“, entgegnete Erpentrup. „Diese Entscheidung wurde noch von meinem Vorgänger getroffen. Die kann ich nicht so einfach rückgängig machen.“

„Unangenehme Sache“, nuschelte Söder und kratzte sich verlegen hinterm Ohr. „Aber wie auch immer, wir müssen verhindern, dass Riechmann nach Detmold kommt.“

Was hat Söder nur gegen diese Neubesetzung, dachte Erpentrup. Laut sagte er: „Ich würde sagen, wir forcieren jetzt erst mal unseren ursprünglichen Plan. Ich nehme mir gleich in den nächsten Tagen die Köster und diese Meier zu Klüt vor. Die sind dann ruckzuck weg aus Detmold. Und dann kümmern wir uns um den Neuen. Ich brauche ein paar Tage Zeit, um mal unter den Teppich zu schauen."

Söder nickte aufgeregt. „Ja die Köster, diese Emanze, die muss so schnell wie möglich weg. Nicht auszudenken, wenn die mit Riechmann gemeinsame Sache macht, dann haben wir hier gar nichts mehr zu melden."

48

Am nächsten Morgen zeigten sie ihre Schlüsselanhänger nur kurz der Kellnerin vor und ließen sie dann wieder in der Hosentasche verschwinden. Außerdem achteten sie sehr genau darauf, wer an ihrem Tisch vorbeiging und sich besonders für sie zu interessieren schien. Aber so scharf sie auch Ausschau hielten, niemand war auffällig. Keiner drängte ihnen ein Gespräch auf, niemand tat so, als sei er gestolpert und müsse sich an ihrem Tisch festhalten. Nichts, gar nichts fiel aus der Norm.

„Was machen wir heute?", fragte Rosemeier im vorauseilenden Pessimismus. Er hatte alle Hoffnung fahren lassen, mit Schulte zusammen einen entspannten Urlaub genießen zu können. Auf der faulen Haut liegen – Rosemeiers Traum, Schultes Albtraum.

„Ich möchte heute gern in diese größere Stadt nebenan, nach Sóller fahren und da ein bisschen schnüffeln", antwortete Schulte. „Du kennst dich doch hier aus: Gibt es da eine Tageszeitung oder so was?"

„Glaube ich nicht", sagte Rosemeier. „Habe ich jedenfalls noch nie gesehen. Aber Jupp, jetzt mal ganz im Ernst: Du willst doch wohl nicht jeden Laden in Sóller abklappern, oder? Dann musst du dir einen Dolmetscher suchen, dann streike ich nämlich. Dafür bin ich nicht ausgebildet, dass kann keiner von mir verlangen."

Schulte schenkte sich einen weiteren Kaffee ein und versuchte, abzuwiegeln.

„Jetzt mach dir nicht gleich ins Hemd. Lass uns einfach mal ein bisschen herumschlendern. Einfach ein wenig umschauen. Du weißt, auch blinde Hühner finden mal ein Korn."

„Oder kommen in die Suppe", ergänzte Rosemeier brummig.

Zwei Stunden später bummelten die beiden Polizisten durch die malerische Altstadt von Sóller. Die Stadt mit ihren rund 9 000 Einwohnern, inklusive aller Vororte, war nicht groß, aber durch ihre Lage war sie die Metropole der wahrscheinlich schönsten Region Mallorcas. Sóller war schon im Mittelalter wohlhabend geworden durch den Anbau von Orangen und Zitronen, die auf den fruchtbaren Böden beste Bedingungen vorfanden. Dieser alte Reichtum war immer noch in der Altstadt sichtbar, auch wenn nun eine gewisse Patina auf allem lag. Das direkt hinter der Stadt steil aufragende Tramuntana-Gebirge machte aus einer Stadtlandschaft ganz großes, spektakuläres Theater.

Eine Tageszeitung schien es wirklich nicht zu geben.

Rosemeier fragte im Auftrag Schultes den Inhaber eines Tabacco-Ladens, der auch Zeitungen verkaufte, danach. Auch der schüttelte bedauernd den Kopf und verwies auf einige deutschsprachige Tageszeitungen, die in einer Auslage auf Käufer warteten. Sie lehnten dankend ab und gingen weiter. Vom großen zentralen Platz aus in die *Casa Luna*, der einzigen nennenswerten Einkaufsstraße der Altstadt.

„Hier waren wir vor einer halben Stunde schon mal“, maulte Rosemeier. „Meinst du, hier hat in der Zwischenzeit ein neuer Laden aufgemacht?“

Schulte ließ ihn mit dieser Frage einfach stehen und streunte weiter. Er war wie ein Spürhund, der plötzlich die Ahnung einer Spur witterte, ohne zu wissen, was es war, woher es kam und wo es ihn hinführen würde. Irgendetwas hier in der Nähe war ein Wendepunkt in seinen Ermittlungen, das spürte er. Es konnte alles sein, ein Ladenlokal, eine zufällig vorbeilaufende Person, ein Mülleimer, eine streunende Katze, einfach alles.

„Mach, was du willst“, rief Rosemeier ihm hinterher. „Ich setze mich jetzt in ein Café. Denk dran: Ich habe die Autoschlüssel. Du musst mich finden, wenn du wieder zurückwillst, nicht umgekehrt.“

Schulte murmelte etwas Unanständiges und ging allein weiter. Die eigentliche Einkaufszone war nicht lang, die *Casa Luna* führte zwar weiter, aber es gab nun kaum noch Geschäfte. Und deshalb fiel ihm ein kleines Werbeschild ins Auge, das ihm sonst vermutlich nicht aufgefallen wäre. Das bekannte Markenlogo von Fuji, darunter stand *Fotos 1 hora, Estudi de Fotografia i Video.*

Schultes Puls erhöhte sich merklich, ohne dass er eine Ahnung hatte, warum. Er stellte sich vor das schmale Schaufenster des Fotoladens und sah, dass darin auf einer großen weißen Tafel an die 100 Fotos ausgestellt waren, die zum Verkauf angeboten wurden. Über diesen Fotos prangte ein Schild, auf dem *Firó 13.5.2019* stand. Sofort war Schulte wie elektrisiert. Das war doch das Volksfest, von dem der ARTE-Film gehandelt hatte. Der, auf dem Lennart Lang zu sehen gewesen war. Fotos von diesem Fest – sollte es tatsächlich möglich sein, dass … Schulte Erregung stieg noch weiter an. Er trat näher an das Schaufenster, um die Fotos zu betrachten. Dummerweise fiel ein Sonnenstrahl genau auf dieses Fenster und machte es Schulte fast unmöglich, die Fotos zu erkennen. Er musste in den Laden gehen und sich dort die Bilder anschauen. Aber wie das dem Ladenbesitzer, dem Fotografen, erklären. Er brauchte einen Dolmetscher, er brauchte Rosemeier. Ohne ihn machte es keinen Sinn, den Laden zu betreten. Schnell lief er, mehr rennend als gehend, zurück zum zentralen Platz, blickte hektisch hin und her, um Rosemeier zu finden. Es gab eine ganze Reihe von Cafés rund um diesen Platz. Rosemeier konnte in jedem davon sitzen. Zum Glück war es warm genug, dass alle Gäste draußen vor den Cafés Platz gefunden hatten. Auch Rosemeier saß gemütlich draußen, vor sich eine Karaffe Wein und ein paar Tapas. Fast tat es Schulte leid, den netten Kerl aus seiner Behaglichkeit reißen zu müssen. Er konnte ihn ja gut verstehen. Aber er hatte keine Wahl – es galt, ein Verbrechen zu verhindern oder wenigstens aufzuklären. Er machte die letzten Schritte auf Rosemeier zu und ließ sich auf den Stuhl ihm gegenüber fallen.

„Sorry, Manfred, aber du musst sofort mitkommen. Du wirst es nicht glauben, aber es könnte sein, dass ich eine Spur gefunden habe. Los, komm!"

Rosemeier starrte ihn an, als habe Schulte von ihm verlangt, sich vor einen fahrenden Zug zu werfen. „Bist du verrückt?", rief er. „Siehst du nicht, dass ich gerade mein Essen und meinen Wein bekommen habe? Das lasse ich doch jetzt nicht einfach liegen."

„Hast du den Kram schon bezahlt?", fragte Schulte und stibitzte ihm zwei frittierte Sardellen, Boquerónes genannt, vom Teller.

„Natürlich nicht. Das ist hier nicht üblich."

„Dann bestell mal schnell die Rechnung. Wir müssen los, bevor dieser Fotograf weg ist. Scheiß was aufs Geld, ich bezahle dir heute Abend das Essen. Ist das ein Angebot?"

Rosemeier stöhnte, ergab sich in sein Schicksal und bat die Kellnerin um die Rechnung.

Minuten später betraten beide den Fotoladen. Eine Glocke ertönte, als sie durch die Tür gingen. Der Ladeninhaber, ein kleiner, dicker Mann in Schultes Alter mit einem walrossähnlichen rabenschwarzen Schnurrbart, kam ihnen in freudiger Erwartung eines Auftrags entgegen.

„Mein Name ist Miquel Pellisa", stellte er sich vor. „Was kann ich für Sie tun?"

Rosemeier räusperte sich kurz, dann versuchte er, in seinem holprigen Spanisch zu erklären, dass sie sich gern einmal die Fotos vom Volksfest aus der Nähe anschauen möchten.

„Waren Sie dabei?“, fragte der Fotograf, um ein Gespräch in Gang zu bringen. „Nein“, gab Rosemeier zurück, „aber ein Verwandter von mir war dabei und der hat uns gebeten, ein Foto zu besorgen, wenn es eines von ihm gibt.“

Die Erklärung schien dem Fotografen einzuleuchten, denn er holte die Bildertafel aus dem Schaufenster und stellte sie so, dass Schulte und Rosemeier sie in aller Ruhe und ohne blendende Sonnenstrahlen anschauen konnten. Offenbar war nun auch Rosemeier von Schultes Fieber angesteckt worden, denn er ließ nun keine Sekunde mehr ungenutzt und schaute intensiv auf die Fotos. Die waren teilweise großartig, wunderbare Farben, pralles Leben und fantasievoll verkleidete, gut gelaunte Menschen. Nur Lennart Lang schien nicht dabei zu sein. Schultes Enttäuschung wuchs, je mehr die Anzahl der noch nicht betrachteten Bilder schrumpfte. Offenbar war Rosemeier etwas schneller als er, denn als Schulte gerade die drittunterste Reihe durchsuchte, schrie Rosemeier so plötzlich, dass Miquel Pellisa erschrocken einen Satz zur Seite machte.

„Da!“, rief Rosemeier. „Da ist er!“

Dabei zeigte er auf ein Foto in der untersten Reihe. Schulte bekam vor Aufregung einen trockenen Mund. Er schaute hin und tatsächlich, da war der Mann zu sehen, den sie suchten. Im Gespräch mit einer Frau. Schulte schaute noch mal hin, und noch mal. Aber es gab keinen Zweifel. Es war der Mann, der auch in dem

ARTE-Beitrag zu sehen gewesen war. Die Frau kannte er nicht. Auf den restlichen Fotos war allerdings nichts mehr von Bedeutung.

„Dieses Foto möchten wir gern kaufen“, rief Rosemeier dem Fotografen zu. „Wenn es geht, hätten wir gern auch eine Vergrößerung. Können wir darauf warten?“

„No problema“, sagte Pellisa mit wenig Begeisterung. Offenbar hatte er sich vom Besuch dieser beiden Touristen mehr versprochen. Während er sich in einen der hinteren Räume des Ladens zurückzog, klatschten sich die beiden Polizisten ab.

„Der erste Schritt“, freute sich Schulte. „Nun wissen wir, dass Lang tatsächlich am 13. Mai hier war. Wir sind noch lange nicht am Ziel, aber immerhin einen Schritt weiter.“

„Nicht zu fassen, dass du für deine Dreistigkeit auch noch belohnt wirst“, sagte Rosemeier, lachte aber dabei. „Dem Glück in den Hintern treten, ich glaube es einfach nicht. Auf so einen Schwachsinn muss man erst mal kommen. Aber auf eines kannst du dich verlassen, mein Lieber: Heute Abend bezahlst du das Abendessen und ich suche das Restaurant aus. Ich habe da schon eine Idee.“

49

Klaus Erpentrup, Staatssekretär und ehemaliger Leiter der Kreispolizeibehörde in Detmold, rekelte sich voller Vorfreude auf dem Bürostuhl von Pauline Meier zu

Klüt. Wie würde die junge Polizistin wohl reagieren? Er malte sich die Verblüffung, wenn nicht sogar den Schock auf ihrem Gesicht aus, wenn sie gleich, aus der Mittagspause zurückkommend, ihr Büro betreten würde. Mit allem würde sie rechnen, aber nicht mit ihm. Er fühlte sich prächtig bei diesem Gedanken. Als er klackernde Schritte auf dem Flur hörte, schnappte er sich sein Handy und tat so, als sei er beschäftigt. Schon sprang die Tür auf, die junge Frau trat ein … und erstarrte. Erpentrup spürte eine wohlige Portion Selbstbestätigung aufsteigen und wollte eben zu einer Begrüßung ansetzen, als die Kommissarin zu seiner großen Verblüffung auf dem Absatz kehrtmachte und wortlos das Büro verließ. Wieder hörte Erpentrup das Klackern ihrer Absätze. Schneller als eben und zornig. Dann war es wieder ruhig auf dem Flur.

Erpentrups Fantasien brachen in sich zusammen. Mit einer solchen Reaktion hatte er nicht gerechnet. Schnell erhob er sich, verließ ebenfalls das Büro und wollte ihr folgen. Aber auf dem Flur war sie schon nicht mehr zu sehen. Der sonst so selbstsichere Staatssekretär war irritiert. Er war davon ausgegangen, dass alles zuverlässig nach Plan laufen würde. Und dann so was. Jetzt musste er sie suchen. Ihr hinterherlaufen wie ein Dackel, der sein Frauchen sucht. Anrufen? Nein, das konnte er wohl knicken, sie würde nicht drangehen.

In einer Mischung aus völliger Ratlosigkeit und ansteigender Wut klopfte er an die Bürotür von Maren Köster. Ohne auf eine Antwort zu warten, stürzte er hinein und, als wäre er nie weggewesen und immer noch der Leiter dieser Behörde, rief er in dem für ihn typischen schnarrenden Befehlston: „Frau Köster, sagen Sie Frau Meier zu Klüt, dass ich sie sprechen will. Sofort! Ich warte in ihrem Büro." Sollte die Köster doch sehen, wie sie diese zickige Meier zu Klüt unter Kontrolle bekam. Beim Rausgehen sah er noch den irritierten Gesichtsausdruck der Frau.

Okay, auf ein Neues, dachte Erpentrup, als er wieder auf Frau Meier zu Klüts Schreibtischstuhl saß. Da hörte er, dass jemand die Klinke der Bürotür herunterdrückte. Geht doch, freute er sich. Man muss nur richtig Druck machen. Aber nicht die junge Polizistin trat ein, sondern ein langer, dürrer Schlacks, der kaum durch die Tür passte. Manuel Lindemann gab Erpentrup höflich, aber wortlos die Hand und setzte sich an den Schreibtisch gegenüber. Dabei schaute er Erpentrup so übertrieben fröhlich an, dass dieser schon Unheil wittere. Wenigstens hat der Bengel Manieren, dachte Erpentrup, aber gebrauchen konnte er dessen Anwesenheit gerade nicht.

„Herr Lindemann, ich müsste mal vertraulich mit Ihrer Kollegin sprechen. Sind Sie so nett und lassen uns allein?"

Während er sprach, hörte er an der Tür ein Räuspern. Pauline Meier zu Klüt stand im Rahmen und fragte ganz unschuldig: „Sie wollen ein Gespräch mit mir führen?"

Erpentrup verlor zunehmend den Faden.

„Jaja, Frau Meier zu Klüt", stammelte er. „Ein Gespräch. Vertraulich. Ja, das will ich tatsächlich."

„Das möchte ich aber nicht", entgegnete die Kommissarin. „Entweder wir warten jetzt auf eine Kollegin oder einen Kollegen des Personalrats, oder mein Kollege Lindemann bleibt hier im Raum. Unter vier Augen werde ich nicht mit Ihnen reden."

Erpentrup verdrehte die Augen. „Mein Gott, ja also dann, in Gottes Namen. So setzen Sie sich doch, Frau Meier zu Klüt." Der Staatssekretär rang um Fassung. „Meinetwegen kann Ihr Kollege Lindemann das Gespräch mit anhören."

Nach diesem Zugeständnis trat die Polizistin neben den Staatssekretär und sagte: „Sie sitzen auf meinem Stuhl."

Das hatte er nicht erwartet. Erpentrup erhob sich genervt und machte seiner Untergebenen zähneknirschend Platz. Er sah sich um. Hier stand kein weiterer Stuhl und Lindemann machte keine Anstalten ihm seinen Sitzplatz anzubieten. Also musste der Staatssekretär stehen bleiben. Die Verhörtechnik, „wie ein Gesprächsteilnehmer zu verunsichern ist", hatten die beiden Polizisten offenbar drauf. Das musste Erpentrup neidlos anerkennen.

„Na ja, ich will nicht lange um den heißen Brei herumreden. Ich habe eine gute Nachricht für Sie. Sie werden mit Ihrer Kompetenz beim LKA gebraucht. Sie sind für diese Behörde einfach zu schade. Der Staat hat nicht so viel Geld in Ihre Ausbildung als Fallanalytikerin gesteckt und sie noch dazu in die USA geschickt, um sie anschließend in Detmold quasi Parksünder verfolgen zu lassen. Ab den 1. Juni gehen Sie zurück zum LKA! Wie finden Sie das?"

Lindemann starrte Erpentrup konsterniert an. Doch Pauline Meier zu Klüt schien gewappnet, denn sie ließ sich durch diese Botschaft nicht aus der Ruhe bringen. Sie schwieg eine Sekunde. Dann kam von ihr ein ebenso kurzes wie klares: „Nein!"

Erpentrup starrte die Polizistin an. Was hatte die Frau da gerade gesagt? Nein? Die ist ja noch aufsässiger, noch renitenter als dieser Schulte.

„Also hören Sie mal, Frau Meier zu Klüt, was bilden Sie sich ein? Was glauben Sie, wen Sie hier vor sich haben? Sie können sich doch nicht einfach so meinen Anweisungen widersetzen. Das ..."

„Doch!", ging Pauline ihm in den Redeschwall.

„Doch?", Erpentrup starrte die Polizistin fassungslos an.

„Genau, Herr Erpentrup ich kann mich Ihren Anweisungen widersetzen, weil Sie keine rechtliche Handhabe dazu haben, mich einfach so wie eine Holzfigur auf einem Brett zu verschieben. Sollte ich mich da irren, höre ich von irgendeinem Justiziar Ihres Ministeriums."

50

„Hier willst du rein?", fragte Schulte besorgt, als Manfred Rosemeier fröhlich pfeifend durch das Eingangstor zum Restaurant *Sa Barca* schritt.

„Das sieht aber teuer aus", rief Schulte ihm hinterher. Wohl wissend, dass seinen Kollegen nun nichts mehr stoppen konnte. Schulte schüttelte resigniert den Kopf und trottete lustlos hinterher. Wieso hatte er sich nur zu diesem dämlichen Versprechen, das heutige Abendessen, wo auch immer, zu bezahlen, verleiten lassen. Er hätte wissen müssen, dass Rosemeier so etwas schamlos ausnutzen würde.

Das Innere des Restaurants entsprach dem Äußeren und Schulte fragte sich, ob sein Girokonto diesem Angriff gewachsen war. Ein Kellner wies ihnen einen Tisch zu und reichte ihnen die Speisekarten. Schulte warf einen scheuen Blick darauf und schnappte nach Luft.

„Bist du wahnsinnig?“, fuhr er seinen Kollegen an. Sein Versuch, dies mit gedämpfter Stimme zu tun, misslang vollkommen. Einige andere Gäste schauten bereits neugierig herüber.

Rosemeier schmunzelte und sagte: „Was willst du? Du hast mir freie Wahl des Restaurants zugesagt. Vergiss das nicht. Ist nicht ganz billig hier, zugegeben. Soll aber sehr gut sein, habe ich mir sagen lassen.“

„Aha“, zischte Schulte leise, um nicht noch mehr Aufmerksamkeit hervorzurufen. „Und was ist, wenn ich jetzt einfach aufstehe und gehe? Hast du einen Zeugen für mein Versprechen?“

„Das meinst du doch wohl nicht im Ernst, oder?“ Rosemeier wirkte nun ernstlich enttäuscht. „So schätze ich dich eigentlich nicht ein.“

„Schon gut“, brummte Schulte und zuckte resigniert mit den Schultern. „Ich stehe zu meinem Wort, versteht sich. Aber das zahle ich dir heim, mein Lieber. Darauf kannst du dich verlassen. Irgendwann, wenn du nicht mehr damit rechnest, dann luchse ich dir ein Versprechen ab. Und dann … ja darauf kannst du schon mal sparen."

Bei den letzten Worten gelang ihm aber schon wieder ein diabolisches Grinsen. Er fügte sich in sein Schicksal und studierte nun die Speisekarte mit dem Vorsatz, das Beste aus dieser verfahrenen Situation zu machen. Jetzt sollte es auf ein paar Euro auch nicht mehr ankommen.

Als Schulte fast drei Stunden später dem Kellner seine Kreditkarte überreichte, war sein Vermögen um 220 Euro gesunken, dafür war sein Alkoholspiegel um einige Grade angestiegen. Sie hatten sich richtig was gegönnt, die beiden älteren Herren und es war ein schöner Abend geworden. Bevor der Kellner sie verließ, fiel Schulte noch etwas ein. Er kramte in der Innentasche seiner Lederjacke und zog eine Kopie des Fotos hervor, auf dem Lennart Lang und auch eine Frau zu sehen war, über die sie gerne mehr in Erfahrung bringen wollten.

„Frag ihn mal, ob er diese Frau zufällig kennt", bat Schulte seinen Kollegen. Rosemeier übersetzte. Der Kellner schaute sich das Foto aufmerksam an. Dann schüttelte er den Kopf und sagte bedauernd: „No. Lo siento."

Das verstand Schulte zumindest inhaltlich auch ohne Übersetzung und er steckte das Foto wieder ein.

„Einen Versuch war es immerhin wert", murmelte er und stand auf.

Dann betraten sie mit leicht unsicheren Schritten das Pflaster der breiten Promenade. Es war ein milder

Frühsommerabend, das Mittelmeer plätscherte leise, die Welt war ein herrlicher Ort.

„Viel zu schön, um mich schon ins Bett zu legen“, fasste Schulte diesen Eindruck mit wenigen, aber treffenden Worten zusammen. Als Rosemeier nicht widersprach, fuhr er fort: „Du kannst ja machen, was du willst, aber ich brauche noch einen Absacker. Wo kann man denn hier noch hingehen?“

Voller Tatendrang stieß Jupp Schulte die Glastür der *Bar Roma* an der belebten Promenade auf. Zusammen mit dem nur zögernd folgenden Manfred Rosemeier betrat er einen großen, stylish eingerichteten Raum, in dem nahezu jeder Stuhl besetzt war. Die beiden deutschen Polizisten trieben den Altersschnitt signifikant nach oben, wie Schulte gleich auf den ersten Blick feststellte.

„Das ist nichts für uns“, sagte er bestimmt zu Rosemeier. „Da kann ich ja gleich in einen Kindergarten gehen. Und dann diese alberne Pop-Sülze. Ist ja nicht zum Aushalten.“

Ohne auf Rosemeiers Einverständnis zu warten, drehte er sich auf dem Absatz wieder um und verließ das Restaurant. Draußen wartete er auf seinen Kollegen, der schlecht gelaunt dreinschaute und sagte: „Du kannst doch nicht einfach machen, was du willst. Was wäre gewesen, wenn ich hätte bleiben wollen? Vielleicht hat es mir da drin gefallen.“

„Hat es dir gefallen? Ja oder nein?“

Rosemeier brummte und winkte resigniert ab. Statt einer Antwort fragte er: „Was ist mit dem Foto? Wolltest du das nicht überall vorzeigen? Du musst dich beeilen. Gleich machen alle Bars und Restaurants zu."

Schulte ärgerte sich ein bisschen über sich selbst. An das Foto hatte er nicht gedacht, als er das *Roma* verließ.

„Egal", gab er sich selbst eine Vorlage. „In diesem Laden sind doch nur jugendliche deutsche Touristen. Das ist nicht unsere Zielgruppe."

„Aha", brummte Rosemeier. „Was ist denn unsere Zielgruppe? Vielleicht weißt du ja was, was ich nicht weiß."

Statt einer Antwort ging Schulte einfach weiter die Promenade entlang. Rosemeier folgte ihm wie ein treuer Dackel. An der nächsten Straßenecke ließ Schulte den Nachtclub *Altamar* einfach links liegen. Der würde noch eine ganze Weile geöffnet sein, da konnte er auch nach Mitternacht noch hin. Er bog nach rechts ab in eine breite, platzähnliche Straße, ging achtlos an einem China-Basar, einer Snackbar und einer Eisdiele entlang und nahm die nächstbeste Möglichkeit wahr, wiederum nach rechts abzubiegen.

„Wo willst du eigentlich hin, verdammt noch mal", schimpfte Rosemeier, dem Essen und Trinken für diesen Abend ausgereicht hätten. Auf Fußmärsche, vor allem auf unnötige, konnte er gut verzichten.

„Keine Ahnung", gab Schulte zur Antwort. „Ich lasse mich einfach so treiben. Intuition, verstehst du?"

„Deine Intuition kannst du dir sonst wohin schieben", knurrte Rosemeier, folgte seinem Kollegen aber, als habe er keinen eigenen Willen.

Vor dem kleinen, schlichten, fast unscheinbaren Restaurant *Bon Vi* in der Carrer Santa Maria el Cami, blieb Schulte stehen. Er sog, wie ein witternder Spürhund prüfend, die immer noch milde Abendluft durch die Nase, ließ den sinnlichen Eindruck kurz auf sich wirken und beschloss dann: „Hier gehen wir rein! Meine Nase sagt mir, dass wir hier richtig sind."

„Soso", sagte Rosemeier und schüttelte den Kopf. „Meine Nase sagt mir nur, dass hier viel Knoblauch verwendet wird."

„Und wenn schon", lachte Schulte. „Immerhin etwas."

Dann standen die beiden Polizisten vor einer Theke. Links von ihnen öffnete sich eine kleine Gaststube, in der nur noch ein Tisch frei war. Sie setzten sich und schauten sich um. Es war laut im Raum, die Luft war eine schwere Mischung aus Essengerüchen und menschlichen Ausdünstungen. Rosemeier öffnete einen weiteren Hemdknopf und beobachtete Schulte, der mit neugierig aufgerissenen Augen dieses lebhafte Gewusel betrachtete. Schulte versuchte, aus dem Stimmengewirr eine ihm bekannte Sprache herauszufiltern. Aber da hatte er keine Chance, alles vermischte sich zu einem einzigen dröhnenden Brei. Als der freundliche Wirt zu ihnen kam, machte Rosemeier ihm klar, dass sie nichts essen, sondern nur etwas trinken möchten. Schulte ließ sich von ihm ein Bier und eine Runde Soberano-Brandy bestellen. Die Getränke kamen in kürzester Zeit und machten selbst den kritischen Rosemeier glücklich, denn die Brandygläser waren angewärmt, was ein eher seltener Service ist.

„Mit deiner Nase könntest du zwar kein Fotomodell werden, aber sie scheint gut zu funktionieren", lachte Rosemeier, endlich wieder in seiner ihm eigenen guten Laune. Langsam gewöhnten sich Schultes Ohren an den Lärm. Nun konnte er an einem der Tische in der Nähe ganz deutlich englische Wörter heraushören. Drei Männer saßen an diesem Tisch und zechten. Während zwei der Männer etwa in Schultes Alter waren und wenig sprachen, redete der deutlich ältere dritte Mann umso mehr. Es ging, wie konnte es anders sein, um den Brexit und dessen Auswirkungen. Offenbar blickte der alte Mann, im Gegensatz zu seinen Zechkumpanen, optimistisch in die britische Zukunft, soweit das Schulte aus seinen Wortfetzen entnehmen konnte.

„Kannst du jetzt mal das Foto herumzeigen?", bat Schulte seinen Kollegen. „Du weißt doch, mein Spanisch …"

Mit wenig Begeisterung nahm Rosemeier das Foto an sich, stand auf und ging zum Nachbartisch. Er entschuldigte sein Eindringen in die Tischgemeinschaft und stellte seine Frage. Doch die Leute schüttelten, nachdem sie das Foto ausgiebig betrachtet hatten, den Kopf. Auch am nächsten Tisch bekam Rosemeier die gleiche Antwort. Schulte sah ihm an, dass er bereits jetzt die Lust verloren hatte. Da der Wirt viel zu beschäftigt schien, wagte Rosemeier es offenbar nicht, ihn anzusprechen, ging noch zu einem dritten Tisch, fing sich auch hier eine Absage ein und kam zurück zu Schulte.

„Das ist doch 'ne Schnapsidee", wetterte er. „Sind ja

alles Touristen hier. Warum sollten die denn Lennart und diese Frau kennen?"

Schulte nahm den letzten Schluck Brandy und antwortete: „Wir dürfen nicht aufgeben. Außer diesem Foto haben wir keinen Anhaltspunkt. Los, frag diese Engländer noch und dann machen wir für heute Feierabend."

„Nichts da", rief Rosemeier. „Bei den Spaniern sehe ich das ja ein. Aber Engländer kannst du auch selbst befragen. So viel Sprachkenntnisse wirst du ja wohl haben."

Schulte war sich da nicht so sicher. Aber er stand auf, nahm das Foto vom Tisch und ging zu dem Tisch, an dem der alte Brexit-Fan noch immer laut lamentierte. Schulte versuchte sich zu konzentrieren, kramte seine spärlichen Englischkenntnisse zusammen und sagte: „Sorry. I have a question."

Zu seinem Erstaunen antwortete einer der beiden jüngeren Männer auf Deutsch: „Kein Problem! Du kannst auch ruhig Deutsch reden. Hier sitzt nur ein Engländer am Tisch und das ist mein alter Kumpel Jonathan. Wir beiden", dabei zeigte er auf seinen Tischnachbarn und sich, „sprechen nur Englisch mit ihm, weil er kein Wort Deutsch versteht."

Schulte, für den eine Kneipe stets eine artgerechte Umgebung darstellte, zog nun routiniert die Karte Vertrauensbildung, indem er eine Runde Bier für diesen Tisch bestellte. Während die Männer auf die Getränke warteten, stellte Schulte sich und seinen Kollegen Rosemeier als ganz normale Touristen vor. Kein Wort von Polizei. Der Deutsche, der sich selbst Berni nannte, übersetzte alles dem alten Engländer, der sich als offenherzig und freundlich, aber auch als leicht angeschickert erwies. Den Vornamen Jupp lernte er schnell und als dann die Lage Bier auf den Tisch kam, war Schulte mit ihm bereits bestens befreundet.

Rosemeier, auch ein durchaus geselliger Typ, setzte sich nun dazu und es wurde eine muntere Runde. Es stellte sich heraus, dass Jonathan kein normaler Tourist war, sondern bereits seit vielen Jahren in Port de Sóller wohnte und hier Hinz und Kunz kannte. Schulte nahm dies zufrieden zur Kenntnis. Als Jonathan wieder mal das Thema auf den Brexit brachte und gerade erklären wollte, dass England die stärkste Militärmacht in Europa sei, legte Schulte einfach das Foto auf den Tisch. Sofort unterbrach Jonathan seine Ausführungen und schaute neugierig auf das Bild.

„Kennt einer von euch diese Frau?", fragte Schulte. Zu seinem Erstaunen fragte niemand, warum er das wissen wolle. Dazu hatten wahrscheinlich alle schon zu viel getrunken. Keiner von ihnen schien etwas über die Frau zu wissen. Auch Jonathan schob das Foto nach einer Weile von sich und schüttelte den Kopf mit den spärlichen weißen Haaren. Schulte versuchte, sich seine Enttäuschung nicht anmerken zu lassen und trank sein Bier aus. Dann würde er eben morgen weiter Klinkenputzen und Herumfragen. Polizeialltag eben, wie zu Hause. Er gab Rosemeier ein Zeichen, stand auf und wollte eben das Foto einstecken, als Jonathan es wieder zu sich heranzog.

„Oh“, rief er und lachte selbstzufrieden. „Oh, of course. I know this Woman.“

Schulte war unsicher, ob er dieser Behauptung des doch erkennbar angetrunkenen alten Mannes Glauben schenken durfte. Aber der Exil-Brite ließ ihm keine Zeit zum Grübeln. Er stand ächzend auf und zog ohne weitere Erklärungen Schulte am Ärmel mit sich. Der stolperte überrascht hinterher. Seine Überraschung nahm noch zu, als Jonathan ihn in den schmalen Flur zog, der zu den Toiletten führte. Was wollte der Alte dort von ihm? Schultes Fantasie überschlug sich gerade, als Jonathan vor einem kleineren Gemälde an der Wand des Flures stehen blieb.

„Look!“, befahl Jonathan.

Schulte schaute hin und erkannte die Bucht von Port de Sóller, von einem Berg aus gemalt. Das Bild gefiel ihm. Aber offenbar war es nicht das Gemälde, das Jonathan ihm zeigen wollte. Sein unruhig hin und her zuckender Zeigefinger deutete auf ein kleines Werbeschild neben dem Gemälde. Im Halbdunkel des Flures konnte Schulte kaum sehen, was da stand.

„Juliane Kramer“, las Schulte halblaut vor. Dann drehte er sich zu Rosemeier um, der ihm wie selbstverständlich gefolgt war und fragte: „Hier steht noch Pintora. Was heißt das?“

Rosemeier schaute sich das Schild genauer an.

„Das Schild will sagen, dass eine Juliane Kramer dieses Bild gemalt hat. Und dass man dieses und andere Bilder bei ihr kaufen kann. Hier steht zwar keine Adresse, aber immerhin eine Telefonnummer. Wenn dies wirklich die Frau ist, die wir suchen, dann hast du mehr Glück als Verstand gehabt, Schulte. Mann oh Mann, du und deine Nase. Ich glaub's nicht."

51

„Linus", rief Anton Fritzmeier dem Jungen zu. „Kannse mal kucken, ob die Filmfritzen schon da sind?"

Schultes Enkel stand in der großen alten Bauernküche Fritzmeiers und trank ein Glas Apfelsaft. Fritzmeier selbst war in seinem Wohnzimmer, der „chuten Stube" mit irgendwelchem Papierkram beschäftigt. Linus ging zur Haustür hinaus auf den Hof und schaute nach. Er musste eine Weile dort stehen, bis der Transporter endlich um die Ecke der Hofeinfahrt brauste. Wie immer eine Staubwolke hinter sich herziehend. Direkt vor Linus hielt das Auto an und aus der Beifahrertür und der Schiebetür hinten kletterten Leute heraus. Drei Männer und eine Frau. Eine Frau? War das wirklich eine Frau? Linus staunte. Groß, grobknochig und aufgebrezelt, als gehöre sie zum Hofstaat des Heidentaler Schützenfestes. Ja, als sei sie sogar die Schützenkönigin, fand Linus. Als diese Erscheinung näherkam, erkannte Linus, wer hinter der schillernden Fassade steckte und lief sofort zurück in die Fritzmeiersche Küche.

„Anton", rief er und seine Stimme überschlug sich dabei. „Er kommt und jetzt sieht er genauso aus, wie ich ihn mir vorgestellt habe."

„Wer?“, rief Fritzmeier fragend aus dem Wohnzimmer zurück. „Von wem redest du denn?“

„Na, von diesem Walter, deinem Kumpel. Er sieht aus wie ...“

Weiter kam Linus nicht, denn in diesem Augenblick erschien Walter Holledau auf der Türschwelle. Linus erstarrte vor Schreck und bekam kein Wort mehr heraus.

„Gefalle ich dir nicht?“, fragte Holledau lachend mit seiner normalen tiefen Männerstimme, die so überhaupt nicht zu seiner Aufmachung passte.

„Doch“, stammelte Linus, völlig überfordert mit der Situation. Zum Glück kam Anton Fritzmeier in diesem Moment ins Zimmer, sah Holledau und lachte.

„Heute bisse wieder ’ne Waltraut? Chestern Walter, heute Waltraut. Du machs mich noch chanz wuschig. Willse ’nen Kaffee?“

„Nee, lass mal“, antwortete Holledau. „Wir haben ja eben erst gefrühstückt. Außerdem gibt es heute viel zu tun. Wir müssen Beleuchtungsproben machen, vieles ein bisschen umdekorieren und ich muss dir und Linus natürlich die Rollen erklären. Fühlt ihr euch fit genug dazu?“

Während Fritzmeier dies mit einem lauten, selbstbewussten ‚Jau‘ beantwortete, druckte Linus herum. Ihm schwirrte der Kopf. In was war er da reingeraten? Was würden seine Freunde sagen, wenn sie ihn hier mit dieser schrägen Schützenköniginnen-Darstellerin sehen könnten? Würden sie vielleicht sogar denken, er sei auch so einer? Aber er hatte nun mal zugesagt, hier mitzuspielen, also hieß es jetzt die Zähne zusammenzubeißen. Er konnte Anton Fritzmeier nicht hängenlassen.

Holledau wandte sich nun an seine Leute und gab ihnen Aufgaben. Als alle beschäftigt waren, setzte er sich mit Fritzmeier und Linus an den Küchentisch.

„Hier müssen wir unbedingt auch drehen", schwärmte er und schaute sich immer wieder in der schlichten, aber geräumigen Küche, in der es nach all den Jahren der Nutzung als Hofküche immer noch etwas nach saurer Milch roch, um. „Das ist ja so herrlich authentisch hier."

Das Wort authentisch sollte Linus in den nächsten Minuten noch mehrfach zu hören bekommen. Es schien eines der Lieblingswörter von Holledau zu sein. Als er kurz darauf ganz besonders von der alten Milchkanne schwärmte, die seit 20 Jahren ungenutzt in einer Ecke stand, tippte sich Fritzmeier an den Kopf und sagte verschwörerisch zu Linus: „Die spinnen, die Berliner. Aber sachs nich weiter."

Dann kam Fritzmeiers Rolle an die Reihe.

„Anton, du spielst eigentlich dich selbst. Einen alten Landwirt, der seinen Hof nicht mehr führen kann und der keinen Nachfolger für seinen Hof hat. Der Sohn arbeitet in der Industrie und die Tochter will ..."

„Aber ich hab doch char keine Tochter", wandte Fritzmeier ein.

„Ist doch egal", wiegelte Holledau ab. „Das macht sich besser. Nachher sagen die Frauen wieder, sie würden immer zu kurz kommen. Also, du bist in deinem ganzen Leben noch nie aus deinem Dorf rausgekommen, verstehst du?"

„Häh? Aber ich war doch schon ma bei dir in Berlin."

„Das interessiert doch keinen. Die Leute wollen nicht die dröge Wirklichkeit, sie wollen echte Archetypen sehen, verstehst du?"

„Wat für Typen?", fragte Fritzmeier und hatte das volle Verständnis von Linus, der auch nichts verstand.

Holledau erklärte ihnen den Begriff und fuhr dann fort: „Aber du stehst dazu, dass du noch nie aus deinem Dorf rausgekommen bist und findest das gut. Okay, du kannst sagen, du wärst einmal, praktisch aus Versehen, nach Bielefeld gereist. Das sei aber für dich ein ganz furchtbares Erlebnis, ja ein Kulturschock, gewesen und du warst heilfroh, als du wieder zurück im Lippischen warst. Kriegst du das hin?"

Fritzmeier kratzte sich am Hinterkopf. Das war bei ihm eine Art allergische Reaktion, ausgelöst durch heftiges Nachdenken. Dann sagte er entschlossen: „Chut, kein Problem. Ich mach dich den Dorftrottel, wenne wills. Und der Film heißt dann: Anton Fritzmeier – ein Leben in Chummistiefeln."

Holledau wedelte als Geste der Verzweiflung mit beiden Händen.

„Was heißt denn hier Dorftrottel? Mein Lieber, ich will nur, dass du echt wirkst. Allzu viele Zwischentöne stören da nur. Und jetzt zu dir, mein Süßer."

Linus bekam innerlich Schüttelfrost, als Holledau ihn so ansprach. Fritzmeier war anscheinend feinfühlig genug, um dies zu bemerken, denn er sagte beschwichtigend: „Dat sacht er zu allen Leuten, Linus. Dat meint er chetz nich so, wie dat klingt."

Holledau schaute beide erschrocken an, den Alten und den Jungen. Dann versuchte er, so normal wie möglich zu klingen, als er sagte: „Um Himmelswillen! Das ist nur so meine Art, mit Leuten zu sprechen. Klar, ihr seid das nicht gewohnt. Entschuldigt bitte. Ich werde mich von jetzt an zusammenreißen."

„Quatsch!", rief Fritzmeier dazwischen. „Bleib ruhig, wiesse bis. Wir mögen dich chenau so. Weißt ja, die Leute wollen solche Aschetypen oder wie die heißen. So was authentisches. Du bis eben so. Kannse doch auch nix dran machen."

Mit der Rolle als Fritzmeiers Enkel, der nicht viel reden musste und der eigentlich nur freundlich lächelnd seinem alten, klapprigen Opa bei der Arbeit half, war Linus dann mehr als zufrieden. Er hatte nur einen Satz zu sagen: „Wenn ich erwachsen bin, werde ich auch Bauer. Was denn sonst?"

Das war auszuhalten, fand er.

52

Wieso bekam sie einen Brief vom Innenministerium? Maren Köster ahnte Übles. Diese Post kam mit absoluter Sicherheit von Erpentrup. Schulte war nach Düsseldorf zitiert worden. Man wollte ihn umgehend in Pension schicken. Hartel hatte man von heute auf morgen versetzt. Und Pauline Meier zu Klüt sollte zurück zum LKA. Was war hier los? Was hatte Erpentrup mit ihrer Abteilung vor? Wollte er sie ausbluten lassen oder sogar dichtmachen? Das war doch völliger Unsinn. Erpentrup konnte nicht einfach die Struktur einer Kreispolizeibehörde verändern und ein Kommissariat abwickeln. Oder war das, was hier gerade geschah, eine späte Rache ihres ehemaligen Vorgesetzten? Wollte er sie jetzt im Nachhinein für die Treue und Loyalität zu Schulte bestrafen?

Maren Köster verfügte nicht über die Dickfelligkeit Schultes. Sie brauchte Klarheit. Krampfhaft überlegte sie, mit wem sie sich austauschen könnte, wer ihr helfen konnte. Wen konnte sie mit ins Boot holen, wenn es gegen Düsseldorf ging?

Der Chef einer Kreispolizei war in NRW der jeweilige Landrat des entsprechenden Landkreises. Genau, der Landrat, mit dem sollte sie sich als erstes unterhalten. Dann könnte der ihr auch später nicht vorwerfen, dass sie bei ihrem Vorgehen nicht den korrekten Dienstweg eingehalten habe. Maren Köster wählte die Telefonnummer der direkten Durchwahl, die hatte ihr der Vorgänger des jetzigen Kreishauschefs vor Urzeiten einmal in die Hand gedrückt.

„Wenn sie mal Probleme haben, Frau Köster. Wenn ich Ihnen helfen kann“, hatte der ehemalige Landrat ihr damals zu schmeicheln versucht. „Scheuen Sie sich nicht. Rufen Sie mich an. Ich bin immer für meine Polizisten da.“

Und für die Polizistinnen, hatte Maren Köster damals gedanklich den Satz vollendet. Kontakte schaden nur dem, der keine hat, hatte Maren Köster gedacht und die Visitenkarte mit der persönlichen Telefonnummer des damaligen Landrates in ihrer Handtasche verschwinden lassen.

Trotz der direkten Durchwahl, die Maren Köster jetzt gewählt hatte, landete sie nicht beim Landrat, sondern in dessen Vorzimmer. Na egal, dann sollte das Vorzimmer sie eben weiterleiten. Maren Köster nannte ihren Namen.

„Sie wünschen?“, fragte die Sekretärin.

„Ich muss dringend den Landrat sprechen“, versuchte Maren Köster ihr Anliegen eilig zu machen.

„Das geht jetzt nicht“, antwortete die Vorzimmerdame. „Na gut, oder auch nicht gut“, schnaufte Maren Köster. „Dann soll er mich schnellstens zurückrufen.“

„Sonst noch Wünsche? Der Landrat ruft nicht jeden, der das verlangt, zurück“, kam es reserviert aus dem Kreishaus.

„Ich bin nicht irgendjemand“, antwortete Maren Köster, „ich bin die Leiterin des Kriminalkommissariats K1 in Detmold. Ich muss dringend mit dem Landrat in seiner Eigenschaft als Behördenleiter sprechen.“ Maren Köster stöhnte. Sie war mittlerweile sehr genervt.

„Ich kann ihnen einen Termin geben“, bot die Vorzimmerdame an.

„Okay“, entgegnete Maren Köster, die nur noch mühevoll die Contenance wahren konnte. „Also geben Sie mir einen Termin.“

„Moment bitte“, hörte sie die Stimme aus dem Kreishaus und dann das Blättern in einem Buch, wahrscheinlich einem Kalender. „Also der früheste Zeitpunkt wäre Montag der 1. Juli.“

Die Polizistin war fassungslos. „Hören Sie Frau, äh, wie immer sie auch heißen. Sie haben mich wohl nicht verstanden“, wütete Maren Köster jetzt. „Ich habe nicht die Absicht mit unserem Landrat ein Kaffeekränzchen zu veranstalten. Ich muss ihn dringend dienstlich, in seiner Eigenschaft als Vorgesetzten der lippischen Polizei sprechen. Und jetzt stellen Sie mich gefälligst zu unser aller Chef durch und zwar umgehend. Hier in der Kreispolizeibehörde brennt es.“

„Das sagen alle“, entgegnete die Vorzimmerdame ungerührt. „Entweder der 1. Juli oder gar nicht.“

53

Geduld zählte noch nie zu Schultes Premium-Eigenschaften. Es war ihm schwergefallen, nicht sofort die Telefonnummer dieser Malerin anzurufen. Aber es war schon fast Mitternacht, keine gute Zeit, um fremde Leute anzurufen. Vor allem dann nicht, wenn man was von ihnen wollte. Es war ihm nichts anderes übrig geblieben, als bis zum nächsten Morgen zu warten.

Auch den Impuls, noch vor dem Frühstück anzurufen, musste er unterdrücken. Schließlich war die Frau eine Künstlerin und Künstler sind bekanntlich Morgenmuffel. Rosemeier war noch nicht im Frühstücksraum, auch der schlief morgens gern etwas länger. Auch Schulte war nicht als Frühaufsteher bekannt, aber heute hatte ihn das Jagdfieber beizeiten aus den Federn geholt. So hatte Schulte Zeit, sich eine Strategie für den Anruf zurechtzulegen. Mit der Tür ins Haus fallen wollte er auf keinen Fall. Als Rosemeier sich endlich mit leicht verkaterter Miene an den Tisch setzte, war Schulte bereits satt und ging auf sein Zimmer. Dort wählte er die Nummer, die er in der Nacht von dem Werbeschild abgeschrieben hatte. Er musste es lange klingeln lassen. War die Frau nicht im Haus? Aber plötzlich klickte es in der Leitung und eine helle, leise Frauenstimme meldete sich mit einem spröden „Hola!“

Es war an Schulte, sich vorzustellen und damit das Gespräch zu eröffnen. Da er davon ausging, dass es sich bei einer Juliane Kramer um eine Deutsche handelte, konnte er reden, wie ihm der Schnabel gewachsen war.

„Mein Name ist Josef Schulte“, stellte er sich vor. „Ich bin gestern zufällig im Restaurant *Bon Vi* auf Ihr Gemälde gestoßen und muss sagen, es gefällt mir ganz außerordentlich. Ich konnte hier in Port de Sóller eine hübsche kleine Wohnung erwerben. In der sogenannten deutschen Kolonie, wie die Einheimischen hier sagen, oben am Berg. Kennen Sie bestimmt. Was würde besser passen, als dort Bilder dieser herrlichen Landschaft aufzuhängen? Mit anderen Worten, ich interessiere mich für Ihre Arbeiten und würde Ihnen gern einige Bilder abkaufen. Darf ich Sie einmal besuchen, um mir Ihre Werke anzuschauen?“

Die Frau antwortete nicht sofort. Verstand sie doch kein Deutsch? Hatte er etwas Falsches gesagt? Als Schulte schon irritiert die Verbindung beenden wollte, erwiderte sie, immer noch sehr leise, aber zu Schultes Erleichterung in lupenreinem Deutsch: „Schön, dass

Ihnen meine Kunst gefällt. Besuchen können Sie mich leider nicht. Ich treffe meine Kunden immer irgendwo im Ort und zeige ihnen Fotografien meiner Arbeiten. Bei Interesse und nach Eingang des Geldes liefere ich ihnen das Bild, wohin auch immer."

„Aber", versuchte Schulte sie zu überreden, „wäre es nicht viel einfacher, wenn ich vorbeikomme? Ich bin ja im Urlaub und habe Zeit. Dann müssen Sie Ihre Arbeit nicht unterbrechen und ich kann die Atmosphäre und die Aura Ihres Ateliers schnuppern. Was meinen Sie? Heute Mittag?"

„Nein!", erwiderte die Frau sehr bestimmt. „Das ist ein Geschäftsprinzip von mir und daran werde ich auch nicht rütteln. Ich schlage vor, wir treffen uns heute Mittag um ein Uhr am Hafen vor dem Restaurant *Mesquida*. Da kann man schön draußen sitzen, ohne Essenszwang und einfach nur einen Kaffee trinken. Eine Mappe meiner Bilder bringe ich mit. Wenn das für Sie nicht okay ist, dann bedanke ich mich für Ihren freundlichen Anruf und das war's. Was meinen Sie?"

Schulte schluckte die Antwort herunter, die ihm auf der Zunge lag. Bloß nicht alles versauen, weil sein Temperament wieder mal mit ihm durchging. Er riss sich zusammen, heuchelte Verständnis, stimmte ihrem Vorschlag zu und verabschiedete sich bis zum Mittag.

„Ich komme natürlich mit", rief Rosemeier begeistert, als Schulte ihm von dem Telefonat erzählte.

„Wozu?", antwortete Schulte. „Ich bin prima allein mit der Dame zurechtgekommen. Sie spricht ja

Deutsch, ich brauche dich also nicht. Mach dir einen schönen freien Tag. Du hast ihn dir verdient. Leg dich in die Sonne, trink was Kühles, lies Zeitung oder mach sonst was. Wenn ich die Frau richtig einschätze, dann macht die auf dem Absatz kehrt, wenn sie dort zwei alte Säcke statt, wie besprochen, einen sieht. Nee, das mache ich lieber allein."

„Wie du meinst", sagte Rosemeier etwas pikiert. „Aber dann komm nicht anschließend wieder um die Ecke, weil du mich als Dolmetscher brauchst. Ich steige hier und jetzt aus dieser Ermittlung aus. Ab sofort bin ich als Privatmann hier, als stinknormaler Tourist. Mach du, was du für deine Arbeit hältst, ich lege mich auf die faule Haut."

54

Maren Köster hatte sich nicht um die Leitung des K1 gerissen. Aber als man sie ihr angeboten und sie sich dazu entschieden hatte, die Herausforderung anzunehmen, da war sie fest entschlossen gewesen, ihr Bestes zu geben. Ihr Bestes geben, ja, das tat sie. Aber es war so verdammt schwer. Als Schulte noch Chef war, da sah alles so einfach aus. Maren Köster hatte nur in wenigen Momenten das Gefühl gehabt, dass ihr damaliger Kollege den Boss mimte. In der Regel ließ er die Kollegen machen und war mit dem zufrieden gewesen, was das Team am Ende des Tages zustande gebracht hatte. Und die Leute waren es auch. Selbst Hartel, der lange

Schultes Gegenspieler gewesen war, hatte mit der Zeit seinen Platz in der Truppe gefunden.

Okay, bis dahin, so fand Maren Köster, stand sie Schulte in nichts nach. Auch sie arbeitete wertschätzend mit ihren Kollegen zusammen. Aber die Verwaltungsanforderungen, hatten die Schulte jemals interessiert? Maren Köster hatte nie das Gefühl gehabt, dass diese Aufgaben in Schultes Dienstzeit eine Rolle gespielt hätten. Aber es gab sie, das merkte sie jetzt am eigenen Leibe. Ständig musste sich Maren Köster mit irgendwelchen Statistiken und Kennzahlen herumärgern. Manchmal glaubte sie, sie müsse jetzt all die Verwaltungsanteile aufarbeiten, die Schulte nie angefasst hatte.

Klar, wenn es eben ging, hatte Schulte immer einen weiten Bogen um das Kreishaus gemacht. Aber wenn es nötig war, dann hatte Schulte beim Landrat auf der Matte gestanden und das, was es zu klären gab, auf dem kleinen Dienstweg aus dem Wege geräumt. Und sie, sie wollte etwas mit dem Landrat besprechen und bekam einen Termin, auf den sie länger als vier Wochen warten musste. Da passte doch was nicht.

In letzter Zeit hatte sie öfter gehört, dass sich die Mühlen bei dem neuen Landrat anders drehten. Aber das war ja auch erst mal in Ordnung so. Schließlich hatten die Menschen jemanden neues gewählt, in der Hoffnung, dass sich etwas ändern würde. Aber wenn die Veränderung darin bestand, dass der Chef des Kreishauses für die Masse der Kreisangestellten und auch für die Leitung der Polizei nicht oder nur nach langen Wartezeiten zu sprechen war, dann war das zu kurz gesprungen.

Was sollte sie jetzt machen? Mit dem Landrat konnte sie sich nicht abstimmen. Der Nachfolger von Erpentrup hatte seinen Dienst auch noch nicht angetreten. Sie hatte, was die Nachfolge Erpentrups anging, bislang nicht einmal einen Namen gehört.

Ihr alter Chef und jetzt Staatssekretär dünnte ihre Abteilung sukzessive aus, ohne dass in Lippe irgendjemand etwas dagegen unternahm. Anscheinend schien der Landrat überhaupt nicht zu bemerken, was hier in der Kreispolizeibehörde abging. Wie also sollte sie unter diesen Voraussetzungen mit Erpentrup heute Nachmittag umgehen? Denn der hatte sich, nachdem er in seinem Brief von vor drei Tagen ein Treffen in der nächsten Woche eingefordert hatte, kurzer Hand umentschieden und vor einer Stunde sein persönliches Erscheinen für heute Nachmittag angekündigt.

Es schien fast so, als liefe ihm die Zeit davon oder er müsste möglichst schnell etwas umsetzten oder zu Ende bringen.

Einen Moment lang hatte sich Maren Köster überlegt, ihren Arzt, den sie schon lange nicht mehr gesehen hatte, zu besuchen. Doch dann hatte sie entschieden: Kneifen gilt nicht. Sie würde Erpentrup mit offenem Visier entgegentreten.

Pünktlich auf die Minute klopfte Erpentrup an Maren Kösters Bürotür und trat, ohne auf das obligatorische Herein zu warten, ein. Allein diese Vorgehensweise störte Maren Köster.

„Oh Herr Erpentrup, Sie sind schon da! Mir ist doch wirklich die Zeit unter den Händen weggelaufen. Bitte gedulden Sie sich noch einen Moment, ich muss noch kurz etwas klären."

Noch bevor Erpentrup etwas erwidern konnte, war Maren Köster aus dem Büro geeilt. Sie verschwand zwei Türen weiter in dem Raum, in dem Pauline Meier zu Klüt ihren Schreibtisch stehen hatte. Die sah von ihrer Arbeit auf, als Maren Köster eintrat.

„Erpentrup ist da", flüsterte Maren Köster verschwörerisch. „Jetzt lasse ich ihn erst mal ein bisschen warten."

„Habe ich neulich auch so gemacht", grinste Pauline Meier zu Klüt.

Als sie nach zehn Minuten wieder zurück in ihr Büro ging, fand sie einen sichtlich angefressenen Staatssekretär vor. Doch der versuchte, Haltung zu bewahren. Anscheinend wollte er etwas von ihr.

„Herr Erpentrup", begann Maren Köster das Gespräch. „In letzter Zeit erlebt man Sie ja wirklich oft an alter Wirkungsstätte. Haben Sie Heimweh?"

Diese Vermutung schien den Staatssekretär sichtlich aus dem Tritt zu bringen.

„Nein, Frau Hauptkommissarin, nicht das Heimweh, die Pflicht, und natürlich die Verantwortung für meine Untergebenen zwingen mich dazu, mich hier, an alter Wirkungsstätte öfter mal sehen zu lassen. Und, ebenso gute Freunde und alte Bekannte."

„Alte Bekannte", wiederholte Maren Köster und wartete ab.

„Ja, ich habe nachher noch einen Termin mit dem Staatsanwalt Söder, und da dachte ich, schlage ich gleich zwei Fliegen mit einer Klappe und regele auch unser Anliegen mit."

Sieh an, dachte Maren Köster. Erpentrup und Söder, wenn das keine unheilige Allianz ist. Laut sagte sie: „Unser Anliegen?"

Erpentrup nickte. „Richtig, unser Anliegen oder besser Ihre Zukunft." Der Staatssekretär lachte gekünstelt. „Ja genau, Ihre Zukunft. Wissen Sie Frau Köster, hier in Detmold können Sie nichts mehr werden. Ich meine, mit der Besoldung eines Hauptkommissars ist Schluss mit lustig. Und wie Sie wissen, kümmere ich mich um meine früheren Mitarbeiter. Und jetzt wird in Bielefeld eine Polizeirat-Stelle frei. Und da Sie die nötigen Weiterbildungen haben und natürlich auch alle anderen Qualifikationen, da habe ich mich dazu entschlossen, Ihnen diese Stelle anzubieten."

Maren Köster war verblüfft. Genau wie Hartel sollte auch sie die Karriereleiter hinauffallen. Sie erkannte das gleiche Muster wie bei ihrem Kollegen. Was hatte Erpentrup vor? Wollte er das K1 in Detmold dichtmachen?

„Ja und wer übernimmt dann hier in Detmold?", fragte Maren Köster verwundert.

„Ach hier", wieder dieses gekünstelte Lachen Erpentrups. „Darum sollten Sie sich nicht den Kopf zerbrechen. Wie es hier in Detmold weitergeht, darüber soll sich der Riechmann mal Gedanken machen."

Als Erpentrup den Namen Riechmann über die Lippen gebracht hatte, bemerkte er, dass er sich verplappert hatte. Er hoffte jedoch, dass es Maren Köster nicht bemerkt hatte. Doch da irrte er sich. Maren Köster tat unbeteiligt, doch sie war hochkonzentriert.

„Das überfordert mich hier gerade alles, Herr Staatssekretär“, erklärte sie. „Ich habe doch wohl noch etwas Bedenkzeit, oder?“

„Was ist denn hier eigentlich los“, polterte Erpentrup jetzt. „Ich gebe alles, um Ihnen eine Karriere zu ermöglichen, und Sie bitten um Bedenkzeit. Das Leben ist kein Wunschkonzert. Beachten Sie bitte, Frau Köster, dass Sie Beamter sind. Da entscheidet am Ende immer noch der Dienstherr, wo der Arbeitsplatz ist.“

„Beamtin“, erwiderte Maren Köster kühl.

55

Fünf Minuten vor dem Termin saß Jupp Schulte unter dem schattenspendenden Dach im Straßencafé des Restaurants *Mesquida.* Er war froh, noch etwas Zeit zu haben, um sich zu orientieren, um sich den Schweiß von der Stirn zu wischen und um sich ein Bild von den wenigen Gästen zu machen, die an den Tischen neben ihm saßen. Die Mittagshitze war noch zu drückend. Am späten Nachmittag würde es hier brechend voll sein. Der Blick auf den kleinen Jachthafen gefiel ihm gut und als der Kellner kam, bestellte er aus alter Gewohnheit ein Bier auf Deutsch.

„Si“, kommentierte der Kellner. „Una cerveza. Con mucho gusto.“

Schulte schaute ihm nach und fragte sich, ob der Mann einfach nur höflich gewesen war oder ob er sich über ihn lustig gemacht hatte. Das Bier war schneller fertig, als Schulte mit seinen Gedanken. Diesmal rang er sich immerhin ein „Gracias“ ab. Besser als nichts, dachte er.

Der Kellner, noch jung und eine besonders gelungene Variante des Latin Lovers, wollte sich gerade anderen Gästen zuwenden, als eine zierliche Frau mit kurzen, dunklen Haaren in die Nähe des Tisches kam. Unter dem Arm trug sie eine kleine Mappe. Der Kellner schien sie gut zu kennen, denn er jubelte förmlich, als er rief: „Juliane! Querida!“

Dann lagen sie sich mit einer Leidenschaft in den Armen, als hätten sie sich jahrelang vor Sehnsucht nach einander verzehrt. Es folgten viele Küsschen auf die Wange, mal links, mal rechts, in atemberaubendem Tempo. Schulte wurde schon vom Zuschauen ganz schwindelig. Dann ging der Kellner fröhlich pfeifend seiner Wege und die Frau trat auf Schulte zu.

„Herr Schulte?“, fragte sie mit derselben hellen, leisen Stimme wie am Telefon.

Schulte nickte nur und schaute sie mit der ganzen Dreistigkeit eines älteren Mannes viel zu lange an. Erst als sie sich räusperte, zuckte er zusammen und wies ihr mit einer wenig souveränen Handbewegung einen Stuhl am Tisch zu. Er konnte seinen Blick kaum von den dunklen, ernsten Augen dieser Frau lösen. Wäre Schulte auch nur etwas romantisch veranlagt, hätte er wohl an einen tiefen Bergsee bei Mondschein gedacht.

Sie setzte sich ihm gegenüber, offenbar auf maximale Distanz bedacht.

Dann kramte sie aus einer Umhängetasche eine Packung Zigaretten hervor und zündete eine davon mit einem teuer aussehenden goldenen Feuerzeug an. Die Zigarettenschachtel steckte sie wieder ein, mit dem Feuerzeug spielte sie nervös. Während sie gierig die ersten Züge inhalierte, schaute sie Schulte prüfend an, sagte aber nichts.

„Sie scheinen ja eine berühmte Künstlerin zu sein, wenn Sie derart überschwänglich begrüßt werden", versuchte er es im scherzhaften Ton. Juliane Kramer ging nicht darauf ein, sondern antwortete ernsthaft: „Nun ja, ich lebe auch schon einige Jahre hier. Da ist es doch normal, dass die Leute einen kennen, oder? Ist es da, wo Sie herkommen, denn anders?"

„Wissen Sie", lachte Schulte, nun schon viel freier, „da wo ich herkomme, da gibt man sich bestenfalls die Hand, wenn überhaupt. Und wenn man sich dabei in die Augen schaut, dann muss man heiraten."

„Oh Gott", nun schmunzelte auch sie. „Wie heißt denn diese schreckliche Gegend?"

„Die nennt sich Lippe. Fürstentum Lippe, genauer gesagt. Wir haben noch einen echten Prinzen und eine Prinzessin, also kein Karnevalspaar. Zumindest glauben die beiden das. Die Gegend kennt kein Mensch, aber es ist ganz hübsch dort und die Leute lassen einen in Ruhe."

„Das sind ja erstaunliche Kategorien", sagte sie und lächelte. „Sie werden sich wundern, aber ich war schon mal in Ihrer Gegend. Es hat mir sogar ganz gut gefallen, wenn ich mich richtig erinnere. Ist aber schon eine Weile her."

Als der Kellner wieder an den Tisch kam, ihr erneut schöne Augen machte und ihr irgendeine erotische Anzüglichkeit ins Ohr säuselte, bestellte sie Martini auf Eis.

„Hier sind sie schon ganz anders", fuhr sie fort. „Vor allem die Männer. Aber zur Sache. Hier ist eine kleine Auswahl meiner Werke. Sie interessieren sich für Landschaftsbilder, wenn ich sie richtig verstanden habe."

Bei diesen Worten legte sie die Mappe auf den Tisch, schlug sie auf, nahm ein Blatt heraus und legte es Schulte vor. Es war die verkleinerte Farbkopie eines Gemäldes. Wahrscheinlich hätte jeder andere auf dem Platz den Wert dieser Arbeit besser beurteilen können als Schulte, aber er bemühte sich immerhin so zu tun, als sei er ein ausgebuffter Kunstliebhaber. Die erste Arbeit, ein dezent verfremdeter Zitronenhain hinter grünem Zaun gefiel ihm gleich ausnehmend gut. Die in sattem Gelb gehaltenen saftigen Früchte sprangen ihn geradezu an, lösten bei ihm förmlich Speichelfluss aus. Auch die anderen Blätter zeichneten sich durch satte Farbgebung und einen kräftigen, souveränen Pinselstrich aus.

„Die Sonne Mallorcas perfekt eingefangen", kommentierte Schulte und war sehr zufrieden mit dieser Bemerkung, mit der er seiner Meinung nach nichts falsch machen konnte. „Gefällt mir sehr gut."

Die Bilder gefielen ihm wirklich gut, fast so gut wie die Künstlerin, die sie produziert hatte. Immer wieder wanderte sein Blick wie ferngesteuert von den Fotos zu der Frau, die nun mechanisch ihre Zigarette ausdrückte, ohne dabei hinzuschauen. Er schätze sie zwischen Ende 30 und Anfang 40. Das perfekte Alter für eine Frau, wie Schulte fand. Und bei Juliane Kramer hatte eine gütige Natur ihr Bestes gegeben, stellte er erfreut fest. Während er sich ein Blatt nach dem anderen anschaute, bimmelte das Handy der Frau. Sichtlich unwillig legte sie das Feuerzeug, mit dem sie bisher gespielt hatte, auf den Tisch und nahm das Gespräch an. Schulte wunderte sich, dass sie kein Wort sagte, nur lauschte. Und beim Lauschen immer blasser wurde, bis sie eher einem hübschen Gespenst glich, als einer jungen Frau, die voll im Leben stand. Wortlos, mit starrem Blick, steckte sie das Handy wieder ein.

„Schlechte Nachrichten?", fragte Schulte teilnahmsvoll. Die plötzliche Verwandlung erschütterte ihn geradezu.

Doch Juliane Kramer schüttelte nur den Kopf.

„Nein, nein, nur …", sie schien nicht die richtigen Worte zu finden und machte den Eindruck, als sei sie mit ihren Gedanken ganz woanders. Dann gab sie sich einen Ruck, machte den Rücken gerade, hob das Kinn und sagte: „Geschäftliches. Nicht von Bedeutung. Also, haben Sie sich einen Überblick verschafft? Wie werden Sie sich entscheiden? Die Kopien können Sie übrigens behalten und in Ruhe überlegen."

Schulte überlegte kurz, dann entschied er, keine weiteren Fragen zu dem seltsamen Anruf zu stellen und ließ den Themenwechsel zu.

„Sehr schön“, sagte er, so schwärmerisch wie er konnte. „Wirklich sehr gelungen. Ich könnte mir vorstellen, drei oder vier dieser Bilder zu kaufen. Aber ich müsste sie erst im Original sehen, das verstehen Sie sicher.“

Sie packte alles zusammen, trank den letzten Rest Martini und stand auf.

„Sie haben ja meine Telefonnummer. Rufen Sie mich morgen an. Dann sage ich Ihnen den Preis und komme, falls Sie wollen, mit den ausgewählten Bildern bei Ihnen vorbei. Sie müssen mir dann nur noch Ihre Adresse nennen.“

Die Frau schien es plötzlich sehr eilig zu haben. Als Schulte sah, dass sie nach ihrem Geldbeutel suchte, sagte er, ganz Kavalier: „Der Martini geht auf meine Rechnung. Ich rufe Sie an.“

Sie warf ihm einen so leeren Blick zu, dass Schulte förmlich sehen konnte, dass sie vollkommen aus der Fassung geraten war. Offenbar war das Geschäft mit ihm zur lästigen Nebensache geworden. Dann drehte sie sich um und verließ mit schnellen Schritten das Restaurant. Lange blickte Schulte der zierlichen Gestalt hinterher, bis sie hinter einer Häuserecke verschwand. Wer mochte sie angerufen haben? Was hatte sie so sehr aus dem Gleichgewicht gebracht? Sie war gerade um die Häuserecke verschwunden, als Schulte das edle Feuerzeug sah, dass sie vergessen hatte. Den Impuls, hinter ihr her zu laufen, unterdrückte er. Er würde sie ja in Kürze sicher wiedersehen, da konnte er ihr das teure Teil immer noch geben. Er betrachtete das goldene, längs-geriffelte Feuerzeug, auf dem er den Schriftzug S.T.Dupont-Paris fand. Er schüttelte verständnislos den Kopf und fragte sich, warum manche Menschen so viel Geld für so einen Schnickschnack ausgeben.

Als ihm Minuten später der Kellner die Rechnung brachte, kam ihm eine Idee. Er legte einen 50-Euro-Schein in die Schale, mit der die Rechnung serviert wurde. In der Hoffnung, dass der Schönling ausreichend gut Deutsch sprach, sagte er: „Stimmt so."

Der Kellner staunte und bedankte sich. Dann legte Schulte nach.

„Sie scheinen diese Dame gut zu kennen. Wir haben über ihre Bilder gesprochen und haben einen Vorschuss vereinbart", bluffte er. „Dann hat sie aber vergessen, das Geld mitzunehmen. Ich würde es ihr gern ins Haus bringen, kenne aber ihre Adresse nicht. Wissen Sie zufällig, wo sie wohnt?"

Der junge Mann schaute ihn prüfend an. Offenbar glaubte er Schulte kein Wort. Aber der dicke Schein in seinen Händen fühlte sich gut an, knisterte vielversprechend. Dann bückte er sich, schrieb etwas auf seinen Bestellblock, riss den Zettel ab und gab ihn Schulte. Der sah darauf statt einer Adresse eine knappe Wegskizze.

„Der Weg dahin hat keinen Namen. Falls Sie Juliane erzählen, von wem sie dies haben", sagte er leise in erstaunlich gutem Deutsch und schaute unruhig in die Runde, „dann sollten Sie in Zukunft sehr vorsichtig sein. Schauen Sie ab und zu mal über die Schulter. Gut möglich, dass Ihnen jemand von hinten eins überzieht. Sie verstehen?"

Schulte nickte wortlos. Er schaute dem Kellner hinterher, der zu einem anderen Tisch ging und so munter mit den neuen Gästen plauderte, dass Schulte ganz unsicher wurde, ob die eben ausgesprochene Drohung wirklich so gemeint war, wie sie geklungen hatte.

Nun stand auch er auf und ging. Den Mann, der im selben Augenblick von einem der Tische am anderen Ende des Straßencafés aufstand, nahm er zwar nebenbei aus dem Augenwinkel wahr, beachtete ihn aber nicht weiter. Es wäre besser gewesen, er hätte bereits jetzt über die Schulter zurückgeblickt. Dann hätte er bemerkt, dass der Mann ihm folgte.

56

Diesmal, das hatte Erpentrup sich vorgenommen, wollte er Söder warten lassen. Er wollte nicht wieder wie ein Depp stundenlang im *Detmolder Hof* sitzen und Däumchen drehen. Doch als er eine halbe Stunde später als verabredet vor dem *Detmolder Hof* stand, kam der Staatsanwalt auch erst mit wehendem Rockschoß die Krummestraße entlang gehastet. Als er Erpentrup sah, deutete er eine Verbeugung als Entschuldigung an.

„Ich sehe, Sie sind schon in Begriff wieder zu gehen, Herr Staatssekretär, bitte entschuldigen Sie meine erneute Verspätung. Aber ich werde es wiedergutmachen. Ich lade Sie heute zum Essen ein."

So kam man also zu einem kostenlosen Abendessen, dachte Erpentrup. Das werde ich mir merken. Er sah noch einmal nachdenklich auf seine Armbanduhr, wiegte den Kopf hin und her und sagte: „Na gut, Herr Söder, weil Sie es sind. Dann fahre ich eben später oder nehme mir ein Hotelzimmer."

Mal sehen, dachte Erpentrup, ob ich dem Staatsanwalt nicht auch noch die Übernachtungskosten aufdrücken kann. Er hatte zwar das Zimmer schon längst gebucht und auch schon bezogen, aber man konnte es ja mal versuchen.

Doch an dieser Stelle zeigte sich Söder unbeeindruckt. Den Vorschlag, auch das Zimmer zu übernehmen, verkniff er sich.

Na, dann mache ich da eben eine Dienstreise draus, überlegte Erpentrup. Schließlich hatte ich ja die Unterredung mit der Köster.

Die beiden Männer machten sich auf den Weg in den *Detmolder Hof*. Dort angekommen wandte sich Erpentrup an Söder: „Was war der Grund für Ihre Verspätung?"

„Ach, Herr Erpentrup, ich habe immer wieder Ärger mit der Köster und ihrer Truppe. Die Tatsache, dass wir den Schulte geschasst haben, hat nicht unbedingt dazu geführt, dass dieses unselige K1 pflegeleichter geworden ist. Die Köster und ihre Leute sind immer noch an der Vermisstenmeldung dran, die diese altersverwirrte Silvia Lang auf den Weg gebracht hat."

Söder wedelte mit der Hand, als wolle er Fliegen verscheuchen. „Erst heute hatte ich noch eine lange Unterredung mit meinem Kameraden und Fechtbruder Friedrich Lang. Der hat sich nochmals aufs Deutlichste bei mir beschwert. Er habe der Köster und seinen Leuten mehrfach mitgeteilt, dass seine Frau da einem Hirngespinst anhinge und alle Leute immer wieder verrückt mache, weil sie hin und wieder glaube, dass ihr Jüngster, der Lennart Lang, verschollen sei. Und dann in lichten Momenten ist von dem Verschwinden ihres Sohnes keine Rede mehr. Aber die Köstertruppe scheint es nicht zu blicken. Die heben jeden Teppich hoch und suchen nach dem verschollenen Sohn. Aber um diesen Arnold, der wahrscheinlich das Attentat auf das Langsche Anwesen verübt hat, kümmert sich das K1 in keiner Weise." Söder schlug mit der flachen Hand auf den Tisch. „Morgen rücke ich da erst mal die Möbel zurecht. Die Köster kann sich auf was gefasst machen."

Erpentrup hatte sich die Schimpftirade mit unbewegtem Gesicht angehört. Als er auch jetzt nichts sagte, wechselte Söder das Thema.

„Was ist mit Riechmann, Herr Erpentrup?", kam er zur nächsten Baustelle, die die beiden Männer zu bearbeiten hatten.

„Ja, auch da gibt es keine erfreuliche Veränderung, Riechmann wird kommen und zwar schon in der nächsten Woche", berichtete Erpentrup. „Wahrscheinlich hat mir irgendjemand aus meinem Ministerium in die Suppe gespuckt und ich weiß verdammt noch mal nicht, wer es war. Die Umsetzung unseres Plans, die Kreispolizeibehörde in unserem Interesse abzubauen, gestaltet sich schwieriger als gedacht."

Die beiden Männer studierten die Speisekarte und gaben ihre Bestellung auf. Danach ergriff Erpentrup wieder das Wort. „Die Meier zu Klüt will nicht zurück zum LKA. Heute habe ich der Köster ein Angebot gemacht. Ich habe ihr eine Polizeirat-Stelle in Bielefeld angeboten. Sie hat zwar noch nicht abgesagt, aber sie wird die neue Stelle nicht haben wollen, das ist mir jetzt schon klar."

Wieder schwiegen die beiden Männer und starrten vor sich auf den Tisch. „Dann schießen wir die Köster einfach ab. Wenn die erledigt ist, sind die anderen ein Kinderspiel."

„Das sagen Sie so einfach Herr Söder. Haben Sie eine Idee wie wir das anstellen können?"

Söder nickte. „In nächster Zeit werden ein paar wichtige Akten verschwinden. Und ich werde dafür sorgen, dass diese Schlamperei nicht unter dem Teppich bleibt. Dann ist die Köster dran."

57

Es war später Nachmittag geworden. Die Sonne machte sich bereit, mit dramatischen Farben hinter dem Vorgebirge zu versinken und die Bucht von Port de Sóller in Touristen verzückendes goldenes Licht zu tauchen, als Jupp Schulte sich zu Fuß allein auf einen langen Weg machte. Rosemeier war eisern geblieben, er wollte mit dem Fall des verschwundenen Lennart Lang nichts mehr zu tun haben. In seiner neuen, selbst gewählten Rolle als Tourist wollte er sich ohne schlechtes Gewissen auch wie ein Tourist verhalten. Schulte wusste nicht recht, wie er das finden sollte. Sicher, es war Rosemeiers gutes Recht, den ergaunerten Ermittlungsauftrag als Urlaub zu gestalten. Für Schulte stellte sich alles anders dar. Er wollte hier auf Mallorca einem Rätsel auf die Spur kommen. Aber durch das so andersartige Verhalten von Rosemeier angeregt, drängte sich bei Schulte die Frage nach dem Stellenwert der Arbeit wieder einmal ganz nach vorn. Er drückte sich vor dieser Frage, doch sie tauchte häufiger und immer drängender auf. Denn er kannte die Antwort und er mochte sie nicht. Die ernüchternde Wahrheit war, dass er nichts anderes hatte, als seine Arbeit. Sie war sein Leben und außerhalb dieses Universums Arbeit gab es für ihn so gut wie nichts. Abgesehen von Anton Fritzmeier und dem aktiven Teil seiner kleinen Verwandtschaft, die aber auch nur aus Ina und Linus bestand, waren alle seine Freunde und Bekannten Teil des Polizeiapparates und somit Teil seiner Arbeit. Der Ruhestand erschien ihm unter diesen Vorzeichen nicht als Verlockung, sondern als Abstieg in die Hölle. Loslassen, sich auf das Neue freuen? Auch jetzt, auf dieser schönen Urlaubsinsel, gelang ihm das nicht. Er beneidete Rosemeier um dessen innere Ruhe. Um die Leichtigkeit, mit der dieser Mann die bittere Endphase seiner Karriere meisterte.

Die Adresse der Malerin von dem Kellner zu bekommen, war die eine Sache gewesen. Tatsächlich den Weg zu diesem einsam an einem Berghang gelegenen Haus zu finden, war eine ganz andere. Weder Google Street View noch der detailarme Stadtplan, den Schulte sich in der Touristeninformation besorgt hatte, war hier eine echte Hilfe. Der schmale, unscheinbare Weg war eben keine Touristenattraktion und tauchte deshalb nirgendwo namentlich auf. Schulte hatte eine ungefähre Vorstellung vom Startpunkt. Aber nun stand er auf einem kleinen öffentlichen Parkplatz und blickte leicht verzweifelt um sich. Eigentlich sollte der Weg hier beginnen, hatte man ihm gesagt. Zögernd betrat er die Straße *Carrer del Camp de Mar* und ging an dem großen Restaurante *Campo Sol* vorbei. Hinter dem Restaurant führte nach rechts ein schmaler Weg, gerade breit genug für ein Auto, zwischen zwei Zitronenhainen hindurch. Schulte fand auf dessen linker Seite ein Hinweisschild zum Hotel *Agroturisme Muleta de ca S'Hereu.* Ein anderes Schild mit dem Piktogramm eines Wanderers versprach, dass dieser Weg nach Deia führte und Muleta genannt wurde.

Schulte hatte keine Ahnung, ob das richtig war, ging aber in diese Richtung. Der Weg führte bergauf, es war trotz der untergehenden Sonne immer noch heiß und die unreifen Früchte an den kleinen Zitronenbäumen taugten noch nicht als Erfrischung. Schulte schwitzte schon nach wenigen Metern und er hatte Durst. Der Weg führte nun durch einen stark nach Kiefern duftenden Mischwald, die Steigung wurde unangenehmer. Schulte trottete müde durch etliche Serpentinen immer weiter nach oben. In den Fugen der Trockenmauern, die vor Erdrutschen schützen sollten, wuselten Eidechsen hin und her. Eigentlich eine zauberhafte Landschaft und ein atemberaubender Ausblick, zurück auf die immer kleiner werdende Bucht von Port de Sóller. Aber Schulte hatte weder für die possierlichen Tierchen noch für die spektakuläre Umgebung einen Blick. Ihm lief der Schweiß in die Augen, er wurde langsam kurzatmig und verlor auch noch den letzten Rest an guter Laune. Endlich, nach einer gefühlten Ewigkeit, sah er zwischen zwei massiven, aus Feldsteinen gemauerten Pfeilern, ein hohes eisernes Tor, hinter dem einige Schafe ihn neugierig musterten. Das Tor war mit einem Vorhängeschloss verriegelt, das einigermaßen stabil aussah. Dies musste der Zugang zum Haus der Malerin sein, entschied Schulte. Ungefähr nach zwei Dritteln des Weges bis zum Hotel gibt es einen Abzweig, hatte man ihm gesagt. Das passte, denn er konnte das *Agroturisme*-Hotel weit oben auf dem Berg sehen. Er überlegte, wie er durch das Tor kommen konnte. Mit seinem Superallzweckmesser wäre so ein Schloss für ihn kein Hindernis gewesen, aber das hatte er natürlich nicht mit ins Flugzeug nehmen können. Er beschloss kurzerhand, dass er mit einiger Anstrengung über das Tor, das auf mittlerer Höhe eine Querstange aufwies, klettern konnte. Es wurde nicht ganz so elegant wie geplant, aber Schulte kam ohne Verletzungen auf die andere Seite des Tores. Dann bahnte er sich eine Schneise durch die glotzenden Schafe und ging steil bergauf. Vorübergehend wurde der Wald noch dichter, dann folgte das für den gesamten Mittelmeerraum so typische niedrige Buschwerk mit dem ohrenbetäubenden Gezirpe der Zikaden. Und endlich, Schulte pfiff aus dem letzten Loch, sah er ein eingeschossiges, mit Feldsteinen erbautes Haus vor sich. Nicht prunkvoll, aber hübsch gebaut und bestens in die Landschaft integriert. Vom Tal war es nicht zu erkennen, bot aber selbst von der Terrasse aus einen schwindelerregend grandiosen Blick auf die Bucht. Schulte wurde für Sekunden etwas neidisch. Dann schüttelte er dies von sich ab und näherte sich dem Haus. Von den Zikaden abgesehen, herrschte eine himmlische Ruhe. Kein Mensch war zu sehen, weder auf der Terrasse noch in der Nähe des Hauses. Auch ein Auto nicht, obwohl es Fahrspuren gab. Schulte machte die letzten Schritte auf das Haus zu und betrat die Terrasse aus Marmorbruch-Fliesen. Die Haustür stand offen. Er stellte sich in den Türrahmen und rief laut: „Hola! Ich bin's. Der Kunstliebhaber von heute Nachmittag."

Da er keine Antwort bekam, betrat er, wenn auch mit etwas schlechtem Gewissen, das Innere des Hauses. Wieder rief er laut. Wieder kam keine Antwort. Seltsam, fand er. Wenn niemand zu Hause war, warum stand dann die Tür offen? Schulte warf einen schnellen Blick in den halbdunklen großen Raum hinter der Tür und wunderte sich. Irgendetwas passte hier nicht zusammen. Eigentlich herrschte eine penible Ordnung, aber nahezu alle Schubladen eines Schrankes standen offen, einige waren komplett herausgezogen worden und lagen zusammen mit ihrem verstreuten Inhalt auf dem Boden. Das sah eindeutig nach einem Einbruch aus. Wo war Juliane Kramer? Wieder rief er laut – wieder blieb es still. Was war hier passiert?

58

Schulte tastete neben der Tür nach einem Lichtschalter. Als die Deckenlampe den Raum, der eine Mischung aus Küche und Wohnzimmer war und mit uralten, aber wunderschönen Holzdielen ausgelegt war, komplett beleuchtete, erkannte er weitere unzweifelhafte Hinweise auf einen Einbruch. Auch die Schubladen einer kleinen Kommode und eines Sekretärs waren herausgezogen und offenbar durchwühlt worden. Mit wachsender Sorge um das Wohl von Juliane Kramer öffnete Schulte eine weitere Tür und stand in einem Bad. Auch die beiden Schlafräume daneben waren durchsucht worden. Der Einbrecher hatte sich keine Mühe gegeben, die Spuren seiner Wühlarbeit zu verwischen. Hinter einer anderen Tür fand Schulte das Atelier der Malerin. Ein großes Fenster mit Blick auf die Bucht von Port de Sóller ließ selbst jetzt beim Sonnenuntergang noch etwas Tageslicht herein. Ein fantastischer Arbeitsplatz, schoss es Schulte durch den Kopf. Aber außer vielen fertigen und angefangenen Bildern, etlichen noch jungfräulichen Leinwänden, vielen Farbdosen, verfärbten Lappen und diversen kleinen Fläschchen mit all der Chemie, die ein Maler benötigt, fand er hier nichts, was einen Hinweis darauf geben konnte, was hier passiert war.

Schulte stellte sich mitten in den Raum, um seine Gedanken zu ordnen und sein weiteres Vorgehen zu überlegen. Still stand er da, ließ die Umgebung auf sich wirken und versuchte, sich zu konzentrieren. Plötzlich knarrte irgendwo im Haus eine der uralten Holzdielen.

Dann noch mal. Schulte startete sofort, verließ das Atelier und rannte in den Wohnraum zurück. Doch auch hier war niemand. Wieder lauschte er. Aber nun war alles still. War er nicht allein im Haus? Oder war der Einbrecher bereits draußen? Aber auch vor dem Haus sah er niemanden. Die mit stoischer Ruhe grasenden Schafe machten auch nicht den Eindruck, als sei hier gerade ein Mensch in hektischer Flucht vorbeigelaufen. Als Schulte sich draußen weiter umsah, erkannte er eher zufällig, gut versteckt hinter einem dichten Oleanderbusch, eine Holztür, die in den Hügel hinter dem Haus führte. Offenbar einer dieser Felsenkeller von früher, dachte er und beschloss, sich diese Tür genauer anzuschauen. Es gab kein Schloss, die Tür wurde von einem sehr massiven Querriegel geschützt. Schulte legte den Riegel um und zog sie auf. Die unerwartet kühle Luft verschlug ihm fast den Atem. Direkt hinter der Tür führte eine schmale Treppe, unmittelbar in den Felsen geschlagen, hinab ins Dunkle. Sollte er trotz der Finsternis hinuntergehen? Aber warum? Was glaubte er dort zu finden? Weinflaschen vielleicht und viel alten Plunder. Nichts, was ihn hätte verlocken können, in diesen finsteren und kalten Keller hinabzusteigen. Er wollte sich eben wieder umdrehen, als er direkt hinter sich ein Geräusch hörte. Und schon stieß ihn jemand mit aller Macht in den Rücken und ließ ihn nach vorn straucheln. Schulte suchte verzweifelt nach Halt, fand aber an der glatten Wand nichts, verlor das Gleichgewicht, stürzte die Treppe hinunter und wäre ungeschützt mit dem Kopf auf die felsigen Stufen aufgeschlagen, wenn er nicht in einem Reflex den linken Arm noch vor das Gesicht bekommen hätte. Er schlug auf, rutschte zwei weitere Stufen hinunter und wurde ohnmächtig.

59

Die paar Tage in der Jagdhütte in Thüringen hatten Arnold gutgetan. Er hatte den Kopf freibekommen. Den Ärger mit seinem Konkurrenten Lang hatte er zwar nicht vergessen können, aber einen gewissen Abstand konnte er gewinnen. Diese Distanz gab ihm die Möglichkeit, die ganze Angelegenheit noch einmal zu durchdenken. Friedrich Lang und er waren Konkurrenten gewesen. Sie hatten immer mit harten Bandagen gekämpft, aber sie waren viele Jahre dennoch stets fair miteinander umgegangen. Und dann, nachdem Friedrich seinen ältesten Sohn verloren hatte, da war auf einmal alles anders. Friedrich Lang wollte ihn kaputtmachen, wollte ihn ruinieren. Und wenn Arnold ehrlich war, dann musste er zugeben, Lang hatte es geschafft. Die K.H.A. Metallbau GmbH war am Ende. Sein Unternehmen war pleite. Das tat weh, aber es war nicht mehr zu ändern.

Diese Sicht der Dinge hatte Arnold sich in den Tagen der Einsamkeit erarbeitet. Die Quintessenz, die er für sich daraus gezogen hatte, war, dass er sich nicht weiter mit Friedrich Lang herumstreiten würde. Sollte der Kerl doch machen, was er wollte. Arnold würde ihm aus dem Wege gehen und versuchen, sich die letzten

Jahre mit seiner Frau ein angenehmes Leben zu organisieren. Auch wenn die K.H.A. Metallbau GmbH pleite war, so hatte Arnold in den guten Jahren genügend Geld mit dem Unternehmen verdient, um wohlhabend alt zu werden. Auch wenn das Lebenswerk seines Vaters und sicher auch seines am Ende in Trümmern lag, war es dennoch nicht der totale Ruin seiner Familie. Da hatte Arnold gut vorgesorgt.

Er war gerade dabei, seinen alten Pajero zu entladen, da kam seine Frau auf den Hof gefahren. Arnold wusste, dass es jetzt ein Donnerwetter geben würde. Aber da musste er durch. Und so war es dann auch. Seine Frau wusch ihm gehörig den Kopf. Was er sich dabei gedacht habe? Wieso er sich einfach für Tage davonmache, ohne ein Wort zu sagen? Er solle sich überlegen, wie es ihr mit seinem plötzlichen Untertauchen ergangen war. Diese und viele andere Fragen musste Arnold seiner Frau beantworten. Doch nach einer langen Zeit, nach vielen Antworten, nahm er sie in den Arm und sagte liebevoll zu ihr: „Ach Hildchen, es war eine harte Zeit. Für mich und sicher auch für dich. Aber jetzt machen wir uns ein schönes Leben. Ich brauchte ein paar Tage, um über all das, was in den letzten Jahren passiert ist, noch einmal nachzudenken und alle Ereignisse zu ordnen. Da bin ich ein ganzes Stück weitergekommen. Es tut zwar weh, dass es meine Firma nicht mehr gibt. Da werde ich sicher noch eine Zeit brauchen, um darüber hinweg zu kommen. Aber die Langs, diese Bande, die kann mich mal am Arsch lecken."

„Da wäre ich mir nicht so sicher, mein lieber Karl-

Heinz“, entgegnete seine Frau warnend. „Die Polizei war hier. Den Langs hat man nämlich in die Decke geschossen. Und rat mal, wen die als möglichen Täter in Verdacht haben?“

Da liegen die gar nicht so falsch, dachte Arnold. Aber das sollte man ihm erst mal beweisen.

Zu seiner Frau sagte er: „Mach dir mal keinen Kopf, Hildchen, das kläre ich.“

Zwei Stunden später stand Arnold im Büro von Maren Köster. Gleich, nachdem er seine Jagdklamotten aus dem Auto geräumt und seine Jagdwaffe sicher verschlossen hatte, war er zur Kreispolizeibehörde gefahren.

Nachdem die Formalitäten erledigt waren, erklärte ihm Maren Köster, dass ein Haftbefehl gegen ihn vorläge.

„Was hat das zu bedeuten?“, fragte Arnold verärgert. „Ich melde mich bei Ihnen, gleich nachdem ich erfahren habe, dass Sie etwas von mir wollen. Und dafür werde ich verhaftet.“

Maren Köster winkte ab. „Nun mal langsam“, sagte sie. „Es wird Ihnen vorgeworfen, dass Sie auf das Haus der Familie Lang geschossen haben. Wir wollten Sie dazu befragen. Sie waren nicht auffindbar. Der Staatsanwalt war der Meinung, dass Sie geflüchtet seien. Daraufhin hat der Staatsanwalt einen Haftbefehl gegen Sie erwirkt und Sie zur Fahndung ausgeschrieben. So, das ist der Stand der Dinge.“

„Ich dachte immer, Deutschland ist ein freies Land“, entgegnete Arnold. „Da kann es doch wohl nicht angehen, dass man festgenommen werden soll, nur weil man mal gerade nicht zu Hause ist."

Maren Kösters Gesicht nahm einen missmutigen Ausdruck an. „Herr Arnold, so leid es mir tut, aber ein Haftbefehl wird von der Staatsanwaltschaft in der Regel im Zusammenwirken mit einem Richter ausgestellt. Das ist leider passiert. Mir als Polizistin sind da die Hände gebunden. Und wenn Sie noch so unschuldig sind, heißt das trotzdem, ich muss Sie erst einmal hierbehalten."

Sie merkte, wie Arnold wütend wurde.

„Ich kann Sie ja verstehen. Aber noch mal, es war goldrichtig, dass Sie hierhergekommen sind. Ihr Erscheinen wird bei der Entscheidung, ob man Sie in Untersuchungshaft nimmt oder nicht, eine wichtige Rolle spielen. Ich schlage vor, Sie rufen Ihren Anwalt an, ich den Staatsanwalt und dann sehen wir weiter."

60

Wo blieb dieser Schulte nur? Manfred Rosemeier ärgerte sich über seinen Kollegen. Nicht zum ersten Mal an diesem Tag. Der Ärger hatte damit begonnen, dass Schulte ihn nicht zu dem Treffen mit der Malerin mitkommen lassen wollte. Rosemeier war bockig geworden und hatte beschlossen, komplett aus der Ermittlung auszusteigen. Als dann am frühen Nachmittag Schulte von diesem Treffen zurückkam und ganz begeistert von der schönen Frau berichtete, hatte Rosemeier leicht gehofft, dass Schulte ihn bitten würde, doch wieder einzusteigen. Es wäre immerhin ein gutes Gefühl gewesen, gebraucht zu werden. Aber Schulte hatte sich nur in Schweigen gehüllt und war am späten Nachmittag allein aufgebrochen. Jetzt war es neun Uhr abends und er war noch immer nicht zurück. Langsam machte Rosemeier sich Sorgen. Hatte Schulte eine Dummheit begangen? Durchaus möglich – Schulte war immer für eine Unvorsichtigkeit gut. Sein manchmal wenig kontrolliertes Draufgängertum war eine ständige Quelle der Irritation für den von Natur aus eher bequemen Rosemeier, aber auch etwas, das er an seinem Kollegen bewunderte. Es fiel ihm schwer, Schultes verbissenen Jagdeifer nachzuempfinden, aber er nötigte ihm Respekt ab. Und Rosemeier erkannte, dass bei Schulte genau die Eigenschaften besonders ausgeprägt waren, die ihm selbst fehlten. Vermutlich sah Schulte dies umgekehrt genauso. Wenn sie es irgendwann mal schaffen würden, beider Stärken zu einer Einheit zu bündeln, dann würden sie ein unschlagbares Team bilden. Aber davon waren sie noch weit entfernt. Wenigstens eine WhatsApp-Nachricht hätte Schulte schicken können. Vielleicht turtelt Schulte aber auch mit dieser Malerin herum, schoss es ihm dann durch den Kopf. Die soll ja sehr attraktiv sein. Dann, nach einer weiteren Stunde Wartezeit, überwog die Sorge, es könne irgendetwas schiefgelaufen sein.

Manfred Rosemeier steckte Geld und Handy ein, verließ das Hotel und ging Richtung Hafen. Er schaute dort in jedes Restaurant, in jede Kneipe hinein, fand aber keinen Schulte. Dann stand er vor dem kleinen

Restaurant *Bon Vi*, in dem sie am gestrigen Abend mit dem Engländer versackt waren. Rosemeier verspürte wenig Lust, dort hineinzugehen. Nach Versacken stand ihm heute ganz und gar nicht der Sinn. Zögernd betrat er den kleinen Gastraum und lief prompt einem alten Mann in die Arme, der ihn begeistert begrüßte: „I can't believe it. My old friend Manni!"

Rosemeier, der sich gestern unter heftigem Alkoholeinfluss mit dem Namen Manni vorgestellt hatte, wäre gern gleich wieder verschwunden, aber Jonathan ließ nicht locker. Er zog den armen Polizisten zu seinem Tisch, an dem ihn auch Jonathans Kumpel Bernie fröhlich grinsend empfing. Ehe Rosemeier sichs versah, stand ein großes Bier vor ihm und ihm blieb nichts anderes übrig, als zu trinken, während ihm Jonathan immer wieder begeistert die Schulter tätschelte. Erst als das Glas fast leer war, kam Rosemeier zu Wort.

„Ich habe eigentlich gar keine Zeit", versuchte er, einen schnellen Aufbruch zu begründen. „Ich bin auf der Suche nach Jupp. Der hat einen Ausflug gemacht und müsste längst wieder zurück sein. Er kennt sich nicht aus in diesen Bergen. Vielleicht hat er sich verlaufen und irrt jetzt im Dunkeln umher. Ich mache mir Sorgen."

Bernie übersetzte dies und selbst der fröhliche Jonathan wirkte nun nachdenklich, denn Rosemeier machte nicht den Eindruck, als scherze er.

„Weißt du denn, wohin er wollte?", fragte Bernie.

Rosemeier überlegte kurz, ob er das überhaupt sagen durfte, denn immerhin ging es hier um Polizeiarbeit. Dann aber entschloss er sich, alle Bedenken über Bord zu werfen. Die beiden hatten ihnen schon mal weitergeholfen. Vielleicht auch diesmal.

„Wo diese Malerin wohnt, weiß ich auch nicht", sagte Bernie. Auch Jonathan schüttelte den Kopf, als Bernie ihn danach fragte. Die drei Männer tranken schweigend ein weiteres San Miguel. Plötzlich sprang Jonathan hektisch auf.

„Wait a moment!", rief er und ging zur Theke. Rosemeier sah, wie Jonathan auf seine ganz eigene, etwas überschäumende und heftig gestikulierende Art mit dem Wirt sprach. Irgendwann griff der Wirt zum Telefon und führte ein kurzes Gespräch. Dann nickte er und schrieb etwas auf einen leeren Kassenzettel, mit dem ein zufrieden grinsender Jonathan Sekunden später zurückkam. Ganz hingerissen von seinem Erfolg ließ er einen englischen Wortschwall los, von dem Rosemeier fast nichts verstand. Bernie übersetzte: „Der Wirt hat einen Sohn und der hat eine Bäckerei. Der liefert seine Ware auch ins Haus. Er weiß, wo die Malerin wohnt, denn sie ist eine gute Kundin von ihm. Der junge Mann hat sich bereit erklärt, uns drei dorthin zu fahren. Jetzt sofort. Jonathan hat dem Wirt versprochen, dass du seinen Sohn dafür gut bezahlst. Toll, was?"

61

Als Schulte die Augen wieder aufschlug, setzte augenblicklich ein Schmerz ein. So heftig, dass er gern wieder ohnmächtig geworden wäre. Aber er blieb bei

Besinnung, biss mühsam die Zähne zusammen und versuchte, sich zu orientieren. Wo war er? Was war passiert? War er schwer verletzt? Nur ganz kurz, wie Sternschnuppen aufleuchtend und fast ebenso schnell wieder verglühend, tauchten Erinnerungsfetzen auf. Schulte war durch die Tür in diesen Felsenkeller gegangen. Die Treppe, die hinunter in die Kälte führte. Die Dunkelheit. Sein Zögern, als er oben auf der Treppe stand. Alles flackerte auf und verschwand wieder. Dann hatte er hinter sich ein Geräusch gehört und … ja was war dann passiert? Schulte konnte sich nicht erinnern. Er tastete mit der rechten Hand um sich und stellte fest, dass er in gekrümmter Körperhaltung am Fuß der Treppe lag. Der Boden war steinhart und eiskalt. Knapp neben sich spürte er die ebenso harte und kalte Wand, vermutlich auch aus dem Felsen gehauen. Als Schulte versuchte, sich zu bewegen, hin zur Wand, um sich mit dem Rücken daran anzulehnen, schrie er auf. Der Schmerz durchzog ihn wie ein Starkstromschlag, raubte ihm die Luft und fast auch wieder die Sinne. Nach einer Weile ließ der Schmerz etwas nach und er versuchte es erneut. Diesmal jedoch viel vorsichtiger und langsamer. Doch als er den linken Arm auch nur einen Zentimeter nach vorn schieben wollte, konnte er einen weiteren Schmerzensschrei nicht unterdrücken. War der Arm gebrochen? Die Schulter schmerzte ebenfalls fürchterlich, schien aber funktionsfähig zu sein. Wahrscheinlich nur eine starke Prellung. Dann bemerkte er den metallischen Geschmack von Blut auf seinen Lippen. Mit der offenbar unbeschädigten rechten Hand betastete er sein Kinn und stellte fest, dass er dort eine Platzwunde hatte. Auch seine Unterlippe war aufgeschlagen. Er schrie einen bösen Fluch hinaus. Dafür reichte seine Kraft, Fluchen ging immer. Da offenbar jede nennenswerte Bewegung unmöglich war, blieb er liegen, wo er war. Wenn er sich nicht bewegte, ließ der Schmerz ein wenig nach. Also versuchte er, so ruhig wie möglich zu atmen und kein Glied zu rühren. Aber nun spürte er die Kälte des Felsenkellers. Immer tiefer drang sie in ihn ein, zog von den äußeren Gliedmaßen ins Innere, nahm ihn nach einer Weile ganz in Besitz und ließ seinen zerschundenen Körper zittern, als stände er unter Strom. Schulte versuchte, sich zu konzentrieren, nachzudenken. Aber Schmerz und Kälte ließen keinen klaren Gedanken zu. Immer nur kurze Bilder, schnell wechselnd. Mehr war nicht drin. Er sah Rosemeier vor sich, im Liegestuhl die Sonne genießend. Die Malerin, die ihre Zigarette ausdrückte, seinen Kollegen van Leyden, der ihn höhnisch angrinste, sah sich selbst als kleinen Jungen, der mit Regenwürmern spielte, Erpentrup hinter seinem Schreibtisch. Und zwischendurch ständig Maren Köster, die ihn mal zärtlich küsste und mal anschrie. Immer schneller drehte sich das Karussell der Bilder, immer wirrer wurden die Motive. Bis ihn schließlich eine gnädige Ohnmacht von Bildern und Schmerzen befreite.

62

Staatsanwalt Söders Laune war auf dem Nullpunkt angelangt. Am liebsten würde er diese Köster entlassen. Aber das war bei Beamten nicht möglich. Schon gar nicht durch den verantwortlichen Staatsanwalt. „So eine aufsässige Ziege“, fluchte er. Vorhin hatte sie ihn angerufen und hatte ihm mitgeteilt, dass sie diesen Arnold verhaftet habe. „Ihr Gesuchter, Herr Arnold, hat sich gestellt“, sagte sie. Ihr Gesuchter, was sollte das denn? Die Lippische Polizei suchte jemanden, der das Haus eines angesehenen Industriellen beschossen hatte und diese Hauptkommissarin Köster tat, als habe sie nichts damit zu tun.

Söder hatte sie darauf angesprochen, hatte Maren Köster gefragt, was sie mit dieser Formulierung bezweckt.

„Ich bin der Ansicht, dass wir gegen diesen Arnold nichts in der Hand haben. Ich sehe keinen Grund, ihn hier festzuhalten“, hatte sie ihm entgegnet.

„Das wird sich noch zeigen“, hatte Söder sie angeschnauzt. „Ich bin in einer Stunde bei Ihnen und dann werde ich mir diesen Arnold vorknöpfen.“

„Na da bin ich aber gespannt“, war die schnippische Antwort von dieser Köster gewesen, dieser Ziege. Na, die würde schon sehen, was sie von ihrer Aufsässigkeit haben würde. Der werde ich es besorgen, schwor sich Söder. Mit solchen Polizisten konnte man doch nicht arbeiten.

Der Staatsanwalt schlug die Tür seines Audis mit einer Wucht zu, als handele es sich nicht um eine Edelkarosse, sondern um einen VW Käfer der ersten Mexiko-Baureihe. Söder war so dermaßen geladen, diesen Arnold würde er in der Luft zerreißen.

Wütend stapfte Söder den Flur entlang und stieß die Tür zu Maren Kösters Büro auf. Er hatte schon tief eingeatmet, um eine Schimpftirade gegen die Polizistin loszuwerden. Um ihr alle möglichen Bösartigkeiten an den Kopf zu werfen, hatte er seit einer Stunde alle schlechte Energie, die ihm zur Verfügung stand, gesammelt.

Doch Maren Köster war nicht im Raum. Auf einem Stuhl an ihrem Besprechungstisch saß ein dunkelhaariger, kräftiger, etwas untersetzter Mann. Söder ließ die Atemluft, die er für den Wutausbruch gegen Maren Köster gebrauchen wollte, deutlich hörbar entweichen. War das irgend so ein Kleinkrimineller, um den sich die Kommissarin kümmerte, anstatt sich dem Fall Arnold zu widmen? Und dann ließ sie den Kerl einfach ohne Aufsicht in ihrem Büro sitzen. Der konnte doch sonst was anstellen.

Der Mann auf dem Besucherstuhl wandte sich Söder zu und grinste. Auf seinem Kapuzenpullover war zu lesen: PADERBORN NEUNZEHN 07. Aus welcher Brockensammlung hatte der Kerl dieses ausgefallene Kleidungsstück denn wohl herausgezogen? Und wieso grinste der Kerl so süffisant? Dann fiel bei Söder der Groschen. Das war Schulze, dieser Strafrechtler, Staranwalt aus Lichtenau. Der erhob sich jetzt und ging mit ausgestreckter Hand auf Söder zu, um ihn zu begrüßen.

„Nehmen Sie mir meine legere Kleiderwahl nicht

übel, Herr Staatsanwalt. Ich wollte gerade zum Fußball", entschuldigte der Anwalt sich, der wusste, dass Söder in vielen Dingen sehr formal und kleinlich war. „Als ich dann den Anruf von Herrn Arnold bekam, dachte ich mir: Na, das ist keine große Sache, da musst du dich nicht noch mal in Schale schmeißen. Und, haben Sie den Haftbefehl gegen meinen Mandanten schon aufgehoben?", schmunzelte Schulze und zeigte auf die Uhr. „Das Spiel beginnt in anderthalb Stunden."

„Den Haftbefehl aufheben, dafür sehe ich keinen Grund, Herr Schulze!", gab Söder barsch zurück.

„Na, dann lassen Sie mal hören, was Sie gegen meinen Mandanten vorzubringen haben." Wieder dieses unverschämte Grinsen des Anwalts.

„Das werde ich, Herr Schulze, das werde ich", entgegnete Söder. „Aber nicht zwischen Tür und Angel. Das machen wir ganz ordnungsgemäß in angemessener Umgebung. Ach ja, und Fußball interessiert mich nicht."

„Schade", spottete der Anwalt. „Ich hätte noch eine Karte. Wir könnten uns nachher zusammen das Spiel ansehen. Aber wie Sie wollen Herr Söder, Fußball oder nicht, angemessene Umgebung oder zwischen Tür und Angel, deshalb werden Ihre Gründe, die eine Verhaftung rechtfertigen auch nicht stichhaltiger."

„Herr Schulze", entgegnete Söder sichtlich genervt. „Ich bespreche mich noch kurz mit Frau Köster und dann gehen wir in medias res." Söder sah sich demonstrativ um und fragte: „Wo ist denn die Hauptkommissarin eigentlich?"

In dem Moment öffnete sich die Tür und Maren Köster kam zurück in ihr Büro.

„Ah, da sind Sie ja endlich“, begrüßte der Staatsanwalt die Polizistin ungehalten. Und an den Rechtsanwalt gewandt, sagte er: „Herr Schulze, lassen Sie uns bitte allein? Wir rufen Sie hinzu, wenn wir uns abgestimmt haben.“

Nachdem der weiterhin süffisant grinsende Anwalt die Tür hinter sich geschlossen hatte, funkelte Maren Köster den Staatsanwalt böse an. „Ich wusste gar nicht, dass Sie, Herr Söder, hier in der Kreispolizeibehörde, hier in meinem Büro, das Hausrecht haben und jemanden der sich hier im Raum aufhält, einfach so, mir nichts, dir nichts hinauskomplimentieren können.“

Während sie sich noch über Söder ärgerte, kam ihr ein Gedanke in den Sinn. Maren Köster gehorchte ihrer plötzlichen Eingebung, ihrer Intuition und sie schoss einfach mal in die Luft.

„Wenn Sie, Herr Söder, sich so gebärden als gäbe es mich schon nicht mehr, dann müssen Sie und der Staatssekretär sich ja ziemlich sicher sein, dass Ihre Pläne aufgehen.“

Söder war irritiert. Was wusste diese Köster? Er wischte mit der Hand durch die Luft, als wolle er die Gedanken, die Maren Köster geäußert hatte, aus dem Raum verscheuchen.

„Reden Sie keinen Unsinn, Frau Hauptkommissarin. Ich will mich nur nicht unnötig lange mit dieser Bagatelle, Arnold, aufhalten. Was haben wir an verwertbaren Fakten, die gegen Arnold sprechen?“

„Wenn Sie mich fragen keine. Es sei denn die Tatsache, dass Arnold zum Tatzeitpunkt nicht zu Hause war und das Arnold seit Jahren Streit mit dem alten Lang hatte, reichen für eine Festnahme aus. Aber wenn das so wäre, würde sich die Hälfte der lippischen Bevölkerung im Gefängnis aufhalten", entgegnete Maren Köster schnippisch.

„Also nun bleiben Sie mal sachlich, Frau Köster, schimpfte Söder. „Was haben wir sonst noch? Was ist mit dem Projektil, das man sichergestellt hat?", schloss der Staatsanwalt die Fragen ab.

„Es gibt Fußspuren von Gummistiefeln der Marke Aigle. Das ist eine Edelmarke, die aber viele Jäger tragen, weil sie ein Fußbett haben und noch dazu mit Neopren gefüttert sind. Bei Arnold haben wir solches Schuhwerk jedoch nicht gefunden. Er behauptet, nur gefütterte Lederstiefel zu besitzen. Bei dem Projektil handelt es sich um ein Flintenlaufgeschoss Kaliber 12 x 70. Eine Waffe, mit der dieses Projektil geschossen werden kann, hat fast jeder lippische Jäger im Schrank stehen. Arnold übrigens auch. Der besitzt gleich zwei Waffen, mit denen man ein solches Geschoss abfeuern kann."

„Na, das ist doch mal ein Hinweis", unterbrach der Staatsanwalt die Polizistin. „Haben Sie die Waffen sichergestellt und überprüft?"

„Das war laut unserer Frau Burghausen von der Kriminaltechnik nicht nötig", beeilte sich Maren Köster einzuwerfen. „Denn nach Aussage unserer Spezialistin, ist das Besondere an diesem Geschoss, dass man an Hand des Projektils nicht nachweisen kann, aus welcher Waffe es abgefeuert wurde. Frau Burghausen sagt, der Grund dafür sei die Tatsache, dass Flintenläufe über keine Züge und Felder verfügen. Daher weisen die verschossenen Projektile keine charakteristischen Merkmale auf, die Rückschlüsse auf die Waffe geben, aus denen sie abgefeuert wurden." Maren Köster machte eine Pause und fuhr dann fort: „Wie ich schon sagte, wir haben nichts gegen Arnold in der Hand."

„Und warum bin ich über diese dürftige Beweislage nicht informiert worden?", herrschte der Staatsanwalt die Polizistin an.

„Keine Ahnung", gab Maren Köster lapidar zurück. „Wenn man es Ihnen nicht persönlich berichtet hat, vielleicht hätten Sie sich ja die Akte mal ansehen können."

Der Staatsanwalt wollte etwas erwidern. Besann sich aber. Mehr zu sich selbst sagte er jedoch: „Ich bin mir sicher, dass dieser Arnold das Haus von Lang beschossen hat." Dann wandte er sich noch einmal an Maren Köster: „Der Kerl kann gehen", schnauzte er. „Das war schlampige Arbeit, die Sie da abgeliefert haben, Frau Köster. Das merke ich mir."

63

Schulte hatte keine Ahnung, wie lange er bewusstlos gewesen war, als er wieder aufwachte und sich erneut erst vergewissern musste, wo er sich befand. Er zitterte am ganzen Körper vor Kälte. Die Schmerzen hatten etwas nachgelassen, jedenfalls solange er sich nicht nennenswert bewegte. Als er Unterlippe und Kinn betastete, stellte er erleichtert fest, dass es dort nicht mehr blutete. Viel mehr konnte er aber auch nicht für sich tun, denn jede größere Bewegung wurde sofort mit Schmerz bestraft. Angestrengt dachte er nach. Er musste hier raus, dieser tödlichen Kälte entkommen und zwar so schnell wie möglich. Aber wie, wenn es so dunkel ist, dass man nicht mal die Hand vor Augen sehen kann? Wieder tastete Schulte nach der Wand. Dann biss er die Zähne zusammen, versuchte, den Schmerz zu ignorieren und robbte langsam vor, bis zum blanken, eiskalten Fels, der die Wand dieses verteufelten Kellers darstellte. Er stöhnte und fluchte, schrie den Schmerz heraus und schaffte es endlich, sich zu drehen und mit dem Rücken an die Wand zu lehnen. Dann brauchte er eine ganze Weile, um seinen Atem wieder zu beruhigen. Aber sofort wurde ihm auch klar, dass er mit dieser Aktion keinen Schritt weitergekommen war. Im Sitzen wurde er genauso an Unterkühlung zugrunde gehen wie im Liegen. Vorsichtig probierte er seinen linken Arm aus, aber der verweigerte ihm die Gefolgschaft. Auch die Finger der linken Hand taten nicht das, was er von ihnen wollte. Es nützte alles nichts, er musste irgendwie in die Vertikale kommen, nicht nur, um sich richtig bewegen zu können. Auch, um einen größeren Aktionsradius zu bekommen. Denn irgendwo hier, dachte er, musste es doch einen Lichtschalter geben. Er drückte den Rücken noch fester an die Wand und versuchte gleichzeitig, seinen massigen Körper aus den Knien heraus hochzudrücken. Wieder ging es nicht ohne Schmerzensschreie ab, aber er erhob sich langsam und stand schließlich. Der Raum war nicht hoch, ein größerer Mann als Schulte hätte den Kopf einziehen müssen. Er tastete mit der rechten Hand an der Wand entlang, auf der Suche nach einem Lichtschalter. Er spürte ein Gestell aus Holz unter seinen Fingern, wahrscheinlich ein Regal, er verletzte sich leicht den Daumen an einem eisernen Haken, aber einen Schalter fand er nicht. Restlos erschöpft lehnte er sich wieder mit dem Rücken an die Wand, diesmal aber stehend. Er war nicht nur körperlich am Ende, nach dieser vergeblichen Suche schwand auch der letzte Rest an Zuversicht, hier jemals herauszukommen. Niemand würde ihn hier suchen, überlegte er. Selbst wenn Rosemeier, was an sich schon reichlich unwahrscheinlich war, auf die Idee kommen sollte, ihn im Haus der Malerin zu suchen, würde er wohl nie auf die Idee kommen, den Felsenkeller zu öffnen. Er selbst hatte ja die Tür dazu nur zufällig entdeckt. Würde er diese Tür aus eigener Kraft aufbekommen? Schnell war ihm klar, dass er keine Chance hatte. Selbst wenn es ihm gelingen würde, in dieser Finsternis ohne Sturz die Treppe hochzukommen, wie und womit sollte er diese äußerst massive Tür öffnen? Ihm stand ja zu allem Überfluss nur eine Hand zur Verfügung. Nein, dieser eisige Keller würde sein Grab werden. Schulte bemerkte, dass er wegen der Kälte bereits mit den Zähnen klapperte. Er versuchte, sich mit der funktionierenden rechten Hand so gut es ging abzurubbeln, um wenigstens etwas innere Wärme zu erzeugen. Doch das war anstrengend und als er Brust und Bauch leicht erwärmt hatte, fühlte er sich so schwach, dass sein Arm kraftlos nach unten sank. Dabei schlug seine Hand kurz an seine Hosentasche. Was war das? Schultes Finger ertasteten dort etwas Hartes, Kantiges. War das vielleicht …? Er griff in die Tasche und wusste, dass es nun wenigstens einen kleinen Hoffnungsschimmer auf Licht gab. Dann zog er das edle Feuerzeug der Malerin, das er mit sich trug, um es ihr zurückzugeben, aus der Tasche. Eine bange Sekunde lang fürchtete er, es könne vielleicht nicht funktionieren. Aber als er an dem geriffelten Rad drehte, schoss eine kleine Flamme empor und beleuchtete die nähere Umgebung. Es war nicht viel Licht, aber für Schulte war es wie der erste Sonnenaufgang nach monatelanger Polarnacht.

Erst als er sich fast die Finger verbrannte, löschte er die Flamme. Aber er hatte genug von dem Felsenkeller gesehen, um zu wissen, dass er hier nicht lange würde überleben können.

64

Der Sohn des Gastwirtes setzte die drei Männer an genau der Stelle ab, an der Schulte vor einigen Stunden über das Tor geklettert war. Eigentlich sollte er bis zum Haus der Malerin fahren, aber das war wegen des verschlossenen Tores nicht möglich. Es kostete Jonathan viel Überredungskunst und Rosemeier zusätzliches Geld, um den Mann davon zu überzeugen, dass er sie auch zu Fuß begleitete. Sie kletterten alle mehr oder weniger geschickt über das Tor. Jonathan, bei dem nicht nur das Lebensalter, sondern auch der Alkoholpegel am höchsten war, wäre um ein Haar auf der anderen Seite des Tores abgestürzt, wenn ihn nicht Bernie mit einem Reflex festgehalten hätte. Fluchend hinkte der alte, aber fidele Engländer den drei anderen Männern hinterher. Der Gastwirtssohn hatte aus seinem Lieferwagen eine starke Taschenlampe mitgenommen, ohne die sie völlig hilflos gewesen wären. Als sie endlich am Ziel angekommen waren, lag das Haus der Malerin im tiefsten Dunkel. Keines der Fenster war erleuchtet, das Haus schien völlig verlassen zu sein.

„Dann können wir ja wieder gehen", meinte Bernie. „Hier ist offensichtlich niemand."

Rosemeier nickte zustimmend, konnte sich aber noch nicht entscheiden, die Suche nach seinem Kollegen so schnell abzubrechen. Als auch der Gastwirtssohn sich umdrehte und die ersten Schritte zurück Richtung Auto machen wollte, übernahm Jonathan das Kommando.

„Such a coward!", fluchte er und machte sich auf den Weg zum Haus. Zögernd folgten ihm Bernie und Rosemeier.

„Ist der immer so unerschrocken?", fragte Rosemeier.

„Nur wenn er angetrunken ist", schmunzelte Bernie. „Aber das ist er eigentlich immer und so kann man mit Fug und Recht sagen, dass Jonathan ein echter Draufgänger ist."

Der Gastwirtssohn hatte resigniert und schloss nun zu den beiden auf. Jonathan, den anderen um einige Schritte voraus, war nun schon fast am Haus.

„Oh, free entry", lachte Jonathan, als er sah, dass die Haustür sperrangelweit offenstand. „A warm welcome, really."

Rosemeier fand dies eher besorgniserregend. Er machte den anderen mit einer energischen Handbewegung klar, dass sie warten sollten. Dann ließ er sich vom Sohn des Gastwirtes die Taschenlampe geben und schickte einen Lichtstrahl durch die geöffnete Tür. Als sich im Haus nichts rührte, ging er vorsichtig hinein. Das Licht der Taschenlampe beleuchtete das gleiche Chaos, das vorher auch Schulte so verwundert hatte.

„Hier ist irgendwas passiert", sagte er leise. „Wahrscheinlich ein Einbruch."

Bernie, der neben ihn getreten war, nickte zustimmend. „Vielleicht sind die Einbrecher ja noch im Haus."

Während die beiden Männer betont leise sprachen, rief Jonathan so laut er konnte: „Is there anyone there?"

Rosemeier zuckte zusammen. Er versuchte, dem alten Engländer mit Handzeichen klarzumachen, dass absolute Stille angesagt sei. Aber nun war es dafür sowieso zu spät. Der Gastwirtssohn trat auch ein und die vier Männer durchsuchten das ganze Haus. Raum für Raum. Sie fanden überall Beweise dafür, dass jemand die Zimmer durchsucht hatte. Aber sie trafen keinen Menschen an. Dann versammelten sie sich wieder vor der Haustür. Mittlerweile war es Nacht und auch empfindlich kühl geworden. Keiner der Männer verspürte große Lust, diese vermutlich sinnlose Suche noch lange fortzusetzen.

„Wir laufen noch einmal ums Haus herum", entschied Rosemeier. „Wenn wir nichts finden, verschwinden wir wieder. Okay?"

Gemeinsam, Rosemeier mit der Taschenlampe voran, gingen sie einmal um das Haus herum. Selbst jetzt im Dunklen konnten sie die großartige Aussicht auf die Bucht von Port de Sóller erahnen. Tief unter ihnen funkelten die Lichter des kleinen Ortes. Da sie bislang keine Menschenseele angetroffen hatten, ließen sie nun alle Vorsicht fahren und unterhielten sich in einer normalen Lautstärke. Die unscheinbare Holztür des Felsenkellers hinter dem großen Oleanderbusch sahen sie nicht, obwohl sie fast davorstanden.

„Lasst uns gehen", sagte Rosemeier resigniert und machte die ersten Schritte Richtung Lieferwagen. „Wir haben alles versucht. Wenn Schulte morgen nicht zum Frühstück kommt, gehe ich zur Polizei."

Wortlos folgten ihm die anderen.

65

Schulte wusste nicht mehr, ob es Tag oder Nacht war. Die innere Uhr war stehen geblieben. Als das Feuerzeug etwas abgekühlt war, knipste er es erneut an. Die kleine Flamme beleuchtete nun das Regal, auf dem allerlei Gerümpel lag. Da fiel Schultes Blick auf eine kurze, dicke Kerze. Er schaffte es, die Kerze anzuzünden, kurz bevor das Feuerzeug wieder zu heiß wurde. Viel Licht gab sie nicht, aber für Schulte war es eine große Hilfe. Lange halten würde dieser Stummel aber auch nicht, das war ihm schnell klar. Und viel Wärme gab die Kerze sowieso nicht ab. In spätestens einer halben Stunde würde sie noch einmal kräftig flackern, dann erlöschen und dann … ja was dann? Er würde das Holzregal auseinanderbrechen und es verbrennen müssen. Zwei Probleme standen dem im Weg, überlegte er. Einmal stand ihm dafür nur eine Hand zur Verfügung, da der linke Arm immer noch völlig unbrauchbar war und schmerzte. Außerdem würde er, falls dieser Keller so hermetisch dicht war, wie es auf den ersten Blick aussah, vielleicht nicht erfrieren, aber am Rauch ersticken. Er weigerte sich, Vor- und Nachteile dieser beiden Todesarten gegeneinander abzuwägen, sondern nahm die Kerze in die Hand und leuchtete jeden Winkel des Kellers aus. Etliche aufeinander gestapelte Tonröhren enthielten verstaubte Weinflaschen. Verdursten würde er also nicht und der Alkohol würde ihm den Kältetod angenehmer machen, tröstete er sich.

Dann hielt er die Kerze über eine große Blechkiste, die mit einem Deckel verschlossen war. Er musste die Kerze abstellen, um mit der rechten Hand den Deckel von der Kiste zu heben. Dann nahm er die Kerze wieder, um sich den Inhalt der Kiste anzuschauen. Als ein großer, heißer Tropfen Wachs auf seine Hand fiel, hätte er vor Schreck beinahe die brennende Kerze in die Kiste fallen lassen. Schulte atmete tief durch, als er sah, dass die Kiste mit Papier gefüllt war. Das hätte schön gequalmt, machte er sich klar und stellte die Kerze vorsichtig neben die Kiste. Es waren Blätter mit Skizzen darauf, mit Bleistift gezeichnet, mit Pastellstiften oder auch mit Kohle. Die meisten Zeichnungen waren grobe Skizzen mit ähnlichen Motiven, wie sie die Malerin ihm heute gezeigt hatte. War das heute gewesen oder schon gestern? Schulte schüttelte diese Frage ab, sie war ohne Belang. Dann hielt er einen Papierbogen in der Hand, auf dem ihn, mit verschiedenfarbigen Pastellstiften gezeichnet, das Gesicht eines ernsthaften jungen Mannes anschaute. Das Bild war nicht fertig ausgeführt, war vielleicht nur die Skizze für ein Gemälde, das irgendwann mal entstehen sollte, oder auch nicht. Schulte schaute näher hin, hielt das Papier weit von sich weg, zog es dann wieder näher heran. Wer war das? Warum kam ihm dieser junge Mann so bekannt vor? Schulte zermarterte sich das Hirn, scannte im Geiste alle Kollegen und Bekannte im passenden Alter, fand aber keine Übereinstimmung. Und doch hatte er diesen Blick schon mal gesehen, diese eng zusammenstehenden hellen Augen, diese verstörende Mischung aus Überheblichkeit und dem Wunsch, sich zu verstecken. Erst als Schulte weitersuchte und auf ein kleines Foto stieß, erkannte er, wessen Bild er vor sich hatte. Es war zweifellos ein Foto von Lennart Lang, dem Mann, nach dem Schulte nun schon seit Tagen suchte. Schulte atmete tief durch, um der Kälte etwas entgegenzusetzen, aber auch um die aufkommende Erregung zu dämpfen. Er verglich Foto und Skizze. Es handelte sich um denselben Mann. Schulte hielt den Beweis in der Hand, dass Lennart Lang hier in diesem Haus gewesen war. Er war einen großen Schritt weitergekommen, aber in seiner gegenwärtigen bedrohlichen Situation nutzte ihm das auch nichts.

In diesem Augenblick flackerte die Kerze auf, es gab eine Stichflamme, dann wurde es dunkel im Keller. Stockfinster. Hektisch tastete Schulte nach dem Feuerzeug, um wenigsten etwas Licht zu haben. Aber in seinen Hosentaschen war nichts. Er hatte das Feuerzeug, nachdem er die Kerze angezündet hatte, offenbar irgendwo abgelegt. Aber wo? Und wie sollte er es in dieser Finsternis finden?

Plötzlich hörte er von außen Stimmen. Schwach und undeutlich. Aber immerhin echte, menschliche Stimmen. Stimmen, die näherkamen, die sich plötzlich unterscheiden ließen. Schulte fühlte eine zentnerschwere Last von seinen Schultern fallen. Er vergaß die Schmerzen, es regte sich wieder Leben in ihm. Er rief so laut er konnte, hämmerte die rechte Faust völlig sinnlos gegen die Felswand, rief wieder und wieder. Die Stimmen wurden noch deutlicher, schienen jetzt ganz in der Nähe der Kellertür zu sein. Das war doch Rosemeier, oder? Schulte konnte kein Wort verstehen, aber die Stimme war eindeutig die seines Kollegen. Wieder schrie Schulte aus Leibeskräften, rief ihnen zu, dass er im Keller sei. Dann eine andere Stimme, die Schulte nicht erkannte. Kamen sie noch näher? Nein, musste Schulte erkennen. Im Gegenteil, die Stimmen wurden schwächer, entfernten sich sogar, bis sie vollkommen verschwanden. „Ihr verdammten Idioten!“, schrie Schulte. Aber er wusste bereits, dass es zu spät war. Dann herrschte wieder lähmende Stille. Schulte stand starr, im Kopf nichts als

Leere. Sie hatten ihn nicht gehört. Seine letzte Hoffnung auf Rettung versickerte in der Finsternis und der Stille dieses eiskalten Grabes.

Plötzlich hatte er das Gefühl, nur noch Watte im Kopf zu haben. Die Watte wirbelte umher, schneller, immer schneller. Alles um ihn herum drehte sich. Schulte versuchte, sich irgendwo festzuhalten, fand aber nichts, verlor den Halt … und schlug hart auf dem Boden auf. Wieder auf den linken Arm, der Schmerz war so unerträglich, dass Schulte augenblicklich erneut die Besinnung verlor.

66

Niedergeschlagen wandte sich Manfred Rosemeier um und entfernte sich langsam. Seine Sorge um Schulte nahm zu. Bedauerlich war, dass ihnen nur die Taschenlampe des Gastwirtssohnes als Lichtquelle zur Verfügung stand. Die konnte nur punktuell leuchten, es gab keine Chance, einen Gesamteindruck zu bekommen.

„Kommt“, sagte er resigniert zu seinen Begleitern. „Es hat keinen Sinn. Ich werde im Ort die Polizei benachrichtigen. Die haben bessere Möglichkeiten als wir.“

Bernie übersetzte das an Jonathan und schloss sich Rosemeier an. Aber der alte Brite winkte ab, sagte etwas, was Rosemeier nicht verstehen konnte und ging wieder ein paar Schritte zurück.

„Was hat er gesagt?“, fragte Rosemeier, mehr um überhaupt etwas zu sagen als aus echtem Interesse.

„Er hat gesagt, dass er pinkeln will. Und da ist unser Jonathan sehr wählerisch. Engländer eben. Die sind bei solchen Sachen ein bisschen komisch. Er will unbedingt an diesen Oleanderbusch dahinten pinkeln. Da, wo wir eben gestanden haben."

„Na, dann gutes Gelingen", murmelte Rosemeier und wartete. Weitergehen kam nicht in Frage, weil es eben nur diese eine Lampe gab, auf die alle zusammen angewiesen waren. Leicht angewidert lauschte er den mannigfaltigen Geräuschen, die Jonathan bei der Ausführung seines Geschäftes machte. Es schien kein Ende nehmen zu wollen. Rosemeier musste sich zusammenreißen, um nicht beleidigend zu werden.

Doch plötzlich rief Jonathan laut: „Fuck! What's this? Bernie, come and have a look!"

Rosemeier hatte nicht die geringste Lust, dorthin zu gehen, und so blieb er einfach abwartend stehen.

Bernie nahm Rosemeier die Taschenlampe ab und folgte dem Ruf seines Freundes. Kurz darauf rief auch er: „Komm her! Jonathan hat eine Tür gefunden. Sieht aus wie der Eingang zu einem dieser alten Felsenkeller, in der die Leute früher Gemüse und Wein gelagert haben."

„Und?", fragte Rosemeier ohne irgendwelche Hoffnung, als er schließlich doch gekommen war. „Was hat das mit uns zu tun?"

„Das hat es mit uns zu tun", antwortete Bernie und richtete den Lichtstrahl der Taschenlampe auf den Boden direkt vor der Tür zum Felsenkeller. Rosemeier pfiff durch die Zähne.

„Du hast verdammt recht", sagte er dann. „Frische Fußspuren. Ich bin allerdings kein großer Spurenleser. Schauen wir doch mal genauer hin."

Rosemeier kniete sich hin und betrachtete die Spuren aus der Nähe.

„Zwei verschiedene Abdrücke. Beides wohl Männerschuhe, der Größe nach. Aber was heißt das schon? Dass zwei Männer hier waren in den letzten Stunden. Und? Schließlich wohnen hier Leute. Warum sollen die nicht hier herumlaufen? Und was ist, wenn wir die massive Tür erst mit viel Aufwand aufbrechen müssen? Was finden wir dahinter? Vielleicht Fledermäuse und ein paar verstaubte Weinflaschen. Und anschließend haben wir eine Anzeige wegen Einbruch an der Backe. Kommt, lasst uns hier verschwinden, bevor unser Fahrer sich auf und davon macht. Der will nach Hause und ist schon ziemlich angefressen."

Er hatte sich bereits einige Schritte von Jonathan und dem Oleanderbusch entfernt, als der alte Brite laut rief: „Stop!" Und dann noch mal: „Stop! You bloody idiot."

67

Der pulsierende Schmerz im Kopf wurde wieder stärker, als Schulte langsam aus seiner Ohnmacht erwachte. Er versuchte, sich aufzurichten, aber sofort wurde ihm schwindelig. Die Frage, wie lange er ohnmächtig gewesen war, schob er beiseite. Sie war ohne Belang. Nichts war mehr wichtig. Ihm blieb nur noch der langsame und qualvolle Abstieg ins dunkle Nichts. Wie lange würde es dauern, bis sein 61-jähriger Körper, dessen Existenz ihm meistens gar nicht bewusst gewesen war und den er nie gut behandelt hatte, den letzten Rest an Widerstandsfähigkeit verlor und den Kampf aufgab? Zwei Tage? Drei Tage? Gut, er hatte die Weinflaschen, die würden ihm das Ende vielleicht etwas leichter machen. Ein ebenso trostloses wie vollkommen absurdes Ende. Aber ein Ende, das zu ihm passte. Er hatte immer Angst davor gehabt, seine letzten Tage in einem Krankenhaus verbringen zu müssen, nur noch Teil einer Maschinerie zu sein, am Tropf hängend, komplett verkabelt, hilflos auf das Wohlwollen überlasteter Pfleger angewiesen. Das zumindest würde ihm nun wohl erspart bleiben. Zu seiner eigenen Überraschung gewann bei diesem Gedanken sein Humor kurz die Oberhand. Er sah sich plötzlich wie von außen, fand sich selbst grotesk und spürte starken Widerwillen gegen diesen erbärmlichen Schulte, der so saft- und kraftlos vorzeitig den Kampf aufgegeben hatte.

„Verdammtes Weichei", schalt er sich plötzlich selbst. „Noch bist du nicht tot. Reiß dich zusammen und lass dir was einfallen!"

Plötzlich hörte er draußen wieder eine Stimme. Es war die Stimme eines alten Mannes. Kurz darauf zwei weitere Männerstimmen. Wieder war er sich sicher, Rosemeier herauszuhören. Die Rettung! Aber … Schulte fühlte, wie etwas innerlich in ihm zerriss, wieder wurde Rosemeiers Stimme nach einer Weile leiser, schien sich von der Tür wegzubewegen. War das zu glauben? Sollte die Hoffnung auf Rettung schon wieder wie eine Seifenblase zerplatzen?

Schulte schrie, was seine Lungen hergaben. Er griff nach irgendwelchen Gegenständen und warf sie, so kräftig er konnte, gegen die Wand. Eine große Porzellanschüssel ließ er einfach auf den Boden krachen. Es kam nicht darauf an, was er zerstörte. Er wollte Lärm machen, so laut es ging. Es zählte nur eines: Die Leute da draußen sollten ihn endlich hören.

68

Die Sonne stand hoch am Himmel, als Schulte aufwachte. Er schreckte hoch und ließ sich gleich wieder fallen, als die Kopfschmerzen einsetzten. Eine Weile lag er still, mit geschlossenen Augen. Als der Schmerz endlich etwas abklang, öffnete er ganz vorsichtig die Lider und versuchte, sich zu orientieren. Er lag allein in einem kahlen, weiß gestrichenen Zimmer auf einem ebenso weißen Bett. Die einzigen anderen Möbel waren zwei schlichte Stühle und ein kleiner Tisch. Es kostete ihn einige Mühe, aber dann war ihm klar, dass er in einem Krankenhauszimmer lag. Träumte er oder war dies Realität? Als sich die Tür öffnete und eine vor Energie strotzende Krankenschwester, natürlich in Weiß gekleidet, hereinpolterte, gab es für ihn keinen Zweifel mehr. Es war ein Krankenhaus. Jetzt erst, als die Frau an seinem linken Arm herumfummelte, bemerkte Schulte, dass er einen Gipsverband trug. Erschrocken hielt er sich die rechte Hand vor die Augen. Aber die war, von einigen kräftigen Schrammen abgesehen, völlig unversehrt. Wenigstens etwas. Dann betastete er seinen Kopf und fühlte einen Verband, der sich um seinen Kopf herumschlang. Die Krankenschwester sagte etwas, das Schulte aber nicht verstand. Mit der freien rechten Hand fuchtelte er herum, um ihr klarzumachen, dass er kein Spanisch verstand. Doch die Frau schien vor sich hin zu schimpfen und drückte seinen rechten Arm aufs Bett. Sie wollte ihm wohl klarmachen, dass er stillliegen sollte.

„Wo bin ich?", fragte Schulte. „Und was für ein Tag ist heute?"

Es war sinnlos. Die Krankenschwester schaute ihn mit mütterlicher Strenge an, zuckte mit den Schultern, lächelte dann verlegen und verließ das Zimmer.

Nur Minuten später öffnete sich die Tür erneut und Rosemeier trat ein.

„Warum trägst du denn einen Turban?", fragte Manfred Rosemeier, zeigte auf Schultes Kopfverband und lachte dabei.

„Witzbold", brummte Schulte und versuchte erneut, den Oberkörper aufzurichten. Diesmal klappte es ohne Kopfschmerz.

„Warte!", rief Rosemeier. „Schwester Manfred hilft dir."

Er drückte Schulte ein Kissen in den Rücken, zog sich einen der Stühle heran und setzte sich.

„So, jetzt erzähl mal. Was ist eigentlich passiert? Warum warst du in diesem verdammten Keller? Heute Nacht warst du ja außerstande, uns etwas zu erklären."

Schulte musste selbst erst einmal nachdenken, bis ihm alles wieder einfiel. Langsam und stockend berichtete er seinem Kollegen davon. Der schwieg eine Weile.

„Und du bist sicher, dass du gestoßen worden bist?“, fragte Rosemeier dann. „Du bist nicht zufällig gestolpert und daraufhin die Treppe hinuntergestürzt?“

„Quatsch!“, Schulte konnte sich schon wieder aufregen. „Ich habe kurz vor dem Sturz hinter mir ein Geräusch gehört und wollte mich gerade umdrehen, als ich diesen Stoß bekam. Jetzt ist die Erinnerung wieder voll da. Ich bin mir ganz sicher.“

Rosemeier schwieg. Dann resümierte er: „Muss wohl so gewesen sein. Dafür spricht ja auch, dass die Tür von außen verriegelt war. Hast du eine Ahnung, wer das gewesen sein könnte?“

Schulte schüttelte heftig den Kopf, was sofort Kopfschmerzen auslöste. Als es wieder ging, erzählte er von der Zeichnung, die er im Keller gefunden hatte und die nach seiner Meinung eindeutig das Porträt von Lennart Lang war.“

„Das kann nur er gewesen sein. Ich denke, er ist bei der Malerin untergeschlüpft. Er war es, der mich gestoßen und eingeschlossen hat.“

Rosemeier legte die Stirn in Falten und schien nachzudenken. Dann fragte er: „Aber warum? Was macht das für einen Sinn? Er hat nichts verbrochen und muss sich daher auch nicht verstecken? Und warum sollte er wollen, dass du dir das Genick brichst?“

Schulte erinnerte sich wieder an das Chaos im Haus.

„Irgendwas ist da passiert“, sagte er leise. „Es sah

aus wie nach einem Einbruch. Als habe jemand alle Schubladen und Schränke aufgerissen, um etwas ganz Bestimmtes zu finden. Oder, als habe jemand mit einer Riesenportion Wut sich dort ausgetobt."

„Das beantwortet aber meine Frage nicht", sagte Rosemeier und schlug ein Bein über das andere.

„Vielleicht hatten Lang und die Malerin sich vor dem Einbrecher oder was auch immer versteckt. Und als ich da rumschnüffelte, haben sie mich für den Einbrecher gehalten und Lang hat die Chance genutzt, mich von hinten anzugreifen. Dazu war ja nun kein Heldenmut erforderlich. In dieser Situation hätte ich auch die Tür von außen verriegelt. Wer weiß, vielleicht wollte er danach sogar die Polizei rufen. Vermutlich hat er das auch gemacht. Wissen wir das?"

Rosemeier schüttelte den Kopf.

„Das wissen wir. Was meinst du wohl, was ich den ganzen Vormittag über gemacht habe? Der Arzt hier hat darauf bestanden, die Polizei zu informieren. Ihm kam die ganze Sache seltsam vor. Und die hiesige Polizei hat mich eine Stunde lang gelöchert. Ich habe gar nicht erst versucht zu bluffen. Die zuständige Kollegin hier in Sóller ist nicht nur verdammt hübsch, sie ist auch alles andere als dumm. Du wirst sie erleben. Sie kommt sicher im Laufe des Tages zu dir. Auf jeden Fall wissen wir nun, dass es in dieser Nacht keinen Anruf bei der Polizei gegeben hat. Deine Theorie hinkt also ganz gewaltig."

„Hast du eine bessere?", fragte Schulte mit leichter Aggression.

„Nee, habe ich nicht. Aber ich bin ja auch streng

genommen gar nicht mit diesem Fall beschäftigt. Ich bin nur als Tourist hier. Übrigens, willst du gar nicht wissen, wie wir dich gefunden haben? Deine Rettung verdankst du nicht mir, sondern einem versoffenen alten Engländer. Erinnerst du dich an Jonathan? Vergiss nicht, ihn so üppig wie möglich zu bewirten, wenn du hier rauskommst. Er hat es verdient. Ohne ihn wärst du längst hinüber."

69

Die mallorquinische Polizei hatte es offenbar nicht so eilig, denn bis zum späten Nachmittag war niemand in Schultes Krankenzimmer aufgetaucht. Um drei Uhr nachmittags war Visite und Schulte wurde mitgeteilt, dass er das Krankenhaus verlassen könne. Sein linker Arm war eingegipst, der Kopf war, von den medizinisch gut versorgten Schürfwunden abgesehen, wieder in Ordnung. Ein großes Pflaster klebte noch an der Stirn, das war aber eher ein Schönheitsmakel als ein echtes Problem. Schulte hatte sich eben angekleidet und wollte das Krankenhaus verlassen, als Rosemeier wieder zu ihm kam.

„Jetzt wollen sie dich doch noch sprechen", sagte er anstelle einer Begrüßung. „Die hiesige Polizei, meine ich. Unten wartet schon ein Taxi. Ich komme besser mit. Allein kommst du nur in Schwierigkeiten, wie man sieht." Bei diesen Worten tippte er leicht auf Schultes Gipsarm.

Der nahm dies mit Humor und folgte seinem Kollegen wortlos. Eine halbe Stunde später saßen beide in einem kleinen, schmucklosen Raum der Guardia Civil von Sóller und warteten. Nach einer gefühlten Ewigkeit öffnete sich endlich die Tür und eine zivil gekleidete Frau trat ein.

„Mein Name ist Comisaría Jefe Consuela Martinez", stellte sie sich in Deutsch vor. Schultes Reflexe sprangen sofort an, wie immer, wenn eine attraktive Frau in sein Gesichtsfeld trat. Sein geschultes Auge registrierte in Windeseile jede Einzelheit. Eine mittelgroße, dunkelhaarige Frau, sehr gepflegt, zierlich gebaut mit einer sanften, fraulichen Stimme.

„Kommen Sie bitte mit!"

Sie führte die beiden deutschen Polizisten in ihr winziges Büro. Über ihrem Schreibtisch hing ein großes Foto, von dem das spanische Königspaar freundlich den Besuchern zulächelte. Schulte ließ sich von diesem Lächeln nicht täuschen und ging innerlich in Abwehrhaltung. Und schon die erste Frage der Polizistin gab ihm recht. „Was haben Sie sich dabei gedacht, hier auf eigene Faust zu ermitteln?", fragte sie und wirkte dabei überhaupt nicht kollegial. Immerhin war ihr Deutsch gut zu verstehen. „Auch wenn manche Deutsche offenbar glauben, dass Mallorca eine deutsche Provinz sei, kann ich Ihnen versichern, dass dem nicht so ist. Das hier ist Spanien. Wenn es hier etwas zu ermitteln gibt, dann machen wir das selbst. Oder der deutsche Kollege stellt einen Antrag auf Amtshilfe. Es gibt aber keinen solchen Antrag."

Schulte wollte eben etwas entgegnen, als Rosemeier ihm zuvorkam.

„Es handelt sich auch nicht um eine echte Ermittlung“, sagte er mit beschwichtigender Stimme, offenbar bemüht, den Ball möglichst flach zu halten. „Wir sind hier eigentlich im Urlaub. Weil die Gelegenheit so günstig war, haben wir ein paar Informationen zu einem Fall eingeholt, an dem einige Kollegen von uns gerade arbeiten. Das war mehr Zufall als Absicht. Dummerweise ist mein Kollege dabei in Schwierigkeiten geraten, mit denen wir nicht rechnen konnten.“

Die Frau schaute ihn an, als zweifle sie an seinem Verstand.

„Ich kommentiere diesen Unfug nicht. Sie glauben doch selbst kein Wort davon. Es gibt jetzt zwei Möglichkeiten. Ich verhalte mich nach Vorschrift und gebe diese Geschichte an meine vorgesetzte Stelle weiter. Die wird sich über die üblichen Kanäle an Ihre Vorgesetzten in Deutschland wenden, was großen Ärger geben wird. Wenn Sie das wollen, dann müssen Sie jetzt nichts mehr sagen. Falls Sie das nicht wollen, dann erzählen Sie mir jetzt alles. Aber wirklich alles und keine Märchen. Wenn mir das, was Sie mir berichten, einleuchtend und ausreichend erscheint, könnte es sein, dass ich Sie nicht als Eindringlinge, sondern als Kollegen betrachte. Überlegen Sie es sich gut, meine Herren. Es liegt bei Ihnen.“

Schulte und Rosemeier schauten sich fragend an. Schulte war schnell klar, dass er keine Wahl hatte. Er war es zwar gewohnt, wegen kleinerer Verstöße gegen die Regeln Ärger zu bekommen, aber wenn diese Geschichte nach Düsseldorf drang, wäre sie eine Steilvorlage für Erpentrup bei seinem Versuch, ihn endgültig loszuwerden. Als Rosemeier bestätigend nickte, wandte sich Schulte der Frau zu. Sein berufliches Schicksal lag nun in ihrer Hand.

70

Comisaría Jefe Consuela Martinez hatte lange geschwiegen, als Schulte ihr am gestrigen Abend ohne Wenn und Aber, ohne Tricks und doppelten Boden berichtet hatte, wie diese krude Ermittlung entstanden und wie sie bisher verlaufen war. Er hatte auch kein Geheimnis aus dem tieferliegenden Motiv seines Handelns gemacht. Langeweile, der Drang, sich herauszufordern, die pure Jagdlust. Alles hatte er auf den Tisch gelegt, ohne Rücksicht auf die eigene Person. Er war wütend auf sich selbst gewesen. Er hatte sich wie ein Anfänger überrumpeln lassen, als er in den Keller gestürzt wurde. Mit einem Gipsarm als Strafe für diese Trotteligkeit war er noch gut weggekommen, fand er. Er hätte sich auch über einen ausgewachsenen Genickbruch nicht beschweren dürfen.

In der Nacht hatte er unruhig geschlafen. Der störende Gipsarm, aber vor allem die Nachwirkungen der beängstigenden Stunden im Keller hatten ihm den Schlaf geraubt. Und immer wieder, fast im Minutentakt, war die Frage aufgetaucht, wer ihn die Treppe hinuntergeschubst hatte. Wer? Und warum?

Nach dem Frühstück warf Schulte eine Kopfschmerztablette ein. Rosemeier war zur Hafenpromenade gebummelt und gönnte sich dort vermutlich das erste Glas Weißwein des Tages. Dem würden, wie Schulte seinen Kollegen kannte, heute noch einige folgen. Schulte setzte sich draußen vor dem Hotel in den Halbschatten und dachte an das gestrige Verhör auf der Polizeistation. Consuela Martinez hatte Eindruck auf ihn gemacht. Nicht nur, weil sie eine attraktive Frau war. Es war ihre Aura, ihre Gesamterscheinung. Der tiefgehende, unbestechliche Blick, die klugen Fragen und ihre offenbar felsenfeste Gewissheit, die richtige Person an der richtigen Stelle zur rechten Zeit zu sein. Keine Sekunde hatte Schulte daran geglaubt, ihr mit faulen Geschichten kommen zu können. Diese Frau hätte ihn sofort durchschaut. Am Ende des Verhörs hätte Schulte nicht sagen können, welchen Eindruck er auf die Beamtin gemacht hatte. Sie hatte ihn mit einem alles und nichts sagenden Blick entlassen, sodass er nicht den geringsten Schimmer hatte, was ihn heute erwarten würde.

Eine halbe Stunde später bekam er einen Anruf. Es war niemand anderes als Comisaría Jefe Consuela Martinez. Sie kündigte ihm an, dass in den nächsten Minuten ein Polizeiauto vorbeikommen und ihn abholen würde. Sie müsse dringend mit ihm sprechen.

„Ich habe heute Morgen einige Punkte Ihrer gestrigen Erzählung überprüft“, eröffnete die Polizistin das Gespräch. Schulte wurde es unbehaglich zumute. Nicht, dass er wissentlich etwas Falsches gesagt hätte, aber man konnte ja nie wissen, in welchen Widersprüchen man sich ohne Absicht verfangen hatte. Sie schien ihn vollkommen zu durchschauen, als sie nun zum allerersten Mal lächelte und sagte: „Keine Sorge. Es scheint alles zu stimmen, was Sie mir berichtet haben. Ich habe mich ein bisschen mit dieser Familie Lang aus Deutschland befasst. Haben Sie gewusst, wem dieses Haus, in dem Sie Ihr Erlebnis hatten, gehört?“

Schulte schüttelte den Kopf. Sie nahm einen Zettel von ihrem Schreibtisch und las ab.

„Als Besitzer ist eingetragen ein gewisser Friedrich Lang, wohnhaft in einen Ort namens ...“, sie hatte offenbar Schwierigkeiten, den Ortsnamen auszusprechen, „Schider ... swallenberg oder so ähnlich. Die Malerin, eine Frau Juliane Kramer, ist anscheinend so eine Art Dauergast im Haus. Als Mieterin ist sie bei uns jedenfalls nicht gemeldet. Da müssen wir nachfassen. Meine Kollegen waren vor einer Stunde oben in dem Haus. Es ist immer noch leer. Diese Malerin scheint ausgeflogen zu sein. Und es sieht tatsächlich aus, als hätte dort jemand einen Tobsuchtsanfall gehabt. Die Zeichnung von diesem jungen Mann, die Sie im Felsenkeller gesehen haben, haben wir gefunden und sichergestellt. Aber wir werden die Zeichnung natürlich wieder dorthin zurückbringen müssen, denn es liegt von unserer Seite nichts gegen diese Frau Kramer vor. Mal abgesehen davon, dass sie hier nicht mit Zweitwohnungssitz gemeldet ist. Aber das ist Sache der Stadtverwaltung und nicht der Kriminalpolizei. Wir können und wir werden Sie hier nicht weiter unterstützen. Seien Sie froh, wenn wir Ihnen keine Steine in den Weg legen. Was wir natürlich tun werden, wenn Sie hier unangenehm auffallen, versteht sich."

Schulte verstand und versuchte gar nicht erst, sie von ihrer Linie abzubringen. In diesem Augenblick klingelte ihr Telefon. Sie sagte nichts, während sie eine Weile aufmerksam lauschte. Schulte fragte sich bereits, ob es unhöflich sei, nun einfach zu gehen, als sie den Hörer wieder auflegte, kurz nachdachte und dann sagte: „Das ist vielleicht interessant für Sie, Herr Schulte. Dieser Friedrich Lang scheint eine Menge Geld zu haben. Ich habe gerade erfahren, dass er noch einen weiteren Wohnsitz auf Mallorca hat. Und zwar direkt hier in Sóller. Ein Appartement in einer dieser Wohngettos für viel zu reiche Ausländer. Ich sehe zwar immer noch keinen Grund, dass wir uns mit dieser Sache beschäftigen sollten, aber andererseits … vielleicht hat es da oben am Berg ja tatsächlich einen Überfall gegeben. Die Malerin und dieser junge Herr Lang sind geflüchtet und Sie, Herr Schulte, sind, ohne es zu wissen, mitten ins Geschehen geplatzt. Deshalb sollten Sie aus dem Weg geräumt werden. Was meinen Sie dazu?"

„Na ja", meinte Schulte. „Das ist im Wesentlichen genau das, was ich vermute."

„Das trifft sich gut", sagte sie und lächelte wieder einmal. „In diesem Fall halte ich es für notwendig, dass die Polizei von Sóller sich mal dieses Appartementhaus anschaut. Die Malerin wird von diesem Appartement wissen und der junge Herr Lang erst recht. Vermutlich haben sie sich dort in Sicherheit gebracht. Aber wenn derjenige, der im Haus am Berg dieses totale Chaos angerichtet hat, ebenfalls von diesem Altstadthaus weiß, dann sind die beiden in Gefahr. In diesem Fall muss die Polizei vorbeugend tätig werden. Los, kommen Sie mit!"

71

Comisaría Jefe Consuela Martinez verließ das Büro und ging mit den schnellen, kraftvollen Schritten einer Sportlerin voran. Schulte hatte seine liebe Mühe ihr zu folgen. Sie betraten den Innenhof der Polizeistation, auf dem nur ein einziger Polizeiwagen, ein kleiner Seat Ibiza, stand. Kein geeignetes Fahrzeug für eine Verfolgungsjagd auf der Autobahn, aber perfekt für die schmalen Gassen der Altstadt von Sóller. Während Consuela Martinez sich mit Schwung hinter das Steuer setzte, versuchte Schulte, es sich auf dem Beifahrersitz so bequem wie möglich zu machen, was mit seinem Gipsarm gar nicht so einfach war. Noch bevor er sich komplett zurechtgeruckelt hatte, fuhr die forsche Polizistin bereits durch das Tor, das den Innenhof von der Carrer de Cetre trennte. Sie bog scharf nach links ab und ließ den Seat aufheulen.

„Was ich immer noch nicht richtig verstanden habe", fragte sie, während sie schnell hochschaltete, „was wollen Sie eigentlich von diesem Herrn Lang? Warum suchen Sie so beharrlich nach einem, dem sie nichts vorzuwerfen haben?"

„Um ihn zu schützen", antwortete Schulte und hielt

sich mit der rechten Hand am Griff über der Tür fest. Dann fasste er ganz kurz die tragische Geschichte der Familie Lang zusammen. Sie nickte nur und gab weiter Gas.

Nach rund 200 Metern raste sie mit unverminderter Geschwindigkeit durch die Placa d' Americà. Dieser schnuckelige kleine Platz hätte eigentlich Schultes volle Aufmerksamkeit verdient, aber dazu blieb keine Zeit. Nur aus dem Augenwinkel heraus sah er, dass auf der Mitte des Platzes ein quadratischer winziger Park angelegt war. An jeder Ecke ragte eine Platane in die Luft, in der Mitte stand eine Säule. Zwei Sitzbänke luden zum Verweilen ein. Aber an Verweilen war nicht zu denken. Nicht, wenn Consuela Martinez am Steuer saß. Schulte fragte sich, was der Grund für diese Eile sein mochte. Das Ergebnis war ernüchternd: Es gab keinen Grund, es war einfach die pure Freude am schnellen Fahren. Hätte Schulte gewusst, dass die kleine Metzgerei Carniceria Torrens an einer der Ecken des Platzes einfach sensationelle Chorizo-Würste verkaufte, dann hätte er seine Fahrerin sicher um einen kurzen Stopp gebeten. Am Ende der Carrer de Cetre stellte Consuela Martinez zu Schultes noch größerer Überraschung das Martinshorn an. Dann bog sie ohne Rücksicht auf den Verkehr nach rechts ab und sofort danach wieder nach links, in die Cami des Camp de s'Oca. Schulte gab es schnell auf, sich diese Straßennamen einzuprägen, wunderte sich aber, dass seine Fahrerin das Martinshorn nun wieder abstellte. Aber es ging ja auch immer geradeaus, die Straße war übersichtlich und Consuela Martinez konnte das Gaspedal durchdrücken, ohne einen Unfall befürchten zu müssen. Kurz hinter einem Parkhaus ließ sie das Martinshorn wieder aufheulen, bremste stark ab und bog dann, zu Schultes Entsetzen, mit viel zu hohem Tempo und quietschenden Reifen links in die Carrer d' Adela Olivér Llinás.

„Aber …“, rief Schulte und hielt sich krampfhaft mit der funktionierenden rechten Hand am Haltegriff fest, „das ist verkehrt! Das ist eine Einbahnstraße. Wir sind Geisterfahrer!“

„Deswegen ja die Sirene“, lachte sie nur trocken und gab noch mehr Gas.

Die schmale Straße war beidseitig mit eng zusammenstehenden Häusern gesäumt. In der Gegenrichtung kamen ihnen einige verblüffte, vermutlich aber auch erboste Autofahrer entgegen. Fast am Ende der Straße war auf der linken Seite ein größerer Appartementblock. Hier tauchte gerade ein himmelblauer VW Caddy aus einer Tiefgarage auf und kam ihnen entgegen.

„Von der Straße, du Idiot!“, rief die Polizistin und schlug wütend aufs Lenkrad. Doch der Caddy schien es mindestens so eilig zu haben wie sie selbst und machte keinerlei Anstalten auszuweichen. Die beiden Autos kamen sich rasend schnell näher. Schulte hielt den Atem an und starrte, unfähig irgendetwas zu sagen, auf den Volkswagen. Und schon krachte es ohrenbetäubend. Die beiden Wagen trafen sich am jeweils linken Kotflügel und schleuderten herum. Obwohl alles atemberaubend schnell ging, warf Schulte in einem Reflex einen kurzen Blick in das andere Fahrzeug und sah zu seiner grenzenloser Überraschung Juliane Kramer, die Malerin, am Steuer sitzen. Neben ihr saß ein noch junger Mann, in dem Schulte ohne jeden Zweifel Lennart Lang erkannte. Schultes Blick hatte vielleicht nur eine Sekunde dieses Bild einfangen können, aber es brannte sich bei ihm ein. Im selben Augenblick rasselte der Polizeiwagen mit der rechten Heckseite gegen eine Hauswand und blieb dampfend stehen. Wäre Schulte nicht angeschnallt gewesen, hätte er noch mehr als einen Gipsarm beklagen müssen. Consuela Martinez ließ die Hände fest am Lenkrad, als gäbe es dort noch etwas für sie zu tun. Erst nach einigen Sekunden atmete sie tief aus und ließ die Arme sinken. Schulte blickte zurück zu dem VW Caddy und sah, dass der offenbar besser weggekommen war als der Polizeiwagen und nun, wenn auch schwer beschädigt, freie Bahn hatte. Innerhalb kürzester Zeit war er aus Schultes Blickfeld verschwunden.

„¡Malnacido!“, fluchte seine Fahrerin und schaute düster drein. Schulte wusste nicht, was das bedeutete, ahnte aber, dass damit der andere Fahrer gemeint war. Besonders wertschätzend klang es jedenfalls nicht.

„Wissen Sie, wer uns eben gerammt hat?“, fragte Schulte und wunderte sich nicht, dass Consuela Martinez nur den Kopf schüttelte.

72

Wütend trat Consuela Martinez gegen den ohnehin völlig zerstörten Kotflügel des Dienstautos. Es kam nicht mehr darauf an.

„¡Qué putada!“

Keine Sekunde kam die Polizistin auf den Gedanken, dass ihr eigener, sehr offensiver Fahrstil eine Mitschuld am Unfall trug. Für sie war die Fahrerin des VW Caddy die Inkarnation des Bösen, eine wahre Bestie.

„Puta“, rief sie immer wieder. Dieses Wort, das mit „Schlampe“ noch milde übersetzt war, kannte selbst Schulte und schaute sie überrascht an. Er hatte ganz andere Sorgen.

„Wir müssen dieses Auto finden!“, rief er aufgeregt. „Sofort!“

Er erklärte ihr, wer in dem Caddy gesessen hatte. Sie sah ihn ungläubig an.

„Sind Sie sicher? Ich meine, das ging doch alles ziemlich schnell.“

„Absolut sicher“, schwört Schulte. „Wir dürfen nicht zulassen, dass sie aus der Stadt verschwinden.“

Sie lachte bitter.

„Mit dieser Karre können wir sie jedenfalls nicht mehr einholen. Und ich glaube nicht, dass ein anderer Dienstwagen zur Verfügung steht.“

„Dann versuchen Sie es doch wenigstens.“

Schultes Tonfall war nicht geeignet, die ohnehin gereizte Frau für sich einzunehmen. Sie blaffte zurück: „Perdone, Comisario Schulte. Aber das ist mein Revier.

Sie sind hier nur Gast. Auch wenn ihr Deutschen offenbar denkt, Mallorca sei euer südlichstes Bundesland. Also bitte, halten Sie die Regeln ein!"

Schulte zuckte resigniert mit den Schultern. Dann sah er, wie die Frau ihr Handy nahm und im Befehlston auf Spanisch etwas sagte. Auch diesmal schickte sie einen Wortschwall hinterher, der nichts anderes als ein saftiger Fluch sein konnte. Dann steckte sie das Handy wieder ein.

„Ein Kollege kommt sofort. Das Nummernschild haben Sie sich nicht zufällig gemerkt, oder?"

„Nein", brummte Schulte ärgerlich. „Dafür ging das Ganze wirklich zu schnell."

Zehn Minuten später stoppte ein anderer Guardia-Civil-Seat bei ihnen. Ein Uniformierter sprang heraus und besah sich grinsend den Schaden des Unfallautos. Als er einen Kommentar dazu abgab, hatte er sich wohl völlig verrannt, denn die heftige Antwort seiner Vorgesetzten ließ den armen Mann klein und kleiner werden. Schulte verstand kein Wort, aber die Körpersprache des Uniformierten ließ keinen Zweifel daran, dass ihm gerade der Kopf nach allen Regeln der Kunst gewaschen wurde. Diese Frau verblüffte Schulte. Körperlich eher zart, eine fast zerbrechlich wirkende Erscheinung, aber mit dem Temperament und der Aura eines Kampfstieres.

Der arme Kerl in Uniform hatte sich noch nicht von dem verbalen Hagelschauer erholt, als Consuela Martinez ihm schon die Schlüssel seines Dienstwagens aus der Hand riss. Dann wies sie ihn an, sich um das Unfallauto zu kümmern, jedenfalls glaubte Schulte, dies aus ihren

Worten herauszuhören. Sie drehte sich um, ließ den verdatterten Polizisten einfach stehen und bestieg das unversehrte Dienstfahrzeug. Schulte krabbelte mühsam wieder auf den Beifahrersitz. Den Wunsch, sie möge jetzt aber etwas vorsichtiger fahren, schluckte er herunter.

Es wäre auch nicht nötig gewesen, sie darauf hinzuweisen, denn nun fuhr sie tatsächlich deutlich langsamer. Aber das hatte wohl mehr damit zu tun, dass sie nun Ausschau hielt nach dem VW Caddy und das ging nicht im Formel-1-Tempo. Sie schauten angestrengt in jede Seitenstraße, fuhren in etliche Hinterhöfe hinein und wieder heraus. Aber der himmelblaue VW Caddy schien wie vom Erdboden verschluckt zu sein. Schulte wunderte sich, warum seine Kollegin nichts unternahm, um eine Fahndung auszulösen. Aber vermutlich gab es dafür keine ausreichende Grundlage, gestand er sich ein. Schließlich hatten sich Lennart Lang und Juliane Kramer in Spanien nichts zuschulden kommen lassen. Im Gegenteil: Bei ihnen war eingebrochen worden, sie waren es, die sich offenbar in diesem Apartement verstecken mussten. Und dieser Unfall war nur zum Teil die Schuld von Juliane Kramer gewesen. Vor was oder vor wem hatten die beiden Angst? Warum flüchteten sie immer wieder?

Nach über einer Stunde, in der Consuela Martinez den Seat kreuz und quer durch Sóller bewegt hatte, gab sie auf.

„Das hat doch alles keinen Sinn“, schimpfte sie. „Ich hätte mich nie auf diese Geschichte einlassen sollen. Kommt da so ein deutscher Bulle, erzählt eine Schauergeschichte und schon überschlage ich mich, ihm zu Diensten zu sein. Wie komme ich eigentlich dazu? Ich setze Sie jetzt in der Carrer de la Prosperitat ab. Dann können Sie Ihren Urlaub genießen und ich kümmere mich um die wirklich wichtigen Dinge."

„Wo setzen Sie mich ab?", fragte Schulte.

„In der Dienststelle der Guardia Civil. Dort, wo wir losgefahren sind."

Schulte war damit ganz und gar nicht einverstanden, hielt aber den Mund. Er hatte seine Lektion gelernt. Er würde von der Dienststelle aus ein Taxi nach Port de Sóller nehmen, dort mit Rosemeier zusammentreffen und mit ihm gemeinsam die weiteren Schritte überlegen. Auf die spanische Polizei konnte er offenbar nicht zählen. Diese Consuela Martinez ging ihm jetzt schon gewaltig auf die Nerven. Aber eigentlich konnte Schulte sich nicht beschweren, gestand er sich ein. Als Leiterin der Dienststelle Sóller hätte sie sich nicht persönlich mit Schultes Anliegen beschäftigen müssen. Sie hätte vielleicht einen ihrer Leute einsetzen können. Schulte hätte sich aber auch nicht beschweren dürfen, wenn Sie ihn einfach zum Teufel gejagt hätte. Es gab für die Guardia Civil keinen Fall Lang und somit keinen Grund, aktiv zu werden. Jetzt gab es ein demoliertes Polizeiauto und eine frustrierte Polizistin. Schulte hatte sich wohl keine Freunde in Sóller gemacht. Und er selbst? Was hatte er erreicht? Gut, er hatte Lennart Lang leibhaftig gesehen. Aber außer einem gebrochenen Arm und vielen Schürfwunden gab es nichts vorzuweisen.

Ach verflucht, dachte er, ich gebe auf. Rosemeier hat

recht. Ich lege mich jetzt auch ein paar Tage in die Sonne, erhole mich und fahre dann zurück nach Alemania. Dort werde ich von Fölsen Bericht erstatten und ihm sagen, dass er sich seine überkandidelte Familie sonst wohin stecken kann. Leise vor sich hin brummend ließ Schulte es widerspruchslos über sich ergehen, dass seine Fahrerin sich nicht um Vorfahrtsregeln kümmerte. Ihm war alles egal.

Sie waren im Westen von Sóller unterwegs gewesen, als Consuela Martinez ihren Entschluss zur Rückkehr bekanntgegeben hatte. Nun brausten sie auf der, Schulte bereits bestens bekannten Carrer de Cetre, zurück in die Altstadt. Gleich würden sie links abbiegen, natürlich entgegen der Einbahnstraßenregelung, und durch den Torbogen in den Innenhof des Sandsteingebäudes fahren. Das Auto würde geparkt werden, Schultes Aufgabe auf Mallorca wäre beendet und ein kurzer, aber wunderschöner Urlaub würde beginnen.

Auf der rechten Straßenseite, wenige Meter vor der Abzweigung nach links, sah Schulte eine schmuddelige Garage, die sich bei näherem Hinsehen als winzig kleine Autowerkstatt entpuppte. Da Consuela Martinez nach links abbiegen wollte, musste selbst sie das Tempo reduzieren. Schulte hatte dadurch ein kleines Zeitfenster, um im Vorbeifahren einen neugierigen Blick in die Werkstatt zu werfen. Es war wirklich nicht viel mehr als eine lang gezogene Garage, vollgestellt mit Metallstangen und allerlei Gerätschaften. Aber was war das? Schimmerte da ganz hinten in dem Raum nicht etwas Himmelblaues?

„Stopp!", rief Schulte seiner Fahrerin zu, die nun schon dabei war, das Lenkrad herumzuwerfen. „Halten Sie an, ich will sofort aussteigen."

Die Frau am Steuer war offenbar völlig unbeeindruckt und bog in aller Seelenruhe nach links ab.

„Wir sind so gut wie da", sagte sie trotzig. „Sie können genauso gut im Hof aussteigen. Ich kann nicht einfach mitten auf der Straße anhalten und Sie rauslassen. Das wäre ja ein Verstoß gegen die Verkehrsregeln."

Schulte starrte sie ungläubig an. Diese Begründung aus ihrem Mund erschien ihm geradezu obszön. Aber er wartete nervös, bis sie unter dem Torbogen, über dem ein großes weißes Schild mit der Aufschrift *Proteccio Civil de Sóller* zu sehen war, hindurch in den Hof der Polizeistation gefahren war.

„Die Werkstatt", rief Schulte aufgeregt. „Ich bin sicher, dass der Caddy dort steht. So eine bekloppte Farbe gibt es kaum zweimal."

Und schon rannte er los, ohne auf die Antwort der Polizistin zu warten. Consuela Martinez zögerte nur kurz, dann folgte sie ihm, als Schulte quer über die Carrer de Cetre lief, direkt auf die Garage zu. Sie war ursprünglich einmal weiß gestrichen gewesen, an beiden Seiten der Einfahrt waren jeweils zwei rote Querstreifen. Über dem Tor waren mit roter Farbe die Buchstaben *Ca'n Nofre* aufgemalt.

Schulte lugte neugierig in den dämmrigen Schlund der schmalen, langgezogenen Werkstatt. Als er den Atem von Consuela Martinez in seinem Nacken spürte, machte er einige Schritte in den Raum hinein. Und dort stand, weit hinten, ein himmelblauer VW Caddy. Schulte blickte seine Begleiterin an.

Die pfiff durch die Zähne. „De puta madre“, rief sie staunend. „Sie haben ihn gefunden.“

73

November 2001

Seit Tagen hatte Flipp nicht mehr schlafen können. Er hatte Schweißausbrüche und sein Herz schlug ihm bis zum Hals. Er würde es einfach nicht schaffen. In den durchwachten Nächten hatte Flipp hin und her überlegt und war immer wieder zu dem gleichen Schluss gekommen. Er würde das Projekt canceln müssen, auch wenn er einen Großteil seiner Ersparnisse zu der Realisierung der Aktion eingebracht hatte. Die ganze Angelegenheit war zu komplex, das war ihm in den letzten Wochen mehr und mehr klar geworden.

Flipp hatte sich entschlossen, seinen Professor aufzusuchen. Er hatte ihm die auftretenden Probleme geschildert und ihm geraten, die ganze Geschichte abzubrechen.

„Du hast dich verzettelt, Philipp. Das kommt bei solchen Projekten schon mal vor“, hatte sein Mentor ihm gesagt. „Wenn dann noch ein paar handwerkliche Fehler dazukommen, dann reichen die individuellen Kapazitäten manchmal einfach nicht mehr aus. Deshalb ist dein Vorhaben, mit deinem Projekt noch nicht an die Öffentlichkeit zu gehen, auf keinen Fall eine Niederlage. Bestimmte Details sind noch zu unausgereift. Trotzdem bleibt deine Idee genial. Du brauchst einfach mehr Zeit." Nach reiflichem Überlegen hatte der Professor noch nachgeschoben. „Wenn du den Beginn der Aktion nach hinten verschiebst und dann etwas Herausragendes ablieferst, dann kommt dir dein Handeln jetzt zugute. Jetzt einen Cut zu setzen ist keine Schwäche, es ist vielmehr eine Stärke, weil du Qualität willst und dein Gesamtziel nicht aus den Augen verlierst."

Nach den schlaflosen Nächten und der völligen Verausgabung hatte Flipp auf den Rat seines Professors gehört. Doch nun stand er da, mit nichts. Er war gescheitert. So fühlte es sich für ihn jedenfalls an.

Am Ende des Gespräches hatte ihm sein Professor noch einen Rat gegeben. „Du machst im Moment keinen gesunden Eindruck auf mich. Du musst medizinische Betreuung in Anspruch nehmen", hatte er Flipp ans Herz gelegt.

Und der hatte den Rat angenommen. Er war zu seinem Hausarzt gegangen. Der Mediziner hatte sich die Geschichte, die Flipp ihm erzählte, angehört und gesagt, dass er klug gehandelt habe. Alle Symptome und auch das, was er dem Arzt berichtet habe, deute auf einen handfesten Burn-out hin.

„Ich erachte es als sinnvoll, wenn Sie sich in ärztliche und psychologische Betreuung begeben", hatte der Doktor ihm empfohlen und auch gleich gehandelt. Der Arzt hatte zum Telefon gegriffen und einen Kollegen angerufen.

„In drei Tagen können Sie in Bad Pyrmont einen Platz in einer psychosomatischen Klinik bekommen. Ich rate Ihnen dringend, diese Möglichkeit zu nutzen. Es ist nicht einfach in dieser Kürze einen Klinikplatz zu bekommen. Sie haben wirklich Glück."

Flipp hatte zugesagt.

„Bis dahin werde ich Ihnen ein Medikament verschreiben, damit Sie zur Ruhe kommen und etwas Schlaf finden", hatte der Arzt vorgeschlagen. „Sie dürfen sich dann allerdings nicht an das Steuer eines Autos setzten. Lassen Sie sich von ihrer Familie abholen und in die Klinik bringen."

Flipp ging es wirklich schlecht und so hatte er sich entschlossen, die Medikamente, die ihm Entspannung bringen sollten, einzunehmen.

Nach einem ausgedehnten Schlaf galt es nun seine Reise zu seinem Elternhaus zu organisieren. Doch allein der Gedanke an das, was in den nächsten Tagen auf ihn zukommen könnte, hielt ihn schon seit Stunden von der nötigen Organisation der Reise ab.

Im Geiste hörte er bereits seinen Vater schwadronieren. Ein Lang bekäme keinen Burn-out, würde er zum Besten geben. Und ein Lang ginge schon gar nicht in eine psychosomatische Klinik. Ein Lang beiße die Zähne zusammen und zeige keine Schwächen.

Dies oder Ähnliches würde ihm sein Vater sagen, wenn er von Flipps Zusammenbruch erfuhr. Und er erlebte gedanklich seinen Onkel Wilhelm, der noch ordentlich Öl ins Feuer gießen würde.

„Der Junge bekommt es nicht hin", würde er seinem

Vater ins Ohr blasen. „Es ist doch immer das Gleiche. Flipp ist einfach zu weich. Wenn der nicht mal solche Kinkerlitzchen wie seine sogenannte Installation hinbekommt, wie soll er dann zukünftig einmal die Verantwortung für unser Unternehmen stemmen? Wenn der jetzt erst mal in der Klapse ist, in der Psychohängematte liegt und sich da ein schönes Leben macht, dann wird der sich doch auch zukünftig, immer dann, wenn ihm unternehmerisch der Wind ins Gesicht bläst, hinter die Mauern dieser Psychobude verziehen und jeglicher Herausforderung aus dem Wege gehen. Ich kenne den Jungen doch. Der hat einfach keinen Mumm." So etwas in der Art würde sein Onkel Wilhelm seinem Vater vorhalten und der würde es widerspruchslos hinnehmen.

Flipp überlegte. Er würde seine Mutter anrufen. Die müsste herkommen und ihn abholen. Vielleicht konnten sie es dem Rest der Familie verheimlichen.

74

In der vollgepackten Werkstatt war niemand zu finden.

„Vielleicht machen die gerade Mittagspause", sagte Schulte. „Passt ja von der Zeit her. Was meinen Sie, schauen wir uns das Auto trotzdem an? Oder begehen wir damit Hausfriedensbruch?"

Die mallorquinische Polizistin runzelte die Stirn, sagte dann aber kurz entschlossen: „Bleiben Sie hier am Eingang stehen. Ich schaue mir den Wagen mal an. Wenn einer kommt, dann pfeifen Sie."

Schulte kam sich reichlich deplatziert vor, als er im prallen Schein der Mittagssonne vor der Werkstatteinfahrt Schmiere stand, wie ein Kleinkrimineller in der Ausbildung. Während er den Versuch unternahm, so unbefangen wie möglich zu wirken, konnte er seine spanische Kollegin im Innern des langen, messihaft vollgepackten Werkstattraumes herumpoltern hören. Lächelnd schüttelte er den Kopf, als er versuchte, diese Frau in irgendeine ihm bekannte Schublade zu stecken. Es gelang ihm nicht. Eine derart merkwürdige Mischung hatte er noch nicht erlebt. Das zierliche, sanfte, fast mädchenhafte Äußere stand in irritierendem Gegensatz zu der Strenge ihres Gesichtes und der geradezu spröden Ernsthaftigkeit, die von ihr ausging. Als wäre diese Mischung nicht schon seltsam genug, hatte sie ihn mit ihrem atemberaubenden Fahrstil, ihrem unkontrollierten Temperament und ihren derben Flüchen vollkommen verwirrt. Ihre Neigung, sich einen Dreck um Vorschriften und Regeln zu kümmern, machte sie ihm geradezu sympathisch. In diesem Punkt trafen sich zwei Geschwister im Geiste.

Aber nie hätte Schulte es gewagt, so eine Frau anzubaggern. Obwohl sie ihm eigentlich ganz gut gefiel. Viel zu kompliziert, fand er.

Als ein dicker Mann in einem schmutzigen, blauen Overall recht zügig aus Richtung Altstadt auf ihn zukam, pfiff Schulte sicherheitshalber. Der Kerl hatte was von einem „Schrauber“, konnte also durchaus der Werkstattbesitzer sein. Schultes Unruhe nahm zu, als er feststellen musste, dass Consuela Martinez überhaupt nicht reagierte. Sie hatte mittlerweile die Tür des Caddys geöffnet und kramte gerade in dessen Handschuhfach herum, als sei dies die selbstverständlichste Sache der Welt. Hatte sie ihn nicht gehört? Schulte pfiff erneut, diesmal lauter. Der dicke Mann kam näher. Wieder keine Reaktion der Polizistin. Dann war der Dicke nur noch zwei Schritte von der Einfahrt zur Werkstatt entfernt. Was jetzt?, fragte sich Schulte. Nun saß seine spanische Kollegin in der Falle. Auch der Polizei ist es nicht erlaubt, so mir nichts, dir nichts in eine Autowerkstatt einzubrechen. Der Mann blieb direkt vor Schulte stehen, wischte sich den Schweiß von der Stirn und sagte: „Hola! Hace mucho calor."

Schulte zog als Ausdruck seiner Hilflosigkeit die Schultern hoch und hielt die Hände hoch. Deutlicher konnte er nicht machen, dass er kein Wort verstanden hatte. Den Werkstattbesitzer schien das aber nicht zu stören, denn er plauderte munter weiter. Dann sah auch er die Frau, die plötzlich im Hintergrund seiner Werkstatt auftauchte und nun nach vorn kam. Ruhig und ohne jedes Schuldbewusstsein. Schultes Bewunderung für ihre Kaltschnäuzigkeit wuchs ins Uferlose. Sie begrüßte den Werkstattmann, als sei dieser ihr bester Freund und zu Schultes großer Überraschung tat auch der Dicke so, als sei dies für ihn der Höhepunkt des Tages. Die beiden unterhielten sich laut, temperamentvoll und gestenreich. Aber ohne Aggression, wie Schulte herauszuhören glaubte. Schließlich wendete Consuela Martinez sich an ihn und erklärte: „Das Auto wurde heute Vormittag, eine Viertelstunde nach unserem Unfall, von einem deutschen Paar zu ihm gebracht. Er kannte die Leute nicht. Sie waren sehr nervös, fand er. Er hätte für die Reparatur Vorabzahlung verlangt, weil er diese Kunden nicht kannte. Der Mann habe ihm daraufhin ein so großes Angebot gemacht, das er nicht ablehnen konnte. Die Frau hätte sehr gutes Spanisch gesprochen, sagt er. Und sie hätte von ihm verlangt, dass er das Auto möglichst weit nach hinten stellt, damit es von der Straße aus nicht gesehen werden kann. Es sei ihm auch komisch vorgekommen, aber der große Schein hätte so schön geknistert und da sei ihm alles egal gewesen. Er müsse sich auch nicht beeilen, hatte sie gesagt. Es käme nicht so darauf an."

„Kein Wunder", entgegnete Schulte brummig. „Die wollten die Karre nur irgendwo gut verstecken, wo sie nicht auffällt und dann verschwinden. Das Auto wird niemand wieder abholen. Die sind wahrscheinlich längst mit einem Leihwagen oder mit dieser tollen Eisenbahn unterwegs Richtung Palma zum Flughafen."

Consuela Martinez verabschiedete sich von dem Werkstattbesitzer und ging mit Schulte quer über die Straße, um zur Dienststelle zu kommen.

„Hat der Mann sich gar nicht gewundert, dass Sie in seiner Werkstatt herumgekramt haben?", staunte Schulte. „Fand er das völlig normal?"

Sie schaute ihn an, als käme er von einem anderen Stern.

„Hier sind die Leute nicht so pingelig wie bei euch. Wissen Sie, seine Werkstatt liegt keine 100 Meter von unserer Dienststelle entfernt. Wenn wir Reparaturen an unseren Dienstwagen haben, dann macht er das. Wir kennen uns seit vielen Jahren. Er ist schon ziemlich eigenartig. Ich glaube, ihr Deutschen nennt solche Leute Messis. Aber er ist ein göttlicher Handwerker. Wenn er erst einmal seinen Schraubenzieher in all dem Chaos gefunden hat, dann vollbringt er damit wahre Wunder."

Schulte wunderte sich langsam über gar nichts mehr. Der dicke Mann hatte auf jeden Fall heute seinen Glückstag. In seiner Tasche steckte der fette Geldschein Langs und das Auto würde er über kurz oder lang auch auf eigene Rechnung verkaufen können.

In der Dienststelle der Guardia Civil führte Consuela Martinez erst ein Telefonat. Dann ließ sie für sich und Schulte einen Kaffee kommen. Danach saßen sie sich in ihrem winzigen Büro gegenüber.

„Ich habe eben mit den Kollegen vom Flughafen Palma gesprochen. Sie geben mir Bescheid, wenn ein Lennart Lang und eine Juliane Kramer abgeflogen sind. Aufhalten können wir sie aber nicht."

Sie machte eine Pause, offenbar um die Wirkung ihrer Worte auf Schulte zu beobachten.

„Ich will nicht drum herumreden, Herr Kollege", begann sie sehr ernsthaft das Gespräch. „Auch Ihnen wird klar sein, dass ich nichts mehr für Sie tun kann. Es liegt nichts gegen die beiden vor, was eine Fahndung rechtfertigen würde. Von einer Verhaftung ganz zu schweigen. Ich war heute schon eigenmächtig genug, um Ihnen persönlich einen Gefallen zu tun. Mehr geht nicht. Schaden habe ich auch genug angerichtet und der Ärger deswegen wird nicht auf sich warten lassen."

Schultes Gewissen pochte nicht weniger laut als die Glocken der großen Kathedrale von Sóller, die gerade in diesem Moment die Uhrzeit meldeten. Es war 17 Uhr, ein langer Tag ging seinem Ende zu. Die Frau war seinetwegen in Schwierigkeiten geraten. Konnte er das wiedergutmachen?

„Es tut mir leid", sagte er leise. „Darf ich Sie heute Abend zum Essen einladen? Als kleine Wiedergutmachung?"

Sie lachte, was bei ihr eher selten vorkam.

„Das ist nett von Ihnen, aber das geht nicht. Ich muss jetzt gleich meinen Sohn aus der Schule holen. Und dann muss ich mich um ihn kümmern. Er ist erst zwölf. Wissen Sie was? Kommen Sie doch mit Ihrem Kollegen, diesem Rosemeier, einfach zu mir. Es ist noch früh genug. Ich bin ganz gut in der einheimischen Küche, so bekommen Sie mal was anderes als immer nur Paella. Die ist hier schließlich alles andere als typisch. Wir essen nicht so früh wie Sie in Deutschland, sagen wir so halb zehn. Hier ist meine Adresse. Mein Kollege wird Sie in Ihr Hotel bringen."

75

Rosemeier hatte keine Lust, die Einladung von Consuela Martinez anzunehmen.

„Was soll ich da?", maulte er. „Ich habe mich schon

den ganzen Tag darauf gefreut, heute Abend noch mal richtig schön ins *Sol y Sombra* zu gehen. Da weiß ich, dass was Gutes auf den Teller kommt. Bei deiner spröden Polizistin gibt's wahrscheinlich veganes Essen und das soll ich dann auch noch bejubeln. Würde mich nicht wundern, wenn es Kamillentee zum Essen gibt, anstatt Wein. Nee, Jupp. Ohne mich."

„Das geht jetzt nicht mehr", entschied Schulte knallhart. „Ich habe bereits für dich zugesagt und sie bereitet jetzt für vier Personen zu."

„Vier? Wieso vier? Wer kommt denn noch?"

„Ihr Sohn ist natürlich auch dabei. Der wohnt schließlich bei ihr."

Das Gesicht von Rosemeier wurde immer länger. Da riss bei Schulte der Geduldsfaden.

„Jetzt zick hier nicht rum", rief er, lauter als gewollt. „Du hast mehrere Tage lang nur dein Ding gemacht und dich um nichts gekümmert. Diese Frau hat heute auf alle Vorschriften gepfiffen, um uns einen Gefallen zu tun. Und sie wird noch 'ne Menge Ärger deswegen bekommen. Da trinken wir eben Kamillentee zum Essen. Na und? Danach treffen wir uns mit Jonathan in der Kneipe und lassen uns nach allen Regeln der Kunst volllaufen. Los, gib dir 'nen Ruck!"

Eine Stunde später standen sie vor dem Haus am Rande von Sóller, in dem Consuela Martinez eine Wohnung hatte. Als Schulte klingelte, öffnete ihnen ein Bengel, der sie misstrauisch betrachtete. Genauso hätte sein Enkel Linus auf zwei fremde Männer reagiert, die seine Mutter besuchen wollten, dachte Schulte. Misstrauisch und abwartend. Nach einer gefühlten Ewigkeit ließ der Junge sie eintreten. Er führte sie in einen nicht sehr großen Raum, der offenbar als Wohn- und Esszimmer genutzt wurde. Auf einem schönen hölzernen Tisch standen bereits vier Gedecke. Schulte atmete tief durch, als er zwei Weinkühler mit jeweils einer Flasche darin sah. Das wäre schon mal geklärt, dachte er erleichtert und schaute auf Rosemeier, der immer noch etwas brummig wirkte. In diesem Moment kam Consuela Martinez herein. Sie lachte und wischte sich den Schweiß von der Stirn. Die luftige weiße Bluse und die knapp sitzende Jeans hatte sie mit einer Kochschürze vor Fettspritzern geschützt. Sie begrüßte Schulte, der ihr einen Blumenstrauß als Mitbringsel überreichte, wie einen alten Freund. Rosemeier gegenüber war sie deutlich verhaltener. Sie stellte ihnen den Jungen als ihren Sohn Paco vor. Dann bot sie den beiden Männern, die etwas linkisch herumstanden, Plätze am Tisch an. Während sie zurück in die Küche ging, wurde Paco gebeten, ihnen Wein einzuschenken. Dabei wirkte Rosemeiers Miene schon etwas entspannter. Nachdem er den ersten Schluck von dem gut gekühlten Weißwein aus dem einheimischen Anbaugebiet Binissalem probiert hatte, goutierte er dies mit einem zufriedenen Seufzen. Dann begann er, mit seinem holprigen Spanisch, eine kleine Plauderei mit Paco zu führen. Schulte schmunzelte innerlich und spürte zu seiner eigenen Überraschung plötzlich ein Gefühl starker Sympathie für seinen Kollegen. Rosemeier hatte seine Launen, keine Frage, und konnte auch nerven. Aber seine Natur ließ keine dauerhaft schlechte Stimmung zu. Der kleinste Anlass, und sei es ein Schluck guter Wein, genügte, um ihn glücklich zu machen. Beneidenswert, fand Schulte.

Dann trug Consuela Martinez die Vorspeise auf.

„Sepia con trempó“, kommentierte sie. Etwas misstrauisch beäugte Schulte die kleine Schale, die nun vor ihm stand und in der es allerlei Kleingewürfeltes zu sehen gab.

„Es ist ein Salat aus Tintenfisch, Tomaten, Zwiebeln, Paprikaschoten und Knoblauch. Mit Olivenöl und Weinessig angemacht. Que aproveche!“

Rosemeier, der ebenso leidenschaftliche wie erfahrene Feinschmecker, ließ sich nicht lange bitten und langte munter zu. Sein sich von Minute zu Minute entspannender Gesichtsausdruck sagte mehr als viele Worte. Er schwieg und genoss. Schulte war etwas zurückhaltender und probierte vorsichtig. Tintenfisch stand bei ihm nicht jeden Tag auf dem Speiseplan. Aber auch ihm schmeckte dieser Salat hervorragend und er machte dies auch verbal deutlich, was die Köchin sichtbar freute. Obwohl es für Schulte gar nicht einfach war, zivilisiert zu essen, da ihm nur ein Arm zur Verfügung stand. Nur Paco schien das alles nicht sonderlich zu imponieren. Das konnte aber auch daran liegen, dass seine Mutter ihn anwies, die Vorspeisen-Schalen in die Küche zu bringen, als alle diesen ersten Gang beendet hatten. Consuela Martinez verschwand ebenfalls wieder in der Küche. Eine Weile saßen die beiden Deutschen allein am Tisch. Wohlig seufzend schenkte sich Rosemeier ein weiteres Glas Weißwein ein und lehnte sich zurück.

„Das war doch schon mal hervorragend", kommentierte er und schmunzelte zufrieden. Er war genau am richtigen Ort, das Restaurant hatte er offenbar schon vergessen. „Hätte ich nicht erwartet. Gut, dass du mich überredet hast."

Da sich Paco nun wieder an den Tisch setzte, nahm Rosemeier wieder das Gespräch mit ihm auf. Er erfuhr einiges über dessen Schule und über Pacos Hobbys. Auch der Junge konnte sich auf Dauer der kumpelhaften Art von Rosemeier nicht entziehen und taute nun sichtbar auf. Schulte, der kein Wort verstand, fühlte sich ein bisschen überflüssig, sagte aber nichts dazu. Er erkannte neidlos die Gabe seines Kollegen an, menschliche Wärme auszustrahlen. Ein Talent, das ihm selbst nicht zur Verfügung stand.

Und schon brachte die Hausfrau den Hauptgang auf den Tisch. Sie öffnete den Deckel eines großen Schmortopfes, aus dem ein betörender Duft aufstieg.

„Conejo con cebolla", erklärte sie stolz. „Ein ganz einfaches und ziemlich altmodisches mallorquinisches Gericht. Es ist vor allem auf dem Land beliebt. Geschmorte Kaninchenstücke in einer Soße aus Weißwein, Zwiebeln, Knoblauch und Kräutern. Nichts Besonderes, aber ich hoffe, es schmeckt Ihnen."

Rosemeier, dessen Euphorie-Pegel längst am oberen Limit war, nahm einen großen Schluck Weißwein und sagte: „Wir sollten Du zueinander sagen. Schließlich sind wir doch Kollegen. Wundert mich sowieso, dass Jupp das noch nicht geregelt hat. Bei uns zu Hause duzt er alle, die ihm über den Weg laufen, ohne Ansehen von Alter oder Dienstgrad. Hier wirkt er irgendwie gehemmt, finde ich."

Consuela Martinez nahm Rosemeiers Angebot dankend an. Schulte musste Rosemeier insgeheim recht geben. Er war hier auf Mallorca tatsächlich nicht er selbst, war unsicherer als zu Hause. Aber auch er trank nun seiner Gastgeberin zu. Paco schien das Verhalten der Erwachsenen völlig egal zu sein. Er hielt sein Handy in der Hand und las interessiert eine Nachricht. Dann füllte die Köchin die Teller mit dem herrlich duftenden Fleisch.

„Großartig!", stöhnte Rosemeier nach dem ersten Bissen. „Ich komme jetzt jeden Tag."

Die Frau lachte nun so offen und frei, dass Schulte sie kaum wiedererkannte. Wo war die spröde Beamtin geblieben, als die er sie den ganzen Arbeitstag über erlebt hatte? Als habe die Küchenschürze aus ihr einen anderen, einen freieren Menschen gemacht. Er stellte überrascht fest, dass sie ihm immer besser gefiel.

Paco aß nur wenig, er schien auf den Nachtisch zu warten. Als der Hauptgang abgeräumt war, entschwand Consuela Martinez wieder für eine Weile in die Küche. Die Männer tranken Wein, hörten den Geräuschen aus der Küche zu, in der es rumorte und zischte, und fühlten sich einfach göttlich. Schulte ließ zu, dass Paco eine Art Graffiti auf seinen Gipsarm zeichnete. Dann kam das Dessert.

„Buñuelos de arroz con leche", kam die nun schon bekannte Erklärung. „Ich glaube, bei euch würde man so was Milchreiskrapfen nennen. Und dazu gibt es Mandeleis."

Schweigend genossen ihre Gäste auch diesen Gang. Als Rosemeier seinen leeren Dessertteller zurückschob und verstohlen den Gürtel ein Loch weiter gestellt hatte, fragte er: „Wo hast du eigentlich Deutsch gelernt? Du sprichst ja ungewöhnlich gut."

„Ich war nach der Polizeiausbildung in einem Austauschprogramm. Ein ganzes Jahr lang war ich in Deutschland eingesetzt, genauer gesagt in Hannover. Keine schöne Stadt, aber ich habe eure Sprache gelernt. Das war mir sehr wichtig damals."

„Jetzt fehlen zu meinem Glück nur noch dieser Lennart Lang und die Malerin", sagte Schulte. „Ist ein blödes Gefühl, nun ohne greifbares Ergebnis wieder abzureisen. Unser Flug geht übrigens morgen Nachmittag."

„Mach dir keine Sorgen", antwortete seine Gastgeberin. „Meine Kollegen am Flughafen werden es ja mitbekommen, wenn die beiden fliegen und euch in Deutschland informieren. Dann kannst du sie dort erwarten, wo sie landen."

„Ja", ergänzte Rosemeier, „zum Glück können sie ja nicht von hier aus mit dem Auto nach Deutschland fahren. Das schränkt ihre Möglichkeiten stark ein."

Kurz darauf verabschiedeten sich die beiden deutschen Polizisten und bedankten sich für den wunderbaren Abend.

76

„So schnell kriegt mich keiner mehr in so einen Flieger“, schimpfte Jupp Schulte, als er am Freitag endlich wieder auf dem Fritzmeierschen Hof stand und in die Nachmittagssonne blinzelte.

„Warum nich?“, wollte Anton Fritzmeier wissen. „Iss dir schlecht cheworden?“

„Nein“, antwortete Schulte. „Aber Fliegen ist nervig. Ständig musst du irgendwelche Zeiten einhalten und wehe, du kommst zu spät. So richtig komfortabel sind die Flugzeugsitze auch nicht. Die packen viel zu viele Leute in so eine kleine Blechkiste. Da kann man nicht mal die Beine ausstrecken.“

„Zum Chlück bisse ja nich so'n langes Elend“, lachte Fritzmeier. Abrupt wechselte er das Thema: „Du musst mir später unbedingt noch erzählen, wie du an den Chipsarm chekommen bis. Aber nich chetz. Jupp, chetz mach ma deine Ohren chanz weit auf. Du chlaubs nich, was hier los is. Hier bei uns auffen Hofe, da …“

Aber Schulte steckte noch tief in seiner eigenen Blase und hatte für Fritzmeier kein Ohr.

„Fast zwei Stunden Verspätung beim Abflug, Anton. Da sitzt du dir den Hintern platt, sage ich dir. Und gebracht hat es alles auch nichts. Ich weiß zwar jetzt, dass dieser Lennart Lang tatsächlich auf Mallorca ist oder wahrscheinlich war, aber was nützt mir das? Oder besser, was nützt ihm das? Es ging ja nicht darum, ihn zu verhaften, sondern ihn zu beschützen. Und Rosemeier war mir auch keine …“

„Jupp!“, unterbrach Fritzmeier ihn laut. „Sie kommen!“

Verwirrt folgte Schultes Blick dem ausgestreckten Arm von Fritzmeier. Der zeigte in Richtung Hofeinfahrt, in die gerade mit viel Schwung ein Kleinbus hereinbrauste, dann voll in die Bremsen ging und dabei eine Staubwolke hochwirbelte.

Die Beifahrertür sprang auf, eine ältere, sehr korpulente Frau stieg aus und kam mit kurzen Stöckelschritten auf sie zu.

Was für eine überdrehte Fregatte, dachte Schulte, wahrscheinlich will die zum Hofladen. Doch dann winkte die Frau aus der Entfernung und rief ihnen mit erstaunlich tiefer Stimme zu: „Hallo ihr Süßen! Jupp, endlich bist du auch da.“

Schultes Verwirrung nahm zu.

„Wollte ich dir chrade erzählen“, kommentierte Fritzmeier. „Aber du hass mich ja nich ausreden lassen.“

Erst als die vermeintliche Frau fast direkt vor Schulte stand und schon die Arme zur Begrüßung ausbreitete, fiel bei Schulte der Groschen.

„Walter?“, fragte er, noch immer nicht ganz sicher. Dann wurde er so fest an die falschen Brüste gedrückt, dass er nach Luft schnappen musste.

„Was machst du denn hier?“, legte er nach, als er wieder zu Atem gekommen war. „Das ist ja ’ne tolle Überraschung.“

Walter Holledau wandte sich fragend an Fritzmeier. „Weiß er noch gar nicht, was hier passiert?“

„Nee“, brummte Fritzmeier. „Ich bin charnich zu

Worte chekommen. Er hat immer nur von seinen Fluch chesprochen. Als wär dat was Besonderes chewesen. Hier spielt die Musik, Jupp, und nich da unten am Ballermann. Ich sach ja, dat chlaubse nich."

Fritzmeier schob die beiden Männer vor sich her in den Hofladen. Dort holte er drei Flaschen Bier aus dem Kühlschrank und öffnete sie.

„Ich cheb einen aus", rief er fröhlich. „Prost, auf unsern Film."

Dann brachten Holledau und Fritzmeier Schulte auf den Stand der Ereignisse. Der staunte ehrlich und beglückwünschte die beiden zu dem Projekt.

„Und Anton spielt die Hauptrolle?", fragte er, unsicher ob er alles richtig verstanden hatte.

„Hauptrolle wäre etwas übertrieben", korrigierte ihn Holledau und betrachtete zufrieden seine perfekt lackierten Fingernägel. „Eine wichtige Rolle, würde ich sagen."

„Jupp, Millionen werden mich sehen und becheistert sein", rief Fritzmeier dazwischen. „So wie bei diesem Klark Gebel, den fanden doch die Weiber damals alle chanz toll, als ich jung war. Vielleicht sollte ich mich auch so'n schicken Schnäuzer wachsen lassen."

„Bloß nich, Anton!", rief Holledau entsetzt. „Du bleibst du selbst. Dich kann man nicht verbessern."

Und zu Schulte gewandt: „Für dich finden wir auch noch eine Rolle, wenn du willst."

„Nee", lehnte Schulte lachend ab. „Lasst mich mal da raus. Ich schaue mir das lieber nachher im Fernsehen an."

Dann verließ er den Hofladen mitsamt den beiden Alten und ging über den Hof zu seiner Wohnung. Dabei sah er zwei junge Frauen durch die Hofeinfahrt bummeln. Die beiden gingen, zu Schultes Verblüffung, Hand in Hand.

Na ja, dachte er. So ist das heutzutage eben, muss man akzeptieren. Sind wohl Kundinnen von Fritzmeier. Er wollte gerade seine Haustür aufschließen, als er die Frauen erkannte und seinen Augen nicht traute. Das war doch Ina, seine Tochter. Und die andere, die kannte er auch ... verdammt, das war doch seine Kollegin Pauline Meier zu Klüt. Was ging denn hier vor? Die beiden hatten ihre Hände nun wieder keusch bei sich. Offenbar waren auch sie nicht auf ihn vorbereitet gewesen und wirkten nun leicht befangen. Schulte riss sich zusammen, begrüßte Ina mit einer herzlichen Umarmung und Pauline mit einem förmlichen Händedruck. Dann sah er die beiden jungen Frauen an und fragte vorsichtig: „Ihr kennt euch?"

„Ja, schon lange", erwiderte Ina. „Denk mal an deinen 60. Geburtstag. Da war Pauline auch eingeladen und du hast sie mir vorgestellt. Wir treffen uns manchmal und trinken einen Kaffee zusammen."

Kurz darauf saß Schulte allein in seiner Küche und trank sein zweites Bier an diesem Tag. Hatte er das eben richtig gesehen oder war er einer optischen Täuschung aufgesessen? Hatten die beiden nun Händchen gehalten oder nicht? Aber, selbst wenn, was bedeutete das? Wahrscheinlich gar nichts, redete er sich ein. Und wenn doch? Was würde das mit ihm machen? Er mochte Pauline, hatte sie im Dienst immer gern um sich gehabt, schätzte ihre tüchtige, zupackende Art, ihre Klugheit, ihre unkomplizierte Einstellung zum Leben. Als junge Kollegin war sie perfekt gewesen. Aber als Schwiegertochter?

77

Am liebsten wäre Schulte an diesem Montagmorgen einfach liegen geblieben. Aber das konnte er sich nicht aussuchen. Um acht Uhr hatte er einen Termin beim Arzt. Der ließ sich ausführlich von Schulte berichten, wie es zu dem gebrochenen Arm und den diversen kleineren Verletzungen gekommen war. Dann schüttelte er wortlos den Kopf, offenbar konnte er so viel Unverstand einfach nicht fassen.

„Und damit wollen Sie wirklich arbeiten?", fragte der Arzt und blickte Schulte an, als habe er die Hoffnung auf den Fortbestand der Menschheit nun endgültig verloren.

„Klar", entgegnete Schulte bestimmt. „Was soll ich denn sonst machen? Zuhause rumsitzen und mich zu Tode langweilen? Nicht mal entspannt Däumchen drehen kann ich mit diesem verdammten Gips. Nee Doc, entweder Sie schreiben mich arbeitsfähig oder ich arbeite gegen ärztlichen Rat."

Eine Stunde später betrat Jupp Schulte die sogenannte Dienststelle im *Obernkrug*. Die Kollegen saßen im ehemaligen Gastraum. Rosemeier redend und gestikulierend in der Mitte, die anderen um ihn herum drapiert und aufmerksam lauschend. Es gab das erwartete große Hallo, als Schulte zur Tür hereinkam.

„Geil!“, rief Marco van Leyden. „So stelle ich mir immer einen echten harten Bullen vor. Im Dienst verstümmelt, aber er steht dennoch seinen Mann im ewigen Kampf gegen das Böse. Mit einem Messer im Rücken gehe ich noch lange nicht nach Hause, stimmt's?“

Schulte grinste schwach. Es war, als habe er alle Worte in Mallorca gelassen. Da wo früher das Gehirn saß, war jetzt ein dicker Wattebausch. Ihm fiel einfach keine geistreiche Erwiderung ein, also hielt er einfach den Mund und setzte sich zu den anderen. Adelheid Vahlhausen stand auf, kam zu ihm, begutachtete den Gipsarm und schaute ihm prüfend in die Augen.

„Alles gut?“, fragte sie leise. Schulte schüttelte den Kopf, stand auf und zog mit der rechten Hand am linken Ärmel seiner Lederjacke.

„Hilf mir bitte mal, diese verfluchte Jacke auszuziehen“, sagte er zu ihr. „Ist gar nicht einfach, mit so einem Gips.“

Als das erledigt war, setzte er sich wieder keuchend hin. Rosemeier brachte ihm unaufgefordert ein kleines Gedeck mit einem belegten Brötchen und einer Tasse Kaffee.

„Du hast dich ja schon wieder gut eingelebt, wie ich sehe“, bemerkte Schulte anerkennend und nahm einen Schluck Kaffee.

„Ja“, sagte van Leyden. „Er hat uns schon alle eure Abenteuer erzählt. Die größte Herausforderung scheint die Bewältigung eines Drei-Gänge-Menüs gewesen zu sein. Aber das habt ihr ja mit Bravour gemeistert. Tapfere Jungs."

Schulte starrte ihn länger an, als er wollte. Er konnte diesen jüngeren Kollegen noch immer nicht richtig einordnen. Wollte der nur einen Scherz machen oder ihm tatsächlich ans Knie pinkeln? Schulte, zum Kämpfen zu matt, entschied sich pragmatisch für den Scherz. Hubertus von Fölsen drängte sich nun dazwischen.

„Lassen Sie den Kollegen doch mal in Ruhe, van Leyden", fuhr er den Jüngeren an. „Ich finde es interessanter, was er zu berichten hat, als Ihre ewigen Provokationen."

Von Fölsen war der einzige im Team, der sich Siezen ließ und der konsequent alle anderen derart förmlich ansprach.

„Was soll ich sagen?", begann Schulte zögernd und nahm einen weiteren Schluck Kaffee. „Unterm Strich war es ein Schuss in den Ofen. Wir haben Folgendes herausgefunden: Lennart Lang war tatsächlich oder ist immer noch auf Mallorca. Er war oder ist dort zusammen mit einer deutschen Frau namens Juliane Kramer, die als Kunstmalerin in Port de Sóller lebt. Und irgendjemand, wahrscheinlich der, der ihm ans Leder will, hat bei den beiden eingebrochen und die ganze Bude verwüstet."

Er biss ein Stück seines Brötchens ab und kaute bedächtig. Noch immer kauend fuhr er fort: „Warum, das wissen wir nicht. Ach ja, fast hätte ich es vergessen, irgendeiner hat mich eine Treppe runtergestoßen und mich in einem eiskalten Keller eingeschlossen. Wer? Auch das weiß ich nicht. Lennart Lang oder die Malerin? Warum hätten die das machen sollen? Die Malerin kannte mich ja. Nein, es muss ein Dritter gewesen sein. Einer von dem wir nichts, aber auch gar nichts wissen."

„Oder eine", ergänzte Adelheid Vahlhausen.

„Auch möglich", akzeptierte Schulte mit matter Stimme.

„Das war keine Panikreaktion, sondern ein veritabler Mordversuch", rückte Rosemeier die Fakten ins rechte Licht. „Wären wir in der Nacht wirklich wieder zurückgegangen, säße Jupp jetzt nicht hier bei uns."

„Ja", brummte Schulte. „Wenn dein Kumpel Jonathan nicht so eine schwache Blase gehabt hätte, dann wäre es aus gewesen mit mir."

„Ein Hoch auf die schwache Blase", rief van Leyden mit viel falschem Pomp in der Stimme.

Da ihn niemand beachtete, stand er auf und verließ wortlos den Gastraum.

„Aber jetzt mal im Ernst, Herr Schulte", rief Hubertus von Fölsen alle wieder zum Thema zurück. „Das war alles? Sie haben keinen Kontakt zu Lennart bekommen? Sie konnten ihn nicht schützen? Vielleicht ist er jetzt schon tot und wir sitzen hier, trinken Kaffee und sprechen über Blasenschwäche. Das kann doch nicht wahr sein."

Niemand antwortete ihm, und so fuhr er, immer erregter werdend, fort: „Ich habe mich auf Sie verlassen, Herr Kollege. Und jetzt dieses Ergebnis. Wenn man das überhaupt als Ergebnis bezeichnen kann. Was soll ich denn jetzt den Eltern sagen? Also ehrlich ... das hätte jeder Polizeischüler im ersten Ausbildungsjahr genauso gut geschafft."

„Dann mach deinen Kram doch selbst, du verdammter Schnösel", schrie Manfred Rosemeier, dem nun offenbar die Nerven durchgingen, ihn an. Für das förmliche Sie hatte er jetzt keine Verwendung. „Jupp hat den Kopf für dich hingehalten, wäre beinahe draufgegangen und jetzt kommst du aufgeblasener Wichtigtuer daher und weißt alles besser. Ich glaub es nicht."

„Ruhig, liebe Kollegen", ging Adelheid Vahlhausen dazwischen. „Es hilft niemandem, wenn wir uns an die Gurgel gehen. Wir sollten besser alle zusammen ..."

„Nein", rief von Fölsen und stand auf. „Nichts mehr zusammen. Ich gehe jetzt zu den Eltern von Lennart und beichte ihnen unseren Misserfolg. Danach überlege ich mir, was ich mache. Alles Weitere überlassen Sie bitte mir. Ich hätte die Sache gleich selbst in die Hand nehmen sollen."

Adelheid Vahlhausen musste Rosemeier zurückhalten, der dem adeligen Kollegen unbedingt handfest die Meinung sagen wollte.

„Lass gut sein, Manni", murmelte Schulte müde. „Er hat ja recht. Ich habe es vergeigt. Die ganze Reise war viel Lärm um nichts. Wenn Lennart Lang wirklich sterben sollte, dann geht das auf mein Konto."

78

Um 13 Uhr hatte sich Schulte mit Maren Köster zum Essen verabredet. Er kam sogar nahezu pünktlich in der kleinen *Pizzeria da Fiorini* in Heidenoldendorf an. Maren Köster, die in ihrem ganzen Leben wohl noch nie verspätet zu einem Termin erschienen war, saß bereits an einem der wenigen Tische und winkte ihm zu. Schulte spürte, wie sein Herz bei ihrem Anblick einen kleinen Lupfer machte. Sie waren kein Paar mehr, würden auch nie wieder ein Paar werden, aber vergessen konnte er sie trotzdem nicht. Diese Frau war ein Teil von ihm geworden, untrennbar mit seiner Gefühlswelt verbunden, ob er wollte oder nicht. Wenn er ganz ehrlich zu sich war, dann wollte er das auch. Als er sich zu ihr setzte, gab er ihr einen ebenso flüchtigen wie keuschen Kuss auf die Wange. Alle anderen Tische waren besetzt. Neben ihnen lärmte eine Großfamilie, deren Kinder sich darum stritten, wer die bessere Pizza erwischt hatte. In der hinteren Ecke saß ein reichlich herunter gekommener Mann, der sich still über seine Nudeln beugte und hoch konzentriert aß. Schulte hatte diesen Mann schon mal gesehen, konnte ihn aber nicht mehr einordnen. Er wusste nur noch, dass er ihn als sympathisch in Erinnerung hatte. Dann wandte er sich dem freundlichen und stets vor Energie übersprudelnden Wirt zu, der die Bestellung aufnehmen wollte.

„Oh, was ist passiert?“, fragte der Gastwirt und zeigte auf Schultes Gipsarm. „Schlimm?“

„Nein“, erwiderte Schulte schroff und bedauerte

sofort seinen Tonfall, der reichlich abweisend klang. Betont freundlicher, aber dabei sehr bemüht wirkend, fuhr er fort: „Ich bin nur gestürzt. Die Kellertreppe. Zuhause. Hätte schlimmer ausgehen können. Glück im Unglück."

Um das Gespräch abzubrechen, nahm er die Speisekarte zur Hand. Er orderte einen Teller Bandnudeln mit Schinken und Safransoße. Der erfahrene und lebenskluge Gastwirt ließ sich von Schultes Geschäftigkeit nicht täuschen und schaute ihn prüfend an.

„Viel Arbeit heute?", fragte er.

„Jaja", murmelte Schulte pflichtschuldig. „Ziemlich viel Arbeit."

„Ich habe einen fantastischen Weißwein reinbekommen", lachte der Wirt. „Ich bringe dir mal ein Glas zum Probieren. Der erfrischt und macht gute Laune. Du wirst sehen."

Damit verschwand er hinter der Theke.

„Netter Kerl", lachte Maren Köster und sah ihm nach. Anschließend schaute sie Schulte ebenso prüfend an wie vorher der Wirt.

„Du machst wirklich keinen guten Eindruck", sagte sie besorgt. „Ich weiß, dass die Kellertreppe zu Hause gelogen war. Jetzt erzähl mal von Anfang an. Und lass nichts aus."

Bis das Essen auf den Tisch kam, hatte Schulte ihr alles berichtet. Als er aber nun seine trübe Gemütslage mit den Folgen des Kellertreppensturzes erklären wollte, wischte sie das einfach weg.

„Jupp, mach mir nichts vor", sagte sie und schnitt

ein Stückchen der dampfenden Pizza ab. „Dafür kennen wir uns schon viel zu lange und viel zu gut. Einen gebrochenen Arm steckt so einer wie du locker weg. Das alles sieht mir mehr nach einer beginnenden Depression aus. Etwas, dass ich von dir gar nicht kenne. Ich mache mir Sorgen, ob du das glaubst oder nicht. Wo drückt es denn so?"

Schulte tat so, als konzentriere er sich darauf, die Bandnudeln möglichst korrekt mit der Gabel aufzuspießen. Es fiel ihm schwer, über sich und seine Befindlichkeiten zu sprechen. Selbst bei dieser Frau. Vielleicht sogar gerade bei ihr. Dann gab er sich einen Ruck und sagte: „Es kommt gerade eine Menge zusammen. Vielleicht sogar etwas zu viel."

Dann zählte er auf. Die ergebnislose Expedition nach Mallorca, der damit verbundene Verlust an Reputation bei den Kollegen, der Versuch Erpentrups, ihn vorzeitig in den Ruhestand zu drängen und seine Angst davor.

„Was soll ich denn dann machen?", fragte er. „Ich kann doch nicht den ganzen Tag Kreuzworträtsel lösen."

„Du kannst eine Menge machen", antwortete sie. „Du kannst Sport treiben, kannst dich bilden, kannst mit mir ab und zu mal essen gehen. Oder du wirst Privatdetektiv. Oder Sicherheitsexperte. Das machen doch viele der alten Kollegen. Es gibt immer Möglichkeiten."

„Du hast gut reden, du junger Hüpfer", gab Schulte zurück und nahm einen großen Schluck Wein. Dann winkte er dem Wirt und orderte ein zweites Glas. „Bei dir steht das ja alles noch nicht auf der Agenda. Aber da ist etwas, das betrifft auch dich."

Vorsichtig erzählte er ihr nun von seiner Beobachtung am Freitag. Als er seine Tochter Ina Hand in Hand mit Pauline Meier zu Klüt, einer engen Mitarbeiterin von Maren, gesehen hatte.

„Bilde ich mir da etwas ein? Hältst du das für möglich?“, fragte er.

„Na ja“, antwortete sie nach einigem Zögern. „Und wenn schon? Was geht es uns an? Solange es bei Pauline nicht die Arbeitsleistung beeinträchtigt, ist das für mich okay. Kommst du damit nicht klar?“

Schulte trank erst mal wieder, bevor er antwortete: „Natürlich. Jetzt unterstell mir bitte nicht, ich hätte Angst vor einem gesellschaftlichen Skandal. Das ist meine kleinste Sorge. Ich hatte schon immer den Wahlspruch: Die einen kennen mich, die anderen können mich. Nein, es ist mehr diese Verbindung zu deiner Abteilung. Ich war ganz froh, mich endlich emotional von euch gelöst zu haben, versteh das bitte nicht falsch. Aber wenn jetzt Pauline, die ich als Kollegin immer sehr geschätzt habe, nun ein Teil meines Privatlebens wird, dann kommt das alles wieder hoch. Ich muss davon ausgehen, dass jedes Wort, das ich zu Hause spreche, zu dir kommt. Und du musst das umgekehrt auch. Findest du das gut?“

„Nicht wirklich“, sagte sie nachdenklich. „Aber wir können es auch nicht ändern. Und ich denke, Pauline ist professionell genug, um Dienst und Schnaps fein säuberlich zu trennen. Ich mache mir da keine Sorgen.“

Schulte aß den Rest seiner Nudeln, schob den Teller von sich und lehnte sich zurück. Im kleinen Gastraum war es deutlich ruhiger geworden, da die Großfamilie schon vor Minuten verschwunden war.

„Du hast recht", sagte er entschlossen. „Schauen wir nach vorn. Unternimmst du noch etwas im Fall dieser unseligen Familie Lang?"

„Nein", sagte sie, überrascht über den plötzlichen Themenwechsel. „Warum sollte ich? Das hat sich doch erledigt. Wenn der junge Mann sich mit einer schönen Frau auf Mallorca herumtreibt, dann ist das seine Sache. Geht uns nichts an. Und wenn du zufällig dort einen Einbrecher auf frischer Tat gestört hast und der dich einsperrt, so hat das nicht zwingend etwas mit Lang zu tun. Ich kann hier keinen Handlungsbedarf erkennen. Und du hältst dich besser auch raus. Lass deinen Schlaubergerkollegen von Fölsen doch sein Ding machen. Denk dir lieber eine Strategie aus, mit der du Erpentrup etwas entgegensetzen kannst. Der ist gerade dabei, der lippischen Polizei den Rest zu geben. Als hätten wir nicht genug um die Ohren. Sein Gerede von Neustrukturierung und so weiter ist doch Bullshit. Mir kommt das immer mehr wie ein persönlicher Rachefeldzug vor."

„Das ist es auch, keine Frage. Und du hast recht. Die Langs können mich mal, das Thema ist durch. Erpentrup ist jetzt wichtiger. Nehmen wir noch einen Kaffee?"

79

Es ließ ihn einfach nicht los. Schulte ärgerte sich über sich selbst, aber es gelang ihm nicht, diese offenbar von einem Fluch heimgesuchte Familie Lang aus dem Kopf zu bekommen. Als er nach dem Mittagessen wieder an seinem Schreibtisch saß, kroch ihm die Scham über sein Versagen auf Mallorca auf die Tischplatte. Verbunden mit einem nicht klar zu fassenden Gefühl von Besorgnis. Worüber aber machte er sich Sorgen? Keine Sekunde glaubte Schulte an einen Fluch oder etwas ähnlich Mysteriöses. Warum dann dieses ungute Gefühl in der Magengrube, diese Unruhe? Dieser Gedanke, Schuld zu sein an einem Ereignis, das unmittelbar bevorstand. Schulte starrte eine ganze Weile auf seinen Gipsarm, dem einzigen sichtbaren Ergebnis seiner Reise. Wütend wischte er dann einige alte Notizen vom Schreibtisch und ließ sie achtlos auf dem Fußboden liegen. Machte er sich gerade zum Affen? Hatte er sich aus purer Verzweiflung, entstanden aus Langeweile und Zukunftsangst, in eine Aufgabe gestürzt, die gar keine war? Mit großer Wahrscheinlichkeit entsprang dieser ganze Fünfjahres-Quatsch nur der kranken Fantasie des alten Lang. Denn es gab keinerlei Fakten, die diesen Blödsinn stützen konnten. Schulte zählte sich zum x-ten Male die drei Todesfälle in der Familie auf. Der älteste Sohn war beim Tsunami umgekommen. Pech, aber das war damals auch zigtausenden anderen Menschen passiert. Eine Naturkatastrophe und kein Mord. Sicher, beim Bergsteigerunfall des Bruders Wilhelm hatte es seinerzeit ein paar kleine Fragezeichen gegeben. Irgendwas hatte mit der Ausrüstung nicht gestimmt. Aber auch das kommt vor, musste kein Hinweis auf Fremdeinwirkung sein. Auf jeden Fall hatte die bayrische Polizei damals nichts Auffälliges gefunden. Und der tödliche Segelunfall von Frederik, dem zweiten Sohn? Auch hier hatten die polizeilichen Untersuchungen der Kollegen aus dem hohen Norden nichts ergeben. Sie hatten nichts entdeckt, was auf etwas anderes als bodenlosen Leichtsinn hingewiesen hatte.

„Es war einfach nur verdammtes Pech", fluchte Schulte und schlug mit der flachen rechten Hand auf die Schreibtischplatte. Das zwischen diesen drei Ereignissen jeweils fünf Jahre lagen, war ein erstaunlicher Zufall, aber eben ein Zufall. Nichts weiter. Und es gab nicht den geringsten Grund, warum Schulte nun Angst um das Leben dieses Lennart Lang haben sollte. Dieses jungen Mannes, den er nicht mal kannte. Und dennoch … das flaue Gefühl im Magen blieb, wollte einfach nicht weichen. Er musste irgendetwas tun, um auf andere Gedanken zu kommen. Plötzlich hatte er eine Idee. Er nahm das Telefon zur Hand und wählte die Nummer der Kreispolizeibehörde mit der Durchwahl von Pauline Meier zu Klüt.

Er fühlte sich ungewohnt befangen, als er die Stimme der jungen Frau hörte, die er so gut zu kennen glaubte. Mit der er lange und angenehm zusammengearbeitet hatte. Und die sich nun anschickte, in ganz anderen Zusammenhängen Teil seines privaten Universums zu werden.

„Meier“, er hatte sie nie anders angesprochen als mit dem ersten Teil ihres komplizierten Nachnamens und wollte das auch jetzt nicht ändern, „kannst du mir einen Gefallen tun?“

Sie bejahte dies ohne irgendeine Einschränkung. Hatte sich ihr Tonfall verändert? War auch sie befangen? Klang dieses „Ja“ nicht irgendwie vorsichtiger als sonst? Fast ein bisschen lauernd? Schulte schüttelte den Kopf über sich selbst. Es war unmöglich, aus dieser einen Silbe so viel abzuleiten, sagte er sich. Er versuchte, so zu klingen, wie sie es von ihm gewohnt war.

„Es geht um den Todesfall Frederik Lang aus dem Jahre 2014. Du kommst doch an die Akte. Kannst du mal nachschauen, wie der Mann hieß, der damals mit ihm zusammen gesegelt ist?“

Sie brauchte eine Weile, bis sie ihm Namen und Telefonnummer des Mannes geben konnte. Auch das brachte sie ebenso fröhlich und direkt rüber, wie Schulte das von ihr kannte. War doch nichts zwischen ihr und Ina? Hatte er sich auch das eingebildet? Vielleicht sollte er mal einen Psychologen aufsuchen, dachte er, als das Gespräch beendet war. Wenn er anfing, sich alles Mögliche einzubilden, wenn er das Gras wachsen hörte, wenn er begann sich Sorgen zu machen, nur weil er ein mulmiges Gefühl in der Magengegend spürte, dann wurde es höchste Zeit, ein deutliches Stoppzeichen zu setzen.

Eine Stunde später meldete sich am Telefon der Mann, der seinerzeit der Segelkamerad von Frederik Lang gewesen war. Schulte wollte wissen, wie genau der tödliche Unfall verlaufen war.

„Aber das habe ich doch schon damals lang und breit der Polizei erklärt", erwiderte der Mann leicht genervt. „Ihre Kollegen haben sich nicht gleich mit meiner Darstellung zufriedengegeben. Aber das ändert nichts daran, dass es genauso war, wie ich geschildert habe. Glauben Sie mir, die Szene hat sich bei mir eingebrannt, jede Einzelheit. Ich werde sie nie vergessen. Und ich behaupte auch gar nicht, dass ich völlig unschuldig an Frederiks Tod bin."

„Ach, warum?", Schulte war plötzlich hellhörig geworden.

„Weil wir beide uns wie völlige Idioten verhalten haben. Ich hätte, als der Ältere von beiden, Frederik zur Vernunft bringen müssen. Es gab damals eine Sturmwarnung vor Sylt mit der dringenden Empfehlung an alle Boote, im Hafen zu bleiben. Aber nein, wir waren ja ganz besonders schlau. Fredrik liebte es, bei diesem Wetter zu segeln. Wenn es so richtig zur Sache ging, wenn er sich als Segler beweisen konnte. Ich hatte Bedenken, aber ich habe sie nicht nachdrücklich geäußert, sondern bin mitgefahren. Das werfe ich mir seitdem vor. Diese Bilder kriechen mir fast jede Nacht auf die Bettdecke."

„Was ist dann passiert? Sind Sie gekentert?"

„Nein! Dann wäre ich jetzt auch tot. Nein, es war Unvermögen. Frederik hatte zwar den Segelschein, hatte aber mehr Mut als Erfahrung, vor allem mit solchen Wetterlagen. Ich selbst war ein totaler Laie, hatte vom Segeln nicht die geringste Ahnung. Meine Qualifikation als Mitsegler bestand darin, dass ich ein Studienfreund von Frederik war. Wahrscheinlich war es auch mein Fehler, der dann zu dem … na ja, dem Drama geführt hat. Frederik wollte eine sogenannte Halse machen. Fragen Sie mich nicht, was genau das ist. Er hat mir irgendwas zugerufen, dass ich aber wegen des Sturms nicht richtig verstanden habe. Dann wollte er das, was ich eigentlich machen sollte, selbst machen und dann, ja dann ist es passiert."

„Was ist passiert?"

„Der Segelbaum ist wohl ganz plötzlich umgeschlagen und hat Frederik so unglücklich getroffen, dass er über Bord gegangen ist. Er war einfach weg, verstehen Sie? Von einer Sekunde zur anderen war ich allein auf diesem verfluchten Boot. Was hätte ich denn machen sollen? Ich war vollkommen hilflos ohne ihn. Und das bei diesem Sturm. So etwas wie ein Mann-über-Bord-Manöver? Ich hatte keinen Schimmer, wie man so was hinbekommt. Nicht mal theoretisch. Voller Panik habe ich einfach nur versucht, diesen scheiß Baum irgendwie festzuhalten, damit er nicht auch mich noch erschlägt. Zum Glück für mich war dann plötzlich einer dieser Rettungskreuzer bei mir. Die haben dann noch lange nach Frederik gesucht, aber … er tauchte nicht mehr auf. Nie wieder. Glauben Sie mir, das war das Schrecklichste, das mir in meinem Leben passiert ist. Und ich fühle mich nicht unschuldig. Aber ich kann dafür garantieren, dass es ein Unfall war, bei dem niemand nachgeholfen hat. Daran gibt es überhaupt keinen Zweifel."

Schulte grübelte noch lange, nachdem das Gespräch beendet war. Der Mann hatte einen glaubwürdigen Eindruck auf ihn gemacht. Wenn also der Tod von Frederik Lang nichts anderes als ein tragischer Unfall gewesen war, dann brach damit die ganze schöne Fünfjahres-Theorie in sich zusammen. Es waren einfach drei Unfälle, die zufällig in einem Abstand von jeweils fünf Jahren passiert waren, mehr nicht. Absolut kein Thema für die Polizei. Es gab daher nicht den geringsten Grund, dass Lennart Lang in irgendeiner Form bedroht sein könnte. Auch das Chaos in der Langschen Finca auf Mallorca war keine Folge eines Rachefluches gewesen, sondern die eines banalen Einbruchs oder Vandalismus. Aber wieso glaubte die Familie Lang so felsenfest an diese Fünfjahres-Theorie? Schulte konnte es ihnen nicht mal verdenken. Bei allen Unfällen in der Familie war etwas Nebulöses. Immer war ein kleiner Freiraum für Zweifel übrig geblieben. Philipps Leiche war nie gefunden worden, ebenso wenig wie die vieler tausend anderer bei der Katastrophe damals. Warum hatte beim Onkel, der ja ein erfahrener Bergwanderer war, die Ausrüstung versagt? Auch Frederiks Leiche war nicht wiederaufgetaucht, es hatte also nie die Möglichkeit gegeben, durch eine Obduktion letzte Zweifel zu beseitigen. Schulte konnte verstehen, dass ein Mann wie Friedrich Lang es besser ertragen konnte, mit dieser Bedrohungstheorie, die doch immerhin dem Ganzen eine Richtung gab, zu leben, als die ungeheure Leere und Absurdität der drei Todesfälle zu ertragen. Es war einfach eine, wenn auch eigenwillige, Form von Sinngebung.

Aber das galt ja nicht für Schulte. Seine Aufgabe war, rational zu handeln. Die Familie Lang war nicht bedroht. Nicht mehr oder weniger als jede andere Familie auch. Basta! Höchste Zeit, sich wieder sinnvolleren Aufgaben zu widmen.

80

Maren Köster war guter Dinge. Das Gespräch mit Schulte hatte ihr gutgetan. Auch wenn der sie oft mit seiner Missachtung von vielen Regeln und Vorschriften zur Weißglut brachte.

Schulte war jemand, der seine Ziele mit absoluter Konsequenz verfolgte, war verlässlich und man konnte mit ihm gut zusammenarbeiten.

Das kurze Gespräch mit Schulte hatte die nächste Tür aufgemacht. Plötzlich war es so einfach. Sie machte jetzt den Deckel drauf. Sie schrieb den Abschlussbericht, danach hatte sie den Rücken frei. Und dann konnte sie sich um die Angelegenheit Erpentrup kümmern und zwar ohne jegliche Ablenkung.

Maren Köster tippte auf die Tastatur ihres Computers. Der erwachte augenblicklich aus dem Stand-by. Sie tippte den Dateinamen ein, um die Akte Lang aufzurufen. Doch es passierte nichts. Anscheinend gab es diesen Vorgang nicht. Maren Köster bemühte eine Suchmaschine. Es tat sich nichts. Seltsam, die Akte Lang blieb verschwunden. Vielleicht hatte sie einen Bedienungsfehler gemacht. Maren Köster ging zu Pauline Meier zu Klüt ins Büro, um sie um Rat zu fragen. Auch die wusste nicht weiter. Nachdem die Kollegin es ebenfalls mehrfach versucht hatte, die Akte aufzurufen, zuckte sie resigniert mit den Schultern. „Tut mir leid, Maren, ich weiß nicht mehr weiter. Ich kann dir auch nicht helfen."

„Das gibt es doch gar nicht", schimpfte Maren Köster. „Die Akte kann doch nicht so mir nichts dir nichts verschwinden. Sollten wir etwa eine Sicherheitslücke haben? Ja, an wen wende ich mich denn jetzt? Der neue Chef kommt erst in ein paar Tagen. Der Landrat ist nicht zu sprechen."

Pauline überlegte. „Die Staatsanwaltschaft, wende dich an die Staatsanwaltschaft. Wir müssen zum jetzigen Zeitpunkt davon ausgehen, dass wir ein Sicherheitsproblem bei unserer Datenverarbeitung haben."

Maren Köster verdrehte die Augen. „Nicht schon wieder dieser Söder. Wenn ich dem erzähle, dass die Akte Lang verschwunden ist, dann unterstellt der mir doch mit absoluter Sicherheit, dass ich das absichtlich gemacht hätte, um bestimmte Dinge zu vertuschen."

Pauline überlegte. Nach kurzer Zeit umspielte ein Lächeln ihre Mundwinkel. „Ich habe eine Idee", triumphierte sie. „Die Männer aus der Kneipe, die können uns helfen."

„Du meinst Schultes Truppe?", kam es ungläubig von Maren Köster.

„Genau", grinste Pauline. „Van Leyden, der war früher der EDV-Crack des LKA."

„Und wieso sitzt der jetzt bei Schulte?", wunderte sich Maren Köster.

„Na, der hat sich eben auch in Sphären der Computerwelt herumgetrieben, in denen er nichts zu suchen hatte. Wahrscheinlich macht der das immer noch. Doch ich vermute, er ist geschickter geworden, wenn es darum geht, die Spuren zu verwischen“, erzählte Meier zu Klüt. „Außerdem glaube ich, der weiß von manchen Politikern und vor allem von seinen ehemaligen Chefs soviel, dass die sich nicht trauen, sich in letzter Konsequenz mit ihm anzulegen.“

Maren Köster überlegte nicht lange.

„Okay, Pauline“, entschied sie. „Hol den Mann her!“

81

„Wo willst du jetzt noch hin?“, fragte Silvia Lang ihren Ehemann, der gerade eine Jacke von der Garderobe holte und schon den Autoschlüssel in der linken Hand hielt.

Die beiden Eheleute hatten sich in den letzten Tagen nicht viel zu sagen gehabt. Sie waren sich aus dem Weg gegangen, so gut es ging und da ihnen fast das ganze Schloss Schieder zur Verfügung stand, gab es Möglichkeiten genug, sich in die eigene Nische zurückzuziehen. Aber nun gab es für ihn kein Entrinnen. Sie stand in der Tür, die von der Garderobe zum Flur und zum Ausgang führte. Wenn er an ihr vorbei wollte, musste er sie mit Gewalt beiseiteschieben. Das würde er wohl nicht wagen, kalkulierte sie und wartete auf eine Antwort. Doch ihr Ehemann stand unschlüssig herum, spielte nervös mit dem Autoschlüssel und konnte sich offenbar nicht entscheiden, wie er reagieren sollte.

„Ich bin ein erwachsener Mann und kann gehen, wann und wohin ich will", sagte er, wirkte dabei aber nicht wirklich selbstsicher. „Ich muss niemandem Rechenschaft darüber ablegen. Und jetzt sei nicht albern und gib die Tür frei."

Sie schüttelte den Kopf.

„Nein, so einfach kommst du mir nicht davon. Du magst ein erwachsener Mann sein, aber erwachsen bin ich auch. Und ich bin deine Ehefrau und die Mutter von drei Kindern. Deinen Kindern. Zählt das alles nichts? Ich bin nicht irgendwer. Und ich verlange nicht viel. Ich will nur wissen, was in dieser Familie vor sich geht. Gestern war Hubert, der Sohn meiner Schwester, hier und hat mit dir gesprochen. Ein Gespräch unter Männern, versteht sich. Während die dumme Ehefrau gerade einen Spaziergang um den Schiedersee gemacht hat. Über was habt ihr gesprochen? Was ist mit Lennart? Lüg mich jetzt nicht an! Es kann nur um Lennart gegangen sein und ich will jetzt endlich wissen, was gespielt wird. Und komm mir nicht mehr damit, dass ich mir keine Sorgen machen soll. Damit hast du dich schon letztens rausgeredet. Ich will einfach nur die Wahrheit wissen."

Friedrich Lang stand mit offenem Mund an der Garderobe und starrte sie an wie ein Alien. Sie konnte förmlich sehen, wie es hinter seiner Stirn arbeitete. Und da sie ihn kannte, wusste sie auch, dass er jetzt nicht darüber nachdachte, wie diese Wahrheit möglichst kurz und eindeutig in Worte zu fassen war. Nein, er grübelte verzweifelt darüber nach, wie er ihr und ihren lästigen Fragen aus dem Weg gehen könnte. Sein Blick, seine

Körperspannung verrieten viel mehr über seine Gefühle, als er selbst wusste. Am liebsten wäre er wahrscheinlich ohne ein Wort losgestürmt, nur raus aus dem Haus und weg von ihr. Aber das würde sie nicht zulassen.

Endlich schien bei ihm eine Entscheidung gefallen zu sein, denn er seufzte plötzlich laut und ließ resigniert die Schultern sinken.

„Ich will zum Flughafen Paderborn", sagte er mit tonloser Stimme. „Lennart kommt gleich an. Ich hole ihn ab."

„Das sagst du mir so beiläufig?", rief sie empört. „Mein Sohn kommt nach monatelanger Abwesenheit, in der ich vor Sorge um ihn fast gestorben bin, wieder nach Hause und du sagst mir das so nebenbei, als wolltest du mal eben mit dem Hund Gassi gehen. Was denkst du …?"

„Was heißt denn hier beiläufig? Du hast mich gefragt. Jetzt hast du eine Antwort. Kann ich jetzt fahren? Ich bin knapp dran und komme sonst zu spät."

Sie schnappte nach Luft.

„Wie gehst du eigentlich mit mir um? Hast du jeden Funken Respekt vor mir verloren? Bin ich dir nur noch lästig? Im Grunde warst du immer schon arrogant, aber mit zunehmendem Alter bist du ein unerträglicher Egomane geworden. Deine Selbstgefälligkeit und dein atemberaubender Mangel an Empathie machen die ganze Familie kaputt. Jeden von uns hast du tyrannisiert. Erst hast du Philipp aus dem Haus getrieben, indem du ihm immer wieder gezeigt hast, dass er für dich eine einzige große Enttäuschung war. Die beiden anderen Jungs hast du während ihrer ganzen Kindheit überhaupt nicht beachtet. Sie waren Luft für den erfolgreichen und gestressten Geschäftsmann. Von mir selbst will ich gar nicht reden. Dein Verhalten mir gegenüber spottet jeder Beschreibung. Deinen verkommenen Bruder Wilhelm hast du jeden Wunsch von den Lippen abgelesen, doch an deiner Familie hast du deinen Ärger ausgelassen, an uns hast du dich schuldig gemacht. Du hast deine eigene Familie zerstört. Du ganz allein."

Wieder stand ihr Ehemann wortlos vor ihr und rührte sich nicht. Starrte sie nur an, wie vom Donner gerührt. Sie sah, wie seine Gesichtsfarbe sich veränderte, sah ihn erst rot, dann blass werden. Mit heiserer Stimme sagte er, mehr gehaucht als gesprochen: „Meinst du, das wüsste ich nicht selbst?"

Plötzlich schnappte er nach Luft, die Augen weit aufgerissen und griff sich ans Herz. Er wankte, sackte in den Knien ein, stürzte, bereits besinnungslos, auf den dicken weichen Teppich und blieb regungslos liegen.

82

Seit Stunden bearbeitete van Leyden die Tastatur des Rechners, der in Maren Kösters Büro stand. Manchmal hörte man solche Worte, wie: „Unglaublich" oder: „Das hätte ich jetzt nicht gedacht."

Anfangs hatten Pauline Meier zu Klüt und Maren Köster noch höchst angespannt daneben gesessen. Hatten bei jeder kleinsten Äußerung van Leydens sofort

Aufmerksamkeit signalisiert und in großer Erwartung auf den Bildschirm geblickt. Doch bei den beiden Polizistinnen war mittlerweile die Luft raus. Maren Köster hatte sich zwei Stühle zusammengeschoben, auf denen sie nun lag und leise vor sich hin schnarchte. Wo Pauline Meier zu Klüt abgeblieben war, war unbekannt. Doch das alles schien van Leyden überhaupt nicht zu interessieren. Er war fasziniert von den Fakten, die er nach und nach zutage förderte.

Am Ende klatschte er in die Hände. Als sei dies ein Befehl zur Anwesenheit, schob sich der Kopf von Pauline Meier zu Klüt durch den Türspalt. Maren Köster schreckte hoch.

„Meine Damen“, frohlockte van Leyden. „Ich habe alles, was für euch wichtig ist, in Erfahrung gebracht. Das und noch viel mehr.“

Van Leyden hatte gleich die volle Aufmerksamkeit der beiden Polizistinnen.

„Hier geht es ganz schön perfide ab“, dabei deutete der Polizist auf eine Liste von Dokumenten, die er zusammengestellt hatte. „Schlage vor, wir beginnen mit dem Endspiel der Weltmeisterschaft Frankreich – Kroatien, der Spielausgang 4:2.“

Die beiden Polizistinnen verdrehten genervt die Augen.

„Komm zur Sache, van Leyden“, mahnte Pauline Meier zu Klüt. „Wir haben alle einen langen Tag hinter uns. Ich habe keine Lust, noch weitere Stunden hier in diesem Laden zu verbringen.“

„Okay, okay“, hob der Kollege beschwichtigend die

Hände. „Also an besagtem Tage war, wie ihr euch vielleicht erinnern könnt, auch die Jubelfeier zur Gründung der Stiftung Thomas Kaufmann zur Förderung der Kriminalprävention. Ihr erinnert euch vielleicht, während unser aller Staatssekretär Erpentrup einen seiner ersten großen Auftritte hatte, stürmte Schulte in den Saal und hat ihm den Mann, diesen Kaufmann, für den Erpentrup die Laudatio halten wollte, vor aller Augen verhaftet", grinste van Leyden. „Ich muss zugeben, dass Schulte mich damals beeindruckt hat. Na, jedenfalls gab es einen Tag nach der Schulte-Show eine Mail. Von Erpentrup an den Staatsanwalt Söder. Mit dem Tenor, Schulte muss weg!"

Van Leyden machte eine rhetorische Pause, um die Spannung noch weiter nach oben zu bringen.

„Am gleichen Tag schriebt Söder zurück. In dieser Mail schließt sich Söder dem Ansinnen des Staatssekretärs an", dozierte van Leyden. „Der Söder ging damals jedoch noch weiter. Er wollte nicht nur Schulte, er wollte das gesamte K1 in Detmold loswerden. Insbesondere diese Köster."

Er ließ seine Worte wirken, dann fuhr er fort: „Der Plan war jedoch schwerer umzusetzen, als gedacht, da es im Innenministerium noch immer eine starke Seilschaft der alten Landesregierung gab. Dennoch versuchen Erpentrup und Söder gerade das K1 in Detmold auszuwechseln und Schulte in den Ruhestand zu versetzen. In den letzten Wochen ist dann aber von den alten Seilschaften noch ein weiteres Feuer angezündet worden", kam es schadenfroh von van Leyden. „Euer neuer Chef, dieser Riechmann, der hat mit Söder anscheinend nicht nur eine Leiche im Keller, da muss mindestens ein Massengrab versteckt sein. Denn Söder hat alles versucht, um Riechmann zu verhindern, was ihm bis heute jedoch nicht gelungen ist."

„Gut, oder auch nicht gut, vieles von dem, was Sie da zutage gefördert haben, Herr van Leyden, war mir schon bekannt. Oder, ich habe es ich mir zumindest gedacht", sagte Maren Köster. „Aber was hat das alles mit dem Verschwinden der Akte Lang zu tun?"

„Na ja, da schauen wir uns doch noch mal kurz den Mailverkehr der Herren aus den letzten Tagen an", setzte van Leyden seine Analyse fort. „Nach dem Sie, Frau Köster, dem Staatssekretär nicht um den Hals gefallen sind, als der Ihnen die Stelle in Bielefeld angeboten hat, da haben die beiden Herren sich dazu entschlossen, mit härteren Bandagen zu kämpften. Sie haben nämlich die Absicht Ihnen mindestens Unfähigkeit, wenn nicht sogar Schlimmeres unterzujubeln." Wieder machte van Leyden eine Pause, für diese unnütze Zeitverzögerung hätte Maren Köster ihm eine reinhauen können.

„Vorgestern Nacht hat sich der gute Staatssekretär, der muss wohl noch einen Zugang zu dem System aus alter Zeit haben, in das Detmolder EDV-System eingeloggt und hat die Datei Lang unwiederbringlich gelöscht. Doch zuvor hat er sie, ich vermute sicherheitshalber auf seinem privaten Rechner gespeichert und sie auch dem Staatsanwalt geschickt. Und nach dem das alles erledigt war, hat er Söder eine Nachricht zukommen lassen und über genau diesen Vorgang informiert."

„Was für Drecksäcke“, schimpfte Maren Köster. „Was machen wir denn jetzt?“

„Das ist in der Tat eine Frage, die will gut überlegt sein“, gab van Leyden scheinbar naseweis zum Besten. Dann hielt er Maren Köster einen Stick hin.

„Hier ist alles drauf“, griente er. „Auch die Dateien, von denen die Herrschaften glauben, dass die unwiederbringlich im Datenhimmel versenkt wurden.“

83

Todmüde stieg Silvia Lang aus ihrem Auto und ging zur Haustür. Es war alles ein bisschen viel für sie gewesen und die letzten beiden Stunden ganz besonders. Ihr sowieso fragiles Innenleben hatte viele harte Rempler einstecken müssen und die Allerjüngste war sie auch nicht mehr.

Nachdem ihr Mann zusammengebrochen war, hatte sie voller Panik den Notarzt gerufen. Da aber Schieder zwar schön am See gelegen, aber nicht gerade der Nabel der Welt ist, hatte dies eine Weile gedauert. Eine Zeit, in der ihr Nervenkostüm bereits in Fetzen hing. Sie war dem Notarzt mit ihrem eigenen Auto ins Klinikum Lippe nach Detmold gefolgt. Auch wenn die Liebe zu ihrem Ehemann schon seit Jahren in den Mühlen des Alltags zu Staub zerrieben worden war und der letzte kleine Sturm vor wenigen Stunden diese endgültig in alle Winde verstreut hatte, fühlte sie sich dazu verpflichtet, ihrer Rolle als Ehefrau treu zu bleiben.

Schon nach den ersten Schritten Richtung Haustür fiel ihr auf, dass im Haus Licht brannte. Hatte sie in ihrer Hektik bei der Abfahrt vergessen, es auszuschalten? Wahrscheinlich, beruhigte sie sich. War ja auch nicht schlimm. Die Stromrechnung war ihre allerkleinste Sorge. Aber was war das? Die Silhouette eines Menschen war soeben hinter einer der Gardinen hergehuscht. Einbrecher, schoss es ihr durch den Kopf. Und das gerade jetzt. Zitternd vor Schreck kramte sie in ihrer Handtasche nach dem Handy, um die Polizei anzurufen. Doch die sündhaft teure Tasche bot alles Mögliche an, nur kein Handy. Jetzt fiel ihr ein, dass sie es bei ihrer überstürzten Abfahrt auf einem Tisch an der Garderobe hatte liegen lassen. Um Himmelswillen, was sollte sie tun? Es war 21:30 Uhr, es war kalt und es regnete leicht. Keine Chance, dass in dem weitläufigen Park des Schlosses jetzt noch ein Fußgänger herumirrte. Niemand, den sie um Hilfe bitten könnte. Sie war allein und hatte keine andere Wahl, als so schnell wie möglich wieder in ihr Auto zu steigen und zur nächsten Polizeistation nach Blomberg oder Steinheim zu fahren. Sie wollte sich gerade mit weichen Knien auf den Weg zum Auto machen, als sich die Haustür öffnete und eine Männerstimme rief: „Komm rein! Ich habe dein Auto gehört."

84

Schulte war noch schnell beim Bäcker Hallfeld vorbeigegangen, um Brötchen zu kaufen. Maren Köster hatte ihn heute Morgen schon um sechs Uhr aus dem Bett geholt. Sie hatte ihn angerufen, um ihm zu sagen, dass sie sich dringend treffen müssten. Es gäbe Neues in der Angelegenheit Erpentrup. Am Telefon wollte sie nichts erzählen, daher hatte sie vorgeschlagen, dass sich alle Beteiligten in Schultes Dienststelle am Heidenbach treffen könnten und ihm mitgeteilt, dass auch Pauline Meier zu Klüt und van Leyden mit von der Partie seien.

Seltsame Konstellation, dachte Schulte. Er hatte sich aber bereit erklärt, für frische Brötchen zu sorgen. Natürlich hatte Maren Köster ihn neugierig gemacht. Er hatte kurzzeitig darüber nachgedacht, was sie wohl zu berichten hätte.

Während Schulte so seinen Gedanken nachhing, war er in Trance ähnlichem Zustand vom Bäcker zu seiner Dienststelle gebummelt, ohne später sagen zu können, wie er wirklich dort hingekommen und wem er begegnet war. Hatte zum Beispiel der Maler mit seiner Staffelei wieder seinen Weg gekreuzt? Schulte konnte sich nicht mehr daran erinnern. War das gestern oder war es vor wenigen Minuten gewesen. Er war zu sehr mit sich selbst beschäftigt. Seine Gedanken kamen erst ins Hier und Jetzt zurück, als er die Tür zum Kneipenraum öffnet.

Die anderen Kollegen waren schon da. Alle wirkten müde. Doch dem wunderbaren Duft der frischen

Brötchen und der des Kaffees, konnten sie nichts entgegensetzen. Der weckte bei den Nachtarbeitern schnell die Lebensgeister. Besonders van Leyden sah ziemlich zerknautscht aus. Er behauptete, dass er sich auf einer Isomatte in seinem Büro die wenigen Stunden Schlaf verschafft hatte.

Nachdem alle Kollegen ihr erstes Brötchen verzerrt hatten, schaltete van Leyden den neuen Beamer an und ließ eine Leinwand ausfahren.

Beide Gerätschaften hatte Rosemeier erst gestern installiert.

„Damit wir uns am Feierabend auch mal einen anständigen Western ansehen können", hatte er geschmunzelt, als er das Equipment getestet hatte.

Pauline Meier zu Klüt pfiff anerkennend durch die Zähne, als sie die neusten technischen Errungenschaften vorgeführt bekam und Maren Köster feststellte: „So etwas haben wir bei uns in der Kreispolizeibehörde nicht."

„Wobei wir beim Thema sind", griff Pauline Meier zu Klüt wieder in das Gespräch ein. „Ihr habt ja alle die Aktivitäten Erpentrups in den letzten Wochen verfolgt. Und jeder von euch hat sich sicher schon die Frage gestellt, was hat der Kerl vor? Hier die Antwort."

Die Polizistin gab van Leyden ein Zeichen. Der daraufhin, mit dem Kommentar, „exklusiv für dich, Kollege Schulte", das erste Dokument seiner Liste auf die Leinwand projizierte.

Nach einer Stunde lesen und diskutieren stand der Plan.

„Ich fasse also noch mal zusammen", ergriff Maren Köster abschließend das Wort. „Ich rufe gleich, wenn ich zurück in der Kreispolizeibehörde bin, den Staatsanwalt an und melde ihm den Verlust der Daten, genauer gesagt, den Verlust der Akte Lang. Wir warten die Reaktion von Söder ab und tun so, als seien die gesamten Dateien verloren. Nachdem Söder dann hoffentlich reagiert, folgen die nächsten Schritte."

85

„Nun komm schon! Du wirst ja ganz nass", rief die Männerstimme. Ängstlich blieb sie stehen und versuchte herauszufinden, woher sie diese Stimme kannte. Dann ging sie, immer noch zögerlich, auf die Haustür zu. Die Gestalt, die da im Türrahmen lehnte, war aus ihrer Sicht nur eine dunkle Kontur, da das Licht aus dem Flur kam und sie blendete. Dann stand sie am Treppenabsatz, schaute hinauf zu dem Mann und wäre beinahe gestürzt. Eine kurze, aber heftige Schwindelattacke raubte ihr die Sinne. Doch der Mann im Türrahmen war wie ein Blitz bei ihr und bewahrte sie mit kräftigem Griff vor einem bösen Sturz auf die regennasse Treppenstufe. Dann legte er ihr einen Arm um die Hüfte und geleitete sie vorsichtig die Treppe hinauf ins Haus. Im Flur angekommen, fiel Silvia Lang dem vermeintlichen Einbrecher mit einem lauten Schluchzer um den Hals.

„Lennart", rief sie immer wieder. „Gott sei Dank!"

Erst nach einer Minute löste sie sich von ihrem Sohn. Sie schaute ihn lange, fast ungläubig, an, als könne sie nicht fassen, dass er nun tatsächlich wieder bei ihr war.

„Du glaubst nicht, was ich mir für Sorgen um dich gemacht habe", sagte sie, pfriemelte umständlich und fahrig ein Taschentuch aus der Handtasche und schnäuzte sich.

Er nickte nur wortlos.

„Ich habe deinen Vater gerade ins Krankenhaus gebracht", fuhr sie fort. „Er hat eben eine Herzattacke erlitten. Gerade, als er dich vom Flughafen abholen wollte."

„Oh", antwortete ihr Sohn, ebenso erschrocken wie verblüfft. „Ist es schlimm?"

„Der Arzt meinte, ich müsse mir keine allzu großen Sorgen machen. Er schläft jetzt."

Lennart atmete tief durch.

„Aber wieso wollte er uns vom Flughafen abholen? Das war nicht abgesprochen. Ich hatte ihn nur informiert, wann wir ankommen, mehr nicht. Ich habe ihm aber auch gesagt, dass ich mir dort einen Leihwagen nehme und hierherkomme."

„Aha", staunte sie. Dann fiel ihr etwas auf. „Du hast von wir gesprochen. Bist du nicht allein?"

„Nein", sagte Lennart und wirkte dabei sehr unsicher. „Bin ich nicht. Ich habe dir jemanden mitgebracht. Du kennst sie, aber du wirst sie vielleicht nicht erkennen. Komm mit ins Wohnzimmer."

Als sie durch die Tür zum geräumigen Wohnzimmer

schritt, kam ihr eine fremde Frau entgegen. Eine sehr schöne Frau. Wahrscheinlich Lennarts neue Freundin, sagte sie sich und wunderte sich gleichzeitig, denn die Frau war offensichtlich etliche Jahre älter als ihr Sohn. Die fremde Frau streckte ihr mit unsicherem Lächeln die Hand entgegen, schaute ihr aber offen in die Augen. Silvia Lang versuchte, sich zu konzentrieren. Diese Frau sollte sie kennen? Woher denn? Sicher, irgendwie war da etwas Vertrautes, aber sie konnte keine Verbindung herstellen.

„Darf ich bekannt machen?“, übernahm Lennart Lang die Vorstellung. „Juliane Kramer. Die Juliane.“

Seine Mutter wurde immer verwirrter.

„Wieso die Juliane? Es tut mir leid, aber ich denke, wir kennen uns nicht. Lennart muss sich irren.“

„Juliane war mal so etwas wie deine Schwiegertochter“, erinnerte Lennart sie. „Schau mal genau hin! Erkennst du sie wirklich nicht mehr?“

Silvia Lang starrte die jüngere Frau an, bis ihr die Augen brannten. Dann plötzlich …

„Philipp“, rief sie. „Sie waren die Verlobte von Philipp, stimmt's?“

Als Juliane Kramer wortlos nickte, schlug Silvia Lang die Hände vors Gesicht und rief: „Tut mir leid, dass ich Sie nicht erkannt habe. Oder vielmehr, dass ich dich nicht erkannt habe, Juliane. Sicher, wenn ich dich nun so anschaue, dann sehe ich es auch. Mein Gott, ist das schon lange her. Was führt dich zu uns? Bist du nun mit Lennart …?“

„Nein“, lachte Juliane Kramer. „Dein Jüngster ist

ein netter Kerl und hübsch ist er auch. Aber ich glaube nicht, dass er sich für eine alte Tante wie mich interessiert. Nein, der Grund liegt ganz woanders."

„Ich habe bei Juliane gewohnt, Mutter", warf Lennart ein. „Auf Mallorca. Sie lebt dort als Malerin und ist sehr erfolgreich. Sie hat hier was mit Vater zu klären. Und es gibt so einiges, worüber in dieser Familie dringend mal ein offenes Wort gesprochen werden sollte. Juliane ist bereit, sich dem zu stellen, und deshalb ist sie hier. Schade, dass Vater nun nicht da ist."

„Jetzt bin ich völlig verwirrt", antwortete seine Mutter. „Wovon redest du?"

„Von den dunklen Seiten der Familie Lang", sagte Lennart und schaute dabei seine Begleiterin fragend an. Die nickte auffordernd.

86

Die Tür flog auf und Staatsanwalt Söder stürzte mit hochrotem Kopf in Maren Kösters Büro.

„Sind Sie wahnsinnig! Wie konnte das passieren? Da verschwinden wichtige Akten und Sie verhalten sich so, als sei dies das Normalste der Welt!"

Söder sah sich um.

„Und Sie sitzen hier in aller Ruhe und erledigen irgendwelchen Papierkram und tun so, als wäre alles in Ordnung" echauffierte sich der Mann weiter.

Man, das ist ja mal ein guter Schauspieler. Wenn der Kerl bei der Staatsanwaltschaft irgendwann mal seinen

Hut nehmen muss, ist das Landestheater eine echte Alternative für ihn, dachte Maren Köster.

„Wie stellen Sie sich die nächsten Schritte vor, Frau Köster?“, posaunte Söder weiter. „Das ist ein Skandal sondergleichen. Wenn die Presse davon Wind bekommt, dass in unserer Behörde Akten verschwinden, nicht auszudenken, die zerreißen uns in der Luft.“

Die Polizistin zuckte die Schultern. „Wir haben alles durchsucht. Wir finden die Dateien nicht. Mehr können wir auch nicht machen. Für eine löcherige Firewall sind andere verantwortlich.“

„Es ist Ihnen doch wohl klar, dass dieses Ereignis Ihren Kopf kosten wird, Frau Köster. Ich habe schon mit dem Landrat gesprochen. Er wird sie umgehend vom Dienst suspendieren. Hier in dieser Dienststelle sind Sie nicht mehr tragbar. Wie kann man nur so schlampig arbeiten? Und das ohne jegliches Schuldbewusstsein!“

„Bei mir ist meine Suspendierung noch nicht angekommen“, entgegnete Maren Köster lapidar. „Ich werde also so weitermachen wie bisher, und zwar solange, bis ich schriftlich bekommen werde, dass ich meinen Arbeitsplatz zu verlassen habe.“

„Sie werden hier in dieser Behörde keine Computertastatur mehr berühren. Sie packen jetzt Ihre sieben Sachen und gehen nach Hause. Ich ermittle ab sofort in der Angelegenheit der verschwundenen Daten. Also gehen Sie. Ich kann es nicht dulden, dass Sie weiter Zugang zu den EDV-Systemen haben. Packen Sie Ihren Kram und verschwinden Sie.“

Maren Köster blitzte den Staatsanwalt an. „Sie können mir gar nichts. Allein die Tatsache, dass ich das Verschwinden der Daten entdeckt habe, ist noch lange kein Indiz dafür, dass ich auch für das Verschwinden dieser verantwortlich bin. Also lassen Sie mich meine Arbeit tun."

„Das werden Sie bereuen, Frau Köster, ich werde Sie fertigmachen. Wenn ich die interne Ermittlung hinsichtlich der verschwundenen Daten beendet habe, werden sie so klein sein." Der Staatsanwalt presste Daumen und Zeigefinger aufeinander, sodass kein Luftspalt mehr zu sehen war.

„Sie werden mit Hut unter jedem Teppich durchlaufen können."

Das Handy des Staatsanwaltes gab einen Signalton von sich. Während er das Gespräch annahm, kam Pauline Meier zu Klüt ins Zimmer und sagte: „Hallo Maren, ich habe gerade die Post geöffnet. In einem Umschlag war dieser USB-Stick und ein Brief mit Informationen zum Fall Lang." Während Maren Köster den kleinen Datenträger entgegennahm, sah sie in Richtung Staatsanwalt. Dessen Gesicht hatte mittlerweile eine kalkweiße Farbe angenommen. Als er den Stick in Maren Kösters Händen sah, versuchte er, ihr den Datenträger zu entwenden. Doch da war er an die falsche Person geraten. Maren Köster wehrte ihn lässig ab und raunzte den Staatsanwalt an. „Sind Sie wahnsinnig, das ist ein an mich gerichteter Brief, in dem mir ein USB-Stick übersandt wurde. Der Inhalt geht Sie gar nichts an."

87

„Also erst mal muss ich dir sagen, dass es nicht meine Idee war, mich auf Mallorca zu verkriechen“, begann Lennart Lang. Seine Mutter hatte sich völlig erschöpft in einen Sessel fallenlassen und hörte mit einer Mischung aus Interesse und Verwirrung zu. Was mochte denn noch alles kommen?

„Vater war es, der mich überredet hat. Er glaubt ganz fest an seine Theorie, dass alle fünf Jahre einer seiner Angehörigen ermordet werden wird. Solange, bis nur noch er übrig ist und dann ist er angeblich selbst an der Reihe. Er hat sich da reingesteigert, du weißt es ja selbst. Völlig verrückt ist auch, dass er lange Zeit diesen Trottel von Arnold im Verdacht hatte. Na ja, auf jeden Fall hat er mich so lange bearbeitet, bis ich zugestimmt habe, das komplette Jahr unterzutauchen. Ich hatte sowieso gerade einen Durchhänger. Die Arbeit in der Firma lief nicht rund. Was ich auch angefasst hatte, misslang. Daher war ich ganz froh, mal eine Zeit lang aussteigen zu können. Er hat mir die Wohnung auf Mallorca bei Juliane vermittelt. Wie er sich das alles gedacht hatte, weiß ich auch nicht. Wahrscheinlich hat er sich eingebildet, dass dieser Fluch mit Ablauf des Jahres 2019 bricht. Darin sieht man schon, wie durchgeknallt er ist. Als ob so ein Serienmörder einfach seine Pläne über den Haufen wirft, nur weil am Silvesterabend die Böller knallen und das Jahr zu Ende ist. Also, wenn du mich fragst, dann …“

Silvia Lang, die sich über den geistigen Zustand ihres

Ehemannes schon lange keine Illusionen mehr machte, hörte nur mit halbem Ohr zu. Sie war in Gedanken schon ein paar Schritte weiter und fragte: „Wie kam er denn auf Juliane und ihre Wohnung?“, fragte Silvia Lang. „Was hatte er überhaupt mit ihr zu tun?“

Die beiden Jüngeren schwiegen und schauten sich an. Dann räusperte sich Lennart und sagte: „Damit kommst du ziemlich direkt zum Kern der angesprochenen dunklen Seiten. Vielleicht ist es besser, wenn Juliane diesen Teil übernimmt. Es wird dir aber nicht gefallen, was du gleich hörst.“

Die Malerin musste sich offenbar erst mal sammeln, bevor sie zögernd begann: „Wie du weißt, habe ich Philipp bei einer Kunstausstellung kennengelernt. Ich hatte ausgestellt und er war als fachkundiger Besucher da. Wir sind dann schnell ein Paar geworden. Es war für uns beide eine ernste Angelegenheit und wir wollten über kurz oder lang heiraten. Philipp hat mich bei euch eingeführt und eigentlich wart ihr alle recht nett zu mir. Vor allem Friedrich und sein Bruder Wilhelm haben mich mit offenen Armen in die Familie aufgenommen. Eine ganze Zeit lang fand ich das einfach nett von ihnen. Bis ich eines Tages eine Einladung zum Essen von Wilhelm erhielt.“

Sie schwieg kurz, als müsse sie sich die Situation erst wieder vergegenwärtigen. Silvia Lang spürte, wie eine bange Ahnung in ihr hochkroch, langsam aber eisig kalt.

„Angeblich wollte er mir ein Angebot über eine Zusammenarbeit machen“, fuhr Juliane Kramer fort. „Er habe zwar beruflich eher mit profanen Dingen zu tun, eben mit Autoteilen und so weiter, aber eigentlich sei er ein Schöngeist und stark an Kunst interessiert. Er bot an, mir ein Atelier zu finanzieren und prahlte mit seinen Beziehungen zu einflussreichen Galeristen. Ich stand damals finanziell ziemlich mies da, hatte mein kleines Atelier kurz vorher verloren, weil ich die Miete nicht zahlen konnte. Mein Auto war kaputt und ich hatte kein Geld, um es reparieren zu lassen. Von daher war sein Angebot einfach überwältigend für mich. Außerdem muss ich ehrlich sagen, dass ich Wilhelm nett und für sein Alter auch ziemlich gut aussehend fand. Ich sage das nicht zu meiner Entschuldigung, nur zur Erklärung. Wie auch immer, ein paar Stunden später landeten wir im Bett. Okay, er war viele Jahre älter als ich, aber das hat mir nichts ausgemacht. Und er hat Wort gehalten. Ich habe ein Atelier gefunden und er hat die Miete gezahlt. Na ja, dann ging es einfach so weiter mit uns. Offiziell war ich mit Philipp zusammen, und manchmal eben auch mit seinem Onkel. Philipp kriegte davon nichts mit. Er schmiedete weiterhin Hochzeitspläne."

Silva Lang konnte nun nicht mehr ruhig in ihrem Sessel sitzen. Sie wuchtete sich mühsam hoch, ging zu dem mächtigen Wohnzimmerschrank und holte ein Glas sowie eine Flasche Likör aus dem Barfach. Dann setzte sie sich wieder in den Sessel, trank in kleinen Schlucken und wartete auf weitere schlechte Nachrichten.

„Ich kann nicht sagen, dass ich dein Verhalten sympathisch finde", sagte sie. „Aber erzähl weiter. Da muss ich jetzt wohl durch."

„Später wurde es kompliziert“, nahm die Malerin den Faden wieder auf. „Denn irgendwann machte mir auch Friedrich Avancen. Er … na ja, er hatte wohl herausgefunden, was zwischen seinem Bruder und mir lief und wollte jetzt offenbar auch sein „Stück vom Kuchen“. Jedenfalls baggerte er mich nach allen Regeln der Kunst an. Lud mich zum Essen ein, bot mir seine Kreditkarte zum Einkaufen an und so weiter. Was reiche ältere Männer eben so machen, um eine junge Frau herumzukriegen.“

Silvia Lang hielt das Likörglas so fest, dass es beinahe zerbrochen wäre. Wieder nahm sie einen Schluck, diesmal einen größeren. Dann schenkte sie sich nach. Juliane Kramer, die dies mit dem geübten Blick einer Malerin beobachtet hatte, fuhr unsicherer als bisher fort: „Aber dann, bevor es mit Friedrich wirklich konkret wurde, ging plötzlich alles schief. Ich hatte einen Fehler gemacht, als ich mit Philipp einen Termin abgesprochen habe. So kam es, dass er seinen Onkel in meiner kleinen Wohnung antraf. In einer eindeutigen Situation. Es kam zu einer Schlägerei zwischen den beiden. Philipp rastete vollkommen aus und er hätte sich wahrscheinlich nicht mehr rechtzeitig stoppen können. Vermutlich wäre er auch auf mich losgegangen. Mir blieb gar nichts anderes übrig, als mich einzumischen. Ich schnappte mir ein dickes Buch und schlug es ihm über den Kopf. Das reichte aus, um ihn so lange zu stoppen, bis Wilhelm sich in Sicherheit bringen konnte. Allerdings reichlich lädiert. Ich habe es geschafft, den noch benommenen Philipp bis zu meiner Haustür zu schieben und hinter ihm abzuschließen. Aber er erholte sich schnell und bollerte immer wieder an die Tür. Aus Angst habe ich einen Riesenfehler gemacht und habe Friedrich angerufen. Er kam auch sofort und hat sich ebenfalls mit Philipp geprügelt. Vielleicht war Philipp immer noch nicht wieder auf der Höhe oder sein Vater war einfach stärker oder geschickter oder was weiß ich. Auf jeden Fall lag Philipp irgendwann vor meiner Haustür, blutete und konnte sich nicht mehr rühren. Sein Vater stand triumphierend vor ihm und beschimpfte ihn aufs Übelste. Er warf ihm vor, ein Totalversager zu sein und lachte ihn aus, ich konnte es kaum fassen. Philipp könne nicht mal seine Freundin richtig befriedigen und deshalb müsse sie sich bei älteren, erfahrenen Männern das holen, was sie bei ihm nicht kriegen könne. Es … es war einfach widerlich. Drei Tage später ist Philipp abgereist und, soweit ich weiß, nie wieder aufgetaucht. Ich schäme mich bis heute für mein Verhalten. Es tut mir entsetzlich leid. Aber jetzt ist es zu spät. Er ist tot und ich muss mit meiner Schuld leben."

Silvia Lang zitterte am ganzen Körper. Aber sie riss sich zusammen, wollte jetzt auch alles wissen und fragte: „Aber du hast noch nicht erzählt, was es mit dem Haus auf Mallorca auf sich hat und warum Lennart gerade da unterschlüpfen sollte."

Juliane Kramer schluckte, hatte offenbar wenig Lust, der alten Dame noch weiteren Schmerz zu bereiten.

„Dein Mann war nach diesem Eklat der Meinung, dass ich so schnell wie möglich aus dem Dunstkreis der Familie verschwinden solle. Er kaufte dieses Haus bei

Port de Sóller und bot mir an, dort zu wohnen und zu arbeiten. Für mich war das unglaublich verlockend und ich sagte zu. Ich bin seitdem nicht mehr in Deutschland gewesen, was eine seiner Bedingungen war."

Sie machte eine kurze Pause, um sich zu sammeln.

„Friedrich kam zweimal im Jahr vorbei. Angeblich, um zu schauen, ob mit dem Haus alles in Ordnung war. Der Hauptgrund war aber wohl, dass er die Finger nicht von mir lassen konnte. Ich habe mitgespielt. Denn er hätte mich jederzeit auf die Straße setzen können. Aber er konnte auch verdammt charmant sein und ein attraktiver Mann ist er trotz seines Alters immer noch. Außerdem war ich oft recht einsam dort all die Jahre. Da kam eben viel zusammen. Trotzdem war es nicht richtig, dass weiß ich selbst. Diese Beichte ist ein Versuch, mich bei dir zu entschuldigen."

Silvia Lang, der gerade die letzte Illusion über ihre Ehe zertört worden war, hielt sich tapfer in ihrem Sessel. Sie versuchte, mit so fester Stimme wie möglich zu fragen: „Und warum seid ihr jetzt wieder zurückgekommen?"

Nun war es Lennart, der antwortete: „Vor ein paar Tagen waren Juliane und ich unterwegs in Sóller. Als wir am nächsten Morgen zurückkamen, war die Polizei im Haus. Es sah aus wie ein Schlachtfeld. Offenbar Einbrecher. Aber es fehlte nichts. Sogar das Bargeld war noch da. Aber der Einbrecher hatte wohl nicht nach Geld gesucht. Es sah aus, als habe er vor allem Dinge zerstören wollen, die mit Julianes Privatleben zu tun hatten. Es gab einige Fotoalben, die waren alle zerrissen. In ganz kleine Teile. So etwas macht kein normaler Einbrecher, meinten die Polizisten. Außerdem war wohl ein anderer Polizist im Felsenkeller des Hauses eingeschlossen worden, wo er fast vor Kälte gestorben wäre. Angeblich sei dieser Polizist aus Deutschland gekommen. Mehr wollte man uns nicht verraten. Juliane ist dann etwas in Panik geraten. Ich habe Vater angerufen und ihn um Rat gefragt. Er nahm das alles sehr ernst und meinte, wir sollten keine Minute länger in dem Haus bleiben und so schnell wie möglich zurück nach Deutschland kommen. Aber auf gar keinen Fall sollten wir fliegen, dann würde uns die Polizei Schwierigkeiten machen. Juliane kannte einen Jachtbesitzer in Port de Sóller. Der hat uns mit seinem Boot nach Barcelona gebracht. Von dort sind wir nach Düsseldorf geflogen und von da aus nach Paderborn. Wenn Vater uns dort abholen wollte, dann wahrscheinlich, weil er vermeiden wollte, was gerade passiert. Das du und Juliane zusammentreffen und alles rauskommt. Jetzt ist es passiert und ich bin froh darüber. Nun liegen alle Karten auf dem Tisch und jeder kann entscheiden, wie er damit umgeht."

88

Der Schweiß strömte ihm aus allen Poren, er war klitschnass. Das war der Super-Gau. Hätte er doch nur nicht auf Söder gehört. Um Schulte loszuwerden, hätte Erpentrup nur abwarten müssen. Das wäre eine Frage der

Zeit gewesen. Aber nein, er hatte nicht abwarten können. Er wollte so schnell wie möglich das Ausscheiden von Schulte. Das hatte Erpentrup Söder irgendwann unvorsichtigerweise erzählt. Hätte er doch nur seinen Mund gehalten. Denn auch Söder hatte Interessen. Der wollte nicht nur Schulte loswerden, der wollte gleich die gesamte Truppe des K1 in Detmold austauschen.

Und dies alles nur weil der Staatsanwalt nicht mit dieser Maren Köster zusammenarbeiten konnte. Weil die Frau ihm öfter widersprochen hatte. Söder fand es unmöglich, dass ein Polizist es sich herausnahm die Sichtweise des Staatsanwaltes anzuzweifeln, in diesem Fall noch dazu eine Frau.

Klar, dachte Erpentrup, die Hauptkommissarin konnte eine alte Ziege sein, das hatte Erpentrup schon am eigenen Leibe zu spüren bekommen, aber im großen Ganzen war Maren Köster ganz umgänglich, fand er.

Söder hatte schon immer Schwierigkeiten mit Frauen in Führungspositionen gehabt. Das würde sich auch zukünftig nicht ändern. Erpentrup hätte damals den Plan Söders verhindern müssen. Das K1 in Detmold umzukrempeln, das war Schwachsinn gewesen. Aber er wollte keinen Konflikt mit dem Staatsanwalt haben und so hatte er mitgemacht.

Auch als Söder ihm vorgeschlagen hatte, ein paar Akten, insbesondere die der Familie Lang verschwinden zu lassen, hatte Erpentrup mitgespielt. Er hatte aus seiner Zeit als Polizeidirektor in Detmold noch den Zugang zu dem EDV-System und so war es ein Leichtes gewesen, die Daten mal eben zu löschen.

Jetzt hatte Erpentrup den Salat. Irgend so ein verdammter Hacker hatte illegal auf seine Dateien zugegriffen. Der hatte den gesamten Schriftverkehr, der Auskunft über die Aktivitäten Erpentrups und Söders hinsichtlich des K1 Detmold gab, an verschiedene Personen, darunter den Innenminister, den Landrat in Detmold, Schulte und Maren Köster, geschickt. Und auch den Nachweis, dass er, Erpentrup, die Daten im EDV-System gelöscht hatte, lieferte der Hacker gleich mit.

Das würde Ärger geben. Ach was, die Inhalte dieser Dateien würde ihm das Genick brechen. Damit würde seine Karriere als Staatssekretär ein schnelles Ende finden. Erpentrup sah schon das Gesicht von Schulte, garniert mit seinem schmierigen Grinsen, vor sich. Was für eine Niederlage.

Es klopfte an seiner Bürotür. Seine Sekretärin trat ein. Was wollte diese Frau Bäcker jetzt von ihm. Die lächelte ihn so seltsam an. Oder war das gar kein Lächeln? War das ein boshaftes Grinsen?

„Der Minister möchte Sie gleich morgen früh um acht Uhr sprechen“, teilte sie ihm mit und war schon wieder aus dem Zimmer verschwunden. Wahrscheinlich war ihr klar, dass die, die schlechte Botschaften überbrachten, mit dem Leben spielten.

Was wollte das alte Steingesicht wohl von ihm? Das alte Steingesicht, so nannten die Staatssekretäre ihren Chef, wenn sie in interner Runde über ihn sprachen. Doch Erpentrup brauchte nicht eine Sekunde nachzudenken. Es war eine dumme Frage, die er sich gestellt hatte. Er wusste, dass dies einer seiner letzten Besuche beim Innenminister werden würde. Denn der Minister würde ihn rausschmeißen.

Doch bevor er den schweren Gang antrat, musste er Söder anrufen, er musste den Staatsanwalt informieren. Er musste sich mit ihm abstimmen.

89

Als Friedrich Lang nach zweistündigem Schlaf erwachte, traute er seinen Augen nicht. Wieso lag er in einem Krankenhauszimmer? Wie war er hierhergekommen? Und warum? Eine ganz schwache, diffuse Erinnerung an das unangenehme Gespräch mit seiner Ehefrau quoll hoch, gewann langsam an Kontur und stand dann wieder klar vor ihm. Aber was war danach passiert? Ihm war schlecht geworden, auch daran erinnerte er sich. Er schaute sich um und stellte fest, dass er an einem Tropf hing. Aus zwei nebeneinander hängenden Plastikflaschen sickerte jeweils langsam, aber stetig irgendeine Flüssigkeit in seine Blutbahn. Er drückte auf einen Alarmknopf neben seinem Bett. Als eine Krankenpflegerin in sein Einzelzimmer kam, schaute sie ihn besorgt an.

„Was ist mit mir passiert?", fragte Friedrich Lang. „Was habe ich?"

„Sie haben vor wenigen Stunden einen Herzanfall erlitten. Aber zum Glück war der nicht lebensbedrohend. Sie sind im Klinikum Lippe in Detmold. Sie müssen sich jetzt vor allem ausruhen, Herr Lang. Ruhe, Ruhe, Ruhe. Verstehen Sie? Wenn Sie zur Toilette müssen, dann melden Sie sich. Die beiden Infusionen müssen angeschlossen bleiben, dazu brauchen Sie Hilfe. Das ist vielleicht unangenehm, aber unbedingt notwendig. Bitte kommen Sie nicht auf die Idee, sie selbst zu lösen."

Als sie den Raum verlassen hatte, ärgerte Lang sich, weil er nicht gefragt hatte, welcher Art die Infusionen waren. Aber war das wichtig? Eigentlich nicht, beschloss er. Es gab andere Fragen, die stärker auf der Seele brannten. Hoffentlich war Lennart nicht vom Flughafen aus mit Juliane nach Schieder gefahren. Ein Zusammentreffen von Juliane und seiner Ehefrau würde die ohnehin brenzlige Situation zu Hause noch mehr komplizieren. Um das zu verhindern, hatte er zum Flughafen fahren und die beiden dort abfangen wollen. Er war sogar so vorausschauend gewesen, für Juliane ein Hotelzimmer in Paderborn zu reservieren. Aber nun stand zu befürchten, dass alles rauskam. Seine Ehefrau würde einen Riesenkrach machen. Nicht, dass ihm an seiner Frau noch etwas gelegen hätte, aber das ging ja keinen etwas an. Noch war er immer tapfer bemüht, den schönen Schein der heilen Familie zu wahren.

An seiner Fünfjahres-Theorie hielt er eisern fest. Aus seiner Sicht passte alles zusammen. Und er war nach wie vor davon überzeugt, dass er einen grausamen Gegner hatte, der sich zum Ziel gesetzt hatte, die gesamte Familie Lang auszurotten. Einen nach dem anderen. Und ihn, den Alten, würde er bis zuletzt übrig lassen, um ihm ein Maximum an Qual zu bereiten. Falls Karl-Heinz Arnold als Hauptverdächtiger aus dem Rennen war, hatte Lang keine Ahnung, wer dieses Monstrum sein könnte, aber an seiner Existenz hatte Friedrich Lang keine Zweifel. Einen potenziellen Kandidaten nach dem anderen nahm er sich vor, beleuchtete dessen Vita, schätzte Motive ab.

Lang, der sich ja eigentlich ausruhen sollte, grübelte und grübelte. Je mehr Verdächtige ihm in den Sinn kamen, desto verwirrter wurde er. Irgendwann brachte er alle durcheinander, fand überhaupt keinen roten Faden mehr. Zwischendurch schlief er ein, wachte aber schon nach einer Viertelstunde wieder auf und sofort setzte sich das Gedanken-Karussell wieder in Bewegung. Wieder erschien ein Verdächtiger nach dem anderen vor seinem geistigen Auge und wurde kurz darauf von der Liste gestrichen. Immer wieder stellte er sich die Frage, wer sonst noch ein Motiv haben könnte. Mit wem war er derart aneinandergeraten, dass daraus eine solche Mordserie entstanden war? Ihm fiel niemand ein. Er versuchte es anders herum. Vielleicht war er mit niemandem in Streit geraten, vielleicht hatte sich jemand von ihm gedemütigt gefühlt. So stark gedemütigt, dass sich daraus tödlicher Hass entwickelt hatte. Und wenn …? Er erschrak bei diesem Gedanken, wollte ihn abstreifen. Aber es gelang ihm nicht. Er musste dringend mit seiner Frau sprechen. Nur sie konnte ihm die Frage beantworten, die sich nun bei ihm festgekrallt hatte.

Er schlug mit aller ihm verbliebenen Kraft auf den Alarmknopf. Als die Schwester erschrocken ins Zimmer kam, verlangte er nach einem Telefon. Die Frau erklärte ihm, dass das Gerät neben seinem Bett bereits freigeschaltet und betriebsbereit sei. Er sei ja schließlich auf der Privatstation. Friedrich Lang wählte mit zitternden Fingern die Nummer seines Zuhauses.

90

Die Nacht war schrecklich gewesen. Erpentrup hatte nicht schlafen können. Am liebsten hätte er sich betrunken. Doch er wollte einen klaren Kopf behalten. Also war er ins Büro gefahren, hatte sich noch einmal alle Daten und Fakten angesehen. Es war hoffnungslos. Jetzt war er auf dem Weg zum Büro des Innenmisters. Der Gang dorthin dauerte leider nur zwei Minuten. Erpentrup hätte sich gewünscht, dass er dafür Tage benötigen würde.

Er klopfte an der Tür des Vorzimmers und es erschien ihm, als hätte die Assistentin des Ministers an der Bürotür auf ihn gewartete. Denn die öffnete sich augenblicklich. Erpentrup sah in das Gesicht der jungen Frau und versuchte, die Stimmungslage aus deren Mimik abzulesen. Doch es gelang ihm nicht. Das professionell geschminkte Antlitz der Sekretärin verlieh ihrem Ausdruck etwas Unbewegliches, etwas Maskenhaftes.

Die sollte Pokerspielerin werden, dachte Erpentrup und wunderte sich im nächsten Moment, wieso er in einer solchen Situation, wie dieser, sozusagen auf dem

Weg zum Schafott, solche absurden Gedanken produzieren konnte. Vielleicht wollte ihm seine Psyche helfen, die kommenden bedrohlichen Momente leichter zu ertragen.

„Der Minister erwartet Sie schon, Herr Staatssekretär“, sagte die Assistentin emotionslos.

„Wie ist der Chef drauf?“, fragte Erpentrup ängstlich. Die junge Frau zucke jedoch nur mit den Schultern und sagte nichts.

Erpentrup hatte sich während seiner gesamten Zeit hier in Düsseldorf immer gut mit der Sekretärin des Ministers verstanden. Sie hatten Karneval auf das gemeinsame Du getrunken und sich geküsst. Doch von diesem guten Verhältnis war nichts mehr zu spüren.

Hier in Düsseldorf wussten die Angehörigen der Politkaste, wann jemand verloren hatte, dachte Erpentrup. Die Mutation vom Günstling zum Loser dauerte hier, in der Landeshauptstadt, in bestimmten Situationen weniger als eine Millisekunde. Dieses Phänomen musste Erpentrup gerade am eigenen Leibe erfahren.

Wenn man die Gunst der Herrschenden verloren hatte, nahmen die, die weiterhin in der Sonne standen, von dem Gestrauchelten nicht einmal ein Stück Brot. Schlimmer noch, sie gaben ihm vor allem keins mehr, nicht den kleinsten Krümel.

Wieder produzierte Erpentrups Hirn skurrile Gedanken. Auch der Minister, der ihn gleich köpfen würde, hatte kein sauberes Hemd mehr an. Auch der hatte in der Vergangenheit immer wieder mal seine kleinen Probleme und Skandälchen.

Erpentrup fiel ein, dass über seinen Noch-Chef, im September 2017 bekannt wurde, dass der für den Monat Juli noch Bezüge als Europaabgeordneter erhalten hatte, obwohl er bereits Mitglied der neuen Landesregierung war und aus dem Landeshaushalt bezahlt wurde.

Peinlich, peinlich! Doch nicht für den Minister, der hatte es geschafft, sich aus dieser und einigen anderen zwielichtigen Situationen locker herauszumanövrieren.

Zwar hätte er damals gleich versuchen können, die zu viel erhaltenen Bezüge umgehend zurückzuüberweisen. Doch der Minister wartete erst einmal ab. Und dann, als man ihm auf die Schliche kam, stellte sich, oh Wunder heraus, dass eine Rückzahlung gar nicht möglich war. Dies war jedenfalls damals die Auskunft der EU-Parlamentsverwaltung.

Ein Schelm, der Böses dabei denkt, fand Erpentrup. Aber für Politiker der EU auch wunderbar, entwickelte er seinen Gedanken weiter. Wer das Geld aus Europa erst einmal auf dem Konto hatte, der musste es behalten. Rückzahlung nicht möglich!

Warum sollten die Politiker an solchen Einweggeldflüssen auch etwas ändern? Erpentrup würde ein Jahresgehalt verwetten, dass dieser aufgedeckte Mangel von der EU-Parlamentsverwaltung bis heute nicht korrigiert worden war.

Im Falle des Innenministers entschloss sich dieser generös, den unrechtmäßig erhaltenen Betrag von 6600 Euro kurzer Hand an die Polizei-Stiftung NRW zu spenden.

Wahrscheinlich hat das alte Steingesicht, für das zu

Unrecht erhaltenen Geld, dass er dann als großzügige Spende weitergab, auch noch eine entsprechende Quittung bekommen, die er an das Finanzamt weitergereicht hatte, um seine Einkommenssteuer zu reduzieren.

Was sollten diese unsinnigen Spekulationen, verbat sich Erpentrup. Jedenfalls, der Minister hatte damals und auch in anderen Fällen einen Ausweg gefunden. Doch welchen gab es für ihn? Welches Hintertürchen öffnete sich für Erpentrup? Er kannte keines.

Vor der Tür des Innenministers blieb Erpentrup stehen. Er spürte den Blick der Assistentin im Rücken. Untreue Tomate und dumme Kuh, dachte Erpentrup. Dann atmete er tief durch und klopfte an die Tür, ans Höllentor.

Als er das Büro betrat, las der Minister gerade oder gab es zumindest vor. Er schaute kurz auf und vertiefte sich dann wieder in seine Lektüre. Erpentrup kam sich vor wie ein dummer Junge. Er stand da und wartete. Unendlich lange. Nach gefühlten Stunden bequemte sich das alte Steingesicht endlich seine Unterlagen zur Seite zu legen und tat einen inbrünstigen Seufzer. Dann ging er zu seinem Besprechungstisch und wies seinem Noch-Staatssekretär einen Stuhl zu.

„Mann, Mann, Mann, Erpentrup“, der Minister gab sich seltsamerweise recht loyal, keine Vorwürfe, kein Herumschreien. „Da hat Ihnen aber einer in die Suppe gespuckt, wie konnte das passieren?“

Erpentrup wollte etwas sagen. Doch der Minister forderte ihn mit einer eindeutigen Handbewegung zum Schweigen auf.

„Den Posten als Staatssekretär sind Sie los, das kann ich Ihnen schon mal versichern", offerierte der Minister, mit einem Tonfall, der auch dazu geeignet gewesen wäre, sich das nächste Bier zu bestellen.

„Aber ich habe Schadensbegrenzung betrieben, Erpentrup. Ich lasse meine Leute nicht hängen. Ich habe mit allen Beteiligten gesprochen. Die Lipper, also die Hauptkommissarin Köster und dieser Schulte haben mir zu verstehen gegeben, dass es ihnen egal ist, was mit Ihnen passiert. Das Einzige was denen wichtig ist, ist die Tatsache, dass die beiden nie mehr mit Ihnen zusammenarbeiten müssen. Alles andere ist denen egal."

Wieder wollte Erpentrup das Wort ergreifen und wieder wurde es ihm nicht erteilt.

„Ich habe mit Ihrem Parteivorsitzenden gesprochen. Der ist ja damals in Wermelskirchen, als ich noch Studienrat am Städtischen Gymnasium war, einer meiner Schüler gewesen. Der Junge ist leider nur in die falsche Partei eingetreten. Was hätte der bei uns in der CDU werden können. Na, lassen wir die alten Geschichten", unterbrach sich der Minister selbst.

„Jedenfalls haben wir uns Gedanken gemacht, welchen neuen Job wir Ihnen geben können. Was halten Sie von Fußball?"

Erpentrup verstand nicht.

„Na, Sie wissen ja, dass gerade der Posten des DFB-Präsidenten frei ist. Nachdem unserem Kollegen unter anderem die Luxus-Uhr und das Verschweigen von Zusatzeinkünften ins Kreuz gefallen war." Wieder machte der Minister eine Geste, als wolle er Fliegen verscheuchen und setzte seine Überlegungen fort. „Wie doof kann man sein. Na, jedenfalls ist die Stelle des DFB-Präsidenten vakant."

Erpentrup war sprachlos. Sollte er der Chef des deutschen Fußballbundes werden?

Der Minister riss ihn aus seinen Gedanken. „Jetzt hat die Kollegin von den Grünen, die Claudia, das Modell der Doppelspitze für das Präsidium des DFB ins Spiel gebracht. Sie wissen schon, Männlein und Weiblein."

Der Minister verdrehte die Augen. „Egal", sagte er. „Spätestens seit der Europawahl sind die Grünen gut im Rennen. Wenn wir zukünftig Koalitionsverhandlungen führen müssen und mit denen ins Bett wollen, müssen wir bei den Grünen schon jetzt für gutes Wetter sorgen. Das gilt übrigens auch für ihre Partei. Jamaika, das sind die Farben der Zukunft. Wir können also nicht mehr so einfach über die Vorschläge der Grünen hinweggehen."

Irgendwie lief das hier völlig anders, als Erpentrup vermutet hatte. Er war davon ausgegangen, dass er gleich hier, im Zimmer des Ministers, an die Wand genagelt werden würde. Und was machte das alte Steingesicht, das erklärte ihm seine Sicht der politischen Großwetterlage.

„Na, Erpentrup, was vergeben wir uns also, wenn die Grünen eine Doppelspitze beim DFB wollen, bitte, die sollen sie haben. Ich habe damit keine Probleme", gab sich der Minister generös.

„Und was braucht so eine Doppelspitze, beim DFB? Genau!", beantwortete der Minister sich seine Frage selbst. „Eine Doppelspitze braucht einen Koordinator.

Wenn also die zukünftigen Präsidenten Schwarz und Grün sind, dann liegt es doch nahe, dass der Koordinator von der FDP kommt. Und wer wird diesen Job bekleiden?", fragte der Minister und beantwortete sich die Frage gleich selbst. „Genau, Erpentrup, Sie werden der neue Koordinator beim DFB-Präsidium. Das ist schon beschlossene Sache. Egal wer Präsident oder Präsidentin in dem Laden wird."

Der Minister grinste breit. „So sind alle zufrieden. Dieser Schulte und die Detmolder Polizisten bekommen ihren Willen. Ihr kleiner Intrigenversuch wird nicht an die Öffentlichkeit kommen. Einziger Wermutstropfen, Sie sind Ihren Posten als Staatssekretär los, aber Sie fallen weich. Sind Sie mit dieser Lösung einverstanden, Erpentrup?"

Der konnte nur blöde nicken. Das hätte er jetzt nicht gedacht. Er, Erpentrup, der neue Koordinator des DFB, das hörte sich doch gut an. Doch eine Frage stellte er noch: „Und was ist mit dem Staatsanwalt, was ist mit Söder?"

Sein Chef, das alte Steingesicht, grinste verschlagen. „Ich habe schon mit dem Justizminister gesprochen." Das Grinsen im Gesicht des Ministers intensivierte sich. „Es gibt da so ein Austauschprogramm des Justizministeriums mit Bulgarien. Da war noch ein Platz frei. Dieser Platz wurde Ihrem Freund Söder, zugewiesen. Sein zukünftiger Wirkungskreis wird die Stadt Didymoticho sein. Irgend so ein Kaff an der türkischen Grenze." Jetzt berührten die Mundwinkel des Ministers fast seine Ohren. „Was soll ich sagen, Herr Erpentrup? Die Argumente des Justizministeriums waren so gut, dass Söder sie nicht ablehnen konnte."

Erpentrup staunte. Während der Minister nachschob: „Und eins ist mir bei der Lex Söder noch mal unmissverständlich klar geworden. Die Frauen in Führungspositionen werden immer mehr und mächtiger. Mittlerweile kann eine Gegnerschaft dieser Entwicklung verheerend sein."

91

„Der arme Philipp", seufzte Silvia Lang, als Juliane Kramer ihre Beichte beendet hatte. „Erst von seinem Vater bei jeder Gelegenheit kleingemacht und dann so was. Mein Gott, was hat der Junge durchgemacht. Und dann so ein tragischer früher Tod. Es zerreißt mich, wenn ich nur daran denke."

Eine Weile sprach niemand ein Wort. Silvia Lang rieb sich die Oberarme, um wenigstens etwas gegen den inneren Frost zu tun. Aber der Eisklumpen saß tief in ihr, unerreichbar für die Wärme ihrer Hände. Immer wieder warf sie ihrer ehemaligen Schwiegertochter Blicke zu, die Abscheu, Neugier, Wut, Selbstmitleid und tiefe Trauer ausdrückten. Ihr Sohn versuchte erst gar nicht, zwischen den beiden Frauen zu vermitteln. So saßen sie in ihren Sesseln und schwiegen. Es war still im Haus. Nur der leise lippische Landregen war zu hören.

Plötzlich schreckten alle drei auf, als aus dem Eingangsbereich ein Geräusch zu hören war. Eine Sekunde später flog die Wohnzimmertür auf und eine Männergestalt trat ins Zimmer.

„Das ist ja eine feine Gesellschaft hier“, sprach der Mann und spuckte verächtlich auf den teuren Teppich.

Lennart sprang auf und wollte sich dem Eindringling entgegenstellen, aber der griff blitzschnell in die Tasche seines regennassen alten Mantels und richtete einen Revolver auf Lennart.

„Was wollen Sie?“, rief Silvia Lang. „Wollen Sie Geld?“

„Nein“, sagte der Mann, dem das Regenwasser aus den langen Haaren und dem Vollbart lief. „Euer verdammtes Geld stinkt.“

Der Einbrecher warf einen schnellen Blick durch das Wohnzimmer. Dann sah er Silvia Lang prüfend an. Die sank immer tiefer in ihren Sessel, spürte ihr Herz im Hals klopfen.

„Hallo Mutter“, hörte sie jetzt den Fremden sagen. Sie starrte ihn an, unfähig einen klaren Gedanken zu fassen, außerstande sich zu rühren. Nur wirres Zeug schoss ihr durch den Kopf. War dieser Mann ein Irrer? Oder drogensüchtig und zu allem fähig? Verwahrlost genug wirkte er jedenfalls. Sie kannte ihn nicht, wollte ihn auch gar nicht kennenlernen. Er sollte verschwinden, sofort.

„Ich bin nicht Ihre Mutter“, antwortete sie mit brüchiger Stimme. „Sie müssen mich verwechseln.“

Der Fremde lachte grob, hielt den Revolver aber weiterhin auf Lennart gerichtet, der wie gelähmt vor ihm stand.

„Jetzt hat mich sogar meine eigene Mutter vergessen.

Das hätte ich mir denken können. Was seid ihr doch für ein verkommener Haufen. Meine Mutter erkennt mich nicht und mein Bruder will mich rauswerfen. Und dann auch noch die da."

Bei diesen Worten schaute er Juliane Kramer an. Silvia Lang konnte sehen, dass seine Anspannung zunahm, seine rechte Hand krampfte sich um den Griff des Revolvers, sodass seine Fingerknöchel weiß hervortraten.

„Du bist natürlich auch hier. Bei dieser sauberen Brut. War 'ne tolle Geschichte, die du gerade erzählt hast. Ich habe vom Flur aus zugehört. Mir sind fast die Tränen gekommen. Das arme kleine Mädchen, verführt von bösen alten Männern."

Als hätte sie ein Blitz getroffen, erkannte Silvia Lang nun, wen sie vor sich hatte. Sekundenlang setzte ihre Atmung aus, dann holte sie mit einem gewaltigen Atemzug alles nach.

„Philipp", stammelte sie, leise und immer noch ungläubig. „Du bist Philipp. Mein Gott, wie hast du dich verändert."

Juliane Kramer schoss nun förmlich aus ihrem Sessel hoch. Auch sie schien ihren ehemaligen Freund erkannt zu haben. Ihre Augen waren schreckensweit auf ihn gerichtet, in einer Mischung aus Überraschung und Panik.

„Philipp, du …"

„Halts Maul!", fuhr er sie an. „Das ist hier ein Familientreffen. Misch dich nicht ein. Um dich kümmere ich mich, wenn ich mit den anderen fertig bin."

Mit einem Wink seines Revolvers machte er Lennart klar, dass er zu seiner Mutter gehen sollte. Auch Juliane Kramer bekam einen solchen Wink, sodass die beiden Jüngeren nun neben Silvia Lang, die immer noch im Sessel saß, standen.

„Ein hübsches Bild gebt ihr ab, ihr drei", höhnte Philipp Lang. „Respekt Mutter, du hast dich gut gehalten all die Jahre. Und Lennart, mein Gott, aus der kleinen Rotznase ist ein richtiger Prachtkerl geworden. Es scheint euch gut gegangen zu sein, während ihr mich für tot gehalten habt. Juliane, schön wie immer. Schade, wären die Dinge anders gelaufen, dann wäre ich jetzt dein stolzer Ehemann. Was macht die Malerei? Jetzt fehlt nur noch einer, dann können wir es endlich zu Ende bringen. Wo ist Vater?"

„Im Detmolder Krankenhaus", sagte Lennart, der endlich seine Sprache wiedergefunden hatte. „Er hatte eine Herzattacke."

„Och nee", maulte Philipp theatralisch. „Er wird mir doch wohl nicht vorher von der Schippe springen, oder? Das wäre aber unfair. Ich freue mich schon seit Ewigkeiten auf ein Wiedersehen."

„Philipp, jetzt hör mal zu!", rief Silvia Lang, bei der die Empörung jetzt die Oberhand vor der Angst gewonnen hatte. „Ich kann dir sagen …"

„Nein!", schrie Philipp Lang sie an. „Jetzt hört ihr mal zu. Ich habe erst noch was Wichtigeres zu erledigen. Aber macht euch keine Hoffnungen, ich komme wieder. Ich nehme an, dass im Keller immer noch dieser Tresorraum ist. Dahin gehen wir jetzt und ich schließe euch darin ein. Alle Handys bleiben hier oben. Legt sie hier auf den Tisch. Keine Dummheiten, geht einfach langsam und gleichmäßig vor mir her. Lennart, das gilt vor allem für dich."

In diesem Augenblick klingelte das Telefon. Philipp Lang machte drei Schritte zur Seite, hielt dabei den Revolver immer auf Lennart gerichtet, nahm das Telefon und blaffte, ohne abzuwarten, wer in der Leitung war: „Pech gehabt! Hier hat gerade niemand Zeit für dummes Geschwätz."

Dann ließ er das Telefon achtlos auf den Fußboden fallen und befahl schroff: „Los jetzt! Ich habe es eilig."

Vollkommen eingeschüchtert verließen die Drei das Wohnzimmer und stiegen die Treppe hinab in den Keller, der Revolver folgte ihnen auf Schritt und Tritt. Als sie in dem tresorähnlichen Raum standen und Philipp Lang gerade die massive Tür von außen schließen wollte, fragte Silvia Lang: „Was wirst du machen, Philipp?"

Er lachte kalt. Er ging mit der Waffe auf sie zu und sagte bedrohlich: „Du sagst mir jetzt sofort, auf welchem Zimmer er liegt oder es geht Lennart an den Kragen."

92

Friedrich Lang stand unter Schock. Langsam legte er den Telefonhörer beiseite. Was war denn das gewesen? Er schaute auf das Display, um zu prüfen, ob er tatsächlich die richtige Nummer gewählt hatte. Es war eindeutig die Nummer seines Zuhauses. Aber wen hatte er da in der Leitung gehabt? War ein Fremder im Haus? Einer, der grob und aggressiv war? Das allein wäre für ihn Grund genug gewesen, sich Sorgen zu machen. Und dann diese Stimme. Woher kannte er die? Er konnte sie nicht zuordnen, aber sie war ihm vertraut, hatte trotz der schroffen Worte etwas in ihm zum Klingen gebracht. War das …? Nein, er verwarf den Gedanken. Er war absurd. Aber dennoch … der verrückte Gedanke biss sich fest wie eine Zecke, ließ nicht mehr locker und begann, ihm das Mark aus den Knochen zu saugen. Dann die Erkenntnis, dass es gar nicht anders sein konnte. Von einer Sekunde auf die andere hatte er das Gefühl, als bräche alles über ihm zusammen. Wie ein Ertrinkender kämpfte er darum, wieder an die Luft zu kommen, festen Halt zu gewinnen. Vorübergehend gelang ihm das auch und er wurde etwas ruhiger. Völliger Quatsch, redete er sich ein und fühlte sich kurz erleichtert. Tote können nicht töten, sagte er sich. Aber das nutzte auf Dauer nichts und er wusste, dass er sofort handeln musste.

Wieder nahm er das Telefon und wählte die Notrufnummer der Polizei.

93

Maren Köster hatte an diesem Montagabend freiwillig die Bereitschaft übernommen, da einer ihrer Mitarbeiter einen dringenden familiären Termin hatte. Jetzt, um 22:40 Uhr, bereute sie ihre Gutmütigkeit. Die letzten

Tage waren aufreibend gewesen, das Wochenende hatte nicht die Erholung gebracht, die sie gebraucht hätte, und nun war sie müde. Außer ihr war noch Pauline da, die saß aber im Nachbarbüro. Die junge Frau wirkte neuerdings leicht geistig abwesend, was Maren Köster von ihr gar nicht kannte. Eigentlich war Pauline stets ebenso gut gelaunt wie hoch konzentriert, jetzt schien sie mit ihren Gedanken häufig ganz woanders zu sein.

Eine Minute später ging wieder einmal das Telefon. Eine Kollegin meldete sich: „Ich habe hier einen alten Mann in der Leitung. Der redet ein bisschen wirr, finde ich. Aber er will auch nicht mit mir sprechen, sondern verlangt ausdrücklich nach Ihnen. Ein gewisser Friedrich Lang. Soll ich das Gespräch rüberstellen?"

Als ersten Reflex wollte Maren Köster das Gespräch zurückweisen, denn beim Namen Lang zuckte sie sofort unangenehm berührt zusammen. Schon wieder diese Familie. Wurde sie denn diese Leute gar nicht mehr los? Mit wenig Begeisterung nahm sie das Gespräch an.

Friedrich Lang sprudelte sofort los, ohne ihr Zeit zu lassen, sich auf ihn einzustellen.

„Sie müssen sofort was unternehmen, Frau Kommissarin!", rief Lang aufgeregt durch die Leitung. „Ich wollte nicht mit irgendjemandem sprechen, dem ich alles erst stundenlang erklären muss. Dazu haben wir keine Zeit. Sie kennen unsere Familie und wissen, was los ist. Bitte beeilen Sie sich!"

„Moment", unterbrach sie den alten Mann. „Atmen Sie dreimal tief durch und dann erzählen Sie mir, was los ist. Aber bitte der Reihe nach."

Immer noch reichlich umständlich berichtete Friedrich Lang von seinen Überlegungen und dem Schluss, den er daraus gezogen hat.

„Es ist Philipp, Frau Kommissarin. Nur er kann dahinterstecken."

„Also so genau kenne ich Ihre Familie auch nicht", schränkte Maren Köster ein. „Wer ist Philipp und wohinter steckt er?"

„Mein Sohn Philipp ist tot. Aber trotzdem hat er meinen Bruder und meinen zweitältesten Sohn getötet. Und jetzt will er meinen Jüngsten töten und dann auch noch mich."

Am liebsten hätte Maren Köster jetzt entnervt den Hörer hingeworfen. War der Mann betrunken oder geistig verwirrt?

„Herr Lang", sagte sie streng. „Entweder ist dieser Philipp tot oder nicht. Ein Toter kann nicht töten."

„Ja, das habe ich auch immer gedacht. Aber das stimmt nicht."

Langsam kam bei der Polizistin die Erinnerung zurück. Sie hatte die Geschichte der Familie Lang schon mehrfach zu hören bekommen. Jetzt fiel ihr alles wieder ein. Auch Schultes Mallorca-Bericht vom letzten Freitag war bei ihr noch sehr präsent. Deshalb fiel es ihr nicht schwer, trotz Friedrich Langs unstrukturierter Darstellung einen Zusammenhang herzustellen.

„Sie meinen also, es sei Ihr Sohn Philipp gewesen, der in das Haus auf Mallorca eingebrochen ist? Obwohl Sie jahrelang davon ausgegangen sind, dass er tot ist?", fasste sie zusammen.

„Ja“, rief Lang. „Es ist wieder die Zeit. Er wollte Lennart ans Leder. Und jetzt eben war er bei mir zu Hause am Telefon. Ich kenne doch seine Stimme noch und bin ganz sicher. Ich vermute stark, dass Lennart und Juliane Kramer ebenfalls im Haus sind. Das kann nur in einer Katastrophe enden. Philipp ist vollkommen durchgedreht. Er kennt nur noch seine Rache. Sie müssen sofort was unternehmen!“

„Was macht Sie denn so sicher?“, fragte Maren Köster, genervt vom Drängen dieses Mannes.

„Ich bin ja auch nicht vollkommen sicher. Aber zu 90 Prozent ist es so, wie ich sage. Und ich denke, das sollte ausreichen. Wenn Sie nichts machen, tragen Sie die Verantwortung, wenn es drei Tote gibt. Wollen Sie das?“

Das wollte sie natürlich nicht und sagte widerwillig zu, zwei Beamte nach Schieder zu schicken, um dort nach dem Rechten zu sehen. Lang hatte sich offenbar mehr versprochen, sagte dies auch. Aber die Polizistin blieb hart.

„Wir haben leider keinen Personalüberschuss, Herr Lang. Gerade sind nicht mehr Leute frei. Mehr kann ich leider nicht für Sie tun.“

Als das Gespräch beendet war, verließ sie ihr Büro und wandte sich an Pauline Meier zu Klüt. „Pauline, suche dir bitte einen Kollegen und fahr zum Schloss Schieder.“

„Da muss ich nicht lange suchen“, erwiderte Pauline munter. „Manuel ist eben gekommen. Offiziell will er noch ein dringendes Protokoll bearbeiten. In Wirklichkeit hat er wahrscheinlich Schlafstörungen oder Ärger mit seiner Freundin oder sonst was. Kommt der Kerl tatsächlich mitten in der Nacht zur Arbeit. Ich fasse es nicht."

Der junge Kollege Manuel Lindemann war bekannt als ebenso ehrgeiziger wie perfektionistischer Arbeiter. Es war gar nicht so ungewöhnlich, dass er in seiner Freizeit ins Büro kam.

„Er holt sich gerade einen Kaffee. Er wird begeistert sein, wenn ich ihn mitnehme."

Maren Köster erklärte der jüngeren Kollegin in aller Kürze den Zusammenhang. Wie immer begriff diese schnell, packte wortlos ihre Utensilien zusammen und verließ das Büro, um nach Lindemann zu suchen.

Diese Familie macht mich fertig, sagte Maren Köster zu sich selbst und schüttelte den Kopf. Sie glaubte keine Sekunde daran, dass hier tatsächlich Gefahr im Verzug ist. Da klingelte ihr Telefon wieder.

„Schulte", rief sie erstaunt, nach dem sich der Anrufer gemeldet hatte. „Bist du noch nicht im Bett? Was willst du von mir?"

94

Als Philipp Lang sein Elternhaus verließ, zog er den Kopf ein, um sich vor dem Nieselregen zu schützen. Den Revolver hatte er wieder in eine Tasche seines Mantels gesteckt. Schon in Sichtweite seines Autos fiel ihm ein, dass er in seiner Hektik die Haustür sperrangelweit hatte offenstehen lassen. Egal, dachte er, das sollte die kleinste Sorge dieser Familie sein.

„Die Drei stehen mir schon mal nicht im Weg“, murmelte er, als er in sein Auto stieg. „Gut so, denn jetzt kommt das Sahnehäubchen.“

Er startete das Auto, einen uralten Opel Vectra, und fuhr von dem öffentlichen Parkplatz in der Nähe des Schlosses, ließ das Hotel *Landhaus Schieder* rechts liegen und bog auf die Detmolder Straße ein. Es war 23:20 Uhr, die Straße war so gut wie leer. Aber hatte er es eilig? Nein, fand er. Ob er seinen Vater noch vor Mitternacht oder kurz danach daran hinderte, dieses verkommene Leben weiterzuführen, spielte keine Rolle. Er durfte jetzt vor allem nicht auffallen. Eine Polizeikontrolle hätte alle seine Pläne über den Haufen geworfen. Also hielt er sich an jedes Tempolimit, blinkte brav, wenn es nötig war und hoffte inständig, dass nicht etwa eine Lampe an diesem fast schrottreifen Auto ausgefallen war oder dass es seltsame Geräusche machte. Doch nichts hielt ihn auf. Auch nicht, als er hinter Wöbbel die Ostwestfalenstraße kreuzte und auf der B 239 weiterfuhr.

Doch was war das? Zwischen Belle und Bad Meinberg, auf Höhe des Entenkruges sah er Blaulicht flackern. Verdammt, fluchte er und schlug wütend aufs Lenkrad. Kamen die ihm entgegen oder war das eine Straßensperre? Das war im Dunkel der Nacht nicht leicht zu erkennen. Aber das Blaulicht kam schnell näher. Also keine Straßensperre. Aber was, wenn der Polizeiwagen sich gleich querstellte und ihm die Weiterfahrt unmöglich machte? Was würde er dann tun? Stoppen, wenden und so schnell wie möglich wieder verschwinden? Das wäre das sicherste Mittel, um die Bullen auf ihn aufmerksam zu machen, überlegte er hektisch. Nein, er musste einfach weiterfahren, ruhig und stur wie ein Ochse. Wie anständige Bürger das so machen, wenn sie ein reines Gewissen haben. Er blendete brav rechtzeitig ab und versuchte, auf keinen Fall Schlangenlinie zu fahren. Dann war es soweit. Das Polizeifahrzeug war nun direkt vor ihm, dann neben ihm, dann huschte es auch schon vorbei. Das Martinshorn war nicht eingeschaltet, dass wäre auch jetzt in der Nacht nicht nötig gewesen. Mit einem raschen Blick zur Seite sah Lang, dass eine junge Frau und ein Mann in Zivil im Polizeiauto saßen und offenbar nicht das geringste Interesse an ihm hatten.

Er lachte etwas hysterisch, um sich von dem Druck zu befreien und fuhr wieder schneller.

„Fahrt nur weiter, ihr Beide. Da wo ihr hinfahrt, komme ich gerade her und da, wo ich hinwill, da seid ihr schon mal aus dem Weg. Passt genau. Wenn doch die Polizei immer so zuvorkommend wäre."

Doch dann wurde er sehr schnell wieder ernst. War es vorstellbar, dass die beiden Polizisten gerade auf dem Weg nach Schieder waren, weil sie vielleicht von dort aus einen Notruf bekommen haben? Es war unwahrscheinlich, aber war es völlig auszuschließen? Wohl nicht. Ein bisschen unsicherer als eben noch drückte er aufs Gaspedal, ließ Bad Meinberg hinter sich und näherte sich Detmold. Wie kommt man eigentlich mitten in der Nacht ins Krankenhaus hinein? Abwarten, sagte er sich. Das findet sich schon.

95

„Hammer!“, staunte Manuel Lindemann, als er zusammen mit seiner Kollegin Pauline Meier zu Klüt vor dem Schloss Schieder stand und seine Mütze tiefer ins Gesicht zog, um sich vor dem feinen Regen zu schützen. „Darin möchte ich wohl auch wohnen.“

„Ach, überschätz das nicht“, lachte die junge Frau. „Die Wohnlage mag ja schön sein, aber ich möchte ums Verrecken nicht Teil dieser Familie sein. Die sind irgendwie alle neben der Spur.“

„Wo müssen wir denn rein?“, fragte ihr Kollege.

„Gute Frage“, erwiderte sie. „Bestimmt nicht durch den Haupteingang. Die werden wohl einen eigenen Zugang haben. Hast du die Taschenlampe parat? Ich denke, wir müssen zur Rückseite des Gebäudes.“

An beiden Seiten des Schlosses war eine dichte Taxushecke. Aber zwischen der Hecke und dem Gebäude war ein ausreichend breiter Durchlass, durch den die beiden Polizisten zur Seeseite des Schlosses gelangten. Hier war eine große Rasenfläche, die nur schwach von zwei Parklaternen beleuchtet wurde. Weiter hinten ließen sich zwei lang gestreckte Gebäude erahnen, die einen schmalen Park einrahmten.

Eine repräsentative Treppe, die von zwei Seiten begangen werden konnte, führte sie bis zur Haustür.

„Die steht ja offen“, staunte Lindemann. „Und das mitten in der Nacht. Seltsam.“

„Allerdings“, ergänzte Pauline Meier zu Klüt. „Das spricht dafür, dass hier wirklich irgendwas nicht koscher ist. Wir sollten vorsichtig sein.“

Sie zog ihre Dienstwaffe und hielt sie schussbereit, als sie in den breiten Flur trat.

„Nicht das Licht einschalten“, wies sie Lindemann flüsternd an. „Dann sieht man vom Park her, dass jemand im Haus ist. Nimm lieber die Taschenlampe.“

Zusammen folgten sie dem pompös mit Gemälden und teuren Vasen bestückten Flur. An beiden Seiten waren Zimmertüren. Lindemann öffnete leise eine nach der anderen, leuchtete hinein und schloss die Tür wieder. Immer wieder schüttelte er nur den Kopf, wenn seine Kollegin ihn fragend anschaute. Eine der Zimmertüren stand offen. Lindemann zückte wieder die Taschenlampe.

„Das ist anscheinend ein Wohnzimmer“, flüsterte er. „Da ist aber auch niemand drin.“

Sie betraten nun beide den großen Raum.

„Sieht nicht aus, als sei hier ein Verbrechen passiert“, sagte Pauline Meier zu Klüt. Lindemann richtete die Taschenlampe gerade auf einen Couchtisch und betrachtete das, was darauf lag.

„Schau dir das an!“, sagte er leise. „Hier liegen gleich drei Handys auf dem Tisch.“

Die Polizistin nahm eines der Handys auf und knipste das Display an. Vielleicht konnte sie ja sehen, ob mit dem Gerät eben erst telefoniert worden war.

Aber es war natürlich passwortgeschützt, was auch für die beiden anderen Telefone galt, wie sie feststellen musste. Dann bückte sie sich und hob das Telefon auf, das auf dem Teppich lag. Sie tippte auf Anrufe und sagte mehr zu sich als zu Lindemann: „Eine Detmolder Nummer. Hat vor einer Dreiviertelstunde angerufen."

„Hier hat jemand verdammt viel Geld in die Einrichtung gesteckt", kommentierte Lindemann das Ambiente im Raum. „Ist aber nicht mein Wohngeschmack. Alles zu dick aufgetragen."

Pauline Meier zu Klüt gab keine Antwort. Sie war in Gedanken versunken.

„Alles ruhig im Haus. Viel zu ruhig angesichts der Tatsache, dass die Haustür mitten in der Nacht offenstand. Geschmack hin oder her. Das sind hier Leute, die Ordnung halten, bis hin zur Pingeligkeit. Solche Leute schließen auch die Tür, wenn sie das Haus verlassen. Irgendwas ist hier nicht in Ordnung. Wir müssen weitersuchen."

Aber auf der Wohnetage fand sich nichts, was sie weitergebracht hätte. Auch im Stock darüber, in dem zwei Bäder und etliche Schlafräume lagen, schien alles ruhig und friedlich zu sein.

„Jetzt bleibt uns nur noch der Keller", sagte die Polizistin ohne große Hoffnung.

Sie stiegen die Treppe hinunter. Hier knipsten sie bedenkenlos den Lichtschalter an, da der Keller kein Licht nach außen durchließ.

„Ich fasse es nicht", flüsterte Lindemann. „Die haben selbst im Keller einen Teppich."

Für einen Kellerraum war es hier in der Tat ungewöhnlich behaglich. Auch wenn der Teppich hier nicht ganz so edel sein mochte wie der ein Stockwerk höher. Immerhin dämpfte er ihre Schrittgeräusche, was zumindest kein Nachteil war.

Wieder öffneten sie mehrere Türen, leuchteten hinein und verschlossen sie wieder.

„Pauline", rief Lindemann, der schon etwas weiter war. „Komm mal!"

Er stand vor einer äußerst massiven Stahltür, die mit einem kompliziert erscheinenden Apparat gesichert war.

„Sieht aus wie ein Tresorraum", murmelte Pauline Meier zu Klüt. „Sei mal ruhig!"

Sie legte ein Ohr an die Tür und lauschte. Dann wandte sie sich wieder an Lindemann.

„Ich bin mir nicht ganz sicher, aber ich meine, darin Stimmen gehört zu haben. Versuch du es auch mal!"

Schließlich kam auch Manuel Lindemann zu dem Ergebnis.

„Wahrscheinlich sind es die Leute, von denen dieser alte Herr Lang gesagt hat, dass sie in Gefahr seien. Sie sind hier eingeschlossen worden."

„Was machen wir denn jetzt?", fragte Pauline Meier zu Klüt. „Diese Tür kriegen wir auch zusammen nicht auf."

„Warum nicht? Wir können es doch wenigstens versuchen", entgegnete Lindemann hoffnungsvoll.

„Nein", entgegnete seine Kollegin. „Das hat keinen Sinn. Solche Systeme habe ich vor einiger Zeit bei einer Fortbildung kennengelernt. Es ist eine Kombination aus Zifferncode und Fingerabdruck. Wir müssen Maren anrufen. Die soll sofort den alten Lang hierherbringen lassen. Es wird wohl sein Fingerabdruck sein, der hier nötig ist."

„Na, das kann dauern", maulte Lindemann. „Wenn das ein Tresorraum ist, dann wird er ziemlich klein sein. Wer weiß, wie die Luftverhältnisse darin sind. Hoffentlich halten die so lange durch."

„Wie lange können denn drei Erwachsene in so einem Raum atmen?"

„Ich weiß ja nicht, wie groß der Raum ist. Wenn er …" Lindemann begann leise zu rechnen. „Also, wenn er, sagen wir mal, zwei mal zwei Meter in der Fläche und auch zwei Meter hoch ist, dann …"

Wieder rechnete er, schüttelte den Kopf und startete erneut.

„Dann hat jeder von ihnen etwas mehr als drei Stunden Zeit, bis die Ohnmacht kommt. Vorausgesetzt, der Raum ist so groß. Wenn er kleiner ist, oder auch vollgestellt, dann eben weniger."

Pauline staunte. Manchmal verblüffte der Kollege sie.

„Was du alles weißt. Ja, dann wollen wir mal Tempo machen. Ich rufe Maren an."

96

Schulte legte sein Handy zur Seite und dachte nach. Eben hatte ihm Maren Köster vom Anruf des alten Lang erzählt. Und davon, dass dieser Lennart, nach dem Schulte die ganze Zeit auf Mallorca gesucht hatte, sich nun in Schieder aufhielt. Allein das empfand Schulte beinahe als persönliche Beleidigung. Dann erzählte sie noch von Philipp, dem ältesten Sohn, der doch eigentlich amtlich tot sein sollte und der nun angeblich den Rest der Familie umbringen wollte. Für Schulte kam dieser Philipp völlig überraschend, mit dem hatte er sich noch nie beschäftigt. Warum auch? Tote können ja nicht töten. Er hatte nicht die geringste Ahnung, wie Philipp Lang aussah. Gut möglich, dass er ihm schon mal begegnet war, ohne das zur Kenntnis zu nehmen. Wenn das, was der alte Lang vermutete, wirklich stimmte, dann war allerdings Lennart Lang, seine Mutter und auch die schöne Malerin in höchster Gefahr. Gut, dachte er, dass Maren nicht lange gefackelt und zwei tüchtige Leute dorthin geschickt hatte.

Er wollte sich eben ein Gutenacht-Bier gönnen, als ihm ein Gedanke kam, der ihn nicht mehr losließ. War Philipp Lang der Einbrecher, der die Wohnung der Malerin verwüstet hatte? Der Schulte die Treppe hinuntergestoßen hatte, mit allen möglichen und realen Folgen? Sinn machen würde das, denn schließlich wurde nichts gestohlen. Der Täter hatte offenbar nur Interesse an Privatem gehabt. Schulte spürte, wie heiße Wut auf diesen Mann, den er persönlich gar nicht kannte, hochquoll. Den Treppensturz würde er diesem Kerl liebend gern zurückzahlen. Er überlegte: Wenn er sofort losfahren würde, dann wäre er nicht viel später in Schieder als Pauline Meier zu Klüt und Manuel Lindemann. Vielleicht rechtzeitig genug, um nützlich sein zu können. Dass bei dem Wunsch zu helfen auch persönliche Rachemotive eine Rolle spielten, verdrängte er. Er warf sich seine Jacke über, steckte das Handy ein und verließ das Haus. Er lief durch Finsternis und Nieselregen. Als er seinen alten Land Rover bereits einen halben Kilometer Richtung Blomberg gelenkt hatte, schoss ihm ein neuer Gedanke durch den Kopf.

Wer sagte denn, dass Philipp Lang seinem jüngeren Bruder und seiner Mutter ans Leder wollte? Der Bruder hatte ihm ja nichts getan, die Mutter auch nicht. Wäre es nicht viel einleuchtender, wenn sich Philipp auf den Vater fokussieren würde? Diese Frage beantwortete sich selbst, fand Schulte und sah nun plötzlich eine ganz andere Gefahr auftauchen. Ein Gedanke, der ihn zu einer Vollbremsung veranlasste. Er wendete mit quietschenden Reifen und gab Vollgas. Diesmal nicht Richtung Osten, sondern ganz im Gegenteil. Er fuhr mit durchgedrücktem Gaspedal nach Westen, nach Detmold.

97

Maren Köster hatte alles versucht, aber nun stand sie mit leeren Händen da. Der zuständige Oberarzt im Klinikum Detmold hatte sich rundum geweigert, Friedrich Lang nach Schieder bringen zu lassen.

„Völlig ausgeschlossen“, hatte er gesagt. „Der Mann ist nicht transportfähig. Es könnte sein Tod sein. Vergessen Sie es!“

Da Aufgeben aber für Maren Köster noch nie eine

Option war, führte sie in schneller Folge mehrere Telefonate. Es war jetzt 23:40 Uhr und überall traf sie nur auf nächtliche Notbesetzungen. Aber nach dem fünften Gespräch hatte sie die Zusage, dass zwei Spezialisten aus Bielefeld sofort anreisen würden, um den Tresorraum zu öffnen. Sie rief Pauline Meier zu Klüt an und teilte ihr das Ergebnis ihrer Bemühungen mit. Auch die junge Kollegin war alles andere als begeistert.

„Ihr könnt jetzt nichts machen außer warten", sagte Maren Köster. Aber trösten war nicht ihre starke Seite und so brach sie diesen Versuch schnell ab. „Schulte hat übrigens auch eben angerufen. Würde mich gar nicht wundern, wenn der gleich bei euch auftaucht. Wenn er anfängt, euch herumzukommandieren, dann sagt mir Bescheid. Das können wir nicht zulassen. Übrigens, die Berechnung von Manuel kommt ungefähr hin. Herr Lang Senior hat gesagt, dass die Größenannahme schon passt. Aber der Raum sei voll mit Aktenordnern und jede Menge anderer Sachen. Also gehen wir besser von etwas weniger Zeit aus. Ich habe den Bielefeldern gesagt, dass sie mit Tatütata kommen sollen. Ich denke, die sind in ein paar Minuten bei euch."

Fast eine halbe Stunde später kam ein Anruf aus Bielefeld. „Die beiden Spezialisten sind vor zehn Minuten losgefahren", sagte ihr dort zuständiger Kollege. „Das wollte ich Ihnen nur sagen."

„Wie?", Maren Köster könnte es kaum fassen. „Jetzt erst? Ich dachte, die sind jeden Moment vor Ort."

Wütend warf sie das Telefon hin. Sekunden später nahm sie es wieder auf und informierte Pauline Meier zu Klüt über die Verspätung. Sie atmete kurz durch und versuchte, ihre Gedanken in eine andere Richtung zu lenken. Denn wenn dieser Philipp Lang nicht mehr im Haus war, und das konnte als sicher gelten, dann stellte sich die Frage: Wo ist er?

98

Es war 20 Minuten nach Mitternacht, als Schulte seinen Land Rover auf dem Parkplatz des Detmolder Klinikums neben einem ziemlich alten Opel Vectra parkte und zum Haupteingang hastete. Der Regen war dichter geworden und Schultes Haare waren mehr als feucht, als er am Eingang ankam. Zu seinem Erstaunen ließ sich die große Glastür problemlos öffnen. Er schaute sich um. Die Rezeption war zu dieser Uhrzeit natürlich nicht besetzt, aber eine Videoüberwachungskamera richtete sich auf ihn. Offenbar schaute er leicht verwirrt um sich, da er nicht wusste, wohin er nun gehen sollte. Das weckte anscheinend das Interesse eines bulligen Security-Mannes, der mit schnellen und entschlossen wirkenden Schritten auf ihn zusteuerte.

„Kann ich helfen?", fragte der Mann und blickte Schulte auf eine Art an, als zweifele er an dessen Zurechnungsfähigkeit.

Schulte seufzte, griff mit der unverletzten rechten Hand in die Innentasche seiner Jacke. Aber diese zu schnell ausgeführte und nicht angekündigte Bewegung löste beim Sicherheitsmann einen Reflex aus.

„Stopp!“, rief er mit leicht überkippender Stimme. „Keine Bewegung.“

Schulte hielt verblüfft inne und ließ die Hand betont langsam sinken.

„Keine Angst“, versuchte er den Mann zu beruhigen. „Da steckt keine Waffe drin. Ich wollte nur meinen Dienstausweis herausholen. Darf ich jetzt? Mit der linken Hand geht ja nicht, wie Sie sehen.“

Er lenkte den Blick des Mannes auf seinen Gipsarm. Dann hob er, provozierend langsam, die rechte Hand wieder zur Innentasche, zog noch langsamer den Dienstausweis heraus und hielt ihn dem Sicherheitsmann vor die Nase.

„Polizei?“, fragte der überflüssigerweise.

„Ja“, antwortete Schulte. „Steht ja drauf.“

Nun bekam Schulte einen Blick, der ihn vorsichtig werden ließ. Er war auf die Kooperation dieses Mannes angewiesen und wollte keinen Ärger, der nur Zeit gekostet hätte.

„Sind Sie dienstlich hier oder privat?“

Eine ganz vernünftige Frage, fand Schulte und bemühte sich, eine vernünftige und vor allem ruhige Antwort zu geben.

„Dienstlich. Und ich muss Sie bitten, mir zu helfen. Es geht vielleicht um Leben und Tod. Ich habe nicht viel Zeit, fürchte ich. Kann ich mit Ihnen rechnen?“

Er hatte die Frage so ernsthaft vorgetragen, wie ihm zumute war.

Der Sicherheitsmann schaute ihn ein paar Sekunden prüfend an, dann warf er noch mal einen Blick auf den

Dienstausweis, gab ihn Schulte zurück und sagte: „Ja, können Sie. Was kann ich für Sie tun?"

Schulte holte tief Luft und legte los.

„Es geht um einen gewissen Friedrich Lang. Er hatte eine Herzattacke, fragen Sie mich jetzt nicht was für eine Art, und ist hierher eingeliefert worden. Es steht zu befürchten, dass ihm jemand ans Leder will. Hier und jetzt. Deshalb habe ich es so verdammt eilig. Ich hatte auch keine Zeit mehr, irgendwelche Kollegen zu verständigen. Können Sie mir sagen, wo ich diesen Friedrich Lang finde?"

„Oh Gott", stöhnte sein Gegenüber. „Also theoretisch habe ich die Möglichkeit, das nachzuschauen. Aber ehrlich gesagt, kenne ich mich mit diesem System nicht wirklich gut aus. Das wird ein bisschen dauern."

Schulte stöhnte innerlich. Aber es blieb ihm nichts anderes übrig, als zu warten. Er hatte keinen Schimmer, wo er sonst anfangen sollte. Kardiologie, klar. Das war aber auch der einzige Fixpunkt bei der Suche. Unmöglich konnte er zu dieser Uhrzeit sämtliche Krankenzimmertüren der Station aufreißen, Licht machen und auf die Namensschilder schauen, ob dort ein Mann namens Friedrich Lang lag. Er kannte den Kerl ja nicht mal vom Sehen. Innerlich vor Unruhe bebend, aber äußerlich gefasst, folgte er dem Security-Mitarbeiter in einen kleinen Raum hinter der Rezeption. Umständlich setzte der einen PC in Gang, klickte hier, klickte dort, fluchte wie ein Bierkutscher, tippte unsicher mit einem Finger auf der Tastatur herum und klickte erneut. Schultes Nervenstränge waren bereits hoffnungslos überspannt und drohten jeden Augenblick zu reißen. Am liebsten hätte er dem Mann die Maus aus den Händen gerissen und selbst gesucht. Er würgte an seiner Ungeduld, behielt sie aber unter Kontrolle. Vor 20 Jahren wäre ihm das nicht gelungen, tröstete er sich. Etwas Gutes hatte das Alter doch. Endlich kam triumphierend der Ausruf: „Ich habe ihn! Friedrich Lang. Er liegt auf einem Einzelzimmer. Passen Sie gut auf, ich beschreibe Ihnen jetzt den Weg."

Schulte wurde es schon bei der Aufzählung der vielen „rechts" und „links" und „Treppe rauf" schwindelig. Aber er hörte konzentriert zu.

„Können Sie denn nicht einfach mitkommen?", fragte er. „Das wäre doch viel einfacher."

Der bullige Mann schüttelte energisch den Kopf.

„Auf keinen Fall", sagte er im bestimmten Ton. „Mein Posten ist hier unten. Was wäre denn, wenn in der Zeit eine Horde Rabauken hier hereinkommt? Ich käme in Teufels Küche."

Schulte bedankte sich hastig und lief, so schnell er konnte, in die angegebene Richtung. Er hatte bereits viel Zeit verloren.

99

Es war schier aussichtslos, jemanden zu suchen, von dem man nicht einmal weiß, wie er aussieht. Pauline Meier zu Klüt und Manuel Lindemann, die sich gerade vor dem Schloss Schieder die Beine in den Bauch standen, um auf die Spezialisten aus Bielefeld zu warten, hatten zwischenzeitlich versucht, ein Foto aufzutreiben. Sie hatten im Allerheiligsten der Familie Lang geschnüffelt, in den Fotoalben. Es gab auch einige Fotos, die mit „Philipp“ beschriftet waren, aber das waren Jugendfotos. Lindemann hatte drei der Bilder mit dem Handy abfotografiert und an Maren Köster geschickt. Das war nicht viel, aber besser als nichts. Wenn sich feststellen ließe, welches Auto er fährt, dann wäre das wenigstens eine kleine Spur.

Maren Köster griff wieder zu ihrem Telefon und rief Pauline Meier zu Klüt an.

„Wie sieht es aus, Pauline?“, fragte sie mit wenig Hoffnung. „Sind die Leute aus Bielefeld schon da?“

„Nein“, antwortete ihre jüngere Kollegin. „Aber die Rufe in dem Tresorraum werden lauter. Es hört sich an, als wenn die Eingeschlossenen langsam in Panik geraten. Wundert mich auch nicht. Ich würde durchdrehen, wenn ich da drinstecken würde.“

Maren Köster trat wütend gegen ihren Papierkorb.

„Wo bleiben diese Idioten denn?“, rief sie zornig. „Das ist doch keine Weltreise, von Bielefeld nach Schieder. Ich schicke zwei Kollegen zu euch, die sollen die Nachbarn befragen. Vielleicht hat einer von denen diesen Philipp Lang gesehen oder zumindest sein Auto. Apropos, hat sich Jupp Schulte bei euch sehen lassen? Nein? Das wundert mich. Ich hätte schwören können, dass der bei euch auftaucht und versucht, einen auf dicke Hose zu machen. Na ja, umso besser.“

100

Schulte hastete die Treppen hoch. Wieder einmal verfluchte er seinen guten Appetit und die 15 Kilo Übergewicht. Wie war das mit dem Weg? Rechts oder links? Er entschied sich für links und lief weiter. Falsch! Es war die falsche Station. Wieder zurück, den anderen Weg. Er pfiff aus dem letzten Loch, als er vor der Glastür der Station Kardiologie stand. Es nutzte alles nicht, er musste erst einmal wieder zu Atem kommen, sonst konnte er sich auf dieser Station gleich ein freies Bett suchen. Eine halbe Minute brauchte er, dann fühlte er sich wieder in der Lage, weiterzugehen. Die Glastür war nicht verschlossen und er trat entschlossen in den langen Flur ein. Dabei sagte er sich die Zimmernummer immer wieder halblaut vor, um sie nicht zu vergessen. Das Zimmer von Lang musste ganz am Ende des Flures sein. Um dort hinzukommen, musste er an einem großen Glaskasten vorbei, in dem eine Frau in Schwesternkleidung saß. Schulte fluchte, denn er hatte weder Zeit noch Lust, sich nun mit der Nachtschwester auseinanderzusetzen. Die Frau hatte ihn bereits bemerkt, als er durch die Glastür gekommen war und stand abwehrbereit mitten im Flur.

„Wo wollen Sie hin?“, fragte sie misstrauisch. „Jetzt ist keine Besuchszeit. Die Patienten brauchen Ruhe.“

„Weiß ich“, rief Schulte, lauter als gewollt. „Aber es gibt hier einen Patienten, der braucht jetzt keine Ruhe, der braucht Hilfe.“

„Was reden Sie denn da? Sie können doch nicht …“

Schulte hatte nicht die geringste Lust, der Frau nun umständlich zu erklären, wer er war und was ihn hierhergetrieben hatte. Er schubste sie einfach zur Seite und lief schnellen Schrittes weiter. Die Nachtschwester rief empört hinter ihm her: „Bleiben Sie stehen, Mann! Ich rufe den Sicherheitsdienst."

Mach doch!, dachte Schulte und rannte weiter. Ganz am Ende war dann wirklich die Zimmernummer, die ihm von dem Wachmann genannt worden war. Bevor er die Tür aufriss, stoppte er sich selbst ab. Er legte ein Ohr an die Tür und lauschte. Leider waren seine Puls- und Atemgeräusche lauter als das, was er im Zimmer hören konnte. Aber da war was. Er konnte zweifellos Stimmen hören. Zwei verschiedene Stimmen. Eine ältere, schwach wirkende Stimme und eine deutlich jüngere und aggressivere. Endlich, Schultes Atem hatte sich etwas beruhigt, verstand er erste Wortfetzen. Wäre da nicht die Nachtschwester gewesen, die offenbar ihr Telefonat mit dem Sicherheitsdienst beendet hatte und nun mit laut klappernden Gesundheitssandalen auf Schulte zukam. Er gab ihr mit Handzeichen zu verstehen, dass sie sich leise verhalten solle, aber das Klappern dauerte an, bis sie bei ihm war.

„Ich habe ...", begann die Frau, aber Schulte legte sich den Zeigefinger auf die Lippen. Sie verstand sofort und schwieg. Endlich konnte Schulte einzelne Worte identifizieren. Die beiden stritten offenbar recht laut miteinander.

„Du hast uns deinen Tod bei diesem Tsunami nur vorgetäuscht?", rief Friedrich. Es war ihm anzuhören, dass er sich mächtig anstrengen musste, um seine Schwäche auszugleichen. „Weißt du eigentlich, was du deiner Mutter damit angetan hast?"

„Interessant, dass du nur von Mutter sprichst", höhnte Philipp. „Dir war das sicher völlig schnuppe. Ich war doch sowie ein Totalversager. Kam ja nicht drauf an."

„Und dann ...", Friedrich suchte offenbar nach Worten. „Dann hast du Wilhelm umgebracht? Eiskalt. Oder leugnest du das?"

„Nein", sagte Philipp ohne Zögern. „Eiskalt und bis heute ohne Reue. Du weißt selbst, dass er den Tod verdient hatte."

„Was redest du?", empörte sich Friedrich. „Den Tod verdient ... wer hat dir denn so was beigebracht?"

„Du nicht, das stimmt", lachte Philipp, denn nur um ihn konnte es sich hier handeln, bitter. „Du hast mir nur eines beigebracht, wie man Macht missbraucht, wie man Leute kleinmacht und dann auch noch drauf spuckt. Der einzige Mensch, mit dem du jemals respektvoll umgegangen bist, war ausgerechnet einer, der das absolut nicht verdient hat, dein verkommener Bruder Wilhelm."

Der Vater schwieg einen kurzen Moment. Anscheinend hatte ihn der Vorwurf doch getroffen. Dann aber hörte Schulte dessen Stimme wieder: „Und Frederik? Hast du deinen Bruder genauso verabscheut? Was hat der dir getan?"

„Nichts", antwortete Philipp. „Und ich habe ihm auch nichts getan. Ich weiß nicht, was damals passiert ist. Aber mit Frederiks Tod habe ich nichts zu tun. Das schwöre ich."

„Das ist doch lächerlich", rief Friedrich. „Es waren immer wieder fünf Jahre. Erst du, dann Wilhelm, dann Frederik. Und in diesem Jahr wolltest du dir Lennart holen, was ich verhindert habe. Das ist eine klare Serie und die geht auf deine Rechnung. Halt mich nicht für dumm!"

„Für dumm habe ich dich nie gehalten. Für alles Mögliche, aber nicht für dumm. Trotzdem machst du einen großen Denkfehler. Diese Zeitabstände sind purer Zufall, sonst nichts. Und wie gesagt, mit Frederiks Tod habe ich absolut nichts zu tun. Das war ein lupenreiner Unfall. Es gibt also gar keinen Fünfjahres-Rhythmus, wie du siehst. Und Lennart interessiert mich auch nicht. Der kleine Schleimer … wollte immer so werden wie sein Papa. Soll er doch. Geht mir am Arsch vorbei, dieser Streber. Diese Gefahr hast du dir mit deinem kranken Hirn eingebildet, sonst nichts."

„Und warum bist du nach Mallorca gefahren? Warum hast du das Haus von Juliane durchsucht?"

Philipp lachte wieder.

„Weil die Gelegenheit so günstig war. Ich hatte in einer Pizzeria in Detmold zufällig mitbekommen, wie Polizisten über Lennart und überhaupt über die Familie Lang sprachen. Das Lennart auf Mallorca sei und das zwei der Bullen dahinfahren und ihn suchen wollten. Da habe ich mir gedacht: Fährst du einfach hinterher und hängst dich an ihre Fersen. Die werden den Knaben schon finden. Weil ich natürlich neugierig war, habe ich eines Tages sogar ihre Hotelzimmer und ihre Koffer durchsucht. Aber das war ein Flopp. Ich wollte Lennart nichts Böses, wollte nur mit ihm sprechen, wollte wissen, wie mein vermeintlicher Tod damals in der Familie aufgenommen worden ist. Wer hat getrauert und wer nicht und so weiter. Reine Selbstbefriedigung, gebe ich zu."

Sekundenlang schwiegen beide.

„Dann habe ich auf einmal in Port de Sóller diesen Bullen mit Juliane gesehen. Mit meiner Juliane! Das war ein Schock für mich. Ich war völlig durch den Wind. Es war ein Klacks, ihre Adresse rauszufinden. Ich bin also hin und da Juliane und Lennart gerade nicht im Haus waren, bin ich rein. Ich habe gar nicht genau gewusst, wonach ich gesucht habe, war wie rasend. Irgendwas Privates wollte ich finden, irgendwas Belastendes, etwas, dass meinen Hass auf Juliane und diese Drecksfamilie noch bestärken konnte. Daher habe ich vor allem Fotoalben gesucht und Briefe. Gefunden habe ich aber nur belangloses Zeug. Das habe ich vor Wut zerrissen und auf dem Fußboden verstreut. Und dann habe ich diesen Bullen wiedergesehen. Der schlich da herum, obwohl es schon dunkel war. Aber den habe ich elegant ausgeschaltet. Der wird sich wohl hübsch was gebrochen haben bei seinem Treppensturz, schätze ich. Geschieht ihm recht."

Als Schulte draußen vor der Tür dies hörte, musste er sich gewaltig zusammenreißen, um nicht ins Zimmer zu stürmen und den Mann windelweich zu prügeln. Mit nur einem einsatzfähigen Arm wäre das aber auch nicht ratsam gewesen. Es waren die nun folgenden Worte von Friedrich Lang, die Schulte schließlich in Aktion setzten: „Was machst du denn da? Bist du wahnsinnig? Das darfst du nicht machen. Wenn du …"

Die bislang so matte Stimme überschlug sich und wurde kreischend. Direkt darauf folgte die höhnische Stimme Philipps.

„Was willst du? Du wirst nichts davon merken. Wenn die Schläuche hier erst mal ab sind, dann schläfst du ganz sanft ein. So einen angenehmen Tod hast du eigentlich gar nicht verdient. Aber ich will mal nicht so sein. Bist ja immerhin mein Vater."

„Damit kommst du niemals durch", startete Friedrich den letzten Versuch, sich zu retten.

„Warum nicht?" Wieder tropfte der Hohn aus Philipps Stimme. „Du hattest einfach vergessen, dass du im Krankenhaus bist und wolltest aufs Klo, ohne der lieben Schwester Bescheid zu sagen. Dabei hast du dummerweise alle deine schönen Schläuche abgerissen. Kommt schon mal vor, du bist ja nicht mehr der Jüngste und sowieso schon ein bisschen verwirrt. Ja, und dann ging alles sehr schnell und du hattest keine Zeit mehr, die Alarmklingel zu betätigen. Wenn sie dich finden, bin ich schon lange raus. Mich hat keiner kommen sehen und mich wird auch keiner gehen sehen. Ist doch fast der perfekte Mord, oder? Der dumme Junge hat was hingekriegt. Ganz allein. Eigentlich könntest du zum ersten Mal ein bisschen stolz auf mich sein. So, und jetzt Schluss mit dem Gequatsche. Wir sehen uns in der Hölle wieder."

Schulte sah die Nachtschwester, die ebenfalls alles gehört hatte, an. Sie war kreideweiß und hatte weit aufgerissene Augen.

„Wir müssen ...“, begann sie zittrig.

„Nein“, rief Schulte und sprang auf. „Ich muss. Holen Sie einen Arzt, aber schnell! Noch was: Wo ist der Lichtschalter? Links oder rechts von der Tür?“

„Links, aber ...“

Schulte riss die Zimmertür auf, drehte sich schnell halb um die eigene Achse und schlug mit der freien rechten Hand auf den Lichtschalter. Sofort war es stockfinster im Raum.

101

Endlich! Pauline Meier zu Klüt atmete tief durch. Soeben kam ein Kleintransporter mit Bielefelder Kennzeichen auf den Parkplatz. Sie ging ihm entgegen und zeigte dem Fahrer den Weg, der bis direkt vor die Treppe des Schlosses führte. Drei Männer stiegen aus, holten einige Koffer aus dem Auto und schleppten sie hinter der jungen Frau her ins Haus.

Unten im Keller stand Manuel Lindemann vor dem Tresorraum. Einer der Bielefelder, offenbar der Leiter des Teams, schaute sich die Türsicherung genau an. Dann stöhnte er demonstrativ, drehte sich zu den beiden Polizisten um und sagte: „Das wird ein hartes Stück Arbeit. Wie lange sind die Leute schon da drin? Und wie viele sind es?“

Pauline Meier zu Klüt zuckte mit den Schultern.

„Das wissen wir nicht genau. Wir vermuten, dass es drei Erwachsene sind. Und mittlerweile werden die da wohl schon ziemlich lange drin sein. Der Raum ist recht voll mit Aktenordnern. Keine Ahnung, wie viel Zeit den Leuten da drin noch bleibt."

„Dann wollen wir mal loslegen", wandte sich der Bielefelder an seine beiden Leute. Sie öffneten ihre Koffer und holten diverse Gegenstände heraus.

„Am besten lassen Sie uns jetzt in Ruhe", sagte der Teamleiter zu Pauline Meier zu Klüt. „Keine Sorge, wir schaffen das schon allein. Wir werden den Leuten da drin erst mal ein starkes akustisches Signal senden, damit sie wissen, dass Hilfe im Anmarsch ist."

Die beiden lippischen Polizisten wollten eben mit ungutem Gefühl den Keller verlassen, als der Mann ihnen nachrief: „Rufen Sie sicherheitshalber schon mal einen Notarzt an. Gut möglich, dass wir den brauchen, wenn die Leute rauskommen."

„Ich könnte auf der Stelle einschlafen", sagte Lindemann und gähnte, als sie sich im Wohnzimmer der Langs in die Sessel fallen ließen. Er hatte richtig laut und amtlich werden müssen, um den Notarzt davon zu überzeugen, sein behagliches Zuhause zu verlassen und zu ihnen zu kommen. Lindemann hatte ihm nicht einmal sagen können, was genau ihn hier erwartete. Aber nun war auch das geschafft. Der Doc war unterwegs zu ihnen.

Plötzlich ließ ein markerschütterndes Geräusch sie wieder hochschrecken.

„Das war das Signal", murmelte Pauline Meier zu Klüt. „Das war wirklich nicht zu überhören."

„Furchtbar", sagte Lindemann. „In einem derart engen Raum zu hocken und langsam immer weniger Sauerstoff zu haben. Aber jetzt wissen sie wenigstens, dass Hilfe naht."

„Ich hoffe nur, dass diese Hilfe rechtzeitig kommt", sagte Pauline Meier zu Klüt matt. Auch sie war zum Umfallen müde.

102

Es hatte nur Sekunden gedauert. Die Zimmertür aufreißen und auf den Lichtschalter schlagen, war eine einzige fließende Bewegung gewesen. Wenn er den linken Arm hätte benutzen können, wäre es noch schneller gegangen. Einen Lidschlag lang, bevor es finster wurde, hatte Schulte den Mann gesehen, der neben dem Krankenbett stand und sich an den Schläuchen zu schaffen machte. Und fast wäre er vor Überraschung handlungsunfähig gewesen. Diesen Mann kannte er, nie im Leben hätte er den mit Philipp Lang in Verbindung gebracht.

Aber Schulte wusste nun, wo sein Gegner stand und stürzte sich mit aller Wucht, die er aufbringen konnte auf ihn. Philipp Lang war offenbar für einen Moment starr vor Schreck. Er hatte sich wohl sicher gefühlt in seiner Rolle als Angreifer und konnte so schnell nicht auf Verteidigung umschalten. Schulte senkte den Kopf und rammte Philipp seine Stirn vor die Brust. Wie ein

Kampfstier, der den Torero aufspießen will. Philipp wankte, musste die Hände von den Schläuchen lassen und hatte Mühe, sein Gleichgewicht zu halten. Schulte setzte sofort nach. Wo Philipp stand, musste Schulte mehr ahnen, als er es sehen konnte. Die Finsternis wurde nur durch ein kleines Notlicht, kaum der Rede wert, schwach erhellt. Zu wenig, um gezielt schlagen zu können, aber genug, um ungefähr zu wissen, wo der Gegner stand. Wieder klatschten zwei Körper heftig aufeinander, ein Stuhl fiel krachend um, und einer von beiden stieß einen Schmerzensschrei aus. Friedrich Lang hatte den Oberkörper im Bett aufgerichtet und rief bei dem sinnlosen Versuch, irgendwas zu erkennen: „Was ist los? Verdammt noch mal. Was passiert hier?"

Niemand beachtete ihn. Schulte drängte seinen Gegner in die rechte Ecke des Krankenzimmers. Philipp krachte mit seinem ganzen Gewicht gegen einen Tisch, der knirschend und scheppernd zusammenbrach. Er stürzte rückwärts und landete ziemlich schmerzhaft auf den Resten des Tisches. Sofort war Schulte über ihm und wollte ihm ein Knie in die Halsbeuge drücken. Aber Philipp reagierte blitzschnell, drehte sich kurz vorher soweit zur Seite, sodass Schulte an ihm abrutschte und nun selbst das Gleichgewicht verlor. Nun war er es, der den Gegenangriff von Philipp abwehren musste. Schulte war zwar einige Jahre älter als Philipp, aber bulliger gebaut und ein erfahrener Kämpfer. Unter normalen Umständen hätte Schulte diesen Kampf schnell für sich entschieden. Aber die Umstände waren nicht normal, denn sein Gipsarm erwies sich als gefährliches

Handicap. Er brachte es mit einer Hand einfach nicht fertig, den Schlägen von Philipp, der nun breitbeinig über ihm stand und immer wieder zuschlug, auszuweichen und gleichzeitig einen Griff anzusetzen, um ihn abzuschütteln. Er war voll und ganz damit beschäftigt, sein Gesicht zu schützen und das alles ohne nennenswerte Sicht. Dann trat Philipp mit voller Kraft zu und traf Schulte am Kopf. Für Schulte wurde es nun noch dunkler, als es sowieso schon war. Kraftlos fiel sein Kopf auf die Seite.

103

„Kommen Sie bitte runter“, sagte einer der Männer vom Spezialistenteam aus Bielefeld zu Pauline Meier zu Klüt. Sie schreckte bei diesen Worten hoch und musste sich erst wieder orientieren. Offenbar war sie, gegen ihren Willen, auf dem Sessel eingeschlafen. Auch Manuel Lindemann starrte den Bielefelder mit zerzausten Haaren wirr an.

„Ist der Notarzt denn schon da?“, fragte er schlaftrunken.

„Schon eine ganze Weile. Er steht unten bei uns und ist einigermaßen genervt.“

„Wir sind so gut wie fertig und möchten, dass Sie dabei sind, wenn die Leute rauskommen.“

Im Keller angekommen, packte einer der Spezis bereits die ersten Werkzeuge wieder in einen der Koffer. Dann war es soweit und der Teamleiter öffnete die Tür zum Tresorraum. Es war ein Bild des Jammers. Der sowieso nicht große Raum war wirklich fast zur Hälfte voll mit Aktenordnern und anderem Papierkram. Auch einige kleinere Koffer standen herum. Drei Gestalten starrten ihnen stumpf entgegen. Offenbar unfähig, sich aus eigener Kraft zu rühren. Einen nach dem anderen geleitete man hinaus. Zuerst Frau Lang, die kräftiger Hilfe bedurfte. Dann wurde Juliane Kramer herausgeholt und zum Schluss Lennart Lang, dem es offenbar am wenigsten schlecht ging. Sofort wurden ihnen bereitgestellte Stühle unter den Po geschoben. Der Notarzt, der beim Anblick dieser bedauernswerten Leute seine genervte Attitüde ablegte, kümmerte sich um sie.

Pauline Meier zu Klüt stieg die Treppe empor und trat vor die Haustür. Von dort aus rief sie Maren Köster an und meldete erfolgreichen Vollzug des Auftrages.

„Gott sei Dank!“, stöhnte ihre Chefin erleichtert. „Was macht ihr jetzt mit ihnen?“

„Das hängt ganz davon ab, was der Arzt sagt“, antwortete Pauline. „Wenn hier alles erledigt ist, kommen wir zurück, okay?“

„Ja, klar“, sagte Maren Köster. „Wenn ich nur wüsste, wo Jupp Schulte ist. Ich habe versucht, ihn zu Hause anzurufen. Da meldet er sich nicht. Auch auf dem Handy nicht. Ihm wird doch wohl nichts zugestoßen sein?“

104

Als Schulte nach einigen Sekunden wieder die Augen aufschlug, musste er sie gleich wieder schließen. Das grelle Licht der Deckenlampe trieb seine Kopfschmerzen bis an die Grenze des Erträglichen. Langsam öffnete er die Augen wieder und versuchte, trotz der Schmerzen etwas zu erkennen. Er sah den Mann, von dem er nun wusste, dass er Philipp Lang war, am Bett seines Vaters stehen. Der Alte lag flach im Bett. Mit der Linken drückte sein Sohn ihn auf die Matratze, mit der Rechten fummelte er an dem Infusionsgerät herum.

Schulte wollte aufspringen, sich auf ihn stürzen, den Kampf von Neuem beginnen. Aber es ging nicht. Schon die kleinste Bewegung setzte seinem hart getroffenen Kopf derart zu, dass er vor Schmerz fast blind wurde. Er blieb regungslos liegen und musste hilflos mit ansehen, wie Philipp beide Versorgungsschläuche aus ihren Halterungen riss. Dann ließ er seinen Vater los und wandte sich rasch zur Zimmertür. Schulte war nicht in der Lage, ihn an der Flucht zu hindern. Bevor Philipp die Zimmertür öffnete, schlug nun auch er auf den Lichtschalter und sofort wurde es wieder stockdunkel. Angenehm dunkel, fand Schulte, denn die Kopfschmerzen ließen sofort deutlich nach. Dann hörte er das leise Quietschen der Tür und erwartete, dass Philipp das Krankenzimmer verlassen und die Tür hinter sich schließen würde. Doch dann änderte sich alles.

„Halt!“, rief eine kräftige Männerstimme, die Schulte nicht kannte.

Wieder das klatschende Geräusch, wenn eine flache Hand auf einen Lichtschalter schlägt. Wieder flammte das grelle Licht auf, wieder setzten Schultes Kopfschmerzen ein. Er versuchte, blinzelnd etwas zu erkennen.

Im Türrahmen standen zwei Personen. Eine davon kannte Schulte. Es war die Nachtschwester. Neben ihr ein großer, kräftiger Mann in einem weißen Kittel. Beide zusammen ließen Philipp nicht vorbei. Der versuchte die Nachtschwester mit der Schulter zu rammen, um sich den Fluchtweg freizumachen. Aber sofort schloss der Arzt die entstandene Lücke und ließ ihm keinen Freiraum. Philipp erkannte das schnell, drehte sich blitzschnell wieder um, lief zurück zum Krankenbett seines Vaters und legte diesem die Hände um den Hals.

„Keinen Schritt weiter!", rief er laut. Echte Panik klang in seiner Stimme, es war hörbar, dass dieser Mann zu allem bereit war. Sofort blieben der Arzt und die Nachtschwester in der Tür stehen und rührten sich nicht mehr. Philipp stand nun in der Mitte des Zimmers, zwischen der Tür und dem immer noch hilflos in der Ecke liegenden Schulte.

„Machen Sie keinen Quatsch, Mann", versuchte der Arzt die Situation zu entschärfen. „Damit kommen Sie doch sowieso nicht durch."

„Durchkommen?", lachte Philipp überdreht. „Interessiert mich nicht. Es ist egal, ob ich durchkomme oder nicht. Und wenn ich draufgehe. Hauptsache, dieser alte Mistkerl geht vor mir."

Er drückte anscheinend kräftiger zu, denn sein Vater röchelte nun.

Schulte versuchte, dem Arzt durch Handzeichen deutlich zu machen, dass er weiterreden solle. Der Mann in Weiß verstand sofort.

„Vielleicht kann ich was für Sie tun“, sagte er und verwendete dabei die Stimmlage, mit der er sonst einem Kleinkind erklärte, dass so eine Spritze gar nicht wirklich weh tut. „Wenn Sie Hilfe brauchen, dann …“

„Halt den Mund!“, schrie Philipp ihn an. „Und macht die Tür frei, ihr beiden Witzfiguren!“

Während dieses kleinen Disputs versuchte Schulte, in Philipps Rücken langsam und so geräuschlos wie möglich in die Vertikale zu kommen. Das fiel ihm schwerer als erwartet. Er musste alle Energie aufbringen, zu der er noch fähig war und immer wieder einen Schmerzensschrei zurückhalten. Aber dann hatte er es geschafft, er stand aufrecht. Eine Schwindelattacke setzte ihm zu, ließ aber schnell nach. Der Arzt sah Schultes Bemühen und versuchte, weiterhin die Aufmerksamkeit Langs auf sich zu lenken.

„Es gibt Spezialisten für Ihr Problem mit Ihrem Vater“, sagte er. „Die wissen wie das ist, wenn der eigene Vater …“

In diesem Moment stand Schulte direkt hinter Philipp, der in seiner Wut so auf den Arzt fokussiert war, dass er Schultes Annäherung nicht bemerkte. Philipp wollte eben zu einer wütenden Antwort ansetzen, als Schultes Gipsarm ihm mit voller Wucht an den Hinterkopf krachte. Philipp stürzte nach vorn, fiel mit dem Oberkörper auf den Brustkorb seines Vaters. Sofort war Schulte wieder bei ihm, riss ihm den rechten Arm nach hinten und drehte ihn so weit, dass Philipp vor Schmerz schrie.

„Holen Sie irgendwas zum Festmachen!“, rief Schulte, von der Anstrengung völlig außer Atem und erwartete, dass die Nachtschwester nun loslief, um etwas zu besorgen. Aber die kam, zusammen mit dem Arzt, schnellen Schrittes zu ihm. Zu dritt hielten sie den zappelnden und sich wie ein Aal windenden Philipp fest.

„Ich habe einen Notruf abgesetzt“, ächzte die Nachtschwester, während sie versuchte, die freie linke Hand von Philipp zu erwischen. „Gleich kommt jemand mit einem Fixierungsgerät.“

Da kam auch schon ein Krankenpfleger hereingestürmt, direkt hinter ihm der nächste, der allerlei Gurte mit sich trug.

Einige Sekunden später lag er sicher fixiert auf dem Bett seines Vaters, der Kopf auf dessen Brust.

„Ist das nicht ein schönes Bild?“, lachte Schulte, als er wieder zu Atem gekommen war. „Vater und Sohn friedlich und innig vereint. Eine echte Familienidylle.“

Als er Philipp vor Wut knurren hörte, beugte er sich zu ihm hinunter und sagte mit viel Härte in der Stimme: „Der Schlag an den Hinterkopf war für den Felsenkeller auf Mallorca.“

Dann entspannten sich Schultes Züge, die Stimme wurde weicher.

„Schade“, sagte er dann und konnte ein echtes Bedauern in der Stimme nicht unterdrücken. „Als Philipp finde ich Sie zum Kotzen. Aber als Maler in Heidenoldendorf waren Sie mir durchaus sympathisch. Ich weiß ja nicht, ob es Ihnen was bedeutet, aber ich halte Sie für einen wirklichen Künstler. Das Gemälde vom *Obernkrug* würde ich Ihnen, wenn es eines Tages fertig werden sollte, gern abkaufen. Im Knast haben Sie ja demnächst Zeit genug, ein ganz Großer zu werden. Ich bin sicher, Sie haben das Zeug dazu."

105

Maren Köster atmete tief durch. Eine schwere Last war gerade von ihr abgefallen. Die Befreiung der Gefangenen hatte sich schwieriger gestaltet als gedacht. Doch die drei Menschen waren den Umständen entsprechend wohlauf. Frau Lang war medizinisch versorgt worden und es ging ihr wieder besser. Juliane Kramer und Lennart Lang würden diese Stunden wohl nie in ihrem Leben vergessen, aber sie hatten dabei zumindest keinen körperlichen Schaden erlitten.

Maren Köster hätte sich jetzt behaglich zurücklehnen und das Ende ihres Bereitschaftsdienstes abwarten können. Doch das konnte sie nicht. Philipp Lang, der mutmaßliche zweifache Mörder, Einbrecher und Freiheitsberauber war auf freiem Fuß. Er konnte überall sein. Maren Köster hatte keinerlei Anhaltspunkt für seinen Aufenthalt. Sie konnte nicht ruhen, musste den Fahndungsdruck verstärken.

Und was war mit Schulte? Warum rief dieser verdammte Kerl nicht einfach mal zurück? Sie kannte ihn, wusste aus reicher Erfahrung, dass Schulte nie funktionierte wie ein Uhrwerk. Bei ihm musste man jederzeit mit irgendwelchen Verrücktheiten rechnen. Aber dies hier war nicht seine Art. Er hatte sie nie ohne Grund einfach in der Luft hängen lassen. Sie hatten oft gestritten seit ihrer Trennung, sich das Leben gegenseitig schwer gemacht. Aber immer, selbst in Momenten voller Wut, hatten beide nie das Gespür dafür verloren, sich gegenseitig etwas Besonderes zu sein. Stets hatte Schulte ihr das Gefühl gegeben, aus der grauen Masse seiner Mitmenschen herauszuragen. Sie spürte ein flaues Gefühl im Magen. Wieder schaute sie auf die Wanduhr ihres Büros. Es war nun schon viertel nach Zwei in der Nacht. Das unangenehme Gefühl nahm noch einmal zu. Da hörte sie ihr Telefon.

„Guten Morgen, meine Liebe“, meldete sich ein bestens gelaunter Jupp Schulte, dessen Stimme aber seltsam gequetscht klang. „Alles gut bei dir? Hast du eine Tasse Kaffee für mich? Ich könnte in fünf Minuten bei dir sein.“

„Schulte“, rief sie, wütend und erleichtert gleichzeitig. „Wo bist du? Ich habe mir Sorgen gemacht, weil du dich nicht gemeldet hast. Bist du betrunken? Du klingst so merkwürdig.“

„Quatsch! Ich und trinken, das ist doch völlig abwegig. Ich habe keinen Saft mehr auf dem Handy. Ich bin gleich da und berichte dir. Mach du schon mal den Kaffee klar.“

Es dauerte dann doch fast eine Viertelstunde, bis er in ihr Büro trat. Sie erschrak, als sie ihn sah. Vom Gipsarm wusste sie ja schon, aber das Gesicht … sie hätte ihn beinahe nicht erkannt. Schulte sah aus wie eine Kraterlandschaft. Leuchtend rote Abschürfungen, notdürftig medizinisch versorgt, Beulen, die immer noch anschwollen und ein blaues Auge, das ihm noch viel Freude machen dürfte.

„Um Himmels Willen", rief Maren Köster entsetzt. „Was ist passiert?"

Schulte ließ sich auf den Besucherstuhl fallen und verzog schmerzhaft das Gesicht.

„Erst mal der Kaffee", sagte er und wirkte bei weitem nicht mehr so gut gelaunt wie eben am Telefon.

Dann berichtete er. Von der Idee, dass Philipp Lang zum Klinikum fahren würde, bis zu dessen Fixierung durch die Krankenpfleger. Sie unterbrach ihn mit keinem Wort. Er beendete seinen Bericht mit den Worten: „Dieser Philipp Lang ist eigentlich eine arme Sau. Wenn ich einen solchen Vater gehabt hätte, könnte ich auch für nichts garantieren."

Als er dann wieder das Gesicht vor Schmerz verzog, sagte sie sehr ernst: „Du hast einen tollen Job gemacht, Jupp. Respekt. Aber vor 20 Jahren hättest du den Kerl auf die Bretter geschickt, ohne selbst auch nur einen einzigen Kratzer abzubekommen. Diese Art von Polizeiarbeit solltest du den jüngeren Kollegen überlassen. Das ist kein Versagen, es ist einfach der Lauf der Zeit und den können weder du noch ich anhalten. Ich meine es ernst, Jupp. Pass auf dich auf! Du hast nur dieses eine Leben."

Dann schaute sie ihn lange an und wunderte sich selbst, wie viel Wärme sie für dieses verbeulte, aufgeschürfte, gepflasterte und matschaugige Gesicht aufbringen konnte.

„Ich würde dich jetzt gern fest in den Arm nehmen", sagte sie lächelnd. „Aber ich glaube, das wäre für dich jetzt kein Vergnügen, oder?"

„Nee, lass mal", lachte Schulte gequält. „Sehr gern ein andermal, wenn's nicht mehr so weh tut. Dann nehme ich mit Vergnügen auch eine doppelte Portion."

106

„Szene 14, die Fünfte", rief einer der Männer aus Holledaus Filmteam und ließ die Klappe knallen. Walter Holledau höchst selbst gab den wartenden Statisten ein Handzeichen und sofort hackte Hubertus von Fölsen wie wild auf seiner Computertastatur herum. Auch Adelheid Vahlhausen tat so, als gäbe es auf dieser Welt nichts Schöneres, als auf einen Bildschirm zu starren. Auf ein weiteres Handzeichen Holledaus hin, erhob sich van Leyden und ging betont schlurfend zur alten Theke. Dort hockte er sich auf einen der Barhocker und orderte einen Kaffee. Jeden, der ihn kannte, musste dies verwundern, denn van Leyden trank im richtigen Leben niemals Kaffee. Er bevorzugte Mineralwasser und Energydrinks. Aber dies hier war nicht das richtige Leben, dies hier war die große, weite und glitzernde Welt des Films.

Manfred Rosemeier, der auch im richtigen Leben meist hinter der Theke stand, nahm bestens gelaunt die

Bestellung entgegen und machte den Kaffee klar. Später, bei der Ausstrahlung des Films, würde die samtweiche Stimme von Walter Holledau aus dem Off heraus diese Szene so kommentieren: „Sie machen wirklich das Beste aus ihrer Situation, die vier Männer und die Frau vom Sonderdezernat *Obernkrug* im idyllischen Detmolder Ortsteil Heidenoldendorf. Oder, wie sie selbst mit sympathischer Ironie sagen, Lippisch-Sibirien. Allesamt haben sie jahrelang ihr Bestes im Dienst der Strafverfolgung gegeben, aber eben jeder auf seine eigene, unverwechselbare Art. Dafür, dass sie eigenständige Persönlichkeiten geblieben sind und sich nicht haben verbiegen lassen, wurden sie von einer engstirnigen Bürokratie aufs Abstellgleis geschickt. Doch diese Männer und diese Frau lassen sich nicht unterkriegen. Sie haben aus der Not eine Tugend gemacht. Sie nutzen ihre neue Freiheit und lösen Fälle auf ihre Art. Fälle, bei denen die reguläre Polizei oft vor Rätseln steht. In bester lippischer Manier, still, gradlinig und pragmatisch. Dies ist das Holz, aus dem auch der in unseren Tagen bekannteste Lipper geschnitzt ist, unser Bundespräsident Frank-Walter Steinmeier."

Kurz darauf gab Holledau seinem Kameramann ein Handzeichen, dass die Szene damit zu seiner Zufriedenheit *im Kasten* sei.

„Perfekt, ihr Süßen!", rief er. „Das habt ihr ganz toll gemacht. Wir packen jetzt unseren Kram zusammen und dann gießen wir uns zur Feier des Tages kräftig einen hinter die Binde. Was meint ihr?"

Jupp Schulte hatte die Dreharbeiten von einem Tisch in der Ecke aus beobachtet und schmunzelte. Er schaute auf seinen Gipsarm, fuhr mit der freien rechten Hand über die diversen Beulen am Kopf und versuchte, nicht darüber nachzudenken, in welchen Regenbogenfarben all die blauen Flecken mittlerweile schimmern mussten. Es war nun fast eine Woche her, seit der Prügelei mit Philipp Lang im Krankenhaus. Nie wieder, schwor er sich, würde er sich dienstlich derart ins Zeug legen. Das war nichts mehr für ihn, das sollten Jüngere machen. Seine Zeit als Kämpfer war Geschichte, nun sollten andere den Kopf hinhalten. Gleichzeitig wusste Schulte, dass er schon häufiger diesen oder einen ähnlichen Vorsatz gefasst und bei der nächsten Gelegenheit wieder über Bord geworfen hatte. Schulte war eben Schulte, mit allen Stärken und Schwächen.

Im Hinterzimmer des Gastraumes begann eine einheimische Jazz-Band, die *Blue Dolphins*, mit einem Sound-Check. Manfred Rosemeier legte sich voll ins Zeug. Er zapfte Biere, schenkte alkoholfreie Getränke ein und wachte darüber, dass alle sich am Büfett anständig benahmen.

„Das ist die artgerechte Haltung für ihn", lachte van Leyden und setzte sich zu Schulte. „Der fühlt sich tatsächlich pudelwohl hinter einer Theke. Na ja, wenigsten einer, der hier zufrieden ist."

„Du hast dich noch nicht an diesen Laden gewöhnt?", fragte Schulte.

„Nee", antwortete van Leyden mit voller Überzeugung. „Für mich ist das immer noch ein Straflager.

Diese Filmerei war ja mal 'ne ganz nette Abwechslung, löst aber keines meiner Probleme. Ob du es glaubst oder nicht, letztendlich habe ich dich beneidet um dein kleines Abenteuer. Das war wenigstens mal wieder richtige Polizeiarbeit."

„Na ja", brummte Schulte verlegen. „Eigentlich bin ich auch nur von einer Situation in die nächste gestolpert. Von strukturierter Arbeit konnte dabei keine Rede sein. Aber sei mal nicht so bescheiden. Du hast ganz erheblich dazu beigetragen, dass ich endlich diesen elenden Erpentrup los bin. Auch wenn du manchmal eine verdammte Nervensäge bist, diesen Beitrag werde ich dir nie vergessen."

Die *Blue Dolphins* hatten ihren Sound-Check beendet und legten nun mit aller Macht los.

Die Tür zum Gastraum sprang auf und Maren Köster trat ein. „Hey", rief sie, „geile Mucke hier. Wer von euch kann sich denn so eine tolle Band leisten?"

„Niemand", gab van Leyden zurück. „Die nutzen diesen Raum immer schon als Probenraum. Und heute haben sie einfach zur Feier des Tages ihre Probe in unsere Arbeitszeit gelegt."

„So läuft das hier im Lippischen", sagte Schulte lachend zu Walter Holledau, der sich ebenfalls an den Tisch setzen wollte. „Man hilft sich."

„Stimmt", antwortete Holledau und setzte sich umständlich und sehr vorsichtig, da er nicht wollte, dass sein schönes neues weitgeschnittenes Kleid Sitzfalten bekam. „Ganz was anderes als im Haifischbecken Berlin."

Wieder öffnete sich die Tür. Diesmal tauchten Pauline und Ina im Rahmen auf, dicht gefolgt von Manuel Lindemann, der wie bei fast jeder Tür dieser Welt den Kopf etwas einziehen musste. Tische wurden zusammengeschoben.

Schulte forderte mit einer Kopfbewegung Maren Köster auf, mit ihm den Raum zu verlassen. Draußen vor der ehemaligen Gaststätte fragte er: „Was hat Philipp Lang denn beim Verhör so von sich gegeben?"

Sie lachte.

„Ob du es glaubst oder nicht, aber ich soll dich schön von ihm grüßen. Er hat gesagt, du wärst zwar ein scheiß Bulle wie alle anderen auch, aber du wärst der Einzige gewesen, der in den letzten Jahren was Nettes zu ihm gesagt habe. Was hast du ihm denn um den Bart geschmiert? Und wann?"

Schulte wurde etwas verlegen. Das Lob eines Kriminellen, mit welcher Vorgeschichte auch immer, konnte schnell toxisch werden und war nur bedingt zu begrüßen. Dann berichtete er ihr, was er zu den Fähigkeiten Langs als Maler gesagt hatte.

„Das war die reine Wahrheit", verteidigte er sich. „Was ich da gesehen habe, war großartig. Auch wenn ich nicht der große Kunstkenner bin."

„Schon okay", beschwichtigte sie. „Es spricht ja für dich, dass du selbst in solchen Momenten Mensch bleibst. Aber du wolltest über das Verhör sprechen. Seine Vorgeschichte kennst du ja in groben Zügen. Die ständigen Demütigungen durch den Vater hätten allein schon ausgereicht für eine ausgewachsene Neurose.

Aber dass dann seine Freundin mit seinem verhassten Onkel ins Bett gestiegen ist, das würde jeden anderen auch aus den Latschen hauen. Er hat dann 2004 mit mehr Glück als Verstand diesen Tsunami überlebt. Danach ist ihm klar geworden, dass dies seine Chance war, sich komplett aus der Welt zurückzuziehen. Alle haben geglaubt, er sei einer der vielen tausend Toten, die nie identifiziert werden konnten, weil sie ins Meer gespült worden waren. Er hat sich dann viele Jahre im Norden Thailands aufgehalten und sich mit Gelegenheitsarbeiten durchgeschlagen. An sein Bankkonto kam er nicht mehr heran, ohne zu verraten, dass er noch lebte. Drei Jahre später hat seine Familie ihn für tot erklären lassen und sein Geld eingesackt. Kommst du mit?"

„Jaja", nickte Schulte. „Sprich weiter."

Sie hakte sich bei ihm unter und zog ihn mit sich. „Komm, wir können auch beim Bummeln sprechen. Weiter mit Philipp. Eigentlich hätte man annehmen müssen, dass seine Wut auf die Familie mit den Jahren abflauen würde, aber das Gegenteil war der Fall. Er hat sich immer mehr in seine Opferrolle hineingesteigert und fühlte sich von der ganzen Welt verraten. Besonders heftig war der Zorn gegen seinen Onkel Wilhelm."

„Kann ich gut verstehen", warf Schulte ein.

„Ja, das kann man wohl. Obwohl seine Freundin an der Affäre ja auch nicht unschuldig war. Aber die hatte er als Letzte auf seinem Racheplan. Onkel, Vater, Freundin, das war die Reihenfolge. Auf jeden Fall hat er es irgendwann nicht mehr in Thailand ausgehalten und ist nach Deutschland zurückgereist. Er ist getrampt, hat als

LKW-Beifahrer gearbeitet und sich auf einem Kreuzfahrtschiff als Putzkraft die Finger wundgeschrubbt. 2009 war er zurück in Deutschland und bekam gleich mit, dass Onkel Wilhelm eine Bergtour in den bayrischen Alpen machen wollte. Die Gelegenheit. Er reiste hinterher, wieder als Tramper. Dann hat er es irgendwie geschafft an der Bergsteigerausrüstung des Onkels herumzufummeln. Mit tödlicher Folge für den Onkel. Danach wollte er sich an seinen Vater heranmachen und ist deshalb inkognito ins Lippische gezogen. Dass ausgerechnet Heidenoldendorf zu seinem Wohnort wurde, war reiner Zufall. Er hat ab und zu gejobbt und viel gemalt, aber wenig verkauft. Er hätte aber auch direkt vor dem Haus seiner Familie malen können, ich glaube, die hätten ihn nicht erkannt. Ich habe Fotos von ihm gesehen, bevor er nach Thailand gereist ist. Dieser brave, etwas pausbäckige junge Mann von damals hat keinerlei Ähnlichkeit mit dem ausgezehrten, zauseligen, vollbärtigen und heruntergekommenen Philipp Lang von heute. Unfassbar, wie Menschen sich verändern können."

„Was ist mit dem Tod seines Bruders beim Segeln? Glaubst du ihm, dass er damit nichts zu tun hatte?"

„Ja", sagte sie überzeugt. „Daran habe ich keinen Zweifel. Das war ein echter Unfall aus Leichtsinn. Gegen seine Brüder hatte er nichts. Auch mit Lennart wollte er auf Mallorca nur reden, das halte ich für glaubwürdig. Er hatte kurz vorher ein Bild verkaufen können, besaß also etwas Geld und die Flüge kosten ja heutzutage nicht viel. Da ist er euch hinterhergeflogen. Den Rest kennst du. Ach ja, Lennart Lang und die

Malerin sind übrigens nicht zurückgeflogen. Sie kannte einen Jachtbesitzer in Port de Sóller und der hat die beiden nach Barcelona geschippert. Von dort aus sind sie nach Deutschland geflogen. Deshalb hat die spanische Polizei sie nicht gefunden, weil alle wie selbstverständlich auf den Flughafen fixiert waren."

Maren Köster führte ihn nun wieder in Richtung *Obernkrug*. Der kleine Spaziergang war beendet. Unterwegs fragte er: „Hast du mal mit Pauline über Ina gesprochen? So von Frau zu Frau? Sind die beiden nun ein Paar oder nicht?"

Sie lachte ihm ins Gesicht.

„Schulte, bist du zu feige, selbst zu fragen? Ist doch deine Tochter."

Als sie wieder in den Gastraum kamen, schlug ihnen der Lärm wie eine Welle entgegen. Die *Blue Dolphins* spielten eines der frühen Stücke von Sting und viele Leute, allen voran Walter Holledau, sangen lauthals mit. Schulte nahm all seinen Mut zusammen, steuerte direkt auf Ina zu und stellte vorsichtig und reichlich umständlich seine Frage. Sie antwortete, frei von jeder Verlegenheit: „Wir probieren es gerade aus. Bis jetzt fühlt es sich ganz gut an. Mal schauen, wie sich das entwickelt."

„Aha", gab sich Schulte mit dieser wenig erhellenden Auskunft zufrieden. Ihm blieb aber auch keine Zeit für weitere Fragen, denn in diesem Augenblick kletterte Anton Fritzmeier mühsam und laut ächzend auf einen Tisch.

„Liebe Freunde und Wegchefährten", rief er und ließ

sich von unten ein Bierglas reichen. „Millionen werden uns sehen und becheistert sein, wenn dieser Film ins Fernsehen kommt. Ihr habt alle chroßartig mitchemacht. Es waren natürlich nich alle so chut wie ich, aber das kann man ja auch nich erwarten. Ich bin nämlich 'n richtiger Aschetyp oder wie die heißen. Is was chanz besonderes. Also Walter, wennse nächstes Jahr 'n Film über die Hermannsschlacht machen wills, dann sach Bescheid. Ich spiel dich chern den Hermann. Aber nur, wenn ich dann die Thusnelda küssen darf. So, und chetz nehmen wir alle 'n Bier inne Hand und sagen Prost. Auf unsern Film mit dem unverchesslichen Titel ..." Fritzmeier zögerte, dachte intensiv nach und gab dann auf. „Wie heißt der Film noch mal, Walter?"

„L.I.P. – Leben im Paradies", rief Holledau, leerte sein Bierglas in einem Zug, knallte es auf die Theke und sagte zu Rosemeier: „Noch eins, bitte!"

Jürgen Reitemeier, geboren 1957 in Hohenwepel-Warburg / Westfalen. Nach einer handwerklichen Ausbildung zum Elektromaschinenbauer studierte er Elektrotechnik, Wirtschaft und Sozialpädagogik an den Hochschulen Paderborn und Bielefeld. Er lebt und arbeitet seit mehr als zwanzig Jahren in Detmold. Sein tägliches Brot verdient er als Coach in seinem Unternehmen modul b.

Wolfram Tewes, geboren 1956 in Peckelsheim / Kreis Höxter. Nach einigen Lehr- und Wanderjahren 1982 sesshaft geworden auf der Nordseeinsel Norderney. Dort war er bei der Norderneyer Badezeitung zuständig für Anzeigen, Vertrieb und Redaktion. Anschließend bis heute im Anzeigenbereich der Neuen Westfälischen Zeitung. Der Vater von zwei erwachsenen Töchtern lebt mit seiner Ehefrau in Horn-Bad Meinberg.

Sämtliche Personen und Institutionen sind frei erfunden, und eine Ähnlichkeit mit lebenden oder verstorbenen Personen wäre rein zufällig. Einige Schauplätze im Roman sind real, andere hingegen fiktiv.

Die Autoren bedanken sich für die freundliche Unterstützung bei Ille Rinke.

Pendragon Verlag
gegründet 1981
www.pendragon.de

Originalausgabe
Veröffentlicht im Pendragon Verlag
Günther Butkus, Bielefeld 2019

Lektorat: Günther Butkus, Uta Zeißler
Umschlag und Herstellung: Uta Zeißler, Bielefeld
Umschlagillustration: Alfons Holtgreve
Satz: Pendragon Verlag auf Macintosh
Gesetzt aus der Adobe Garamond
ISBN: 978-3-86532-660-7
Gedruckt in Deutschland